Adivinhe quem sou

Adivinhe quem sou

Megan Maxwell

Tradução
Sandra Martha Dolinsky

essência

Título original: *Adivina quién soy*

Preparação: José Couto
Revisão: Marcia Benjamim e Gabriela Ghetti
Diagramação: Marcos Gubiotti
Imagem de capa: Shutterstock

CIP-BRASIL. CATALOGAÇÃO NA PUBLICAÇÃO
SINDICATO NACIONAL DOS EDITORES DE LIVROS, RJ

M419a
Maxwell, Megan
Adivinha quem sou / Megan Maxwell; tradução Sandra Martha Dolinsky. – 1. ed. – São Paulo: Planeta, 2014.
il.

Tradução de: Adivina quién soy
ISBN 978-85-422-0436-0

1. Ficção alemã. I. Dolinsky, Sandra Martha. II. Título.

14-16375 CDD: 833
CDU: 821.112.2-3

2014

Editora Planeta do Brasil Ltda.
Rua Padre João Manoel, 100 – 21º andar – Conj. 2101 e 2102
Edifício Horsa II – Cerqueira César
01411-901 – São Paulo – SP
www.editoraplaneta.com.br
atendimento@editoraplaneta.com.br

A todas as pessoas que beijam com ternura, curtem o ser amado com loucura, entregam-se a ele com paixão, e quando estão na intimidade, entre brincadeiras e carícias, murmuram no ouvido um do outro: "Adivinhe quem é" e sorriem. Espero que gostem deste romance!

1

E nada me importa

Praia das Teresitas,
Tenerife (Espanha). Maio de 2012.

Estou sufocando!

Sergio está me beijando e eu estou sufocando. Não é por causa de seu beijo, é pelo calor terrível que faz dentro do carro. Gosto que ele me beije, mas estou com tanto calor que a angústia está começando a se apoderar de mim. Movo a mão em busca do botão para abrir a janela, e ele, ao perceber, pergunta:

— Que está fazendo?

Suada e quase desmaiando, respondo:

— Preciso de ar. Abra as janelas, não vê que estamos suando?

Sergio, com quem estou há seis meses, olha para mim e, beijando meu pescoço, murmura:

— Há muitos carros em volta, e vão nos ver.

— E daí? — pergunto, pingando de suor.

Meu lindo acompanhante, um morenaço desses que eu gosto, diz, excitado e a fim de continuar:

— Vão ver que você está sem camiseta, e as pessoas vão falar.

Isso me irrita. Não estou nem aí para o que as pessoas vão pensar, e digo:

— Você sabe que eu não ligo para o que as pessoas pensam ou imaginam.

— Mas eu ligo — sentencia ele, como sempre.

Vou protestar, mas sua boca cobre a minha, de modo que não posso falar. Sua respiração se acelera e noto que ele tateia pelas minhas costas para abrir o fecho do sutiã. Arqueio um pouco o corpo para facilitar, mas nada. Parece que... parece que... não consegue!

Ele é meio desajeitado, não posso negar.

— Não quero que amanhã você vá trabalhar nesse hotel — diz ele.

Ansiando que ele desabotoe o sutiã de uma vez, murmuro:

— Não comece com isso.

— Yanira — insiste ele. — Os homens vão olhar para você e...

— Não me venha com ciúmes, você sabe que eu não gosto disso.

Se há algo de que tenho certeza é que nem sou ciumenta nem quero provocar ciúmes. Não acredito no amor nem em relacionamentos. Por quê? Porque, quando eu tinha vinte anos, um neozelandês que veio passar férias em Tenerife partiu meu coração, e, depois de sofrer a maior desilusão da vida, eu me blindei à prova de paixonites e bobagens românticas. Dispenso!

Não sou uma princesa em busca do príncipe encantado, especialmente porque acho que não existem príncipes; e, se existirem, nunca vi um.

Quando fui despedida da creche, decidi tentar realizar meu sonho, que é ser cantora. E, para minha sorte, o Grand Hotel Mencey me contratou para cantar no coro nas apresentações noturnas. Mas, como sempre, esse babaca que se julga meu namorado não gosta do que me faz feliz e insiste:

— Prefiro que você continue trabalhando na loja dos seus pais.

— Mas eu não — bufo. — Preferiria continuar trabalhando na creche, mas, para minha infelicidade, fui despedida. Portanto, vou cantar. Eu gosto, dizem que canto bem, e agora posso viver disso — sentencio.

Durante alguns minutos ele continua lutando com o fecho do sutiã, enquanto eu continuo suando em bicas. Quando já não aguento mais, eu me afasto e grito, com tanta raiva que minhas lentes de contato quase voam:

— Deix...!

Mas sua boca vem direto para a minha, e não consigo dizer nada. A respiração dele se acelera enquanto me beija e, desajeitado, tateia de novo o fecho do sutiã tentando abri-lo. Espero que dessa vez acerte. Mas não...

Que imbecil!

Durante vários minutos ele continua lutando, enquanto eu transpiro e fico com mais calor, até que, já farta, afasto-o com um empurrão e insisto:

— Abra a janela, por favor...

— Não.

— Estou morrendo de calor!

— Já disse que não.

Tento entender. Tento tudo de imaginável, mas, quando sinto que vou desmaiar, exijo:

— Ou você abre a janela, ou eu saio do carro.

Ele me olha boquiaberto, e eu levanto as sobrancelhas.

Sergio é meu mais recente ficante. É o irmão mais velho de um amigo de meus irmãos gêmeos. Lembro que, quando ele foi buscar o garoto em casa, pensei: “Que cara interessante!”. Mas, a cada dia que passamos juntos, fica mais evidente que não fomos feitos um para o outro.

Sempre me senti atraída por homens mais velhos que eu. Adoro a personalidade deles, ao passo que os da minha idade me deixam mortalmente entediada.

Não sou uma devoradora de homens, mas também não sou uma freira enclausurada. Aprendi que na vida tenho que tentar obter aquilo de que gosto, e sexo é uma das coisas que me atraem e que curto.

Por sorte, tenho uma família muito liberal que não se assusta com as fofocas da vizinhança. Papai e mamãe tiveram que sofrer sua própria cota de fofocas quando se conheceram e se apaixonaram, e hoje a única coisa que os preocupa é que seus filhos sejam felizes e boas pessoas... O resto dá no mesmo para eles.

A verdade é que Sergio é uma excelente pessoa, mas seu caráter e o meu são muito diferentes. Fico puta com o fato de ele ser tão controlador, tão pouco aventureiro e tão fresco.

Em seu carro não se come.

Em seu carro não se fuma.

Em seu carro não se põe música alta.

Se volto da praia com a prancha de surfe, não posso entrar em seu carro porque vou enchê-lo de areia.

O que de início me pareceu engraçado e me fazia rir, agora não suporto. Normalmente, não desanimo com os problemas e tenho mil ideias para solucioná-los, mas, com ele, todas as minhas iniciativas falharam. Ele é quadrado! E, para piorar, agora em seu carro não se pode abrir as janelas porque os outros vão ver o que estamos fazendo.

Por que ele não relaxa de uma vez e simplesmente curte a vida?

Sem se mexer, ele olha para mim e diz:

— Se quiser que eu abra as janelas, ponha a camiseta.

É de enlouquecer!

Ele vê que estou irritada e suando como um porco e a única coisa que lhe importa é que eu vista a camiseta?

Sem deixar de olhar para ele, aperto o botão da janela do meu lado, mas vejo que está travado. Meu mau humor cresce, olho para Sergio e sibilo:

— Estou encharcada de suor, quer fazer o favor de abrir a maldita janela?!

Meu tom de voz parece que o faz refletir, porque ele se afasta e, franzindo o cenho, aperta um dos botões, e a janela do meu lado se abre um quarto.

— Mais — exijo.

Ele pensa e torna a apertar o botão até que o vidro desce à metade. Mas preciso de ar, ou vou ter um troço, e insisto:

— Sergio, pelo amor de Deus, abra tudo, não vê que os vidros estão embaçados?

Mas ele continua obstinado e, mudando o tom de voz, repete:

— Ponha a camiseta. Não quero que ninguém a veja assim.

Estou com um sutiã preto que parece um biquíni, mas, mesmo assim, Sergio continua:

— Temos família, e...

— Mas que diabos você está dizendo?

— Estou dizendo simplesmente que sua família tem negócios na ilha e que eu trabalho para uma corretora de seguros e todo mundo nos conhece. Quer que falem de nós?

Esse cara às vezes me deixa sem palavras, mas, tentando me acalmar, consigo dizer:

— Estou com calor, Sergio. E todo o mundo que está aqui, no estacionamento da praia das Teresitas, veio fazer a mesma coisa.

— Você tem 25 anos, Yanira, e eu 33.

— E daí?

Antes que ele responda, suspiro e digo de uma vez por todas:

— Ouça, Sergio, isso não está dando certo! E desculpe que eu diga, mas não é questão de idade.

Das duas, uma: ou esse cara é bobo, ou tem cera nos ouvidos, porque insiste:

— Todo mundo vai nos ver, e depois as pessoas falam, não pensou nisso?

Suspiro, suspiro e suspiro. Em minha casa, para debochar de mim, o pessoal me chama de Suspiros.

Minha paciência chega ao limite ao ver seus olhares reprovadores. Levanto a voz, indignada:

— E você acha que alguém vai prestar atenção em nós? Pô, Sergio, todo mundo que está aqui veio para namorar, para curtir o sexo e se pegar! Por acaso você fica olhando o que estão fazendo no carro ao lado?

Ao dizer isso, olho para a direita e fico de boca aberta.

A poucos metros de nosso carro, um casal com as janelas abertas está se dando bem, sem se importar com o que os outros vão dizer.

Palmas para eles!

Vejo que ela sobe e desce em cima dele sem nenhum decoro, enquanto se beijam com paixão e curtem o momento sem pensar em mais nada. Isso é exatamente o que eu quero.

Ao perceber o que estou olhando, Sergio fecha rapidamente a janela e me censura:

— O que está fazendo olhando o que esses dois estão fazendo?

De repente, caio na gargalhada, coisa habitual em mim e que costuma desesperar os que me cercam.

Droga... primeiro digo que ninguém olha o que os outros fazem, e a primeira a olhar sou eu!

Suspiro, e ouço Sergio dizer:

— Acho que é melhor irmos embora.

Contrariada, suspiro de novo. Estou prestes a explodir!

Ao me ver assim, ele muda de ideia e por fim diz:

— Tudo bem, vou levar o carro até o fundo do estacionamento. Parece que ali não há ninguém. Temos que conversar.

Ora... ora... ora... Esse "temos que conversar" parece interessante.

Embora o que ele tenha para dizer não me preocupe nem inquiete. O coitado cada dia me irrita mais com suas frescuras. E isso porque estamos só há alguns meses juntos. Não quero nem imaginar o que poderia ser um futuro com ele.

Sergio para de novo o carro, e, de fato, nessa parte do estacionamento não há ninguém; além do mais, o único poste de luz dali está quebrado. No escuro, e indignada com tudo que aconteceu, saio do carro. Ele sai atrás de mim.

— Yanira, isto não pode continuar assim.

Concordo. Ele tem razão.

— Ah, não... não pode continuar assim.

Durante pelo menos meia hora, dizemos tudo que temos para dizer e nenhum dos dois se abala. Se ele fala, eu respondo. Se eu falo, ele responde. Ambos trocamos censuras, e, uma vez que falamos tudo que vínhamos calando há um tempo, olhamo-nos em silêncio. Está claro que acabou.

Quando nos acalmamos, acendo um cigarro. Eu quase não fumo, mas, nesse momento, preciso. E, de repente, contra qualquer prognóstico, Sergio me arranca o cigarro, pisa nele, apoia-me contra o carro e começa a me beijar.

Ah, sim... isso sim!

Foi essa paixão dele que me encantou, que me cativou. Foi o que fez que eu quisesse ficar com ele. Deixo que me beije. Adoro quando ele se mostra exigente e impetuoso.

A brisa da praia bate em meu rosto, e sinto que recupero as forças.

Vivas à brisa do mar e ao sexo!

Sergio enfia as mãos por baixo de minha camiseta e começa a batalhar de novo com o fecho do sutiã. Definitivamente, ele é desajeitado. Sorrio e eu mesma o abro. A seguir, tiro as alças pelas mangas, puxo o sutiã por baixo da camiseta e, agitando-o, digo:

— Sem obstáculos.

Sergio olha para os dois lados, e quando vê que ninguém está olhando, sorri, e eu me lanço em sua boca. Enquanto nos beijamos, ele toca meus seios, e eu, querendo continuar com aquilo depois de nossa acalorada discussão, desloco-me até ficar sentada na lateral do capô do carro.

Continuamos nos beijando, e, em dado momento, tiro a camiseta e fico nua da cintura para cima. Sergio se afasta, olha para mim e grunhe:

— O que está fazendo?

Pronto, de novo!

Mas, dengosa, ponho a mão no botão de sua calça e digo em voz baixa e sensual:

— Calma, está escuro e ninguém está vendo. Não quer fazer sobre o capô do carro? Vamos... dê-me o que lhe peço.

Sua expressão é hilária, mas meu riso se congela quando ele diz:

— O que você está propondo é indecoroso. Está louca?!

Indecoroso? Louca?

Plano A: mando-o passear.

Plano B: esqueço o que ele disse e continuo.

Plano C: curto agora e depois o mando passear.

Por fim, eu me decido pelo plano B... Quero continuar. Pego Sergio pelas presilhas da calça e murmuro, disposta a fazê-lo mudar de ideia:

— Ninguém está vendo. E se virem, que aproveitem! Vamos, Sergio... quero você.

— E eu quero você... mas...

— Mas o quêêê?!

Sua expressão é um mar de contradições. Ele não sabe o que fazer. O Sergio primitivo e apaixonado que conheço na intimidade de um quarto luta para sair e curtir como um louco, mas ele se nega e responde:

— Não sou exibicionista.

— Nem eu — sorrio. — Mas estamos só você e eu... É só você desabotoar a calça e...

— Não.

— Vamos, bobo... eu sei que você gosta.

— Já disse que não — replica ele.

Sua respiração está acelerada enquanto ele olha os meus seios. O que houve com ele? Por que, com o passar dos meses, ele se tornou tão puritano?

Quando o conheci, ele era mais atrevido, mais ousado, mais selvagem. Sei que está tentado a fazer o que propus; ele gosta de sexo, e eu gosto de fazer sexo com ele. Mas ele resiste.

Divertida, pego um de meus seios e insisto, provocando-o:

— Venha...

Mas nem "venha" nem porra nenhuma. Pegando-me pelo braço, ele me desce do capô do carro com um puxão, abre a porta rapidamente e, empurrando-me, sibila:

— Entre!

Acabou!

Chega, não aguento mais!

Não gosto dessa ordem, nem de sua voz, nem de sua expressão. Não gosto e resisto. Irritada, volto-me para ele e grito, empurrando-o também:

— Nunca mais na vida me segure assim, entendeu? — E ao ver seu olhar, pergunto: — Mas que diabos há com você?

Ele não responde. Olhamos um para o outro. A fúria cresce em mim e visto a camiseta. A vontade de transar evaporou, e a última coisa que desejo nesse instante é seu toque.

— Não sei o que há com você — digo. — Sempre tão preocupado que alguém nos veja.

— Eu me preocupo com sua...

— Com minha o quê? — E ao ver que ele não responde, prossigo: — Se você realmente se preocupasse comigo, não estaríamos discutindo. Estaríamos nos beijando, acariciando e curtindo. Sabe de uma coisa? Estou farta. Farta de sua falta de espontaneidade. Farta de suas limitações. Farta.

Minhas palavras o atingem, eu sei. Posso ver. Ele nunca me viu tão furiosa como hoje, e, disposta a acabar a discussão que tivemos antes, solto:

— Ouça, Sergio, acho que você e eu já chegamos ao fundo do poço. Nós não queremos as mesmas coisas, somos muito diferentes. Cada dia fica mais claro, e eu não estou disposta a mudar nem por você nem por ninguém. E, claro, eu também não vou pedir que você mude por mim. Você é um cara ótimo, maravilhoso, mas não rola. Acabou.

Sem sair do lugar, vejo o homem que há alguns meses me deixava louca concordar e por fim dizer:

— Você tem razão. Não está dando certo. Quero uma garota que me ame, que me faça sentir especial, e você, Yanira, nunca vai fazer isso. O melhor é terminarmos.

Ao ouvi-lo falar assim, meu nível de raiva baixa. Sinto dó, e aceito. Ele tem razão, nunca vou amá-lo como ele deseja.

— Foi bonito — digo —, mas, sabemos, faz tempo que não dá certo. Eu gosto de você, e sei que você gosta de mim, mas não o amo como deveria amar, e...

— Eu sei, não precisa explicar.

Isso deixa tudo claro, e sem vontade de continuar cutucando a ferida, olho para ele e concluo:

— Então, é isso.

Sergio concorda com uma expressão séria e, olhando para mim, diz:

— Você tem razão. Faz um mês que penso nisso, mas não conseguia dar o passo. Obrigado, Yanira. Você me ajudou a fazer algo que era muito difícil para mim.

Está claro que ambos pensamos a mesma coisa, e isso me tira um peso das costas. Sergio me pergunta se quero que ele me leve para casa, mas não estou a fim de ficar mais tempo ao seu lado, de modo que me aproximo, dou-lhe um beijo no rosto, pego minha bolsa no carro e respondo:

— Não, obrigada. Prefiro ir andando.

— Tem certeza?

— Sim.

— Amigos? — pergunta ele olhando para mim.

Olho para ele com afeto. Sergio é uma excelente pessoa, e, com um sorriso, respondo:

— Claro que sim, meu menino. Embora a gente tenha terminado, sei que temos carinho um pelo outro, e adorarei poder ser sua amiga. E agora, fique tranquilo. Chegarei sozinha na minha casa. Você sabe que não é longe.

Ele sorri para mim, entra no carro e arranca. Quando ele se vai, digo em voz baixa:

— Que a força esteja com você!

Poxa, por que estou dizendo isso? Pareço o bizarro do meu irmão!

Isso me faz sorrir, e enquanto o carro se afasta, não sinto pena, nem tristeza, nem desamor. Simplesmente sinto-me livre!

Volto a ser cem por cento dona de minha vida. Fui despedida do emprego e estou solteira, posso decidir o que quero ou não quero fazer. Que luxo!

Olho em volta e opto por voltar para casa caminhando pela beira do mar. Adoro molhar os pés, e, enquanto o faço, cantarolo a canção da Shakira.

Te lo agradezco pero no,
te lo agradezco, mira niña, pero no.
Yo ya logré dejar de amarte.
No hago otra cosa que olvidarteeee.

Em Tenerife, a temperatura em maio é maravilhosa para caminhar, mesmo na areia úmida. Olho o relógio: 1h40. Sorrio.

Depois de um tempo seguindo a orla, ensimesmada, decido me sentar perto de umas espreguiçadeiras antes de abandonar esse idílico lugar e ir para casa.

A lua, a boa temperatura e o som do mar são maravilhosos. Relaxantes. Fecho os olhos e respiro fundo. Como se respira bem na minha ilha!

Mas, de repente, ouço o som de vozes. A poucos metros, atrás de uma barcaça abandonada na areia, vejo um casal que, rindo, se entrega ao prazer do sexo.

Escondida atrás das espreguiçadeiras, decido contemplar o espetáculo. Minha respiração se acelera. Nunca vi nada assim ao vivo, e, como sou muito curiosa, não perco um detalhe. Seus suspiros me excitam.

Estou a uns cinco metros e não consigo me mexer. Só consigo olhar... observar... e me alucinar com o deleite deles. Fazem amor na praia sem nenhum decoro, protegidos só por uma barcaça, a poucos metros do passeio marítimo. Ouço a voz da mulher, que exige mais...

Em um de seus movimentos, vejo seu rosto e a reconheço.

Caraaalho! É Alicia, casada com Antonio; irmã mais velha de minha amiga Coral. Uau!

De súbito, vejo um homem que se aproxima e fico inquieta. Ele não pode me ver, mas vai pegar os dois no flagra. Horrorizada, não sei o que fazer. Aviso-os ou não? Mas fico atônita quando, apesar de ver que alguém se aproxima, eles continuam.

O recém-chegado para junto à barcaça e se apoia nela.

Pô!... merda. É Antonio, marido de Alicia!

Meus Deeeeus, que flagra!

O negócio vai pegar fogo, e eu vou assistir na primeira fila.

Mas, de repente, contra qualquer prognóstico, ouço Antonio perguntar:

— Estão se divertindo?

Eles arfam em resposta, e Antonio, sorrindo, desabotoa a calça e se aproxima de Alicia. A seguir, tirando o pênis de dentro da cueca, ele se ajoelha, coloca-o na boca dela e diz com voz rouca:

— Vamos, meu amor... eu sei que você quer.

Como é que ééé?!

Se antes eu estava surpresa, agora estou em choque!

Ali está Alicia, entregue ao prazer do sexo, chega seu marido, e em vez de rodar a baiana e fazer rolar cabeças, ele entra na festa.

Incrível!

Durante vários minutos observo sem respirar enquanto o trio arfa e se diverte. Nunca vi nada igual. Isso supera os tolos filmes pornôs que vi algumas vezes!

Os decibéis de seus roucos gemidos crescem, ou talvez seja eu que os ouça cada vez mais alto. Não consigo parar de olhar. Estou cravada na areia, sem conseguir afastar os olhos! Até que, por fim, os três gritam sem decoro ao alcançar a liberação.

Eles respiram agitados. Eu não respiro.

Eles sorriem e falam. Eu estou sem palavras.

Cinco minutos depois, os três se vestem, e ouço Antonio e Alicia convidarem o desconhecido a beber alguma coisa no bar deles, que inaugurou há pouco tempo.

De boca seca e com a cabeça rodando, eu os observo se afastarem enquanto minhas pernas, meu coração, as raízes de meu cabelo, tudo treme! Tremo toda!

Quando fico sozinha, ainda com tremedeira, acendo um cigarro e processo o que vi. Porque é verdade que vi, não é?

Belisco minha bochecha e dou uma tragada.

Sim, eu vi. Decididamente, vi!

Quando acabo o cigarro, levanto-me. Vejo que consigo ficar de pé, e começo a andar. Vinte minutos depois, entro em minha casa e encontro tudo em silêncio. Minhas avós e meus pais, com toda a probabilidade, devem estar na loja de suvenires que temos no passeio marítimo da capital da ilha, Santa Cruz de Tenerife.

Ao passar pela porta de meus irmãos Garret e Rayco, ouço risos e torcida. Devem estar com os bizarros dos seus amigos jogando algum videogame, que eles adoram. Quando chego na frente do quarto de meu outro irmão, Argen, abro a porta, mas vejo que ele não está. Então, decido ir ao meu quarto.

Continuo em estado de choque. O que vi na praia me deixa alucinada, mas reconheço que também me excitou. Será que estou ruim da cabeça?

Tiro as lentes de contato. Meus olhos estão cansados, mas, mesmo assim, ligo meu *notebook* e, sem saber por que, procuro o bar de Antonio e Alicia. Chama-se Sueños e tem um site. Quando o encontro, não me surpreende ver que é uma casa de swing. Atraída como por um ímã, navego pelo site e faço uma visita virtual. Balcão de bar, sala de espelhos, sala do prazer, camas comunitárias, sala escura, festas privadas e *jacuzzi.*

Quando minha curiosidade fica satisfeita, desligo o computador e me enfio na cama. Nunca fui a um lugar desses, mas tenho certeza de que irei. O lugar me chama a atenção.

2

Impermeável

Pi-pi-pi-pi... pi-pi-pi-pi... pi-pi-pi-pi...

Estendo a mão e desligo o despertador. Acordar cedo me mata, mas hoje é minha vez de abrir a loja de suvenires. Pego o relógio e o aproximo do rosto. Sou míope, e sem óculos ou lentes de contato não vejo um palmo diante do nariz. Ao ver que hora é, levanto-me, ponho os óculos e me encaminho para o chuveiro. Depois, já vestida e com as lentes de contato, desço até a cozinha, onde sorrio ao ver uma de minhas avós.

Ankie, minha avó paterna, é holandesa. Há anos, quando meu avô morreu, ela veio morar conosco. Ela é divertida e às vezes meio maluca para a idade que tem, mas eu gosto e curto sua loucura. Ela é uma mulher muito atual e moderna, e me entende melhor que ninguém; além do mais, ambas somos artistas.

— Bom-dia, tesouro, dormiu bem?

Faço que sim com a cabeça e me sento em uma das cadeiras. Ela põe a minha frente um suco de laranja espremido na hora que eu bebo com prazer. Enquanto ela anda pela cozinha, eu pergunto:

— Onde está vovó Nira?

Vejo-a sorrir — adoro seu sorriso cínico —, e aproximando-se, ela diz em voz baixa:

— Fofocando com as vizinhas. Como ela gosta de uma fofoca!

Rimos. É verdade que vovó Nira adora uma boa fofoca.

— Não reclame — replico no mesmo tom de voz. — Depois, você bem que gosta que ela conte as fofocas.

Minha avó cai na risada, e eu com ela. Ankie é uma figura. Para começo de conversa, ela não gosta que nem meus irmãos nem eu a chamemos de vovó, nem de nana, nem de nada parecido. Desde pequenininhos, deixou bem claro que ela é Ankie, nem mais nem menos.

Na juventude, ela fez parte de uma banda na Holanda, mas a abandonou por amor, e agora, na maturidade, é guitarrista de uma banda que ela montou com umas amigas na ilha. Ela tem um ânimo que não há quem iguale.

Vejo o pote de Nesquik, que é meu vício! Pego, abro e enfio uma colherada na boca. Degusto com deleite, e, como sempre, sufoco com o pozinho!

— Tome um copinho de leite, minha querida, e pare de comer o chocolate assim a seco — censura minha avó ao me ver.

Olho a embalagem de leite integral e fico arrepiada. Nunca fui muito fã de leite, por isso murmuro, fechando o pote de Nesquik:

— Está bem... já tomo.

— Hoje é o grande dia, não é, querida?

— Sim. Hoje vou me apresentar pela primeira vez no Grand Hotel Mencey — respondo, contente.

Por fim consegui que alguém me contratasse para cantar, mesmo que seja no coro. Por algum lugar se tem que começar. E esse é o momento. Acabo de ser despedida e, ou faço agora, ou sei que não farei nunca.

Minha avó e eu nos entretemos conversando sobre música e canções, e ela esquece o copo de leite. Ótimo! Ankie é entendida na matéria, e adoro conversar com ela sobre o que apaixona a nós duas.

Falar com a avó sobre bandas atuais de pop e rock não é normal, mas ela é tão atualizada quanto eu no assunto.

De repente, ouço no rádio os primeiros acordes de uma canção e digo:

— Ouça, Ankie. Adoro essa canção.

— Quem está cantando?

— Pixie Lott, a canção se chama *Cry me out*. Já tem uns anos, mas acho linda.

Ankie a escuta. Sorri e, olhando para mim, pergunta:

— Sabe a letra, querida? — Digo que sim. — Vamos, cante para mim.

Usando uma concha da cozinha como microfone, faço o que ela me pede sem nenhuma vergonha, e entoo:

You'll have to cry me out,
you'll have to cry me o-o-out.
The tears that will fall, mean nothing at all,
it's time to get over yourself.
Baby, you ain't all that,
baby, there's no way back.
You can get talking
but, baby, I'm walking away.

Eu me divirto... curto mesmo.

Adoro cantar, e canções como essa se encaixam perfeitamente na "cor da minha voz", como diz minha avó. Enquanto canto, minha outra avó, Nira, entra na cozinha e fica ao lado de Ankie. As duas me olham encantadas.

Sou um orgulho para elas, cada uma a seu modo. Para Ankie, sou a jovem cantora que ela deseja que vença na vida com música; e para Nira, sou a neta que ela espera que um dia se case e lhe dê lindos bisnetos. Digamos que estou longe de poder fazer as duas felizes.

Quando acabo a canção, rio, e elas aplaudem, emocionadas.

— Ah, minha menina, como você canta bem! — suspira minha avó Nira.

— Você tem um futuro brilhante, Yanira — diz Ankie.

Estamos assim nos divertindo, as três, quando meus irmãos Garret e Rayco entram na cozinha. Embora gêmeos, eles são polos opostos. Garret olha para mim e, ao me ver com a concha na mão, afirma, com uma de suas célebres frases de *Guerra nas estrelas*:

— Sem dúvida, maravilhosa a voz é.

— Obrigada, mestre Yoda — debocho.

Ele leva a mão ao coração e responde:

— Que a força esteja com você, menina.

— A Uivinhos da casa já está cantando? — brinca Rayco.

Eu rio. Meus irmãos são demais para mim.

Garret é um *freek* por excelência, e acho que todos na família já assumimos isso. Ouvi-lo falar com suas frasezinhas da saga *Guerra nas estrelas* é normal. Tão normal que às vezes até nós as dizemos quase sem perceber.

Rayco é outra história. É o Don Juan da família e o *latin lover* de nossa bela ilha. Todas as meninas caem a seus pés. Todas babam quando ele passa. E todas acabam chorando.

Minha avó Ankie lhe dá um tapa na nuca ao ouvir seu comentário.

— Ai! — reclama ele com seu vozeirão.

Volto a rir quando minha avó lhe diz:

— Tenha um pouco de respeito, sem-vergonha. Sua irmã é uma artista, e os artistas devem ser respeitados.

— Não é bom irritar uma *wookiee* — cochicha Garret, fazendo-me rir.

— Você quer dizer uma bruxa montada em uma guitarra elétrica — debocha Rayco, olhando para Ankie.

Vovó Nira sorri ao ver a cara de minha outra avó e, para acalmar a agitação, diz:

— Vamos, rapazes, tomem o café da manhã, que está ficando tarde.

Com o olhar, peço a Rayco que se cale. Ele me obedece, e nós cinco tomamos o café da manhã na mesa da cozinha, entre risos e confidências.

Meia hora depois, meus dois irmãos e eu entramos em meu carro e nos dirigimos a Santa Cruz de Tenerife para abrir a loja. Durante horas, nós três atendemos aos clientes que entram para comprar e fofocar. Às vezes, o trabalho aqui é extenuante, e hoje é uma dessas ocasiões. À uma da tarde, meu irmão Argen aparece.

— Garret, Rayco — grita —, vocês já podem ir!

Rayco se aproxima e, erguendo a gola da camiseta polo vermelha, murmura ao ver umas turistas olhando para ele:

— O dever me chama... danem-se aí, irmãozinhos!

Garret, para não ficar atrás, acrescenta:

— E que a força esteja com vocês, humanos.

Divertida, observo-os enquanto saem, e então Argen pergunta:

— Por que eles são tão nerds?

Eu, sorrindo e olhando para ele, respondo:

— Se mamãe o ouvisse, diria que eles não são nerds, são apaixonados.

— Porra, Yanira... eles têm quase 35 anos, será que nunca vão mudar?

Suspiro, coço a cabeça e digo:

— Acho que não. A propósito, seu nível de açúcar está bom?

Argen olha para mim e concorda, risonho.

— Sim, mamãe. Insulina administrada e ingeridos os carboidratos necessários. Tudo certo.

Sorrio e o observo começar a atender uns turistas. Argen sempre me preocupa. Ele tem diabetes desde pequeno, e, embora tenha uma vida normal, não me permito esquecer que deve controlar sua doença.

Somos quatro irmãos, todos diferentes. Argen é o mais velho, tem 40 anos. É um louco de pedra. Trabalha em seu próprio ateliê e dá uma mão na loja de meus pais durante a semana. Depois vêm Garret e Rayco, com quase 35, dois nerds assumidos; e, por último, eu, a "menina". A caçula. A inesperada da casa, com 25 anos, e cantora.

Papai, Argen e eu somos os loiros e "holandeses" da família, ao passo que Garret, Rayco e mamãe são os morenos e "ilhéus". Há de tudo lá em casa.

Depois de atender a vários turistas, que compram algumas lembrancinhas, meu irmão se aproxima e me pergunta:

— Você está nervosa por causa de hoje à noite?

Ao pensar em minha apresentação, dou de ombros e respondo:

— Um pouquinho.

Argen sorri. Nós dois temos uma conexão muito especial, apesar de ele ser o mais velho e eu a caçula. Ele é meu maior fã e o melhor irmão do mundo. Agora, emocionado, ele me diz:

— Vai ser maravilhoso, e, quando a ouvirem cantar, vão enlouquecer.

Um cliente me traz umas conchas para que eu embrulhe, e, enquanto o faço, digo a meu irmão:

— Sou só mais uma no coro.

— E daí?

— Não creio que alguém vá prestar muita atenção em mim.

— Do jeito que você é bonita e canta bem, vão sim!

Ambos rimos enquanto continuamos atendendo aos clientes que nos entregam suas compras.

Às quatro da tarde aparecem meus pais, Larry e Idaira. Um casal original. Mamãe fala pelos cotovelos e papai é o contrário, mas com o olhar diz tudo. Acho que esse jeito de ser tão diferente é o que faz que sejam tão apaixonados um pelo outro.

Todos nós cuidamos do negócio da família. Um negócio que nos alimenta e nos permite viver com tranquilidade.

Vejo que minha mãe se aproxima de Argen e, por sua expressão, sei que está lhe perguntando como se sente. Todos nos preocupamos com ele, e, como sempre, meu irmão se limita a sorrir.

Papai, que como eu observa a situação, aproxima-se de mim e pergunta:

— Você está nervosa, minha Suspiros?

Sorrio ao ouvi-lo e, fazendo jus ao nome, suspiro antes de responder:

— Um pouquinho, papai.

Mamãe dá um beijo em Argen e depois se aproxima de mim e me beija também.

— Minha menina, vá embora e descanse — diz. — Hoje à noite você tem que estar relaxada. Deixei o vestido passado pendurado no armário, e antes de ir para o hotel tome um bom copo de leite, entendeu?

Eu concordo. Não vou tomar o leite, mas concordo.

— A propósito, meu amor — acrescenta ela —, se pudermos, um de nós vai dar uma escapada para vê-la.

Após dar um beijo em meus pais e piscar para meu irmão, vou para casa. Ao chegar, pego a mochila e vou à aula de dança, onde me divirto demais. Dançamos salsa, dança do ventre e *hip-hop*, de tudo.

Quando volto, entro em meu quarto e me jogo na cama. Ah, Deus... adoro dormir. É um dos meus maiores prazeres na vida; mas, se eu dormir a essa hora, vou acordar com um mau humor que ninguém vai aguentar, então decido tomar um banho para ver se desperto.

Ao sair do chuveiro, desço para conversar um pouco com minhas avós, e às sete ponho um vestido preto, como me pediu o pessoal que me contratou, e sapatos de salto. Pego o carro e me dirijo ao Grand Hotel Mencey para minha "estreia".

Muito bem, reconheço, agora sim estou meio nervosa!

Cantar no coro não é o trabalho dos meus sonhos, mas pelo menos me permitirá subir no palco e me divertir.

Ao estacionar o carro nas imediações do hotel, fico pasma ao ver Sergio, meu recente ex, do outro lado da rua. Será que veio me ver? Mas logo percebo que não sou o motivo de ele estar ali, e sim uma ruiva com quem ele se mostra muito melado.

Incrível. Estou vendo como está sofrendo com a dor do nosso rompimento...

De certo modo, acho engraçado. É evidente que Sergio e eu não fomos feitos um para o outro, e isso confirma que o melhor foi terminar.

Depois de fechar o carro, cumprimento vários amigos ao entrar pela cozinha do hotel. Minha amiga Coral, que faz uns bolos divinos, trabalha ali. Ao me ver, ela pega minha mão e pergunta:

— É verdade que você terminou com Sergio?

— Sim.

— Por quê? — E ao me ver suspirar, balança a cabeça. — Tudo bem... não precisa dizer, eu já imagino. Por fim percebeu que você e esse chato não têm nada a ver, não é? Veja, menina, eu disse que aquele chato não era para você. Você precisa de outro tipo de homem. Insiste em sair sempre com os mais velhos, mas acho que deveria arranjar um rapaz da sua idade, que goste do mesmo que você e que saiba deixá-la apaixonada.

— Coral, coitada de você se acha que vou me apaixonar por alguém.

Minha amiga, a grande romântica por excelência, replica:

— Você precisa parar de voar de flor em flor e encontrar um homem como meu Toño. Aliás, outro dia, em uma revista, vi um vestido de noiva lindo. Quando ele me pedir em casamento, garanto que vou usar esse vestido.

Eu rio. Ela, Toño e seu casamento...

Se há uma coisa que Coral quer neste mundo é se casar, ter uma família grande e ser feliz. Para mim, porém, tudo isso dá alergia. Acho que, no mundo em que vivemos, a família já é uma instituição jurássica. Mas, tudo bem, respeito que ela seja tão romântica e deseje ter seu belo casamento e sua história de amor.

Por outro lado, ela insiste que eu tenho que gostar dos garotos de nossa idade, e não entende que os jovens me entediam até a morte. Eu gosto dos madurinhos, homens interessantes com quem se pode conversar, e que na hora do sexo sabem o que fazer.

Quando lhe apresentei Sergio, ela o olhou de cima a baixo, e sei que não gostou dele. E me deu um prazo de dois meses. No fim, foram quase sete, mas, convenhamos, a intuição dela não falha!

Durante alguns minutos ouço-a esculachar o pobre Sergio enquanto eu rio. Coral é única. Fala pelos cotovelos, como mamãe, e acho que isso é o que faz que eu a adore e a ame tanto. Quando por fim vou falar, aparece Alicia, sua irmã.

— Olá, Yanira — me cumprimenta.

Fico vermelha feito um tomate.

Coral olha para mim com estranheza.

Ao ver Alicia, recordo o que a vi fazendo na praia com o marido e com outro homem, e não consigo disfarçar.

Ela olha para mim, e eu me abano com a mão, enquanto exclamo.

— Ufa... que calor está aqui, não é?

Coral franze o cenho. Ela me conhece e sabe que, se eu reagi assim, foi por algum motivo, mas, quando vai perguntar, sua irmã se adianta e diz:

— Você está muito vermelha. Está se sentindo bem, Yanira?

Ora... ora... o que digo? O que respondo?

Plano A: rio.

Plano B: dou uma de tonta.

Plano C: tento disfarçar.

Sem dúvida, o plano C é o melhor, e tocando meu olho digo:

— Esta lente de contato hoje está rebelde e me incomodando.

Alicia sorri e, piscando para mim, comenta:

— É, cantar não é como trabalhar na creche. Está nervosa?

Não param de desfilar por minha cabeça as imagens dela com os dois homens, mas ela me ofereceu uma saída fácil, então faço que sim com a cabeça e respondo:

— Sim... na verdade... estou meio nervosa.

Quando ela pega o que foi buscar e vai embora, olho para Coral, que, de faca em riste, murmura em um tom maternal:

— Yanira Van Der Vall, o que é que você tem?

— Nada.

Mas minha amiga é muito persistente e, sem tirar os olhos de mim, insiste:

— Ou você me conta, ou quando eu casar não a convido para o casamento.

Acho engraçado e sorrio, mas, como vejo que ela não desiste, por fim respondo:

— Estou angustiada por conta da apresentação, só isso.

Coral ergue uma sobrancelha. Sei que ela não acredita em mim, mas, sem dizer mais nada, começa a bater claras de ovos a uma velocidade que me deixa atônita. Logo volta a um de seus temas preferidos: as virtudes de seu amado e enjoativo Toño. Até que, de repente, para e comenta:

— Luis me disse que ele e Arturo vão passar aqui hoje para ver você.

— Sério? — sorrio ao pensar em meus bons amigos.

— Sim. Você sabe que eles beijam o chão que você pisa. Você é a "tulipa" deles!

Arturo e Luis formam um casal incrível. Ano passado se casaram, e fui madrinha deles. Foi um dia mágico para todos, e nós três nos declaramos amor incondicional. Além do mais, Luis é um homem aberto a qualquer tipo de conversa, coisa que vem a calhar, porque, embora com Coral eu fale de quase tudo, em certos assuntos ela é bastante limitada.

Após alguns minutos em silêncio, eu me apoio em uma prateleira, e como quem não quer nada, digo:

— Sua irmã e Antonio abriram um bar, não é?

Ela assente; para de cortar verduras, olha para mim e sussurra:

— É isso... é isso que a está inquietando. Quem lhe contou?

— Você é que não! — censuro-a.

Coral prossegue com suas verdurinhas e sem olhar para mim cochicha:

— Quando fiquei sabendo, já estava tudo decidido. Meu Toño está escandalizado e minha mãe, envergonhada por Alicia ter montado um lugar assim. Ainda estou sem palavras. Poxa... não sou carola, mas não vejo graça nenhuma em ter alguma relação com suas depravações.

— Depravações?

Ela solta um suspiro de frustração, e, após olhar ao redor para se certificar de que ninguém nos ouve, continua:

— Você melhor que ninguém sabe que eu, para sexo, sou muito tradicional. Se bem que, bom, meu Toño e eu fazemos umas coisinhas de vez em quando. Mas uma coisa é uma coisa...

— E outra coisa é outra coisa — finalizo, e Coral concorda.

Depois de alguns segundos em silêncio, ela acrescenta:

— Menina, quando minha mãe descobriu que ali se troca de parceiros como se fossem figurinhas, não parou de chorar durante 48 horas. A mulher sofreu um desgosto que nem lhe conto.

Figurinhas?!

Acho engraçada essa comparação, mas disfarço. Não sei o que dizer. Minha expressão é ridícula diante de sua reação. Fico surpresa com seus comentários. Não importa o que Coral diga, ela não é nada puritana em matéria de sexo.

— Fiz essa mesma cara quando a desmiolada da minha irmã me explicou o que ela e seu marido iam fazer. Eu disse que minha mãe não ia aceitar, mas Alicia não arredou pé. Disse que é um negócio rentável, e é verdade. Embora eu não veja a menor graça, reconheço que em apenas um mês após a inauguração o bar está indo muito bem. Pelo visto, muita gente vai lá. — E baixando a voz, repete: Meu Toño está escandalizado.

Mas não podemos continuar conversando, porque o *chef* olha para nós e diz:

— Vamos, vamos, meninas, chega de falar e vamos trabalhar.

Coral continua rapidamente cortando verduras, e eu me despeço dela com uma piscada.

A apresentação começa muito bem. É meu batismo em cima de um palco que não seja de karaokê, e agradeço muito a Richi, um amigo que trabalha nessa banda, por ter pensado em mim.

Em um dado momento, vejo ao fundo minha avó Ankie com umas amigas. Elas deram um jeito de entrar no hotel e aplaudem feito loucas. E quando já estou explodindo de satisfação, vejo Luis e Arturo dançando na pista enquanto cantamos *Mamma mia*.

Quando a apresentação acaba, procuro minha avó, mas não a vejo. Ela foi embora com suas amigas. Mas Luis e Arturo se aproximam encantados.

— Ah, minha tulipa, como você cantou beeem! — grita Luis me abraçando.

Sempre dou muita risada quando ele me chama de "tulipa". Como a tulipa é a flor da Holanda e meu pai é de lá, Luis decidiu me batizar assim.

Arturo espera sua vez de me abraçar. Diz:

— Parabéns, artistaça. Você esteve maravilhosa.

Vou com eles tomar um drinque. Temos que celebrar minha estreia, e, como sempre, nós três nos divertimos muito. Duas horas depois, após me despedir deles, pego o carro e volto para casa contente.

Ao entrar, vovó Nira, que está fazendo crochê sentada em uma cadeira de balanço, me cumprimenta:

— Olá, minha menina, como foi a apresentação?

Enquanto deixo a bolsa em uma cadeira e as chaves na bandeja de cerâmica na entrada, respondo, tirando os sapatos de salto, que estão me matando:

— Bem, vovó, tudo ótimo. — E olhando em volta, pergunto. — Está sozinha?

Ela sorri. Minha avó sempre sorri.

— Seus irmãos saíram há horas, Ankie está com umas amigas e eu fiquei aqui, feliz e tranquila, vendo esses aí brigando na televisão. A propósito, sabia que a neta de Manolín Martínez se casou com o neto de Luciano Llorente?

Surpresa, olho para ela e pergunto:

— E quem são esses?

Sem largar o crochê, minha avó responde:

— São toureiros do meu tempo. E, para que me entenda, as duas famílias não se dão, e seus netos se casaram escondidos. Dá para acreditar?

— Se você está dizendo, eu acredito — brinco.

Ela concorda com a cabeça ao me ver rir e continua:

— Eu preferia que você trabalhasse na creche com as crianças, e não que cantasse. Uma coisa é você fazer o coro de Ankie em seus shows, e outra é você também querer ser artista como ela. Fico preocupada, Yanira. Esse mundo não é para você.

Solto uma gargalhada.

— Vovó, o que está dizendo?

— O que você ouviu, minha menina. Já disse que estou preocupada. O que você devia fazer era arranjar um namorado, como sua amiga Coral. Um rapaz decente e com boas intenções com quem formar sua própria família.

— Vovó...

— Ah, minha pequena, o dia em que você se casar será um dos mais felizes de minha vida. Lembre-se disso.

— Vovó, não comece.

— Você vai ficar tão linda vestida de noiva...

E como ela sempre faz quando quer falar de um assunto que eu não quero, olha para mim com olhos de cãozinho abandonado. E depois acrescenta, com voz emocionada:

— Lindinha e loirinha do jeito que você é, vai ficar tão bonita que só de imaginar me emociono!

— Vóó — protesto com carinho.

Conversamos durante um tempo sobre o que ela quer, é impossível evitar, e após me despedir vou direto para meu quarto. Não quero continuar falando de casamentos.

Já em meu quarto, tiro as lentes de contato, a maquiagem, ponho o pijama e os óculos e ligo o *notebook* para entrar no Facebook. Quero que minhas amigas, virtuais ou não, saibam que a apresentação foi ótima. Recebo suas felicitações, e quando vou desligar o computador me lembro de uma coisa e procuro no Google a palavra "*swing*".

Alucinada, vejo que há centenas de páginas dedicadas a uma atividade até agora para mim desconhecida, e encontro um monte de bares de troca de casais em todo o mundo. Até em Tenerife. Além do da irmã de Coral, há mais três.

Leio com curiosidade um monte de páginas que explicam o que é o movimento Swinger, e, por fim, visito virtualmente alguns locais.

Ainda incrédula com a descoberta, eu me pergunto se realmente as pessoas trocam de parceiros nesses lugares. Pensar nisso me provoca muita curiosidade.

Deus, se Coral e o Toño dela souberem, vão pensar que sou outra depravada, como Alicia.

O sexo, as brincadeiras com meus parceiros e minha imaginação sempre foram uma grande fonte de prazer para mim, e logo percebo que nada do que leio ou vejo nessas páginas me escandaliza, como, pelo visto, acontece com Coral.

Quando por fim me deito, não consigo parar de pensar nesses lugares. Eles me atraem.

3

Aprendiz

No dia seguinte, domingo, após uma exaustiva jornada na loja de meus pais, volto para casa e tomo um banho. Estou cansada. Às seis, depois de comer alguma coisa, ponho um vestido escuro e os sapatos de salto e vou trabalhar no hotel. Hoje o repertório muda um pouco: vão tocar música dos anos 1970.

Quando terminamos, o diretor da banda manda me chamar e, após me dizer que gosta de minha voz e minha boa disposição, propõe que eu trabalhe todos os fins de semana. Aceito, maravilhada.

Enquanto me dirijo ao carro, sinto-me vencedora. Consegui que uma banda quisesse que eu cantasse com eles, mesmo que seja no coro. Legal!

Contente, dirijo e cantarolo a música que toca no rádio. Quando estou prestes a sair da Santa Cruz, reduzo a velocidade e sem hesitar nem uma única vez viro à direita, decidida a conhecer um desses bares de troca de casais. Mas não vou ao que fica perto de minha casa, e sim a outro, mais afastado. Não quero encontrar ninguém conhecido. Seria um balde de água fria, pelo amor de Deus!

Quando estaciono, são onze e meia da noite. Olho para a porta do lugar, que se chama Instantes. Só o nome já me estimula. Uma parte de mim quer entrar, mas a outra grita para não fazer isso.

Entro? Não entro?... O que faço?

Plano A: entro.

Plano B: vou embora.

Plano C: Deus, não tenho plano C!

Por fim, ligo o carro e vou embora. Que estou fazendo ali?

Noite sim e noite também, cada vez que saio do trabalho volto ao mesmo lugar e o observo, pensando no que fazer. Olho com curiosidade as pessoas que entram, e vejo que são gente tão normal quanto eu. Isso me motiva, e por fim me atrevo a sair do carro.

Mas uma coisa é sair do carro, e outra é entrar no lugar. Depois de pensar por um bom tempo, a curiosidade que sinto de ver esse lugar com meus próprios olhos faz que eu me encaminhe para lá com meus pés torturados pelos sapatos de salto, enquanto digo em voz baixa:

— Vamos, Yanira, você consegue realizar o plano A.

Abro a porta e encontro um bar normal.

É só isso? Para isso, tantas dúvidas?

Homens e mulheres conversam no balcão enquanto bebem alguma coisa e ouvem música.

Que decepção! Não sei o que eu esperava, mas, evidentemente, não isso.

Quando chego ao balcão e peço uma vodca com Coca-Cola, uma mulher se aproxima e me cumprimenta.

— Olá, como é seu nome?

— Yanira — digo.

— Olá, Yanira, meu nome é Susan, e sou relações públicas do Instantes. É a primeira vez que você vem aqui, não é?

— Sim.

— Está esperando alguém?

— Não. — Vejo que minha resposta a deixa um pouco aturdida, e acrescento: — Estava passando por aqui e decidi parar para beber alguma coisa.

Ela concorda, põe a mão no cabelo vermelho e, aproximando-se um pouco de mim, diz:

— Yanira, não sei se você sabe, mas este local é...

— De troca de casais — termino a frase.

Estou nervosa. Muito nervosa. Mas se tenho alguma coisa de bom é que mantenho meu nervosismo dentro de mim e as pessoas só veem tranquilidade e segurança. Sorrindo, acrescento:

— Fique tranquila, Susan, eu sei onde estou.

Ela volta a sorrir e pergunta com estranheza:

— Você é da ilha?

Confirmo. É uma pergunta que ouço várias vezes por dia, então explico:

— Sim. Meu pai é holandês e minha mãe é daqui de Tenerife. E sim, sou muito loira e sei que pareço turista, mas não sou. Sou daqui mesmo.

— Eu sou inglesa, mas, por amor, fiquei neste lindo lugar. — Ambas sorrimos, e ela acrescenta. — Agora que quebramos o gelo, vou lhe dizer que sempre que vem alguém novo eu me encarrego de apresentar o local e explicar as normas.

— Ótimo.

— Você permite que eu lhe fale um pouco sobre a finalidade do Instantes?

— Claro.

Susan sorri e diz:

— A filosofia deste tipo de lugar é viver novas experiências, sempre de comum acordo. Aqui ninguém deve se sentir forçado a fazer nada que não queira, e nosso lema é "Curta o sexo, mas sem incomodar os outros, e aceite que lhe digam não".

— Ótimo lema — afirmo, mantendo meus nervosismo sob controle.

— As pessoas que vêm sozinhas, como você, ficam em uma sala diferente da dos casais, e só podem passar para as áreas coletivas se encontrarem um parceiro ou se alguém daqui quiser sua presença. Funciona assim todos os dias, exceto aos sábados, quando só são permitidos casais. Em princípio, os casais só conversam, dançam ou bebem alguma coisa, e se decidirem fazer a troca ou se relacionar com outros em busca de sexo passam para as salas privadas. Quer que eu lhe mostre o local?

Digo que sim e a sigo. Tudo que ela me disse eu já havia lido na internet.

Atravessamos uma porta azul e nos encontramos em outra sala, onde a música é um pouco mais suave; também há gente conversando e bebendo. Percebo que vários homens e mulheres me observam. Desperto neles tanta curiosidade quantos eles em mim, mas sigo Susan ao quarto escuro, à sala de cinema pornô, a uma pequena sala com buracos na parede, a vários quartos privativos e a um salão enorme com uma cama larga e comprida. Fico de boca seca ao entrar e ver o que uns casais estão fazendo ali.

Uau!

Ao sair da sala, disfarço, mas me sinto como se fosse ter um piripaque.

Susan me mostra outro aposento, onde há duas *jacuzzis* ocupadas. Meu coração bate forte quando vejo o que estão fazendo nessas *jacuzzis*. Depois, Susan me mostra os armários, onde vejo vários sacos transparentes hermeticamente fechados, que contêm toalhas de banho, de mão e garrafas de água. Ela me explica que em um lugar como esse a higiene é primordial, e eu concordo. Tudo é moderno e limpo. Muito limpo.

Acabada a visita, Susan me guia até uma sala onde algumas pessoas conversam e se relacionam.

— Esta é a sala azul — diz. — Aqui ficam as pessoas que vêm sem acompanhante. Agora, vou deixá-la aqui. Estarei por aí; qualquer coisa que deseje, peça-me, ok?

Faço que sim com a cabeça. Estou sem palavras. Se alguém me espetar, não vai conseguir tirar meu sangue, tamanho susto que levei.

Mas que diabos estou fazendo aqui? Onde foi que eu me meti?

Com a boca seca feito lixa, dirijo-me ao bar e, quando o garçom me olha, digo:

— Uma água sem gás.

Ele a serve, e eu a bebo quase de um gole só. Estou sedenta. De repente, um homem se senta ao meu lado e, olhando para mim, diz:

— *Ciao, bela*. Meu nome é Francesco.

Dou um pulo tão grande na cadeira que quase bato a cabeça no teto. Com os olhos arregalados, olho para o homem à minha frente e murmuro:

— Tenho que ir. Adeus.

O italiano não se mexe. Não me toca. Não me detém.

Saio do bar, entro no carro, e, com taquicardia por conta de tudo que vi, dirijo até minha casa.

4

Quando ninguém me vê

Um mês depois de começar a trabalhar como garota do coro, tudo vai de vento em popa. Pela primeira vez estou fazendo o que sempre sonhei e me sinto total protagonista de minha própria história. Gosto de cantar com a banda, e no dia que me propuseram interpretar uma canção sozinha, quase morri de felicidade!

Não param de passar pela minha cabeça as imagens do que vi naquele dia, na casa de *swing*, e por fim, uma noite, quando termino a apresentação no hotel, decido voltar ao local.

Estaciono e fico olhando o letreiro. Respiro fundo e saio do carro. Sem hesitar, entro, e ao ver Susan eu a cumprimento. Ela se lembra de mim e me recebe com um sorriso. Dessa vez, sem precisar que ela me explique de novo, encaminho-me à sala azul. Estou sozinha, portanto sei que devo ir para lá.

Já lá dentro, vejo que as pessoas conversam tranquilamente e que ninguém me olha. Mais segura do que na vez anterior, sento-me ao balcão e peço uma vodca com Coca-Cola. Bebo um gole, quando ouço alguém dizer ao meu lado:

— *Ciao, bela*. Que bom vê-la de novo por aqui.

Reconheço sua voz e recordo seu nome. Volto-me para olhá-lo e o cumprimento:

— Olá, Francesco.

— Da última vez que nos vimos, você não me disse seu nome.

Depois de pensar durante alguns instantes se invento um nome ou digo a verdade, por fim respondo:

— Yanira.

— Belíssimo nome.

Sorrio, e ele faz o mesmo. Gosto de seu sotaque italiano, mas se há alguma coisa que aprendi é a ter cuidado com os estrangeiros que vêm passar férias. Ainda mais com os italianos, que são perigosíssimos!

Francesco é alto e magro. Deve ter uns 35 anos, cabelo castanho e olhos escuros. Sinceramente, é muito agradável aos olhos, e logo descubro que aos ouvidos também. Durante um tempo falamos de coisas banais, até que ele olha para mim e pergunta:

— O que aconteceu com você no outro dia?

Eu rio. Quando estou nervosa, é o que faço. A seguir, respondo:

— Nada. Só decidi ir embora.

O italiano balança a cabeça e, após beber um gole de bebida, continua:

— Susan me disse que você veio sozinha.

— Sim.

— O que está procurando?

Estou com calor... Minhas pernas tremem... Mas, disposta a ser a mulher segura de seus atos, respondo:

— Vim tomar um drinque e conhecer o local.

— Só isso?

Confirmo como uma marionete, mas, ao ver seu olhar, acrescento:

— Por enquanto, sim.

Francesco sorri e, aproximando-se um pouco mais de mim, murmura:

— Aqui você não vai encontrar um namorado nem ninguém que a peça em casamento, mas sexo, sim. A propósito, gosto desse "por enquanto".

Solto o riso. Se há alguém que não quer namorado e casamento, sou eu. Olhando para o garçom, peço outra vodca com Coca-Cola.

Quando ele põe a taça diante de mim, o italiano diz:

— Susan comentou que foi a primeira vez que você veio.

Confirmo, e ele pergunta:

— Sério? E o que a trouxe a este bar?

— A curiosidade — respondo sincera.

Francesco olha para mim sorridente e, aproximando-se mais, sussurra:

— Cuidado com essa curiosidade!

Sinto calor. E ele tem toda a razão!

— Por quê?

— Porque lugares como este podem assustar, e além do mais, você sabe, a curiosidade matou o gato!

Solto uma gargalhada. Como estou nervosa! Mas, tentando manter minha aparência de segurança, respondo:

— Tenho certeza de que em um lugar como este posso me surpreender, mas me assustar devo lhe dizer que não.

Ah, mãe do céu, como minto bem!

Uma hora depois, Francesco e eu já estamos mais relaxados. Ele é muito agradável e me deixa à vontade. Durante nossa conversa, descubro que ele mora em Portofino, a uns 35 quilômetros de Gênova, mas que há dois meses está na ilha. Trabalha no porto de sua cidade com informática, e sua empresa o mandou por seis meses a Tenerife.

Interessante!

A cada segundo que passo com ele me sinto mais e mais receptiva a sua sedução. O que os italianos têm que nos deixam bobas? Será o sotaque? O estilo? Ou o nó elegante de sua gravata?

Ele não encosta um dedo em mim, mas seu olhar de desejo fala por si só, e isso me excita como eu nunca tinha imaginado.

Ah, minha mãe!

Francesco e seu senso de humor me cativam, encantam. Seu caráter facilita, e seu sorriso, acompanhado pelo lindo cabelo, me enfeitiça. Já bebi dois drinques, e embora não esteja bêbada noto que, cada vez que vejo um casal desaparecer por trás da cortina preta ou da porta dos reservados, fico excitada. Francesco deve perceber, porque me pergunta:

— Quer ir dançar na sala escura?

Ora, a proposta é, no mínimo, interessante. O que faço? O que digo?

Estou animada, excitada, não vou negar. O italiano é um gato. Tem lábios fantásticos, olhos encantadores e um sotaque alucinante, e estou disposta a curtir e dar ao meu corpo o que ele exige.

— Depende — solto.

Ele sorri.

— Depende de quê?

Como uma mulher fatal, toco o cabelo e respondo, toda gata:

— Do que você pretende fazer ali comigo.

Com uma expressão felina que me hipnotiza, ele aproxima a cabeça da minha e diz:

— A primeira norma de lugares como este é fazer o que se quer. Você quer?

Não respondo, mas sinto meu coração acelerar. Ele prossegue:

— É evidente que você me agrada, me atrai, e eu brincaria com você de tudo que possa imaginar. Mas também é evidente que você não é uma mulher experiente em certo tipo de brincadeiras, não é?

Seu olhar deixa claro que ele espera uma resposta, e digo:

— Já tive outras relações, mas... bem, é a primeira vez que...

Não digo mais nada porque minha voz falha. Ele me entende. Levanta-se e, com elegância, me estende a mão e murmura:

— Confie em mim, vamos à sala escura.

Santo Deus, chegou a hora da verdade!

Penso durante alguns segundos. Devo confiar nele ou não? Mas meu radar não me alerta para nenhum perigo, e, decidida, levanto-me e respondo:

— Tudo bem.

Francesco pega minha mão, e juntos nos encaminhamos às cortinas escuras por onde, ao longo da noite, vi muitas pessoas aparecendo e desaparecendo.

Sinto um nó no estômago. Estou histérica!

Uma vez transpassadas as cortinas, tudo é escuridão. Seguro sua mão com força, e ele, abraçando-me, diz, enquanto uma canção sensual sai pelas caixas de som:

— Calma, *bellissima*, vamos só até onde você quiser. Até onde você desejar. Ninguém vai obrigá-la a fazer nada. E se alguma coisa que eu fizer a incomodar, diga-me e eu paro.

Movemo-nos ao compasso da voz de Whitney Houston, quando noto que suas mãos descem até minhas nádegas e as apertam por cima do vestido. Incitação.

Santo Deus, estou deixando que um homem que não conheço ponha a mão em mim!

Sem dizer nada, deixo que suas mãos passeiem por meu corpo, enquanto sua boca busca a minha e me beija. Ele beija muito bem, e eu correspondo. Capturo sua língua em minha boca e a degusto, curto. Assim ficamos vários segundos, até que ele interrompe o beijo e seus lábios carnudos descem ao meu pescoço, e acabam enchendo meu decote de beijos. Estimulação.

Sinto meus mamilos endurecerem e meu estômago se encolher diante desse ataque devastador, mas não o detenho. Curto. Não quero pensar em mais nada. Só quero curtir esse jogo quente. Aperto meu corpo contra o dele e o incito a continuar.

A música...

A escuridão...

E o jeito como ele me toca faz que eu perca a razão, ainda mais quando noto a dura e latente ereção embaixo de sua calça. Tentação.

Senti-lo excitado com o que estamos fazendo me deixa louca.

— Continuamos? — pergunta ele ao meu ouvido.

— Sim.

Até o momento, gosto de tudo e quero continuar.

— Posso pôr as mãos por baixo de seu vestido e tocá-la?

Fico muda. Não consigo responder. Onde está minha torrente de voz?

Muita gente qualificaria como indecência o que estou fazendo, mas eu gosto. De qualquer maneira, é minha indecência. É com meu corpo que estou brincando. E não quero parar. Quando Francesco coloca as mãos por baixo da saia de meu vestido, minha respiração se acelera. A sensação de seu toque subindo por minhas coxas até chegar às minhas nádegas é incrível. Aceitação.

Quando ele enfia os dedos pela lateral de minha calcinha até alcançar meu sexo, enlouqueço, e ainda mais quando o ouço dizer:

— Afaste um pouco mais as pernas. Assim... Assim... Huummm... você está molhada.

Meu Deus... Meu Deus... Meus Deeeus!

Faço o que ele me pede e, já mais acostumada à escuridão, começo a ver que há mais gente à nossa volta e que um casal dança perto de nós.

Sem demora, Francesco introduz um dedo dentro de mim, e eu solto um gritinho de surpresa.

— Gosta? — pergunta ele.

Ah, sim... claro que gosto!

— Sim — respondo com um fio de voz.

Noto que ele sorri, e depois de morder meu queixo murmura:

— Quando você mandar, eu paro.

Concordo... e concordo, mas não o mando parar.

Nem louca!

Ele mexe os dedos dentro de mim, e, agitada, solto um gritinho luxurioso. Ele me masturba, e eu, colada nele, deixo que me excite e se aposse de meu corpo. O casal que dança ao nosso lado ouve meus suspiros, e não me surpreendo quando vejo que começam a fazer o mesmo que nós.

Eu nunca fiz algo assim junto com outras pessoas, e é imensamente excitante.

Depois de vários minutos prazerosos nos quais eu e a outra mulher gememos, Francesco se aproxima de meu ouvido e pergunta:

— Vamos continuar?

Não hesito, de modo que respondo categórica:

— Sim.

— Vamos para um dos sofás. É mais confortável.

Sigo-o até uma lateral da sala, onde há vários sofás e dois casais.

Sentamo-nos, e Francesco me beija. Ele volta a atacar minha boca enquanto enfia uma das mãos de novo por baixo de minha saia para me masturbar. Sentada, e sem precisar que ele me diga nada, abro as pernas. De repente, ele sussurra:

— Posso tirar sua calcinha, Yanira?

A calcinha?! A coisa é séria.

— O que... o que você vai fazer?

Ao ouvir minha pergunta, ele responde sem parar de me masturbar:

— Vou saborear você, se me permitir. Vou pousar minha boca em seu quente e delicioso sexo para beijá-la e mimá-la como eu sei que você deseja. Vou abrir você com os dedos e passar a língua dentro de você para afogá-la em ondas de prazer, e por fim, se quiser, vou comer você. Posso?

Mãe do cééééu!

Mãe do cééééu!

Mãe do cééééu!

Ouvi-lo falar assim me excita, fico a mil.

Plano A: sim.

Plano B: sim.

Plano C: sim.

Suspiro enquanto, contraditoriamente, me pergunto: como vou deixar que um estranho tire minha calcinha? Mas a sensação que tudo isso me provoca me faz esquecer a pergunta e respondo:

— Sim, tire.

Francesco a tira em dois segundos. A seguir, fica de joelhos em frente a mim, e eu começo a arfar como uma locomotiva. Ele toca meus tornozelos, beija meus joelhos, e quando seus beijos sobem pela face interna de minhas coxas e minhas pernas se abrem sozinhas, já estou quase gritando. Durante vários segundos ele fica beijando minhas coxas, até que se ergue para ficar à altura de minha boca e diz:

— Recoste-se no encosto. Isso... Sim... assim... muito bem. Agora, abra as pernas... assim... um pouquinho mais... Sim... isso... E agora, deixe-me entrar em você.

Quando eu arfo, ele prossegue:

— Primeiro, vou lavar você, e depois prometo ser cuidadoso e levá-la ao sétimo céu. E, lembre-se, se não gostar de alguma coisa ou se sentir incomodada, basta me dizer que eu paro. Entendido, Yanira?

Concordo.

Gosto que ele me pergunte antes de fazer as coisas. Aprecio o fato de ele se preocupar com o que eu quero ou necessito.

De um saquinho lacrado que há na lateral do sofá ele pega água e uma toalha e me lava com suavidade e logo me seca. Depois, começa de novo a me dar doces beijos nas pernas. Minha respiração se altera, ainda mais quando vejo que o casal ao lado também prossegue com seu jogo.

Francesco coloca as mãos por baixo de minhas nádegas para me aproximar mais dele, e instantes depois abre minhas pernas com segurança.

Ah, meu Deus, que calor!

Meu sexo, úmido e palpitante, fica totalmente exposto para ele. Arfo. Sinto meu coração querer sair pela boca e um grito de luxúria me escapa quando sinto sua língua dura e quente passar pelo centro de meu prazer.

Ah, Senhor! Estou permitindo que um homem que não conheço chupe minhas partes mais íntimas. Estou ficando louca?

Continuo arfando, acalorada, enquanto ele agarra minhas coxas com uma expressão possessiva, abre-me mais e enfia a língua dentro de mim depois de dar uns toquinhos no clitóris.

Que manobra!

Cravo as unhas no assento do sofá.

Ah, Deus... que prazer!

Nunca ninguém, nenhum homem, me chupou com tal ímpeto, e o desejo de que ele continue me faz abrir mais as pernas. Exijo que não pare, e ele continua, enquanto eu me mexo incessantemente, louca de prazer.

Não sei quanto tempo se passa. Só sei que é bom demais. Seguro sua cabeça para apertá-lo contra mim e me mexo contra sua boca, enquanto ele parece gostar tanto ou mais que eu.

De repente, sinto uma mão que não é a dele em minha coxa, e ao olhar vejo que a mulher ao meu lado, que está sendo penetrada pelo homem que a acompanha, olha para mim. Nossos olhos se conectam. Não afasto a mão dela. Seu calor em minha pele é estimulante, e mais ainda quando ela me agarra com força e sinto as investidas de seu companheiro e ouço seus gemidos.

A boca de Francesco está me deixando louca, e estou totalmente desinibida. Enrosco os dedos em seu cabelo.

Ah, sim, não pare!

Aperto sua boca contra meu sexo e sinto que começo a tremer. O italiano e a mão da mulher estão me levando a um ponto em que nunca estive, e ao qual tenho certeza de que quero voltar.

Vou explodir!

Tremo. Começa nos pés, sobe por minhas pernas, passeia por meu estômago, segue por meu peito, e quando chega a minha cabeça, explode, fazendo-me berrar e me convulsionar de prazer.

Francesco, ao me ver, sorri, aproxima sua boca da minha e me pergunta, enquanto ainda tremo:

— Posso comer você agora?

Faço que sim com a cabeça. Ele tira a calça e a cueca, e na escuridão do lugar só posso distinguir seu pênis. Sem demora, vejo-o pôr um preservativo. A seguir, ele se agacha, e beijando meus lábios murmura, enquanto passa o dedo pela entrada de meu sexo:

— Assim é que eu gosto, lubrificação natural.

Não consigo falar.

Não consigo raciocinar.

Só posso incitá-lo a fazer o que nós dois desejamos.

Colocando-se entre minhas pernas, ele introduz a ponta do pênis em meu sexo, e me pegando pela cintura afunda-o totalmente dentro de mim. Ambos arfamos. Fecho os olhos e me arqueio de prazer. Curto o momento, e não quero pensar em mais nada. Eu me nego a pensar.

Francesco me penetra várias vezes, enquanto em um italiano que me excita ainda mais, não para de dizer:

— *Bellisima... tu sei bellisima.*

Assim ficamos por alguns minutos, até que de novo o clímax explode em mim, e cravo as unhas em suas nádegas. Segundos depois, após um grunhido, ele fica totalmente imóvel, e ao olhar para ele vejo os tendões de seu pescoço retesados, e sua expressão é de verdadeiro prazer.

Santo Deus, acabo de transar com um desconhecido, e foi uma das experiências mais prazerosas de minha vida.

Depois de alguns segundos, durante os quais ambos nos recompomos, Francesco sorri, sai de mim e se senta ao meu lado. Pousa sua boca na minha, e sinto o sabor de meu próprio sexo.

Beijamo-nos e nos tocamos com total liberdade, até que seu pênis fica duro e pronto de novo.

— Acho que, por hoje, para uma primeira incursão neste mundo, você já teve o bastante. O que acha, *bellissima*?

Alucinada, nas nuvens e totalmente seduzida por ele, respondo muito acalorada:

— Acho que você tem razão.

Francesco concorda e, depois de me dar outro beijo, sussurra:

— Esse casal me convidou para brincar, você se importa?

Olho para o homem e a mulher ao nosso lado, que parecem estar curtindo plenamente o sexo, e respondo:

— Não. Não me importo.

Deitada no sofá, observo Francesco, que se levanta, e dessa vez posso ver sua enorme ereção. Fico com água na boca, mas preciso parar. Preciso controlar meu corpo e minha loucura. Não devo fazer mais nada, ou sei que vou me arrepender.

Sem parar de olhar para mim, ele lava o pênis e põe outro preservativo; depois, posiciona-se atrás da mulher, que está montada em seu parceiro, e, após um movimento seco, penetra-a.

Poxa... ele acaba de penetrá-la com toda a facilidade pelo ânus! Que dor!

Mas o grito gozoso dela indica que não sente nada de dor, e depois confirma quando a ouço suplicar: "Continue... continue, mais".

Meio deitada no sofá, acalorada e sem calcinha, eu os observo. O que estão fazendo a menos de um palmo de mim é estimulante, luxurioso, quente, abrasador. Os corpos se roçando, além de suas vozes e gemidos, fazem que eu deseje participar também. Sinto inveja deles, mas sei que ainda não estou preparada.

Meia hora depois, saio de lá ainda nas nuvens, e quando chego a meu carro ouço alguém me chamar. Ao me voltar, vejo que é Francesco. Ele vem até mim e, entregando-me um cartão, diz:

— Ligue quando quiser, ok, *bellissima*? Como eu disse, vou ficar um tempo na ilha, e não preciso nem dizer que estou à sua inteira disposição.

Sua proposta e ele me chamar de *bellissima* me fazem sorrir. Ele é tão italiano! Mas não digo nada.

Pego o cartão, que tem um número de celular, e leio:

Francesco Galliardi
Assessor Financeiro — RNTC
Portofino — Gênova (Itália)

Sem um pingo de vergonha pelo que aconteceu entre nós, pergunto:

— Você pretende ser meu professor?

Ele sorri e afastando o cabelo do rosto responde:

— Só pretendo lhe ensinar a brincar e a se divertir.

Sorrio, guardo o cartão na bolsa e, depois de lhe dar um beijo no rosto, entro em meu carro e vou embora. Não lhe dou meu telefone.

Ainda não consigo acreditar no que fiz!

Quando chego em casa, todos estão dormindo, e vou direto para meu quarto. Entro na cama ainda alucinada por conta de meu comportamento.

Mãe do céu, se minha família soubesse!

5

Manias

— Bom-dia, dorminhoca!

Uma almofadada no rosto me desperta.

Abro e aperto os olhos para ver melhor. Os míopes sempre fazem isso para tentar focar com clareza. Vejo meu irmão Argen com uma almofada em uma mão e uma xícara de café na outra. A expressão de seus belos olhos claros, tão parecidos aos de papai e aos meus, me faz sorrir, e sentando-me na cama, pergunto:

— Que horas são?

— São 9h30.

Deitando de novo, cubro a cabeça com o travesseiro e protesto:

— Pelo amor de Deus, Argen... Fui deitar muito tarde, deixe-me dormir.

— Vamos, levante. Está um dia maravilhoso para surfar.

Ele acaba de dizer a palavra mágica.

Levanto-me de um salto, ponho os óculos e olho pela janela. O dia está meio nublado, mas quando olho o mar e vejo seu movimento, sorrio e digo:

— Em meia hora estou no carro.

Quando meu irmão sai do quarto, vejo-o sorrir. Argen e eu somos muito parecidos. Nós dois adoramos esportes, especialmente surfe.

Tomo banho correndo, e quando desço para a cozinha minha avó Ankie, que está tomando um café com ele, pergunta:

— Aonde vão meus artistas?

— Surfar — respondemos em uníssono.

Ankie olha para nós sorridente e põe um copo de leite a minha frente. Faço cara de nojo e o afasto. A seguir, pego o pote de Nesquik, abro-o e enfio uma colherada na boca.

— Hummm...

— Por favor, Yanira — protesta minha avó. — Já dissemos mil vezes que o chocolate é para o leite, não para comer assim.

— É que eu adoro — digo, pegando outra colherada.

Saboreio-a.

Minha avó resmunga. Rapidamente, como outra colherada e sorrio para meu irmão, que morre de rir ao ver meus dentes pretos.

Eu também rio, mas o pó do chocolate entra pelo lado errado e engasgo. Tusso, espirrando o pó por todo lado.

Minha avó me dá umas palmadas nas costas e grunhe:

— Essa menina... todo dia é a mesma coisa.

Argen, acostumado, pega rapidamente um copo de água e o põe a minha frente enquanto cacareja de tanto rir. Bebo e engasgo, quando a angústia passa ouço minha avó perguntar:

— Hoje você não trabalha, não é, Yanira?

Ainda acalorada por meu quase afogamento, faço que não com a cabeça e ela exclama:

— Ótimo! Hoje à noite minha banda vai tocar no bar La Chusma e precisamos de você no coral. Você vem?

Aceito. Adoro acompanhar minha avó e cantar com ela e suas amigas. Ankie sorri, e depois de pôr de novo o copo de leite a minha frente e levar o Nesquik, pergunta a meu irmão:

— Injetou a insulina, querido?

Ele responde:

— Sim, Ankie. Insulina administrada e carboidratos ingeridos.

Nós três sorrimos. O coitado tem que dizer isso mil vezes por dia.

— Hoje você não vai ao ateliê? — pergunta minha avó.

Meu irmão é um artista da cerâmica, e ganha a vida com isso. Explica:

— Sim, vou, mas primeiro vou surfar um pouco com Yanira. A propósito, onde estão Han Solo e Don Juan?

Minha avó e eu soltamos uma gargalhada e ela responde:

— Não sei. Levantaram cedo e saíram. A propósito, Nira disse que hoje vai fazer *rancho canario** para o almoço, o que vocês acham?

* Sopa típica das ilhas Canárias, composta basicamente de grão-de-bico, macarrão, legumes e carnes. (N. da T.)

— Hummmm... que delícia! — digo.

Ela e Argen se olham. Eles sabem que sou boa de garfo.

Após nos despedirmos de vovó com dois beijos, Argen e eu entramos em seu fusca amarelo. Esse carro é mais velho que nós, mas o adoramos. Foi onde meu pai se declarou a minha mãe, e meu irmão cuida dele com carinho.

Enquanto ele dirige rumo à praia do Socorro, eu cantarolo o que toca no rádio: *Call me maybe*, de Carly Rae Jepsen.

Hey, I just met you
and this crazy
but here's my number
so call me, maybe!
It's hard to look right
at you baby,
but here's my number
so call me, maybe!

Argen sorri. Ele sempre gostou do jeito que canto e, quando a canção acaba, pergunta:

— É verdade que você não está mais com Sergio?

— Quem lhe contou?

Ele meneia a cabeça e diz:

— Quando é que você vai destrancar seu coraçãozinho?

— Nunca.

Argen é a pessoa com quem mais falei de minha fobia de me apaixonar. Foi a ele que contei meu drama quando o neozelandês partiu meu coração.

— Encontrei Sergio ontem na rua — explica ele —, e ele comentou que você não quer nada sério. Ele disse que ama você, mas que sabe que você não o ama. Mas, veja, agora que não estão mais juntos, quero que saiba que eu sempre achei que Sergio não era para você. Você precisa de outra coisa.

Divertida por conta de seu comentário, pergunto:

— E de que outra coisa eu preciso?

— De um homem.

— Ahhhh... E Sergio é o que, uma salamandra?

Argen solta uma gargalhada e, enquanto estaciona, acrescenta:

— Sergio é um bom sujeito, mas com seu caráter, você o põe no bolso! Ele é muito mole para você, e fico feliz de saber que já colocou em ação seu plano B para conhecer mais alguém.

Agora quem ri sou eu ao ouvi-lo falar de plano B. Eu e meus planos!

Descemos do carro, abrimos a porta traseira do fusca e começamos a vestir os trajes de neoprene enquanto observamos as ondas.

— Tire as lentes de contato — alerta meu irmão.

Eu rio, mas obedeço e ponho os óculos. Já perdi muitas lentes de contato na água.

Quando terminamos, pegamos as duas pranchas de surfe que estão no bagageiro do carro e Argen pega minha mão enquanto caminhamos para a beira do mar.

Antes de tirar os óculos, procuro um ponto de referência, como faço sempre. Uma rocha pontuda ao fundo e um enorme guarda-sol da Pepsi. A correnteza me desloca, e se eu não tiver uma referência clara, quando sair do mar sem óculos não vou ver nada.

O mar está meio agitado e os banhistas só tomam sol e observam os surfistas.

Quando chegamos à margem, cravamos nossas pranchas na areia e cumprimentamos vários amigos. Todos são surfistas como nós, e juntos contemplamos as ondas e os que já as aproveitam.

Depois de alguns minutos, meu irmão e eu entramos na água também. De bruços sobre as pranchas, nadamos com os braços para adentrar o mar. A seguir, sentamos à espera de uma boa onda e conversamos com os amigos que estão ali perto.

Surfar é divertido. Não preciso ver com nitidez, já que na prancha só preciso sentir. Durante duas horas, dropamos muitas ondas e gritamos satisfeitos quando a adrenalina nos domina.

Quando saio da água, procuro o guarda-sol da Pepsi e a rocha, e uma vez na areia, cravo minha prancha e tiro da bolsa uma toalha para secar o rosto. Ponho os óculos e me sento para observar meu irmão. Ele é ótimo; foi meu professor e quem me inculcou o amor por esse esporte.

Ouço a música que sai pelos alto-falantes do quiosque e, enquanto olho o mar, cantarolo *Single ladies*, da Beyoncé, e balanço os ombros seguindo o ritmo. Adoro essa cantora.

Penso, então, no que aconteceu na noite anterior. Ainda não consigo acreditar no que fiz. Se alguém descobrir, vou morrer de vergonha, mas sorrio ao recordar como foi bom. E, na realidade, só eu sei o que aconteceu ali.

Pouco depois sinto sede, me levanto e vou para o quiosque:

— Uma cerveja gelada — peço ao dono.

O homem, que já me conhece de outras vezes, sorri e grita a seus ajudantes:

— Saindo uma cervejinha geladinha para a linda surfista loira.

Divertida com a brincadeira, pego a cerveja e, quando volto para minha prancha, ouço alguém me chamar.

Volto-me curiosa para ver quem é e fico petrificada ao ver diante de mim o sujeito de Portofino, o italiano que conheci ontem.

Sinto uma vergonha mortal. "O que ele está fazendo aqui?"

Ele sorri e, aproximando-se de mim, murmura:

— Você está lindíssima de óculos.

Saco!

Merda! Não gosto que me vejam de óculos. Sempre odiei. Na escola me chamavam de Yanira Oclinhos, e lembro que não me agradava. Por isso, procuro usar óculos só em casa e quando não há outro jeito, como agora na praia.

Que azar! Por que eu tinha que encontrar esse homem?

Minha expressão deve estar absurda, porque o coitado se aproxima rapidamente e, pegando meu braço, pergunta:

— O que você tem?

Tenho de tudo. Mas, olhando para ele fixamente, sussurro:

— Não ouse comentar nada do que aconteceu entre nós, entendeu?

A expressão absurda agora é a dele. Aproximando-se mais, ele responde:

— Yanira... isso é entre nós, não é coisa para sair contando por aí nem para se gabar. — E, ao ver minha expressão, ele sorri e murmura. — Acho que você ainda tem que aprender muitas coisas do mundo do *swing*.

Suas palavras me acalmam; vejo que posso confiar nele, e, apontando para a margem, digo ao ver Argen sair da água:

— Venha, vou lhe apresentar meu irmão.

Francesco e ele vão com a cara um do outro. No fim, voltamos os três ao quiosque e bebemos alguma coisa enquanto brincamos sobre meus óculos. Segundo Francesco, estou *bellisima* com eles. Eu, porém, não vejo a hora de ter dinheiro para operar e, assim, não ter que os usar nunca mais.

Depois, falamos sobre a ilha e o trabalho, e quando vamos nos despedir, enquanto meu irmão caminha para o carro, o italiano me pergunta:

— Você vai me ligar?

Passo a vista por esse homem que é tão boa-pinta, e depois de pensar um instante respondo:

— Que tal nos encontrarmos amanhã à uma no mesmo lugar?

Ele sorri. Piscando para mim, concorda e vai embora.

Quando chego ao carro, meu irmão, que está tirando a roupa de neoprene, olha para mim divertido e diz:

— Legal o *bellissima*.

— É, sim. É simpático.

Após um silêncio, Argen acrescenta:

— Mas esse também não é para você. Você põe esse no bolso também!

Rio, e ele pergunta:

— De onde você o conhece?

Começo a tirar minha roupa também e respondo:

— Eu o conheci uma noite, tomando um drinque.

— Divirta-se com ele, irmãzinha — diz Argen —, mas, lembre-se, esse plano B não é para você. Comece já seu plano C.

Sorrio divertida. Sei que tenho caráter forte, e ainda bem, já que fui criada com três irmãos em casa, sendo eu a única menina, e ainda por cima a caçula.

Quando vamos entrar no carro, toca o celular de Argen.

— Era Jonay — diz ele ao desligar. — O primo dele começou a trabalhar no Siam Park e nos convidou para ir lá quando quisermos.

— Caramba, que legal!

Ao ouvir minha expressão de admiração, meu irmão ri. Ele sabe que eu adoro o Siam Park, um parque aquático ao sul da ilha, cujas piscinas têm as maiores ondas artificiais do mundo. Já fomos ver os melhores surfistas do momento treinarem lá. Quando o parque fecha, abre para eles, e é maravilhoso vê-los dropar essas ondas impressionantes.

De repente, um carro para ao nosso lado e vejo nele a garota que Argen idolatra há anos: Patricia, seu amor platônico.

Olho para ele, divertida, e ele me devolve o olhar com o cenho franzido. Aproximando-me, pergunto:

— Algum plano?

Argen nega com a cabeça, e eu digo:

— Plano A: cumprimentá-la!

— Não.

— Plano B: fingir surpresa ao vê-la.

— Não.

— Plano C: derrubar minha prancha em cima do carro dela, amassá-lo, e com certeza ela vai olhar para nós.

— Eu mato você — sibila ele.

Eu rio e vejo meu irmão grandalhão ficar pequenininho na presença dessa moça. Argen já teve várias namoradas, mas nenhuma deu certo. Cedo ou tarde todas terminam com ele, aparentemente por causa de sua doença. E, sem dúvida alguma, ele não se atreve a se aproximar de Patricia pelo mesmo motivo. Teme ser rejeitado; mas eu insisto:

— Plano D: eu cumprimento o rapaz que está com ela, pois o conheço, e...

— Não — grunhe meu irmão. — Chega de planos e entre no carro, vamos embora.

Eu me calo e não proponho mais nenhum plano. É evidente que Argen não quer minha ajuda para que Patricia o note. Durante todo o caminho de volta eu debocho dele, que não para de reclamar.

Quando chegamos em casa, despeço-me e vou para meu quarto. Quando entro, olho-me no espelho e sorrio contente. Hoje à noite vou cantar com minha avó e suas amigas, e amanhã vou encontrar Francesco de novo. Que mais se pode pedir?

Depois de passar parte da tarde na loja de meus pais, às sete volto para casa e troco de roupa para a apresentação da noite. Diferente de quando canto no hotel, para acompanhar minha avó e sua banda não ponho salto alto. Que alívio! Com elas o que rola é calça jeans, couro e botas de roqueira.

Já pronta, desço para a sala, onde minha avó já está arrumada. Ao me ver, diz:

— Você está linda, querida.

— Obrigada, Ankie.

Vovó Nira olha para nós e meneia a cabeça, mas não diz nada. Ela se dá bem com Ankie, mas continua se surpreendendo com sua faceta roqueira, embora a aceite. Assim como Ankie aceita que vovó Nira adore ler revistas de celebridades e ver as fofocas diárias na televisão.

Após nos despedirmos, minha avó pega sua adorada guitarra e entramos em meu carro. Vinte minutos depois, chegamos ao local, e sorrio ao encontrar o resto da banda. Quatro mulheres da mesma idade que minha avó, todas roqueiras, espevitadas e divertidas.

Que perigo quando se juntam!

Quando entramos no local, as pessoas olham para nós. Ficam alucinadas ao vê-las tão idosas usando calça e jaqueta de couro e carregando os instrumentos.

Em geral, as pessoas riem. Não as entendem, e isso me irrita. Não suporto esse negócio de rotular as pessoas por causa da idade!

Mas, cada vez que vou com elas, aprendo alguma lição. E adoro o lema delas: "Que digam o que quiserem, porque com minha idade, minha vida, minha música e meu corpo faço o que eu quiser".

Enquanto elas acabam de colocar os instrumentos no palco, os turistas as observam com curiosidade. Estão desconcertados. Não sabem o que esperar do que estão vendo, mas, com certeza, nada de bom.

Porém, Pepe, o dono do local, está tranquilo. Pisca para mim e eu sorrio para ele. Ele sabe que quando a banda começar a tocar, elas vão deixar todos embasbacados.

Pepe sobe no palco e diz em inglês, alemão e espanhol:

— Boa-noite a todos.

O público grita, levanta suas bebidas e diz uma ou outra inconveniência ao ver as vovós no palco, mas Pepe prossegue:

— É um prazer ter aqui conosco As Atacadas! Vamos recebê-las com um grande aplauso.

As pessoas aplaudem e assobiam, mas sem muita vontade. Têm certeza de que não vão gostar do espetáculo, até que Ankie liga o amplificador, pluga sua guitarra e, depois de olhar para mim com cara de "Eles vão se cagar!", manda um refrão de estremecer que deixa todos sem fala. A seguir, grita ao microfone:

— Viva o *rock and roll*!

Suas colegas vão se juntando à melodia. Primeiro a bateria, depois o teclado, e, por fim, os dois baixos elétricos. E, um a um, todos os presentes ficam sem fala e começam a aplaudir.

As pessoas vão à loucura. Dançam, agitam-se, divertem-se. E eu, na lateral do palco, sorrio dançando também.

É sempre igual. Sempre a mesma reação.

Adoro quando minha avó e suas amigas deixam todos de boca aberta.

Canção a canção, elas dominam o local, até que tocam a suave *Flor de luna*, do Santana, antes de fazer uma pausa. Ankie adora essa canção e a toca como ninguém.

Após um intervalo de quinze minutos, subimos de novo ao palco, e, dessa vez, a recepção não tem nada a ver com a anterior. É brutal! As pessoas querem rock, e a banda de minha avó toca durante mais uma hora, até que se ouvem os primeiros acordes de guitarra de *She's got the look*, do Roxette, e sei que isso significa que é a última canção. Com sua voz peculiar, minha avó começa a cantar e eu faço o coro.

She's got the look, she's got the look.
She's got the look, she's got the look.
What in the world can make a brown-eyed girl turn blue.
When everything I'll ever do, I'll do for you.
And I go: la la la la.
She's got the look.

Todos os presentes conhecem a letra e participam animados. Quando acabamos e tentamos sair do palco, não nos deixam. Minha avó e suas amigas sorriem e decidem dar-lhes um final apoteótico, e tocam *You shook me all night long*, do AC/DC.

A casa vem abaixo com os aplausos, e eu sinto orgulho de minha avó até não poder mais.

6

Esse homem

Tenerife, 2013. Um ano depois.

Deixo o carro estacionado nas imediações do Grand Hotel Mencey e me apresso para não chegar atrasada à apresentação. Estive surfando na praia das Palmeras com meu irmão e depois passei para tranquilizar Luis e Arturo. Eles vão ser pais em menos de um mês, e Luis está histérico.

Atravesso o vestíbulo do hotel com meus supersaltos pretos e encontro Alberto, um morenaço que trabalha na recepção e com quem fico de vez em quando. Nós nos divertimos, mas ambos sabemos que entre nós dois não existe nem existirá nada.

Exatamente quando o apresentador anuncia a orquestra, eu chego, e, com um pulinho, subo ao tablado e me junto aos demais colegas. Luciano, o pianista, me olha com censura. Eu me atrasei, e peço desculpas com o olhar.

Durante uma hora, canto, com outra colega, os sucessos do verão, mas também incluímos em nosso repertório as canções de sempre. Quando fazemos o primeiro intervalo de quinze minutos, toca meu celular.

— Yaniraaaaa!

Ao reconhecer a voz de minha querida amiga Coral, que agora mora em Barcelona com seu amado Toño, solto uma gargalhada e respondo:

— Olá, louca, como está Barcelona?

— Maravilhosa, e você?

Olho para meus colegas da banda, suspiro e digo:

— Bem, mais uma noite cantando. A propósito, acabo de ver Luis e Arturo, e eles pediram para você ligar. Eles têm uma coisa para lhe contar.

— Coisa boa, não é?

Sorrio ao pensar que querem lhe contar do bebê e respondo:

— Ótima. — Mas, ao notá-la estranha, acrescento. — Diga-me o que aconteceu. Você parece desanimada.

— Terminei com Toño.

— O quêêê?!

— Eu terminei. Ele não é o homem da minha vida. Adeus casamento, crianças e casinha com piscina.

— Você terminou com Toño?

Estou passada. Se existia uma mulher apaixonada pelo namorado, era minha amiga.

— Sim, acabou! — diz ela.

— Mas por quê?

— Porque eu não sou empregada de ninguém, e desde que nos mudamos para Barcelona, ele me fazia sentir a Gordarela.

— Gordarela?! — repito divertida.

— Uma mistura de gorda com Cinderela — explica. — Você sabe que adoro a história da Cinderela, com um final tão bonito, mas acabou! E nosso final foi tudo, menos bonito.

Fico alucinada. Nem sei o que dizer. Sei bem o que Toño representava para minha amiga.

— Outro dia — prossegue ela —, eu estava limpando a cozinha, e o idiota entrou com um dos seus amiguinhos, pegou uma das madalenas de chocolate que eu havia acabado de fazer para ele, e disse: "Acho que você devia parar de comer essas coisas. Suas coxas vão agradecer".

— Ele disse isso na frente do amigo?

— Sim, Yanira, disse. Juro que tive que me controlar para não dar com a bandeja de madalenas na cabeça dele. Filho da puta! — ela ergue a voz. — Eu limpando a merda que ele deixa por todo lado, aguentando os palhaços dos seus amiguinhos, cuidando dele como se fosse um príncipe, fazendo bolinhos e todas as comidinhas que eu sei que ele gosta, e ele me chama de gorda na frente do amigo! Mas acabou esse negócio de ser a Cinderela desse imbecil. A partir de agora, serei minha própria Cinderela. Então, peguei minhas coisas, mandei-o à merda e fui morar com uns amigos. Que se dane, o idiota.

— Mas você estava loucamente apaixonada por ele...

— Você disse bem, estava. Mas acabou! Você sabe, nesta vida tudo tem prazo de validade, como o iogurte. — Sorrio ao escutá-la. — Definitivamente, passar todos esses anos com Toño e acabar desse jeito faz com que eu não acredite no amor. Como diz essa canção que você às vezes canta: *es un gran necio, un estúpido engreído, egoísta y caprichoso, un payaso vanidoso, inconsciente y presumido, falso, enano, rencoroso, que no tiene corazón.**

— Ah... você sabe bem a letra — brinco.

— Eu teria sido capaz de matar por ele — continua ela dramática —, e agora não quero vê-lo nem pintado. E se o vir, vai ser para insultá-lo.

— Menina...

— Não, menina, não. Acabou! E decidi que, a partir de hoje, meu namorado se chama chocolate!

Como ela não me vê, sorrio; mas sei que não é hora para isso.

— Sinto muito...

— Cale a boca, que isso não é tudo — interrompe-me. — Minha maré de desgostos continua, e há dois dias fui despedida do restaurante. É... isso sim que é uma desgraça!

— Ah, Deus, Coral, que merda!

— É a maldita crise!

— Puxa...

— Essa merda de crise, que faz que os donos reduzam a folha de pagamento, e como eu fui uma das últimas a chegar, vou direto para a rua. Como aconteceu com você na creche.

— Mas você é a melhor confeiteira que eu conheço.

Ela solta uma gargalhada e diz:

— Obrigada, querida, eu também amo você. — E depois de um suspiro, acrescenta: — Então, estou solteira, aberta a novas experiências nas quais o amor não vai aparecer nem louca, e sem emprego. O que você acha?

— Uma merda, Coral, uma merda.

* "É um grande ignorante, um estúpido arrogante, egoísta e mimado, um palhaço vaidoso, inconsciente e metido, falso, anão, rancoroso, que não tem coração." (N. da T.)

— Mas... há males que vêm para bem, e já passei para o plano B. Soube de um emprego que pode ser bom para nós duas.

— Nós duas? — repito com estranheza enquanto pego um delicioso canapé de salmão de uma bandeja.

Eu conheço Coral, e por seu tom de voz sei que está nervosa por causa do que tem para me contar.

— Ontem, uma amiga que está desempregada como eu — começa —, disse que estão procurando gente para um cruzeiro pela costa mediterrânea. A equipe está completa, mas, pelo visto, tiveram umas licenças e precisam de gente. O que você acha?

Pego outro canapé e respondo:

— Interessante. O que eles estão procurando?

— Garçonetes e pessoal de cozinha.

— Alguma cantora?

— Isso eu não sei, mas nesses cruzeiros costuma haver espetáculos noturnos, e tenho certeza de que você poderia trabalhar neles. Pelo visto, é um cruzeiro que sai de Barcelona e visita lugares impressionantes, como Marselha, Gênova...

— Gênova?

Coral confirma, e tenho certeza de que sorri. Ela sabe que meu amigo Francesco mora em Gênova. Eu o apresentei a ela uma vez, quando os dois ainda estavam em Tenerife, e ela ficou encantada com ele. Se ela soubesse...

Francesco e eu continuamos em contato por Facebook ou e-mail e sempre falamos de nos ver de novo, mas nunca surge a oportunidade. Ambos somos adultos, e cada um seguiu sua vida em seu país. Da última vez que me escreveu, ele comentou que havia conhecido uma garota e que estava namorando sério. Gostei de saber.

— Ouça, Yanira — prossegue Coral—, amanhã de manhã vou lá me informar sobre esse emprego e saber o que temos que fazer para tentar ser contratadas. Está a fim?

Penso. Sair de Tenerife e conhecer um pouco do mundo sempre me chamou a atenção, mas, ao pensar em minha família, e em especial em Argen, respondo:

— Não sei, Coral.

— Diga que sim... Agora que você não está com ninguém é a hora certa. Diga que sim.

Sua insistência me faz rir, e digo:

— Ouça...

— Não... — ela me interrompe —, não quero ouvir. Quero que você diga que sim. É uma oportunidade de estarmos juntas de novo, de conhecermos homens interessantes e um pouco do mundo. E, além do mais...

— Coral! — grito, e ela se cala. — Meu contrato com o hotel acaba mês que vem, mas com certeza vou conseguir que o renovem. Arrumar emprego está muito difícil, e...

— É uma oportunidade, Yanira, você não vê? — Ela volta à carga. — É um contrato temporário, que dura enquanto durar o cruzeiro. Experimente, e se não gostar da experiência, você volta para Tenerife e continua cantando em hotéis. Vamos... diga que sim... Por favor. Você não pode dizer não à Gordarela!

Sorrio sem poder evitar. A verdade é que me atrai muito a ideia de sair da ilha e trabalhar em um cruzeiro. Um garçom passa com uma bandeja a meu lado e pego outro canapé. Digo a Coral:

— Tudo bem. Informe-se bem de tudo e depois me fale.

Seu grito é ensurdecedor, e, divertida, anuncio:

— Vou desligar. Tenho que subir de novo no palco.

— Tudo bem. Beijos!

Desligo o celular e o guardo na bolsa. Cinco minutos depois, estou com a orquestra, cantando *Strangers in the night* para os clientes do hotel.

7

O cruzeiro

Estou em Barcelona!

Coral se informou sobre o cruzeiro, e não pagam mal. Não fui contratada como cantora, mas como garçonete. Mas deixei bem claro o que faço, e eles anotaram. Espero que não esqueçam e me chamem se precisarem.

E aqui estou, disposta a curtir uma nova experiência ao lado de minha louca amiga.

— Que show de lugar! — exclamo, olhando em volta.

O cruzeiro é um impressionante hotel flutuante. Cabem três mil pessoas nele e tem sete andares e instalações incríveis para organizar noites de espetáculos e animação.

Nós, os novos, temos uma reunião com o chefe, que nos explica que no navio há quatro categorias de camarotes. E os mostra.

Os internos, sem nenhuma abertura para o exterior, são os mais econômicos e, com certeza, o que eu poderia pagar. Os externos são iguais aos internos, mas com uma vigia. Outros externos melhores, com varandinha particular. E, por último, as suítes luxuosas, espaçosas, com varanda, *jacuzzi* e sala, situadas no convés superior, são demais.

— Bela suíte — diz de repente um jovem loiro a outro ruivo, caminhando em nossa direção.

— Dá para se divertir bastante nela, não acha? — responde Coral, deixando-me boquiaberta.

Mas que descarada!

Desde que ela deixou Toño, está descontrolada. Passou de "a doce Coral", que acreditava em contos de fadas, à devoradora de homens que cria seus próprios contos de princesa sapeca.

Olho para o rapaz que está ao lado do louro, sorrio e penso: "Ruivo, prepare-se".

Aquele que falou, ao ver que ambas sorrimos, sorri também e se apresenta.

— Olá, meu nome é Tomás.

— E o meu é Fredy — diz o ruivo.

Também dizemos nossos nomes, e a seguir Tomás fica ao meu lado e começa a brincar comigo, enquanto Coral dá piscadinhas e flerta com o tal de Fredy.

— Trabalho aqui há três anos — explica Tomás olhando para mim.

— Que legal! — respondo.

Quando acabamos de visitar os diferentes tipos de camarotes, explicam as obrigações de cada um, e Tomás sorri ao ver que nós duas estamos no restaurante Cocoloco com ele, e que ele é um dos nossos chefes.

Desanimada, escuto que terei que atender no restaurante e, se necessário, dar uma mão no balcão do bar durante os espetáculos noturnos.

De repente, vejo uma porta lateral se abrir e um morenaço de calça camuflada e camiseta branca atravessa a sala olhando para um celular que tem nas mãos.

Mama miiiaaa!

Sem poder evitar, sigo-o com o olhar. Parece um homem interessante, não um garoto, como Tomás. Seu jeito de durão me atrai. Seu queixo quadrado, sua segurança ao andar. Quando ele desaparece por outra porta, volto a prestar atenção nas explicações chatas.

Escuto o chefão, sr. Martínez, explicar como atender aos clientes. Por que quase todos os chefes são tão sérios? Será que nunca se divertiram?

O sr. Martínez, que é como ele quer que o chamemos, enfatiza muito que devemos ser gentis, cuidar bem da aparência e do vocabulário e facilitar a viagem para o cliente.

Depois, fala da noite de gala do capitão, e suspiro ao perceber que não serei uma dessas mulheres glamorosas que ficam ao lado dele bebendo champanhe. Serei uma das que estarão trabalhando sem parar, e do champanhe, nem o cheiro!

Quando a reunião acaba, todos nós, os novos funcionários, descemos do navio, felizes por ter conseguido o emprego. Após nos despedirmos de Tomás e Fredy, olho em volta com a esperança de ver o morenaço, mas nada, nem rastro. Minha amiga, feliz com essa aventura juntas, pega meu braço e diz enquanto caminhamos:

— Que lugar legal! Tenho certeza de que vamos nos divertir muito.

Concordo. Não duvido nem um segundo de que assim será, mas acrescento:

— Vou comprar remédio para enjoo, por via das dúvidas. É melhor prevenir do que remediar.

Ambas rimos. O cruzeiro vai zarpar em dois dias, e sou uma mulher muito precavida. Quando saímos da farmácia, pergunto a Coral:

— O que acha de irmos ao Starbucks tomar um frappuccino?

— Excelente ideia — responde ela.

Felizes da vida, seguimos para o Starbucks mais próximo do porto. Ao chegarmos lá, há uma fila enorme, mas, dispostas a tomar nosso Mocha Branco Frappuccino, esperamos com paciência.

De repente, noto um homem esperando que entreguem seu pedido e meu coração se acelera imediatamente.

O morenaço do navio!

Olho para ele de novo, e quando levanta os olhos do celular fico sem palavras. Ah, Deus, ele tem a boca mais sensual que eu já vi, e um olhar desafiador que adoro. Ele passa a mão pelo cabelo curto e depois pelo queixo. Seu magnetismo e sua virilidade me deixam pregada no lugar, e quando consigo respirar sussurro à minha amiga:

— Atenção, morenaço mais que impressionante ao meio-dia em ponto.

Sem disfarçar, Coral estica o pescoço, e após escaneá-lo criteriosamente exclama:

— Caraca, que homem!

— Interessante.

— Eu diria que é meio madurinho.

— Você sabe que eu não gosto de moleques.

Ela concorda e murmura:

— Esse já passou dos 35. — E balançando a cabeça, acrescenta — Yanira, posso afirmar que esse homem cumpre ao pé da letra as seis fases do orgasmo.

Eu rio. Não sei o que quer dizer seis fases, e ela me esclarece, baixando a voz.

— A primeira é a chamada asmática, quando você fica "Ah... ah...". A segunda é a geográfica: "Aqui... aqui!". A terceira, matemática: "Mais... mais!". A quarta, religiosa: "Ah, meu Deus!". A quinta, suicida: "Ah, eu vou morrer!".

E a sexta, e não menos importante, a homicida, que é quando você diz: "Se parar, eu mato você!".

Minha gargalhada faz todo mundo olhar para nós. Onde foi que minha amiga certinha aprendeu isso?

Rindo, ela me conta quem lhe ensinou, e morro de rir. Depois, observamos o madurinho enquanto ele continua esperando seu pedido falando ao celular. Com certeza eu adoraria experimentar as seis fases do orgasmo com um homem desses.

Ele não parece satisfeito. Seu cenho franzido e os movimentos que faz com a mão livre dão a entender que a conversa o está irritando. Adoro sua cara de matador de aluguel, e quando ele se volta fico sem fôlego ao ver suas costas largas e seu traseiro maravilhoso.

Ah, meu Deus... que bundinha mais linda.

Pouco depois, quando a garçonete lhe entrega um copo de café com um sorriso superencantador, murmuro:

— Acabo de me apaixonar à primeira vista.

— E eu também...

Incomodada, olho para Coral e digo:

— Não brinque. Pelo mesmo que eu?

Ela nega com a cabeça.

— Calma, menina — responde. — Gosto mais do de camiseta pistache às três em ponto. Deve ser meio bobo, mas adoro esse nariz aquilino.

Olho para onde ela indica e sorrio quando acrescenta:

— O que é que eu posso fazer? Eu gosto dos novinhos.

Sorrindo, olho de novo para meu morenaço, que se aproxima de nós a caminho da saída.

Que nervosismo.

Como ele é alto!

Fico excitada só de olhar para ele. Sua segurança ao caminhar, ao olhar, ao respirar me faz pensar que esse, como diria meu irmão Argen, eu não poria no bolso! E isso me provoca, me deixa louca.

De repente, Coral, em seu estilo mais louco, intercepta-o e pergunta:

— Você tem um cigarro?

Ele crava seu impressionante olhar em nós e diz:

— Não.

— Você não fuma? — insiste ela, empurrando-me para que eu diga alguma coisa.

— Não.

Ora, ele é de poucas palavras!

E após um silêncio constrangedor, durante o qual não sei o que dizer diante de seu olhar penetrante, ao ver que ele vai seguir seu caminho, olho o copo em sua mão e, incapaz de deixá-lo ir, digo:

— Tudo bem, Dylan.

Ele me escrutina com o olhar e de repente eu me sinto uma idiota.

Por que fui dizer isso?

Coral ri. Filha da puta.

Eu rio. Filha da puta eu também.

E o homem, sem tirar os olhos de mim e mais que sério, pergunta incomodado:

— Nós nos conhecemos?

Mas que impertineeeente!

— Não — respondo.

Desconcertado, ele se inclina um pouco para ficar à minha altura. Tem um palmo a mais que eu, pelo menos. Crava seus impressionantes olhos castanhos em mim e pergunta:

— Então, como você sabe meu nome?

Plano A: digo a verdade.

Plano B: invento uma mentira.

Plano C: dou-lhe um beijão de desentupir pia, e seja o que Deus quiser.

Por fim, escolho o plano A, pois o C é muito arriscado, e respondo:

— Imaginei que seu nome fosse o que está escrito no copo do Starbucks.

O morenaço olha o copo, lê o que está escrito e pergunta:

— E se não fosse?

Eu me derreto ao me perder em seus olhos, e dando de ombros digo com um sorriso bobo:

— Então, eu teria dado bola fora.

Ele me transpassa com o olhar e me contempla, desafiador, com os olhos semicerrados. Aperta os lábios, e dou um riso nervoso. Parece que ele vai dizer algo, mas, por fim, meneia a cabeça e vai embora.

Ahhh... que peeena!

Olho para ele totalmente extasiada. Fiquei mais impressionada que quando Ricky Martin me deu um autógrafo, há alguns anos, e piscou para mim.

Coral, que observa tudo, solta uma gargalhada e, aproximando-se de mim, cochicha:

— Pegue a calcinha no chão, que é nossa vez de pedir.

Volto a mim. O que aconteceu?

Empurro minha amiga, e ainda meio acalorada peço os frappuccinos à garçonete.

Saímos dali rindo, e quando umas garotas que passam correndo me empurram sem querer, caio como um saco de batatas em cima de alguém.

— Ooopa! — ouço.

Derramo o frappuccino sobre esse alguém, e ao olhar vejo que é um moreno grandão. Rapidamente digo:

— Ah, meu Deus... desculpe.

Ele me solta e, olhando para sua camisa encharcada de café, diz em castelhano, com um sotaque de turista que o delata:

— Não se preocupe. Não foi culpa sua.

— Sim, mas...

Sem me deixar acabar a frase, o grandão me solta:

— Você manchou seu lenço Hermès.

Que chiiique ele! Dou risada e respondo, divertida:

— Eu poderia dizer que sim, mas é chinês. Especificamente, da loja de meu vizinho Yuyun.

Surpreso, ele toca uma ponta do lenço e murmura:

— Esses chineses são incríveis. Parece um verdadeiro Hermès.

Sorrio, surpresa com sua gentileza. Esse tipo de homem chique não costuma ser tão simpático. Enquanto o olho, ele se volta e fala com um grupo de homens, um mais arrumado que o outro. Observo-os e rapidamente deduzo que são gays saradinhos e bonitinhos. Com essa pinta, não tenho a menor dúvida!

— Você está bem? — pergunta Coral.

— Sim. Mas preciso de outro frappuccino.

Vamos de novo para a fila, e enquanto esperamos minha amiga exclama:

— Que gato! Por que eu não trombo com homens assim?

Divertida, vou responder que esse homem gosta do mesmo que nós, quando alguém me pega pelo braço. Ao me voltar, vejo que é ele, e me pergunta:

— O que você estava bebendo, linda?

Alucinada, respondo:

— Um frappuccino de chocolate branco, sem café.

Já é nossa vez, ele pede e dois minutos depois o entrega a mim. Agradecida, digo:

— Obrigada, e também por me segurar para que eu não desse com os dentes no chão.

O grandão sorri. Um homem um pouco mais velho, gordinho, com enormes óculos de sol, aproxima-se. Toca a cabeça do primeiro, e com um gesto que me parece protetor, pergunta:

— O que aconteceu, Tony?

Será o namorado dele?

O tal Tony vai responder, quando eu digo:

— Fui eu. Umas meninas me empurraram e...

Sem me deixar terminar a frase, o recém-chegado diz:

— Vamos ao hotel para você poder se trocar.

Ao ver sua falta de educação, Coral intervém:

— Yanira, vamos embora. Jordi, Aída e os outros estão ali.

Quando nos juntamos a seus amigos, ela os apresenta, e eu esqueço o incidente. Já conheço Jordi e Aída: são seus colegas de apartamento. Todos propõem ir ao Obsesión jantar e tomar um drinque. Eu fico encantada. Não conheço Barcelona, e aonde me levarem, está ótimo. Mas, ao nos dirigirmos aos carros, o homem em quem derrubei meu frappuccino se aproxima e pergunta:

— Aonde vocês vão?

Coral, que já estava de olho nele, responde, adorando sua presença:

— Vamos jantar e depois beber alguma coisa.

Observo-o olhar para trás, e vejo que o grupo com quem ele estava não está mais ali.

— Incomodam-se se eu for com vocês? Vou comprar uma camiseta, mesmo que seja chinesa, assim não terei que voltar ao hotel.

Ora, ora... ele não é tão chique como eu imaginava, mas intuo que isso vai nos trazer problemas. Eu sei. Meu sexto sentido feminino me diz: "Alerta!".

Mas Coral, que o olha com olhinhos de loba, mas de loba mesmo, sorri e diz:

— Claro. Qual é seu nome?

— Anthony, mas pode me chamar de Tony.

Sem mais, ele se junta ao grupo, e vamos nos divertir. Olho para Coral e sorrio ao ver que ela já escolheu sua próxima vítima. Mas não duvido que vá demorar pouco para perceber que o negócio dele não é mulher.

Às quatro da manhã, depois de dançar até ficarmos esgotadas e de Coral por fim perceber que o sujeito não vai passar por sua cama, a não ser que seja para dormir feito pedra, decidimos voltar para casa. Mas não sabemos o que fazer com Tony.

Ele está bêbado feito um gambá! Bebeu além da conta e, depois de pensarmos, Coral e eu decidimos não abandoná-lo no meio da rua e levá-lo para casa. Com a ajuda de Jordi e Aída, conseguimos levá-lo até o apartamento, que fica na Villa Olímpica, e Tony cai feito uma pedra no sofá.

— O que foi que ele bebeu? — pergunto olhando para Coral.

— Não sei. Eu só o vi com Bacardi e Coca-Cola. Mas a noite toda!

Esgotada e cansada por conta da farra, decido ir dormir. Estou precisando! Mas, às oito da manhã, um barulho ensurdecedor, que identifico como a música do filme *Tubarão*, me acorda, e me levanto buscando a causa.

Não encontro. Vou buscar meus óculos, mas continuo sem encontrar a origem do som.

Tutu... tutu... tutu... tutuuuu.

Ah, Deus... essa musiquinha estridente está me deixando louca! Jordi, Aída e Coral aparecem na sala de jantar; com cara de cansaço, perguntam:

— Que barulho é esse?

— *Tubarão* — respondo a ponto de enfartar.

Tony continua dormindo como uma pedra no sofá, de barriga para baixo, e percebo que o barulho vem de um dos bolsos de sua calça. Com cuidado, nós o viramos, e o barulho se torna ensurdecedor.

Tutu... tutu... tutu... tutuuuu.

— Deve ser o celular dele — comenta Jordi tampando os ouvidos. — Desligue, por favor.

Enfio a mão no bolso de trás da calça dele e pego o celular. É uma ligação. Que musiquinha! O telefone não para de tocar e Tony não acorda. Quando já não aguento mais, abro o celular, e sem olhar para a tela, grito:

— Quem é?

— Quem é você? — ouço um homem responder, e como não digo nada, ele diz. — Faça o favor de dizer a meu irmão Tony que atenda ao telefone.

Ah-ah... eis aqui o problema! Suspirando, respondo:

— Impossível. Ele ainda não acordou.

O sujeito solta uma série de impropérios e, quando finalmente esgota seu belo vocabulário, pergunta:

— Tony bebeu?

Olho para o cidadão. Mais que beber, ele deve ter absorvido álcool por todos os poros.

— Bom — digo —, na verdade...

Agora quem suspira é ele, e pede:

— Dê-me seu endereço. Vou buscar o maluco do meu irmão.

Penso no que fazer. Não estou a fim de que esse idiota apareça no apartamento, mas, gostando ou não, é o melhor para todos. Então, com a mesma frieza com que ele falou comigo, dou-lhe o endereço, e após desligar, olho para Coral, Jordi e Aída e digo:

— Voltem para a cama. Vou esperar que o simpático irmãozinho de Tony venha buscá-lo e depois também vou me deitar.

Sem fazer a menor objeção, os outros desaparecem enquanto vou até o banheiro me pentear e escovar os dentes. Minha aparência assim que levanto é, no mínimo, aterradora. Mas não pretendo trocar de roupa para receber esse prepotente. Com meu pijama vermelho de shortinho estou mais que apresentável.

Quando tomo uma xícara de café, toca o interfone. Corro para abrir, para que não toque de novo, e vejo pelo monitor que é o gordinho de óculos de sol que disse ontem a Tony que fosse para o hotel trocar de roupa.

O namorado!

Durante alguns segundos, observo-o sem ser vista, e a primeira coisa que me chama a atenção é seu rosto bonachão. Pergunto:

— Quem é?

— Desculpe, senhorita, vim buscar Tony.

Depois de apertar o botão, vou para a porta da casa e abro.

— Bom-dia — cumprimento.

O homem balança a cabeça, e, ao ver que ele não se mexe, digo o mais jovialmente que posso:

— Pode entrar. Vamos, não fique aí parado.

Uma vez dentro, ele me estende a mão e diz:

— Meu nome é Tito Fernández.

Eu a aperto e respondo:

— O meu é Yanira Van Der Vall.

Quando fecho a porta, faço um gesto com a cabeça e ele me segue até a sala. Tony está jogado no sofá e, ao ver seu estado o homem se aproxima, passa a mão pelo cabelo do outro e murmura:

— Porra, Tony...

Não digo nada. Entendo sua expressão. Vendo em que condições o outro está só da para dizer "porra" e algo mais.

Lembro quando tive que ir buscar Rayco, algumas vezes, nesse estado para que meus pais não soubessem. "Porra" foi a coisa mais suave que eu disse.

Por fim, após um silêncio tenso, seu celular toca. O homem o pega. Ouço-o falar em inglês, e de repente, estendendo-me o celular, ele diz:

— O irmão de Tony quer falar com você.

Surpresa, pego o telefone e o cumprimento jovialmente:

— Olá, irmão de Tony.

Como eu esperava, ele continua irritado e responde sem me cumprimentar:

— Tito disse que está com o carro estacionado na porta.

— Perfeito! Vou ajudar a descer seu irmão.

— Como?!

— Vou ajudar a descê-lo até o carro — repito.

— Você?

Suspiro. Esse sujeito é um tonto. Não é de estranhar que o toque dele no celular de Tony seja a música de *Tubarão*.

— Sim, eu. Embora você não me conheça, devo esclarecer que tenho mais força do que imagina.

Noto que ele está alterado, e acrescento rindo:

— Eu fui criada com três irmãos, e não seria a primeira vez que me encontro em uma situação como essa.

— Senhorita, do que está rindo?

Mas que antipático! Estou prestes a desligar o telefone, mas por fim respondo:

— Estou rindo desta situação absurda.

Sei que minha resposta não lhe agrada, porque ele também suspira! Não posso evitar soltar outra gargalhada.

— Não consegue parar de rir?

— Não consigo, menino — digo.

Ufa... que hora mais inoportuna para rir. Mas comigo é sempre a mesma coisa!

Tony, bêbado feito um gambá; o namorado olhando para mim desesperado; o irmão ao telefone com vontade de me estrangular e eu sem poder parar de rir.

— Não sou um menino — protesta ele.

Ciente de que ele não me entendeu, esclareço, enquanto o homem à minha frente sorri disfarçadamente:

— Eu sei que você não é um menino, mas, na minha terra, dizer "menino" é um tratamento carinhoso, e saiu sem querer. Mas, tudo bem, retiro o que disse!

Após um silêncio tenso, ele pergunta:

— Divertiu-se com meu irmão?

Sorrio. A verdade é que me diverti muito dançando com ele. Que gingado, Tony tem! E dança salsa muito bem. Mas seu tom de voz me faz entender que ele não me perguntou isso, e com a mão na cintura, sibilo, querendo vê-lo cara a cara:

— O que você está insinuando?

— Não estou insinuando nada. Estou afirmando.

Suspiro de novo. Esse idiota está passando dos limites, e disposta a pô-lo em seu devido lugar, dou um passo à frente, e bem chula, solto:

— Escute aqui, seu imbecil, tenha cuidado com o que você afirma, porque está se metendo em areia movediça comigo, não sou dessas que se calam quando as coisas não são verdadeiras. Sorte sua que não está na minha frente, e que há vários amigos dormindo na casa e não estou a fim de acordá-los com as palavrinhas que eu adoraria lhe dedicar. Todas bem desagradáveis, começando com metido e prepotente. Portanto, dito isto, faça o favor de ir à merda.

— Ei!

— Ah... e agora não vou ajudar a levar seu irmão para baixo, porque não estou a fim. Imbecil!

Vou desligar quando o ouço dizer:

— Nunca conheci uma mulher tão desagradável e boca-suja como você.

— Que bom saber! Mulheres como eu costumam ter bom gosto e critério. E agora, desapareça de meu ouvido, babaca. E espero não voltar a falar com você nunca mais.

Ele bufa. Eu bufo também e desligo.

Em termos de grosseria, ninguém ganha de mim.

Histérica, olho para o outro homem, que me estende a mão para que eu lhe devolva o celular. Ele não diz nada, só sorri. A seguir se agacha, pega Tony com facilidade, joga-o por sobre o ombro e, quando chega à porta, diz:

— Obrigado por cuidar dele.

Balanço a cabeça. Não estou a fim de falar nem de pensar. E quando ele vai embora, vou direto para a cama, morrendo de sono.

8

Uma história importante

À tarde, quando Coral e eu nos despedimos de Jordi e Aída, morro de rir. Parece que estamos saindo de férias, com nossas malas e chapéus modernos, quando, na realidade, vamos é trabalhar enquanto os outros curtem as férias.

Que merda de vida! Por que não nasci rica?

Os funcionários têm que estar no navio, chamado *Espíritu Libre*, 24 horas antes da chegada dos passageiros. Engolidas entre os funcionários fixos, Coral e eu nos olhamos maravilhadas. Que enorme quantidade de gente!

Um coordenador indica o número de nosso camarote. É minúsculo, mas só para nós duas dá e sobra.

Já desfeitas as malas, subimos até a cobertura, onde outro coordenador nos entrega os uniformes e as plaquinhas com nossos nomes, que todos devem usar. Surpreendo-me ao encontrar dois músicos com quem já atuei em Tenerife.

— Menina, o que está fazendo aqui? — cumprimenta-me Richi, enquanto Josele me dá dois beijinhos.

— Vocês trabalham aqui? — pergunto, alucinada.

Ambos confirmam, e Richi pergunta:

— Foi contratada para a orquestra?

Nego com a cabeça, e, dando de ombros, explico:

— Não, não havia vaga. Aqui sou garçonete.

Eles se olham surpresos, e de repente pressinto que tenho dois aliados. Ótimo! Se eles estão na orquestra, não duvido que farão o possível para que eu cante nela.

Ao reconhecê-los, Coral se joga em seus braços, e depois de contarmos as novidades vamos dar uma volta pelo navio. Fico desanimada quando, ao chegar a um enorme salão de festas, Richi e Josele se despedem de nós e vão embora com os outros membros da orquestra, enquanto eu tenho que ir para o salão de jantar, onde já tenho que começar a colocar guardanapos e talheres nas mesas.

Enquanto rumino minha frustração, sinto que alguém põe a mão em minha cintura. Ao me voltar, vejo que é Tomás.

— Olá, linda, como está?

— Bem.

— Que foi? — pergunta ele, ao me ver desanimada.

E eu, incapaz de calar o que sinto, respondo:

— Eu sou cantora, não garçonete, e adoraria estar na orquestra em vez de aqui, colocando guardanapos e talheres.

Ele sorri. Tomás tem um sorriso bonito, e até me parece bonito quando pergunta:

— Em que camarote você está?

Ora... ora... ora, o gato não faz rodeios. Acho engraçado, e levantando uma sobrancelha digo:

— Em um no qual você não vai entrar.

— Posso descobrir facilmente onde você dorme — replica ele com voz rouca.

Huuummm, brincando comigo?

Divertida, concordo e respondo com cara de malvada:

— E eu sei onde você trabalha.

Tomás ri, mas noto em seu riso certa precaução. Contudo, sem poder evitar, o safado murmura enquanto se afasta:

— Difíceis. É assim que eu gosto das garotas.

De repente, a dois metros de mim, vejo passar Dylan, o impressionante morenaço do Starbucks, levando uma caixa ao ombro.

Meu Deus do céu... que luxo para meus olhos!

Só de vê-lo já passo mal. Estou toda trêmula.

Quero que ele olhe para mim. Quero que me reconheça. Quero que me pergunte qual é meu camarote. Mas, para minha tristeza, ele não me olha, nem me reconhece, nem me pergunta nada de nada. Merda!

Coral sai da cozinha e me flagra olhando para ele descaradamente, e a vadia se aproxima e murmura em meu ouvido:

— E aí, como vai o madurinho?

Balanço a cabeça e, com a boca seca, digo:

— Impressionante.

Ela, que me conhece mais que minha mãe em termos de homens, pergunta:

— Qual é seu plano?

Divertida por conta da pergunta e sem afastar os olhos do gostosão que desaparece por uma porta ao fundo, respondo muito segura de mim:

— Só tenho o plano A. Vou conhecê-lo.

À noite, depois de deixar o salão de jantar do Cocoloco preparado para a chegada dos passageiros no dia seguinte, vários funcionários se reúnem em uma área comum que temos para nós, onde rapidamente começamos a conversar e a nos conhecer.

Uma variedade incrível de gente trabalha no navio. Há russos, alemães, colombianos, americanos, espanhóis, finlandeses, de tudo! Falo com uma garota italiana. Ela se chama Gina e há cinco anos é cozinheira no cruzeiro. Quanto tempo! Impressionada, fico sabendo que só vê a família durante um mês e meio ao ano. Loucura!

Eu não conseguiria ficar sem ver minha família tanto tempo. Tenho certeza de que morreria de tristeza.

Enquanto falo com Gina e ela me apresenta Nelson, um equatoriano muito simpático, procuro meu morenaço entre as pessoas, mas não há nem rastro dele. Isso me desanima um pouco.

Tomás sorri ao me ver, e seu sorriso diz tudo. Eu sei bem o que ele quer, mas dispenso. Ele não é meu tipo. Ele me incomoda com o olhar e também com suas constantes insinuações, mas, desta vez, decido me comportar e não demonstrar como posso ser grossa. Ser criada com três irmãos me ensinou a me defender quando necessário.

Depois de me divertir bastante, vou procurar Coral, que ficou com Fredy, e vamos dormir, pois temos que estar maravilhosas para o dia seguinte.

Quando toca o despertador e desço de meu beliche, vejo que estou sozinha. Como Coral trabalha na cozinha, tem que começar mais cedo que eu. A primeira coisa que faço é levar uma pancada no pé, e a segunda, descobrir que estou enjoada. Acho que o navio e eu não vamos nos dar bem.

Depois de vestir o uniforme e prender o cabelo como me recomendaram, olho-me no espelho e rio de mim mesma.

Que cara de freira!

Sem querer pensar mais nisso, ponho a plaquinha com meu nome na lapela e me encaminho ao salão do Cocoloco.

Após uma manhã agitada, ao meio-dia começam a chegar os passageiros. Curiosa, olho pela balaustrada para vê-los e observo suas expressões emocionadas enquanto a passarela de embarque é recolhida. Estão contentes, e isso me faz sorrir. O cruzeiro sai no dia seguinte às seis da manhã, e todos querem se divertir.

Durante horas, as pessoas continuam chegando e embarcando; parece que não vai acabar nunca. Eu vou de um lado a outro sem parar, e às seis da tarde abrem-se as portas do restaurante para que os passageiros possam jantar.

Meu chefe me colocou na área VIP. Eu achava que aí trabalharia menos, mas é o contrário. Essa gente rica come sobremesa como selvagens, e têm o mesmo apetite de quem acaba de descer de um andaime.

Sem descanso, levo pratos limpos às mesas, retiro talheres sujos, recolho grandes bandejas de salmão, anoto pedidos e abro garrafas de champanhe, até que, de repente, ouço:

— Yanira?!

Ao ouvir meu nome, olho e vejo um sujeito elegante. Rapidamente o identifico: é Tony, o grandão que dormiu no sofá. Mas agora está penteado e mais fresco que uma alface. Ao ver que olho para ele, aproxima-se e cochicha:

— Muito obrigado por não me deixar jogado na rua, linda. Acho que bebi demais.

— Acha?

Ao ver minha expressão, Tony solta uma gargalhada e balança a cabeça.

— Admito, tomei um porre.

— Agora sim! — sorrio divertida. — Mas eu o aconselho a não repetir. Beber tanto não é saudável. E, em certa idade, é preciso se cuidar!

Sua expressão muda, e ele pergunta:

— Está me chamando de velho?

Solto uma gargalhada, e baixando o tom de voz respondo:

— Não. Mas já deve ter passado dos quarenta.

— Como você é cruel — replica ele.

Ambos rimos, e ele acrescenta:

— Desculpe ter ido embora sem me despedir.

— Ah, sem problemas.

— Meu irmão foi gentil com vocês?

Recordar a conversa telefônica com aquele homem me faz suspirar; respondo:

— Eu não o conheço pessoalmente, mas diria que se comportou de acordo: como um grosseirão. A propósito, a musiquinha de *Tubarão* é perfeita para as ligações dele.

Tony sorri, toca o cabelo e franze a testa.

— Desculpe — diz. — Espero que Tito, que foi me buscar, tenha sido mais gentil.

— Fique tranquilo, Tito foi muito gentil. E, quanto a seu irmão, posso lhe assegurar que eu não deixei por menos. Retribuí a gentileza.

De repente, vejo o encarregado olhar para mim e rapidamente começo a recolher uns pratos vazios.

— Você trabalha aqui? — pergunta Tony.

Olhando para ele com cara de "Você é bobo?", digo:

— Imagine! Na realidade, sou dona da companhia, mas gosto de vestir este uniforme ridículo com esta plaquinha para que todo o mundo saiba meu nome, e limpar algumas mesas. O que você acha?

Ambos sorrimos, e ele acrescenta:

— Coral também está aqui?

— Sim.

Tony sorri. Vejo que gosta da notícia. E após indicar a uns homens — os mesmos do outro dia — que se sentem, diz:

— Então nos veremos todos os dias durante a viagem. Pode ser até que conheça meu irmão. Por motivos de trabalho, ele só poderá embarcar no cruzeiro na escala em Marselha.

Seu irmão?!

O tubarão?!

O babaca?!

Vou ter que conhecer esse energúmeno?

Mas, guardando para mim todos os elogios em que esse sujeito me faz pensar, olho para Tony e cochicho:

— Então, nós nos veremos por aqui. Agora, tenho que trabalhar.

E saio com uma bandeja cheia de pratos sujos.

Chego à cozinha, deixo a bandeja e, sem poder acreditar em meu azar, bato suavemente a testa contra uma das câmaras frigoríficas.

— Que foi? — pergunta Coral se aproximando.

Voltando-me para olhar para ela, pergunto:

— Sabe quem está no cruzeiro?

Coral, secando as mãos em um pano, vai responder, mas eu me adianto e digo:

— Tony!

— O grandalhão de anteontem? — pergunta ela, surpresa.

— Sim — suspiro.

— Aquele que tomou um porre, que acho que é gay e que me deixou a ver navios?!

— Siiim.

Sem entender o que me incomoda, Coral acrescenta com estranheza:

— E qual é o problema?

— É que o babaca do irmão dele, aquele que me deixou nervosa ao telefone, também vai embarcar em Marselha. E, o pior de tudo, é que eles estão na área VIP, o que significa que, além de, provavelmente, ser podres de ricos, eu terei que atendê-los. — Afasto o cabelo do rosto com brio e digo entredentes: — Espero não encontrar esse idiota, porque, quando ele souber quem sou eu, vai me causar problemas.

Coral solta uma gargalhada, mas eu não estou para risadas. Pensativa, pego uma tortinha de bacon com alho-poró recém-saída do forno e, justo quando a enfio na boca, aparece meu chefe, o sr. Martínez, a quem já batizamos de Rançoso. Ele não para de grunhir e de dar bronca em todo o mundo. Nem saímos do porto e já estressou a todos nós.

Sua cara azeda assusta, e Gina, a italiana, que conheci ontem à noite e que trabalha com Coral, comentou que ele é insuportável. É o que se costuma chamar de amargurado.

— O que faz aqui perdendo tempo, mocinha? — pergunta o Rançoso.

Quando consigo engolir a tortinha sem sufocar e vou responder, ele diz, com uns gritos que assustam até a mim:

— Faça o favor de cumprir suas obrigações, ou serei forçado a prescindir de sua presença! Ouça, minha jovem, há gente demais desempregada para que folgadas como você venham aqui ocupar o lugar delas.

Alucinada por conta desse ataque tão direto, olho para ele e, incapaz de manter fechada esta boquinha que Deus me deu, replico:

— Senhor, eu não sou folgada e estou cumprindo minhas obrigações. Eu vim pegar...

— Eu a vi comendo, senhorita... — olha para a placa com meu nome — Yanira. Se é ou não uma folgada, você ainda tem que demonstrar. E, por ora, permita-me dizer que não gosto do que vejo. Ainda não é sua hora de comer, e sim de trabalhar e cumprir suas obrigações, entendido?

Eu me calo. Também não gosto que cuspam em mim quando falam.

Mas é melhor eu me calar, senão, se a Yanira respondona aparecer, vai ser uma confusão, e esse idiota vai me pôr na rua antes mesmo de a viagem começar.

Quando o Rançoso se volta e vai embora, vários colegas me olham com uma expressão cúmplice. Vejo em seus olhares que têm dó de mim, e Coral cochicha:

— Calma... respire... respire... que eu conheço você.

— Saco! — grunho. — Nem meu pai falou assim comigo quando peguei o carro dele e o enfiei na areia, por que tenho que aguentar esse aí?

— Porque "esse aí" é nosso chefe — responde ela dando de ombros.

— Que cara nojento! Quanta amargura!

Volto-me, e, de repente, vejo que não muito longe de nós está Dylan, o moreno de quem eu gosto. Ele observa sério, e com certeza ouviu a conversa. Envergonhada, pego a bandeja de tortinhas que Coral acaba de fazer e volto ao salão de jantar. Estou uma pilha de nervos.

Por que ele falou daquele jeito comigo?

Enquanto rumino, ouço umas risadinhas. É o Rançoso rindo todo obsequioso para uns passageiros, e fico toda arrepiada ao ver que se trata de Tony, o tal de Tito e outros do grupo.

Continuo trabalhando, não posso parar. As pessoas pedem comida e bebidas constantemente, e eu tenho que as servir.

9

Eu vou conquistá-lo

Definitivamente, meu chefe cismou comigo. Basta me ver para começar a me observar, seguir e dar bronca por tudo. Tudo bem, sou nova, mas não tonta. E ele me humilha a tal ponto que estou começando a me fartar.

Tony é muito legal, e seu acompanhante, que suponho ser seu namorado, também. Todas as vezes que os encontro são sempre encantadores comigo. Tony parece muito viril, mas, como diria minha avó, é flor de estufa!

Já o morenaço que me deixa louca continua sem me dar bola. Às vezes percebo que está me olhando, mas quando o olho também para me certificar, ele desvia a vista rapidamente. Uma noite, depois de acabar meu turno, encontrei-o na sala de descanso dos funcionários, mas ele nunca se aproxima de mim.

Eu o olho para provocá-lo, mas, ao que parece, a única que se provoca e se excita sou eu mesma. São três chances: ou esse cara é frio como um *iceberg*, ou é mais míope que eu, ou é evidente que não gostou absolutamente nada de mim. Que peninha!

Mesmo assim, não desisto. Meu plano é que ele me note de qualquer maneira, de modo que danço, canto e me divirto com meus novos colegas, dando-lhe todos os sinais existentes e por existir para que ele perceba que estou a fim dele. Mas nada de nada.

A cada dia me arrisco mais. Faço meu olhar de tigresa e grito em silêncio "Vem", mas ou ele não fala o mesmo idioma que eu ou entende "Vai", porque sempre acaba indo embora e me deixando com cara de tacho.

Porém, com o passar dos dias, meu sexto sentido me diz que o atraio um pouco. Sim... sim... sim... Já o peguei olhando para mim durante breves instantes, mas são instantes mágicos, incríveis, sensuais. Por isso, fico tranquila e não desisto de meu plano.

Na hora do expediente, sempre que o vejo aparecer na cozinha carregando caixas, tento parecer interessante e trocar alguma palavra com ele, mas às vezes me sinto ridícula com tanto sorrisinho bobo. Nas horas de folga, se nos encontramos, sorrio feliz, caminho com segurança e tento fazê-lo ver que sou mais que uma garota bonita. Mas ele continua me ignorando.

Não sei mais o que fazer!

À medida que passam os dias, o trabalho vai ficando mais suportável. Meu chefe continua me vigiando, mas, pelo menos, já percebeu que eu sei fazer as coisas e não sou boba. Duas noites tive que dar plantão na cozinha. É um turno divertido. Como somos poucos, nas horas paradas costumamos cantar ou contar piadas.

O pior de tudo é que, embora eu trabalhe sem pausa e tente não pensar nisso, o enjoo me acompanha o tempo todo.

Entro na cozinha com uma bandeja de pratos sujos, e ao deixá-la em cima de uma das mesas, meu estômago avisa que está em revolução.

Olho para Coral em busca de apoio moral, mas minha amiga está muito atarefada com Gina, e decido continuar trabalhando. Tem que ser, ou o Rançoso vai me matar.

Tiro bandejas e mais bandejas de comida, mas, Santo Deus, essa gente parece um cardume de piranhas!

Sorrio. Sou gentil. Sou encantadora. Sou entusiasmada, mas, saco, que enjoo!

De repente, um barulho de vidro faz todo mundo olhar em uma direção. Por sorte não fui eu. Ainda bem!

Vejo Nelson, um dos meus colegas, esparramado no chão, na entrada da cozinha.

Ah, coitado... coitado...

Corro para ele e trombo com alguém. O morenaço! Meu estômago vira do avesso, mas, olhando para Nelson, pergunto:

— Você está bem?

Ele olha para mim vermelho como um tomate e, envergonhado por ser o centro das atenções, responde:

— Eu escorreguei e...

Mas não diz mais nada; revira os olhos e cai para trás, inconsciente.

Meu Deus... Meus Deus... Meus Deeeus, será que ele morreu?!

Fico desesperada, sem saber o que fazer, até que Dylan, que está ao meu lado, ao ver meu desconcerto, diz:

— Calma, ele só ficou tonto. Vamos tirá-lo daqui e pôr seus pés para o alto.

Sinto em minha cintura umas mãos grandes e fortes, que com delicadeza me afastam para o lado. Quando nossos olhares se encontram de novo, vários passageiros se aproximam, junto com o Rançoso.

Oh-oh... A cara dele não me agrada!

Forma-se uma pequena confusão à nossa volta, até que Tito Fernández, o homem que foi buscar Tony em casa, olha para a plaquinha reluzente em minha lapela e diz:

— Yanira, traga um pouco de água e uns guardanapos limpos, por favor.

Sem hesitar, faço o que ele me pede, enquanto, junto com Tito, o chefe e dois garçons levantam Nelson do chão e o levam a um salão anexo e vazio.

Quando volto com o que Tito me pediu, vejo que meu colega está deitado em cima de uma mesa, cercado por vários homens. Quando ele começa a reagir e abre os olhos, Dylan, que está ao seu lado, diz:

— Calma, Nelson, está tudo bem.

Por sua vez, o chefe murmura com uma expressão acre:

— Que fatalidade! Justo hoje. — E após um silêncio, acrescenta: — Lamento, meu jovem, mas neste estado você não pode trabalhar. Aproveitando que estamos fazendo uma escala, é melhor que abandone o navio até a viagem seguinte. Nesta, não nos será útil.

Ao ouvi-lo, Nelson fica verde e sussurra:

— Sr. Martínez, prometo que trabalharei como qualquer outro. Por favor, eu preciso deste emprego. Minha mulher e meus filhos dependem deste dinheiro para viver, e...

— Impossível — afirma o nojento sem piedade. — Assim que o médico o examinar, exijo que abandone o cruzeiro. Vou falar com o escritório central para que mandem um substituto.

Eu olho para ele, incrédula. Será que esse sujeito não tem coração?

Olho para Dylan, que permanece calado, e com o coração apertado observo os olhos de Nelson se encherem de lágrimas, enquanto ele insiste:

— Por favor, deixe-me trabalhar. Por favor!

Ah, que sofrimento, pelo amor de Deus, que sofrimento! Se eu continuar ouvindo-o suplicar, vou começar a chorar com ele.

— Sr. Martínez — intervém Dylan nesse momento. — O que aconteceu foi culpa minha. Nelson e eu abrimos a porta ao mesmo tempo e...

— Não me importa de quem seja a culpa — interrompe o Rançoso. — Nelson já não é produtivo.

Incapaz de ficar de braços cruzados diante do desespero do pobre homem que está em cima da mesa, digo:

— Senhor, eu posso dobrar turnos. Enquanto Nelson estiver se recuperando, eu farei o trabalho dele.

— Conte comigo também — afirma Dylan.

É um gesto honroso, mas o encarregado é inflexível e insiste:

— Lamento, mas preciso zelar pelo interesse do navio. — E dirigindo-se para Tito, que não abriu a boca, acrescenta. — Senhor, muito obrigado por sua gentil ajuda, e sinto muito pelo que aconteceu. Por favor, volte a sua mesa que mandarei lhe servir uma garrafa do melhor champanhe em agradecimento.

Como a vida é injusta... Nelson suplicando uma oportunidade após um incidente que o coitado com certeza não provocou e o encarregado oferecendo champanhe a um homem que nem pediu e que certamente pode pagá-lo sem problemas.

Estou horrorizada e com raiva. Ouço Dylan dizer, insistindo:

— Sr. Martínez, é só um pequeno corte na mão. Com dois pontos se resolve.

O homem se remexe, nervoso, e diz:

— Você se acha médico, meu jovem? Cale-se e volte ao trabalho. Todos vocês não fazem mais que me dar dor de cabeça.

Olho para ele, contrariada. Como pode ser tão desagradável? Se eu não precisasse do emprego, arrancaria sua cabeça, para deixar de ser imbecil.

Nos olhos de Dylan vejo a mesma indignação que nos meus. Vejo que ele aperta os punhos, e é evidente que vai responder, quando Tito, que até agora se manteve em segundo plano, de repente olha para o Rançoso e intervém:

— Como passageiro do navio, devo dizer que não me parece correto o que pretende fazer com o rapaz, ainda mais quando dois colegas estão se oferecendo para cobri-lo. — O encarregado vai responder, mas Tito prossegue: — Se me permitir, eu mesmo cuidarei do ferimento de Nelson.

— O senhor? — pergunta Dylan surpreso.

O gordinho responde com um agradável sorriso:

— Sim, eu sou médico.

Surpresa com seu gesto maravilhoso, estou prestes a bater palmas de alegria quando o vejo falar com o encarregado sem lhe dar trégua. Meu morenaço pergunta a Nelson:

— Você se impressiona com sangue, não é?

O coitado confirma, e Dylan, cobrindo-lhe a mão ensanguentada com um guardanapo, diz:

— Não se preocupe. Procure não olhar. Você se cortou com vidro, mas é um ferimento limpo. Não é nada grave.

Quando Tito acaba de falar com o encarregado, tira um cartão dourado do bolso da calça e, dirigindo-se a mim, estende-o e diz:

— Yanira, vá a meu camarote. É o número 22. No armário vai encontrar uma maleta azul-escura. Traga-a logo, por favor.

Eu sei que o camarote de Tony é o 21. Como eu disse, nesse mato tem coelho!

Olho para o encarregado, que assente com uma expressão impassível, enquanto Dylan olha para o teto, incomodado. Pego o cartão e corro para o convés superior até chegar ao camarote.

Assim que entro, fico impressionada com o amplo espaço que me cerca. Nada a ver com o buraco onde eu me alojo.

Que luxo!

Vejo uns bombons em cima da enorme cama, mas, sem tempo a perder, abro o armário e sorrio ao ver como o homem mantém suas camisas impecavelmente arrumadas, organizadas por cores. Igual a mim, que sou um desastre. Isso me faz sorrir, e, sem pensar, aproximo o nariz das camisas e inspiro fundo. Têm um cheiro maravilhoso.

A seguir, pego a maleta, e então noto um terno escuro. Não consigo evitar tocá-lo. O tecido é leve e suave. A coisa mais suave que já toquei em toda minha vida.

Um barulho de fora me faz voltar a mim, e, depois de deixar tudo como estava, saio do camarote voando.

Quando chego ao salão onde está Nelson, entrego a maleta a Tito sem dizer nada. Ele olha para o encarregado.

— Sr. Martínez, se quiser, pode voltar ao restaurante — sugere. — Tenho certeza de que seus funcionários necessitam do senhor. Eu cuidarei de Nelson.

Não sei se meu chefe gostou ou não dessas palavras, mas, com cara de bunda, pergunta:

— Precisa da presença da garçonete e do rapaz da manutenção?

Dylan e eu trocamos olhares, e Tito, após passar a vista por nós, responde:

— Sim. Vou precisar de ambos.

O Rançoso vai embora de muita má vontade. Vejo o médico abrir a maleta. Nelson está nervoso e, quando Dylan levanta o guardanapo para deixar a mão descoberta, a curiosidade o faz olhar, e em três segundos desmaia de novo.

— Calma — diz o morenaço ao ver minha expressão preocupada. — Ele está bem.

Ver a mão ensanguentada não me deixa tonta, mas me impressiona. Retrocedo uns passos e inspiro fundo para não dar um chilique. Entre meu estômago revirado e o sangue, estou bem arrumada. Só falta eu desmaiar também.

Tito e Dylan murmuram alguma coisa enquanto observam a ferida, e, por fim, o primeiro diz:

— Yanira, por favor, vá à cozinha e traga água fervente e mais gaze. Tenho pouca na maleta.

Concordo e olho para Dylan, que parece aborrecido, mas saio correndo para a cozinha. Ali, Coral e Gina me perguntam o que aconteceu, enquanto eu ponho uma panela com água no fogo.

— Nelson está bem, só cortou a mão, mas um passageiro muito gentil vai dar uns pontos.

— Coitado... — sussurra Coral.

— Mas o que aconteceu? — pergunta outro rapaz da manutenção, aproximando-se.

— Pelo que ouvi — digo —, seu colega Dylan e ele abriram a porta ao mesmo tempo e...

— Dylan? — interrompe ele.

Quando eu confirmo, ele diz:

— Mas Dylan estava comigo no fundo quando ouvimos o barulho de vidro. Como pode ter sido ele?

Isso me surpreende, mas não digo nada. Por que, então, ele assumiu a culpa?

Passados alguns minutos, com a água fervente, várias gazes que peguei na maleta de primeiros socorros e com cuidado para não me queimar, volto até onde estão eles e encontro Dylan e Tito conversando. Ao me ver se calam, e Tito, tirando as luvas de látex sujas de sangue, diz:

— Obrigado, Yanira. No fim, não precisei da água. Consegui resolver com soro.

Dito isso, fecha a maleta, olha para Dylan e para mim e diz antes de ir:

— Fiquem com ele até que acorde. Façam que se levante devagar e vá descansar em seu camarote. Hoje ele não poderá fazer nada com a mão assim.

Quando ele se volta e começa a se afastar, eu me aproximo.

— Muito obrigada, senhor — digo. — Graças ao senhor, Nelson vai poder continuar trabalhando no navio.

Gosto de seu olhar bonachão. Com um agradável sorriso, ele responde:

— Foi um prazer. E agora, volte para junto de seus colegas e não se preocupe com nada.

Quando ele vai embora, eu me aproximo de Dylan, que está apoiado na parede. Sorrindo, comento:

— Ainda há gente boa neste mundo.

Ele concorda e diz.

— É um prazer saber, não acha?

— Sem dúvida. — E, olhando para ele, pergunto. — Por que assumiu a culpa se você não abriu a porta com Nelson?

Vejo que minhas palavras o surpreendem. Sustentando meu olhar, ele responde:

— Não gosto que ninguém assuma cem por cento da culpa de um acidente bobo. E se isso fizer com que o idiota do seu chefe baixe o tom com ele, vale a pena.

— Foi um belo gesto de sua parte.

Ele não responde nem olha para mim. Continua com os olhos fixos em Nelson. Está provado que não tem absolutamente nenhum interesse em mim. Tenho que assumir e aceitar.

Mas não, nem ferrando! Não aceito.

Vou seguir com o plano A: vou conquistá-lo.

Enquanto esperamos que nosso colega acorde, eu me sento em uma cadeira e tento parecer interessante e atraente, apesar de meu uniforme ridículo. Toco o cabelo com o mesmo glamour de Paris Hilton, afofando-o para chamar a atenção de Dylan. Mas nem assim ele me dá atenção!

Observo-o disfarçadamente. Cabelo escuro, pele morena, uns incríveis olhos castanhos, lábios que enlouquecem e um corpão. Ora, um escândalo de homem!

Eu não sei quem é ele, nem onde mora, nem seu sobrenome, nem se gosta de macarrão ou de arroz, mas adoraria conhecê-lo. Eu ia pirar! E me mata ver que eu sou indiferente para ele.

Decido que para chamar sua atenção tenho que redobrar minhas argúcias de mulher, e sentindo-me pervertida, cruzo as pernas ao estilo *Instinto selvagem*.

Nada!

Meu Deeeus, o que é que eu faço?

Que calor... que calor... que calor!

Pego uma garrafa de água e bebo. Mas, como continuo sedenta, bebo outra. Estou morrendo de calor só de imaginar como poderia me divertir na cama com esse morenaço, enquanto recordo as seis fases do orgasmo.

Que saco... caramba, eu sou terrível. O que é que estou imaginando?

Mas, como sou maluca, minha mente continua sua história particular, e eu o imagino nu deitado na cama. Impressionante. Dylan nu deve ser de parar o coração.

Mãe do céu... Definitivamente, estou muito mal!

Preciso parar de pensar nisso, portanto passo para o plano B: fecho os olhos e imagino minha avó tocando guitarra. Isso me faz sorrir. Ankie sempre me faz sorrir.

Depois de alguns minutos pensando em minha avó, consigo esfriar. Olho para Dylan de novo. De repente, ele olha para mim e pergunta:

— Por que está sorrindo?

— Porque estava pensando em minha avó.

Vejo que ele ficou surpreso com minha resposta, e acrescento em tom cúmplice:

— Ela adora tocar guitarra, e pensar nela tocando me faz sorrir.

Dylan concorda. Não está entendendo nada.

— De onde você é, Yanira? — pergunta ele.

— De Tenerife. E você?

— De Porto Rico.

— Ah, porto-riquenho?

Ele confirma e, com certo ar prepotente, afirma:

— Cem por cento.

Divertida, depois de uma dupla batida de cílios que nunca falha, murmuro:

— Eu sabia que esse tom de pele era muito bronzeado.

Dylan sorri.

Por fim, sorri!

Por fim, me olha diretamente nos olhos e sorri!

Deus existe!

Durante alguns segundos seu olhar penetrante passeia por meu rosto, e sinto que fiquei vermelha como um tomate. Estremeço, e, por fim, quebrando o silêncio, ele comenta:

— Sua pele e seu cabelo não são lá muito ilhéus.

Dessa vez quem sorri sou eu.

— Meu pai é holandês, e eu saí mais holandesa.

Ambos balançamos a cabeça, e um silêncio sepulcral nos envolve. Ele tira do bolso um pequeno pote de creme, que passa nas mãos. Tem cheiro bom.

"Vamos, Yanira... vamos, diga alguma coisa."

— A propósito — consigo balbuciar —, sei que você trabalha aqui no barco, mas não sei com quê.

— Manutenção — diz ele, guardando de novo o pote de creme no bolso.

— Ah, que interessante. E o que faz exatamente?

— Conserto defeitos que apareçam e ajudo no depósito da cozinha. Quando algum cozinheiro precisa de alguma coisa, liga para o depósito, e eu e outro colega fornecemos o que for necessário.

Nesse momento, Nelson se mexe, e nossa conversa acaba. Ambos vamos até ele enquanto acorda e, ao ver a mão, diz:

— Obrigado... obrigado por ficarem comigo.

Dylan o ajuda a se levantar.

— Agora, vou levá-lo com cuidado até o camarote — diz. — Amanhã, você e sua mão estarão bem melhores. Com seu turno de hoje não se preocupe, eu vou cobri-lo.

— Nós dois vamos cobri-lo — esclareço, também disposta a ajudar.

Passando a mão pelo cabelo, Nelson murmura:

— Obrigado. Eu lhes devo uma.

Dylan e eu trocamos um olhar e sorrimos. Estamos felizes por Nelson. Se bem que eu acho que também estou sorrindo porque estou muito feliz por mim. Finalmente consegui falar com meu morenaço.

Talvez eu não o atraia como mulher, mas esse sorriso acaba de me afirmar que pelo menos ele gosta de mim como pessoa.

Segundos depois, os dois rapazes desaparecem de minha vista, e eu sorrio enquanto volto ao meu trabalho.

E, nesse mesmo instante, decido que esse morenaço porto-riquenho é muito... muito *sexy*!

10

Quem sabe...

Passam-se os dias, e estou constantemente dopada com os comprimidos contra enjoo.

Pôr as lentes de contato deste jeito já está começando a ser uma tarefa árdua. Em algumas ocasiões, enfiei o dedo no olho e quase o arranquei.

É óbvio que viajar de navio não é comigo.

Quem me mandou aceitar este emprego, se estava tão bem cantando no hotel de Tenerife?

À noite, continuo encontrando Dylan na sala de descanso dos funcionários, mas ele continua sem me dar bola.

Depois do incidente de Nelson, ele não tornou a se aproximar de mim nem a me dirigir a palavra. Noite após noite, jogo meus encantos toda vez que o vejo para tentar chamar sua atenção, mas ele me ignora totalmente.

Acho curiosas algumas coisas nele. Por exemplo, em várias ocasiões eu o vi passar creme nas mãos, e quando trabalha sempre usa luvas de látex. Por que será?

Ele fala pouco e está sempre com seus colegas da manutenção. São sujeitos fortes e rudes, e às vezes até meio selvagens em seus comentários, mas nunca o vejo com mulheres, nem mesmo nos momentos de descanso. E não deve ser porque elas não queiram. Com meus próprios olhinhos pude ver muitas mulheres do navio babando por ele. Mas esse homem ergue uma barreira diante de todas, e quando digo todas quero dizer todas, inclusive eu!

Que merda!

E outra coisa que reparei é que está sempre limpo. Impecável. Nunca o vejo largado, nem sujo por causa do trabalho. Ele usa o mesmo uniforme da manutenção que todos os outros, mas nele cai como um terno do melhor estilista italiano. É incrível o estilo que ele tem!

Logo cedo, após a loucura do café da manhã, quando tenho um pequeno descanso, vou a uma das coberturas e me apoio na parede para sentir o ar. Como é maravilhosa a brisa do mar! De onde estou, vejo as pessoas se divertindo em uma das piscinas com tobogãs coloridos. As crianças riem, e seus risos me fazem sorrir.

Como parecem felizes!

Eu me imagino ali com meus irmãos nerds. Sei que riríamos muito, e meu pai tiraria trezentas mil fotos, enquanto minha mãe olharia para nós, como sempre, orgulhosa.

Estou distraída em meus pensamentos quando algumas vozes no piso inferior me chamam a atenção. Olho e vejo Tony falando com Dylan, que está pintando a balaustrada.

Ora, Tony, como você é esperto!

Será que está tentando ganhar o morenaço?

Ouço-os comentar alguma coisa sobre o barco e suas escalas. Tony pergunta, e Dylan, com suas luvas de látex nas mãos, responde com educação enquanto prossegue sua tarefa. Assim eles ficam um bom tempo, até que, surpresa, vejo que quando se despedem Tony põe a mão no ombro de Dylan, dá um apertãozinho, e este sorri.

É evidente que Tony tem o mesmo gosto que eu. Mas, nem pensar, querido, eu vi primeiro!

Quando acabo meu turno depois do almoço, em vez de ir para o camarote, onde sei que Coral está com Fredy e com certeza vou atrapalhar, decido passar pelo salão de festas e me sento em uma das cadeiras para ver o ensaio dos músicos, cantores e dançarinos. Distrair-me fará com que eu esqueça o enjoo.

Cumprimento meus amigos Richi e Josele e durante uma hora fico ali, curtindo. É uma maravilha escutar os músicos, a cantora e seu coro e ver os dançarinos. São todos profissionais. Eu daria tudo para estar cantando ali com eles, em vez de servindo comida...

— Eu sabia que ia encontrar você aqui — diz Coral sentando-se ao meu lado. — Saiba que acabei de comer um tablete inteiro de chocolate da melhor qualidade que não engorda! E, além do mais, acabei de passar pelas seis fases do orgasmo. — Ambas rimos, e ela acrescenta. — Que excitação esse ruivo me provoca! Ele é uma máquina na cama.

Solto outra gargalhada e pergunto:

— Tem certeza do que está fazendo?

— Ah, sim, menina. Estou me divertindo como nunca.

Volto a rir, e ela acrescenta:

— O que não entendo é como pude ser tão cega todos esses anos. Agora entendo o que você sempre me dizia, que eu tinha que ser dona da minha vida. Eu achava que me divertia sendo uma maravilhosa namorada e dona de casa para aquele idiota, mas não. Agora sim é que me divirto. A realidade me abriu os olhos. E me mostrou que há muitos peixes no mar. E quando eu quero, pesco, e quando não, vejo televisão.

— E seus planos de casamento?

— Adiei por alguns anos. Continuo querendo me casar e ter uma família, mas agora, nem louca!

— A manchinha de Toño está apagada?

Coral confirma com a cabeça e responde:

— Esse cara foi mais que uma mancha para mim. Eu diria que foi o grande piche da minha vida. Mas se as costas da Galícia conseguiram emergir, eu não vou ficar para trás!

Durante um tempo ficamos assistindo aos ensaios, até que minha amiga diz:

— Você seria maravilhosa, canta mil vezes melhor que ela.

— Obrigada pelo ânimo — digo e, levantando-me pesarosamente, acrescento: — Venha, vamos fazer o que temos que fazer.

— Você está muito pálida, Yanira.

Belisco minhas bochechas para ganhar um pouco de cor, olho para ela e suspiro:

— Estou péssima. E, ainda por cima, estou menstruada. Não preciso dizer mais nada.

Volto ao trabalho e faço o que se espera de mim. Sorrio e cumpro meu dever enquanto aguento o enjoo, e a maldita menstruação vai me matando.

O que invejo nas outras mulheres não é que sejam mais magras, bonitas ou ricas. O que invejo é que não tenham cólicas. Isso sim é sorte!

A minha agora mesmo está me partindo ao meio, mas estou trabalhando e não posso parar. O Rançoso, como homem que é, não entenderia.

De repente, vejo Dylan aparecer pela porta dos fundos com umas caixas no ombro.

Que gato... que gato!

Observo-o por alguns segundos e noto que uma das auxiliares de cozinha, uma tal de Lola, tenta chamar sua atenção pondo na frente dele seus peitos manequim 60. Mas Dylan não lhe dá bola. Nem sequer olha para ela. Incrível! As garotas da cozinha tentam flertar, cada uma à sua maneira, mas ele não se abala. Simplesmente correto e gentil, nada mais.

Isso me faz sorrir, e então noto que em um dos braços, especificamente no bíceps esquerdo, ele tem uma tatuagem.

Mas que sexy!

Estou quase me juntando ao cortejo com o resto das mulheres. Não tenho peito manequim 60, mas não custa tentar. Contudo, me contenho, e noto que Dylan, sem falar comigo, sem olhar para mim, já me deixa com taquicardia. É vê-lo e sentir a respiração se acelerar como uma locomotiva.

Era o que me faltava para piorar meu estado!

Escondida atrás de uma enorme pilha de pratos, observo enquanto todas babam e olham para a bunda dele quando deixa as caixas no chão.

Eu também o contemplo durante alguns segundos. Assim... sim... sim, nenê. Você tem uma bunda redondinha, durinha e arrebitada.

Gatíssimo!

Mas, de repente, ele olha em minha direção, e eu saio apavorada.

Que vergonha! Ele me flagrou olhando sua bunda como um verdadeiro caminhoneiro.

Uma hora depois, quando saio para tomar um ar, vejo-o de novo falando com Tony na mesma cobertura solitária da outra vez. Nessa ocasião, Dylan não está trabalhando e parecem muito concentrados na conversa. Falam baixo, por isso não posso ouvi-los. Eles não me veem, e aproveito para observá-los à vontade. Sorrio ao ver que Dylan, após negar com a cabeça, volta-se e vai embora, deixando Tony boquiaberto. Será que Tony se insinuou?

Depois dessa cena, sem ter descoberto nada do que diziam, volto à cozinha. Ali a loucura continua. Fogões no máximo, pedidos à toda e todos correndo para preparar os pratos.

Pego rapidamente uma das bandejas vazias e começo a enchê-la de sanduíches, mas a cólica está me matando. Levo a mão ao ventre.

— Você está bem?

Ao levantar os olhos, vejo o lindo Dylan a meu lado. Esse rapaz é um escândalo. Nesse momento, meus ovários dão umas pontadas de matar, e minto:

— Sim.

Sem mais, dou meia-volta. Preciso de um analgésico, já!

Pego uma caixinha que carrego no bolso do uniforme, uma garrafa de água muito bonita que vejo em cima do balcão e engulo um comprimido.

— O que você tomou?

Sua voz...

Seu tom de voz sensual soa atrás de mim. Ele me envolve, cativa, e, fazendo-me virar, a voz insiste:

— O que você tomou?

Não sei o que dizer. Não quero lhe contar minhas intimidades, e respondo com a garrafa ainda na mão:

— Um comprimido.

Mas minha resposta não lhe parece suficiente, e ele pergunta:

— Um comprimido de quê?

— Por que lhe interessa o que eu tomo?

— Interessa — afirma ele. — Responda.

Surpresa com sua insistência, estou prestes a mandá-lo catar coquinho quando ouço a voz do Rançoso dizendo:

— O que está fazendo aqui? Você não trabalha no depósito?

Dylan confirma, mas sem deixá-lo falar o encarregado continua:

— Então, não devia estar na cozinha. — E tirando a garrafa de água de minha mão com irritação, diz: — Esta água é muito cara para você beber, mocinha. Faça o favor de beber da água dos funcionários.

Sem entender nada, olho para a garrafa e respondo:

— Desculpe, senhor, eu não sabia que...

— Preste mais atenção no que faz — grita ele me envergonhando.

Dylan não se mexe, mas noto que sua respiração muda. Inflama-se, e tentando atrair a atenção para si, explica:

— Eu lhe dei essa garrafa. Ela precisava de água para tomar um remédio, e...

Ora, de novo assumindo a culpa, como fez com Nelson, mas, dessa vez, por mim. Que bonitinho!

— Você se chama Ferrasa, não é? — pergunta o Rançoso com desagrado.

— Dylan Ferrasa — responde Dylan muito sério.

Após olhá-lo de cima a baixo, o encarregado retoma a bronca.

— Já lhe disse, sr. Ferrasa, que não deve ficar na cozinha. Seu trabalho é em outro lugar.

— E na cozinha também — desafia meu moreno.

O Rançoso pragueja, faz cara feia e adverte:

— Cuidado com o que diz, meu jovem. Faz tempo que o estou vendo rondar pela cozinha mais do que deveria.

— Só estou fazendo meu trabalho, senhor.

— Tem certeza?

Dylan confirma e responde sem hesitar:

— Absoluta.

A-ah... isso não vai acabar bem, intuo.

Mas Dylan, com um aprumo incrível, tira as luvas de látex e acrescenta:

— Já lhe disse em outras viagens, mas repito se for necessário, "senhor". Sou responsável por levar do depósito aquilo que os cozinheiros necessitam.

— E daí?

Após jogar as luvas em uma lixeira à nossa frente, Dylan responde:

— Daí que, quer o senhor goste ou não, tenho que entrar na cozinha para deixar as coisas.

O encarregado, vermelho como um tomate porque o outro está com a razão, pergunta:

— Está tentando me advertir?

Noto que a comissura dos lábios de Dylan se curva. Meu Deus, ele vai rir! Mas, por fim, ele responde sério:

— Não, senhor. Só estava lhe recordando qual é meu trabalho.

— E posso saber o que você trouxe agora para estar aqui?

Com uma tranquilidade que me espanta, ele aponta para umas caixas e responde:

— Caixas de verduras.

O Rançoso olha para as caixas que estão em cima de uma mesa de aço e, não disposto a deixar de ser desagradável, insiste:

— Sr. Ferrasa, essas caixas devem ser deixadas na geladeira de frutas e verduras. Será que não sabe, ou devo pensar que não faz direito seu trabalho?

Vejo as abas do nariz de Dylan se dilatarem. Mas que gênio forte ele tem! Isso me excita, mas vai dar a maior confusão se ele não se controlar. Então, disfarçadamente, pego a mão dele por trás para pedir que se acalme e digo:

— Sr. Martínez, quando ele ia guardá-las na geladeira eu lhe pedi água. Por isso as deixou em cima d...

— Então, devo pensar que é você que não faz seu trabalho direito? Srta. Yanira, quer que eu a despeça por se meter na conversa alheia?

Deus... Deus... dai-me paciência, ou juro que jogo esse homem no mar.

Vou responder quando Dylan aperta minha mão, como fiz antes, e diz, para encerrar a conversa:

— Não se preocupe, nada disso tornará a acontecer.

O idiota do nosso chefe conseguiu o que queria: que nos sentíssemos mal e inferiores, e olhando para nós com ar de superioridade, aproxima-se muito de Dylan e sibila:

— Já lhe disse outras vezes e repito: não gosto de sua atitude. Volte agora mesmo ao trabalho ou vou cuidar para que esta seja sua última viagem neste navio. Ou melhor, cuidarei para que os dois sejam imediatamente despedidos.

É evidente que, seja pelo que for, ele não vai com a cara de nenhum dos dois. Maldição, não há nada pior que não cair nas graças de um chefe.

Coral, que ouviu tudo, vem em nosso auxílio chamando o encarregado para tirá-lo de cima de nós. Ele, após dar-nos um último olhar de superioridade, vai atender a minha amiga.

— Como esse cara é idiota — cochicho, irritada.

— É. Eu posso garantir — afirma Dylan com o cenho franzido.

Ainda estamos de mãos-dadas. Gosto de seu toque, mas, soltando-o, murmuro:

— Vamos voltar ao trabalho, senão esse imbecil vai voltar à carga.

Observo Dylan seguir o encarregado com os olhos, e quando este desaparece ele olha para mim. Esquecendo rapidamente o ocorrido, volta à carga:

— Que medicamento você tomou?

Atônita diante de sua insistência e me sentindo um trapo por causa da menstruação, suspiro e, de mau jeito por causa de tudo que aconteceu, respondo sem me importar com o que ele possa pensar:

— Estou menstruada, saco! Satisfeito?

— Desculpe, eu não pretendia...

— Se não pretendia, por que insistiu? — Ele não responde, e eu prossigo como uma metralhadora. — Quem dera os homens menstruassem de vez em quando. Iam saber o que é bom. Se bem que, conhecendo vocês, tenho certeza de que o mundo ia se paralisar. — Meu moreno sorri, e eu acrescento: — Não ria. Dói horrores, e tomei um analgésico para ver se melhoro e posso continuar trabalhando. Algo mais a objetar ou perguntar?

— Sim. — E tocando meu braço, ele murmura com uma voz profunda: — Não beba diretamente da garrafa. Tem germes. Da próxima vez, pegue um copo, é mais higiênico.

Que doideira!

Não posso deixar de sorrir.

Sinto a pressão de sua mão em meu braço e o calor que exala, e vejo a tensão atravessar seu rosto. Então, sem dizer nada, ele se volta e vai embora, deixando-me de boca aberta.

Mas qual é a desse cara? Agora de repente vai embora sem dizer nada?

Pouco depois, eu também volto ao trabalho. A dor vai diminuindo à medida que o tempo passa. Viva o calmante! E com o desaparecimento da dor, meu sofrimento e mau humor desaparecem também.

11

Entre você e mil mares

Passam-se os dias, e estou ótima.

Uma vez mais a menstruação se vai, deixando uma margem de uns 24 dias de felicidade, até que volte outra vez para me torturar.

Após servir e recolher mesas durante horas, saio para tomar ar na cobertura e relaxar uns minutos. Meu turno do jantar quase terminou, só restam poucos clientes no salão. Estou apoiada em uma balaustrada, pensando — como não — em Dylan, quando sinto umas mãos em minha cintura e alguém sussurrando em meu ouvido:

— O que está fazendo aqui sozinha?

Ao me voltar, vejo Tomás e, querendo um pouco de mimo, murmuro:

— Relaxando.

Tomás não se mexe. Ele notou que não o mandei tirar as mãos de minha cintura, e me apertando contra si sugere em voz baixa:

— Quer que eu a ajude a relaxar?

Plano A: mando-o catar coquinho na descida.

Plano B: jogo-o no mar.

Plano C: deixo-me levar pela luxúria do momento e transo com ele.

Escolho o plano C. Hoje estou carente e precisando de sexo. Sua voz cheia de erotismo em meu ouvido me excita, apesar de sua juventude, e pergunto:

— E como você faria isso?

— De mil formas, linda — diz se apertando mais contra mim.

Tudo bem, aceito. Ele me animou rapidamente.

Tomás não é meu tipo de homem. É muito novo, e nunca me excitei pensando nele, mas, nesse momento, como diz Coral, vou pescar! Estou sozinha, solteira, e como sempre disse minha avó Ankie, cada um faz com seu corpo o que lhe dá na telha!

Ao ver meu sorriso de aceitação, ele não perde tempo: me pega pela mão e me puxa. Eu não resisto; sigo-o. Caminhamos a passos largos até chegar a uma porta fechada em uma lateral da cobertura. Acho que é onde se guardam as bolas para jogar na piscina. Tomás a abre com uma chave que pega na lateral da porta, entramos ali, ele fecha a porta e liga uma pequena luz. Murmura perto de minha boca enquanto, disposto a tudo, ele me senta sobre uma caixa:

— Ninguém vai entrar aqui.

Assinto com a cabeça e fecho os olhos, curtindo o momento.

Pensar em Dylan me deixa perturbada, mas ele nem me olha e me faz sentir uma Gordarela! Preciso de sexo. E como mulher solteira e independente que sou, decido dar um luxo ao meu corpo e um descanso à minha mente, e permito que Tomás aproxime sua boca da minha.

Ele não beija mal, mas também não é para soltar fogos de artifício.

Ele enrosca sua língua na minha, e noto sua respiração se acelerar. Sinto também meu próprio sangue se convulsionar pedindo que ele continue.

Estamos muito excitados, e quando ele percebe que estou de boa ouço-o murmurar:

— Vamos nos divertir.

— Cale a boca e não pare — digo, desatando a selvagem que há em mim.

Sem dúvida, sou muita areia para o caminhãozinho dele.

Se chegamos até este momento foi porque eu quis. Se dou trela é porque o jogo é meu. Um jogo muito criticado por muitas mulheres, que, no fundo, gostariam de jogar também, mas não se atrevem, não se atiram. A diferença entre elas e eu é que sou dona da minha vida. Faço o que quero e o que desejo o tempo todo, sem pensar no que vão dizer e sem me deixar enganar por idiotices moralistas e puritanas.

Após vários beijos e passadas de mão por cima da roupa, decido que chega de contemplações. Entro em ação, e sem palavras românticas vou ao que interessa, desabotoando a camisa do uniforme.

Com um sorriso, Tomás olha para mim quando eu o animo, dizendo:

— Vamos, brinque comigo.

Ele pega um dos meus seios com a mão e o aperta, massageia, e eu, adorando, permito que o faça, e com meus suspiros e minha entrega incito-o a continuar.

Instantes depois, levo a mão ao meio de suas pernas e sorrio. Está duro. Ótimo!

Minha vagina se contrai ao entender o que isso significa, e rapidamente fico molhada.

— Você tem um preservativo? — pergunto.

Tomás confirma sem dizer nada. Acho que ainda não acredita no que está acontecendo. Ele pega um preservativo no bolso, e eu digo:

— Coloque.

Sorrindo feito bobo, ele tira apressadamente a calça e a cueca. Ora, Tomás é mais bem equipado do que eu pensava. Gosto disso. Quando ele acaba de colocar o preservativo, toca o pênis e murmura com desejo:

— Tudo para você.

Essa frase me faz rir. De fato, vai ser tudo para mim. Toco seu pênis duro e digo em voz baixa, ainda sentada sobre a caixa:

— Se é tudo para mim, faça o que meus olhos lhe pedem.

Dito e feito.

Sem falar, ele tira minha calcinha, encaixa-se entre minhas pernas, e eu facilito a penetração abrindo-me para ele. Isso o provoca, excita-o, deixa-o a mil.

Ele entra em mim lentamente, e sinto meu corpo reagir desejando mais profundidade.

Ah, meu Deus, que prazer!

Ele me aprisiona contra a caixa, e a penetração se torna mais profunda.

Sim, que delícia!

Agarrada a seu pescoço, permito que ele me penetre várias vezes. Enquanto ele me dá tudo que estou lhe pedindo sem palavras, penso que é Dylan que está ali.

Como eu gostaria que fosse ele!

Eu mataria para sentir seus lábios carnudos nos meus. Para exigir que me penetrasse várias vezes. Mas ao abrir os olhos vejo que não é Dylan, e a raiva me faz ser mais bruta, mais brusca.

Assim ficamos vários minutos; nossos suspiros enchem a pequena sala, até que, por fim, mais cedo do que ambos teríamos desejado, Tomás chega ao clímax, e, depois de uma última investida, chego também.

Poxa, eu quero mais!

Isso não me satisfez por completo, nem física nem sexualmente falando.

Nós nos olhamos com a respiração entrecortada quando ele me põe no chão. Acabamos com a caixa e o jogo terminou. Tomás olha para mim extasiado. Está orgulhoso do que fez, e eu sorrio. Não quero decepcioná-lo. Coitado, ele se acha, mas não é lá grande coisa.

Vestimo-nos em silêncio, e quando estamos os dois apresentáveis para continuar trabalhando, ele olha para mim e pergunta:

— O que acha de repetirmos isso em outro lugar e com mais tempo?

O sexo não foi ruim, mas eu respondo com distanciamento:

— Talvez.

Ao chegar à porta, ele olha para mim, e vejo em seus olhos que quer me beijar. Nego com a cabeça e vou trabalhar.

Horas depois, continuo trabalhando. Essa noite tenho plantão na cozinha. Como se um turno só já não bastasse!

Não consigo parar de pensar no que fiz.

Por que concordei?

Não gosto de Tomás, mas transei com ele. É evidente que estou resolvendo com outro o tesão que Dylan me provoca.

Mas não gosto disso. Não mesmo. Só que não posso fazer mais nada, Dylan nem olha para mim.

O navio tem serviço 24 horas para os clientes da área VIP. O telefone toca várias vezes com pedidos. Em geral, eles pedem champanhe ou bebidas e algum *fast food*. Uma das ligações é do quarto 21. Sei que é o quarto de Tony, e, pelo que parece, ele está acompanhado!

Pede três sanduíches de frango com batatas fritas, três Coca-Colas e três uísques com gelo.

Ora, ora, Tony está dando uma festinha!

Com quem será que ele está?

Quando o cozinheiro termina os sanduíches, coloco tudo em um carrinho bonitinho e me encaminho ao quarto. Bato na porta, e Tony abre dois segundos depois, sem camisa. E eu, muito profissional, digo:

— Seu pedido, senhor.

Ele sorri e responde:

— Pô, Yanira, sou eu... Não me chame de senhor.

— Eu sei. Só estou fazendo meu trabalho.

Ambos sorrimos, e digo:

— Então, onde eu deixo tudo isto?

Tony se põe de lado e responde:

— Deixe em frente à cama.

Empurro o carrinho e olho com curiosidade, mas não vejo ninguém. Contudo, ouço barulho de água no banheiro. Ora... ora... tomando um banhinho...

— Tudo bem, Yanira? — pergunta Tony com um sorriso.

Eu lhe devolvo o sorriso e, com cumplicidade, respondo, endireitando-me:

— Sim, mas tenho certeza de que não tão bem quanto você.

Ambos sorrimos. Para um bom entendedor, meia palavra basta.

Quando paramos de sorrir como bobos, eu lhe entrego o pedido para que ele assine.

— Dê-me só um segundo, vou buscar uma caneta.

Tony vai até um paletó e enfia a mão no bolso. Nesse momento, algo me chama a atenção. Em uma das mesinhas vejo uma plaquinha de identificação.

Ooora, ele está chifrando o namorado? Quem será que ele está pegando?

A curiosidade me corrói.

Disfarçadamente, dou um passo para a mesinha, mas a plaquinha está virada para baixo. Merda!

De rabo de olho vejo que Tony acaba de encontrar a caneta e se dirige a uma mesa para se apoiar e assinar. Sem hesitar, pego a placa e a viro: "Dylan Ferrasa".

Como?!

Estou a ponto de gritar.

Não pode ser! Não pode ser!

Mas, de repente, olho para o banheiro e vejo no chão uma parte do macacão azul que Dylan costuma usar para trabalhar.

Ah, meu Deus. Ah, meu Deus.

Ah, não... não... não... não.

Não pode ser verdade o que estou pensando!

Com os olhos arregalados, leio de novo a plaquinha: "Dylan Ferrasa". Não há dúvida, e o ar para de entrar em meus pulmões.

Estou sufocando! Ficando verde!

Meu morenaço, meu porto-riquenho, meu Dylan é gay?

Plano A: arranco os cabelos.

Plano B: arranco os olhos de Tony.

Plano C: leio a plaquinha de novo para ver se não me enganei.

Escolho o plano C. Leio de novo a placa lentamente, para não me equivocar: "Dy-lan Fer-ra-sa".

Nããããooo!

Poxa... merda... sacooo!

Acabaram-se os planos. Já não existem planos A, nem B, nem C, nem possíveis seis fases do orgasmo.

O mito acabou de ser derrubado.

Dylan é gay? Quando eu contar pra Coral, ela vai ficar chocada como eu.

Mas por quê? Por que um cara como Dylan tem que gostar de homens? Por que, meu Deeeus, por quê?

Tony acaba de assinar, e voltando-se para mim entrega-me o papel e me pergunta:

— Você vai ficar a noite toda de plantão na cozinha?

Estou prestes a arranhá-lo de baixo para cima, que dói mais, por causa dessa pergunta. Estou furiosa!

Ele vai passar uma noite de paixão com o homem que eu desejo e não posso fazer nada. Absolutamente nada. Merda!

Confirmo, e ele diz:

— Talvez eu volte a chamá-la, acho que tenho uma longa noite pela frente.

"Isso... esfregue na minha cara, seu nojento!"

Nesse instante, abre-se a porta que se comunica com o outro camarote, e vejo Tito aparecer de camiseta e cueca. Ao me ver, ele dá um passo atrás e fecha a porta assustado. Eu os peguei com a mão na massa!

Que orgia os três vão fazer!

Encaminho-me para a porta, porque se não sair dali vou explodir. Volto-me ao sentir uma mão em meu cotovelo. É Tony, que me pergunta:

— Aconteceu alguma coisa?

Alguma coisa? Alguma coisa eu faria com você por causa do que vai fazer!

Tento me recompor, esboço um dos sorrisos mais falsos do mundo e respondo:

— Não é nada, é só que tenho muito trabalho a fazer.

Uma vez fora do quarto, fecho a porta e me apoio na parede.

Tenho vontade de chorar. Tenho vontade de gritar. Tenho vontade de matar alguém.

Agora entendo por que nenhuma mulher consegue nada com Dylan.

Agora entendo por que minhas cruzadas de pernas ao estilo *Instinto selvagem*, ou minhas piscadinhas, ou os peitões GGG não o fazem reagir. Pelo amor de Deus, ele é gay?

Alucinada por conta de minha descoberta, sigo para a cozinha enquanto me pergunto por que ultimamente os homens mais bonitos e atraentes são todos gays. O que as mulheres estão fazendo de errado?

Eu adoro gays. Por exemplo, meus amigos Luis e Arturo. Mas por que Dylan tem que ser gay?

Desesperada, entro na cozinha e, após cravar meu pedido assinado no espeto, abro uma das geladeiras, pego um enorme pote de sorvete e começo a comer de colheradas enquanto rumino minha frustração.

Definitivamente, eu me sinto como uma Gordi-idiota-rela!

12

Não encha o saco, por favor

Dois dias depois, meu desânimo continua igual.

Não estou de muito bom humor, e o Rançoso parece que vem atrás de mim com mais vontade. É evidente que ele e eu nunca vamos ser amiguinhos.

Nesses dois dias, indaguei com outras garotas sobre Dylan sem revelar o que sei. Todas falam maravilhas dele. Que é tão cavalheiro, tão agradável, tão educado. A maioria morre por ele, mas nenhuma conseguiu nada.

Agora percebo a quantidade de detalhes que deixei passar despercebidos por estar tão cega por esse sujeito.

1. Ele nunca está sujo, apesar de trabalhar no depósito.
2. O creminho que ele passa nas mãos toda hora, e o fato de usar luvas de látex para trabalhar. Ninguém mais faz isso.
3. Nunca se relacionou com nenhuma das funcionárias.
4. Sempre come cercado de seus colegas homens.
5. E não bebe nada em lata, nem direto da garrafa por causa dos germes. Mas qual é o homem que não bebe no bico?

Que pena!

Que grande pena, e que decepção sinto no corpo e na alma.

Com o bom radar que eu tenho para perceber quem é quem, como não me dei conta antes?

Definitivamente, viajar de barco não me cai bem. Ofusca meu sexto sentido!

Hoje é um dia de louco. Os passageiros estão com uma fome atroz, e eu corro para satisfazer suas necessidades, sob o constante olhar do Rançoso e levando suas constantes broncas. Não sei quanto vou aguentar sem lhe dizer poucas e boas.

Quando entro na cozinha, Coral, ao ver minha expressão apressada, se aproxima e me pergunta com um saco de confeiteiro na mão:

— O que é que há com o Rançoso?

Vou explodir!

— Esse sujeito é idiota e ninguém sabe. — E pegando o saco de confeiteiro da mão dela, pergunto. — Chantili ou creme?

— Chantili.

Adoro chantili. Sem hesitar, levanto-o e aperto, e minha boca se enche de chantili. Está delicioso. Minha amiga cochicha:

— O fato de você-sabe-quem ser como é não deve fazê-la comer como uma selvagem.

— Estou ansiosa — replico.

— Comer assim não é saudável. Vai fazer seu uniforme estourar.

— Ouça, menina, já que eu sei que com ele não vou passar pelas seis fases do orgasmo, não me importa ser gorda ou magra! Saco! O único homem que me interessa no navio todo nunca vai me olhar como eu quero... Que decepção. Pelo menos o chantili não decepciona. Ele sempre me dá o que necessito.

Coral revira os olhos e diz:

— Como sempre, tão dramática. — E ao ver que eu continuo engolindo chantili feito uma alucinada, pergunta. — Está gostoso?

— De morrer! — respondo, e continuo engolindo.

De repente, de rabo de olho, vejo o culpado por minha ansiedade entrar na cozinha com uma caixa de vinhos e fones de ouvido. Que música estará escutando? Rapidamente, afasto o saco de confeiteiro da boca, mas o chantili continua saindo e cai em meu rosto e meu uniforme.

— O que está fazendo? — ri Coral, ao me ver.

Horrorizada, cochicho:

— Papel de idiota e ridícula.

Morrendo de vergonha, olho para Dylan de soslaio para ver se ele me viu, e seu sorrisinho confirma que sim. Merda! Tento disfarçar. Mesmo sendo gay, ele ainda me excita uma barbaridade. Uma das auxiliares, a peituda, dirige-se a ele e lhe diz onde tem que deixar a caixa.

Coral, que percebe tudo, sussurra e me dá um guardanapo.

— Bem... ele pode ser gay, mas dizer que é delicioso é pouco.

Concordo e limpo o rosto. Tenho chantili até nas sobrancelhas. Dylan se aproxima de nós.

Pelo amor de Deus, que humilhação!

Meus cílios estão melados, e praguejo ao notar que o chantili entrou em meu olho. A lente de contato reclama.

Ao chegar perto de nós, sem nos cumprimentar, Dylan abre uma das câmaras frigoríficas e entra.

— Saco... merda... veja como eu fiquei — resmungo, enquanto o chantili cola em meu cabelo.

— O que você tem no olho? — pergunta Coral.

— É a lente de contato.

Pisco várias vezes, mas o chantili a sujou, e minha vista está embaçada.

Coral, divertida, murmura ao ver meu apuro:

— Se eu fosse você, mesmo sem enxergar, entraria na câmara frigorífica e provaria a mercadoria. Aposto que ele também gosta de chantili.

— Coral, mas ele é gay! — replico, baixando a voz.

— Menina, não se perde nada tentando.

Eu rio enquanto a lente de contato e o chantili me incomodam.

Minha amiga me conhece muito bem e sabe que, quando eu gosto de um homem, vou atrás dele! Mas, neste caso, não posso. Não quero fazer mais um papel ridículo.

— A verdade é que esse madurinho que ainda não saiu do armário está no ponto. Algum plano? — insiste Coral, divertida.

— Sim, um: esquecê-lo!

Mas, incapaz de calar o jato de palavras que borbulha dentro de mim, acrescento, enquanto pisco e limpo o chantili dos cílios:

— Meu Deus, a verdade é que ele tem os lábios mais sensuais que já vi na vida. Você me conhece e sabe que é o tipo de homem que me provoca e faz ferver meu sangue de tão *sexy* que é. E porque o intuo... intuo... possessivo. Forte. Sim. Exato. Forte! Pressinto que deve ser uma bomba na cama, e é só vê-lo para querer beijá-lo, arrancar sua roupa...

— Yanira... — sussurra minha amiga, mas estou embalada.

— É só vê-lo e fico toda excitada, em um nível que juro que não entendo. Mesmo sabendo isso! Ele me excita, me dá tesão... me faz sentir tonta e ridícula quando me flagra olhando para ele e...

— Yaniraaaaa...

— E veja bem, sei que sou invisível para ele, sei que não sou o tipo dele porque não tenho bigode, nem bíceps definidos, nem uma coisa pendurada no meio das pernas, mas, pelo amor de Deus... até o nome dele me excita! Dylan! Dylan! Dylan! Ah, Senhor, que nome mais masculino! Mas, tudo bem. Eu sei; não sou o tipo dele e nunca serei. — Fecho os olhos e sinto as mãos meladas de chantili. — Mas esse sujeito me dá um tesão, um tesão que acho que vou enlouquecer se ele não me disser alguma coisa e...

— Está melhor? — pergunta uma voz bem atrás de mim.

A-ah!

Coral sorri, e entendo seu sorriso.

Acho que o objeto de meu desejo acaba de me dizer alguma coisa!

Que a Terra me engula!

Que vergonha!

Recompondo-me o melhor que posso, volto-me. Eu não me vi no espelho, mas minha aparência deve estar, no mínimo, peculiar. Contudo, olho para ele como se nada fosse e respondo:

— Sim. Obrigada. Estou mel...

Não digo mais nada, porque, como estou com um olho fechado, o balcão não está onde achei que estivesse, e ao me apoiar perco o equilíbrio. Ao ver que estou caindo, estico a mão e me seguro na camisa de Dylan, mas ela se rasga, e o desastre é inevitável.

Cataploffff...

Bato o queixo com tudo no chão da cozinha do navio.

Perco o fôlego e sinto tudo rodar a minha volta. Tento disfarçar, mas a vergonha é terrível.

Como sou desajeitaaada!

Agora sou Gordi-desajeitada-rela.

Atordoado por conta de minha queda repentina, Dylan, o homem dos meus mais perturbadores sonhos sexuais, agacha-se com uma expressão preocupada e pergunta:

— Você está bem?

Plano A: digo que não e peço que me faça uma respiração boca a boca para eu não morrer.

Plano B: choro com dor no queixo.

Plano C: paro de fazer papel ridículo.

Por fim, inclino-me pelo plano C. Acho que é o mais digno.

Dylan abre um *freezer*, pega gelo, e envolvendo-o em um pano limpo tira as malditas luvas de látex e coloca o gelo em meu queixo.

— Aaaiii!

— Eu sei, dói — diz ele olhando para mim. — Você deu uma bela batida. Um pouco mais e abria o queixo.

De súbito, percebo que ele está com a camisa aberta. Uuauuuuu, que peitoral! Lembro-me de ter rasgado sua camisa na queda.

— Se queria ver meu peito, era só pedir para eu tirar a camisa.

Começo a rir descontroladamente.

Dylan olha para mim, surpreso com minha reação. Tentando com todas as minhas forças aplacar meu riso inoportuno, digo à alucinada Coral:

— Dê-me um papel para limpar o olho.

Mas o morenaço parece ter mil mãos, e ele mesmo me dá o papel, enquanto minha amiga diz:

— Vou pegar alguma coisa para abanar você. Parece um tomate.

Coral vai embora, e eu não sei o que dizer. Dylan me ajuda a levantar do chão e sentar em uma cadeira.

— Dói mais alguma coisa?

Faço que sim com a cabeça e, diante de sua expressão de estupefação, esclareço, com o gelo ainda no queixo:

— Meu orgulho.

Ambos ficamos calados. Acho que ele me entende. Acabo de fazer o papel mais ridículo do mundo, e ele o respeita em silêncio. Mas, como ele está de cócoras diante de mim com a camisa aberta, torno a reparar em seus abdominais. São incríveis! E uma coisa que pende de seu pescoço me chama a atenção. É um cordão preto com uma pequena chave prateada. Parece antiga e é muito bonita.

Ele percebe que a estou olhando e, tocando a chave, diz:

— Foi presente de minha mãe.

Balanço a cabeça. A dor no queixo está me matando. Toco os dentes com a língua.

Tomara que não falte nenhum... que não falte nenhum!

Por sorte, não falta e nenhum está mole. Respiro aliviada.

Sem dizer nada, pego a caixinha das lentes de contato do bolso do uniforme e tiro a que está me incomodando, suja de chantili.

Que alívio, meu Deus!

Dylan, ao ver, censura-me.

— Você devia lavar as mãos antes de tocar o olho. Estão cheias de bactérias e sujeira.

Pronto, aí está seu lado gay.

Não olho para ele. Não respondo.

Sei que ele tem razão quanto a lavar as mãos, mas não estou a fim de concordar. Ele não diz mais nada. Só me observa, e eu, quando acabo de limpar a lente de contato, coloco-a de volta com estupidez, respiro fundo, olho para ele e digo:

— Vamos esclarecer uma coisa. Você não só ouviu o que eu disse sobre você, como também me viu melada de chantili; e, como se fosse pouco, caí na sua frente sem nenhum glamour. E...

— Esse Dylan de quem você estava falando era eu?

Merda!

Eu mesma acabo de me expor de novo. Não concordo. Não confirmo e não me mexo.

É possível ser mais desajeitada e linguaruda?

Ele, ao ver meu apuro, sorri e se aproxima um pouco mais.

Mãe do céu, ele é impressionante!

Fico sem fôlego de novo quando ele pousa o polegar bem abaixo de meus lábios por alguns instantes. Ao retirá-lo, vejo chantili em seu dedo. Ele o chupa, e em um tom íntimo e com voz rouca, murmura:

— Huummm, delícia.

Saco, saco e saaacooo!

Mando que ele lave o dedo antes de chupá-lo? Mas, por fim, me calo. É melhor manter a boca fechada, ou sei que vou piorar as coisas.

Rio descontrolada de novo. Mas como sou idiota! E para mudar de assunto, olho para os fones de ouvido pendurados no pescoço dele e pergunto:

— O que você está escutando?

— Maxwell, conhece?

Nego com a cabeça, e ele diz:

— Escute, você vai gostar.

Coral aparece com umas receitas plastificadas para me abanar. Sua expressão é desconcertante!

Dylan se levanta, dá um passo para trás, pisca para mim, e sem dizer mais nada, vai embora por onde veio.

Coral, divertida, ri; e eu, horrorizada, protesto:

— Não sei onde está a graça, merda!

À noite, quando chego a meu camarote e me deito na cama, meu queixo dói horrores; vou ficar com um hematoma enorme. Mas não importa. Só de ter ficado com Dylan tão perto durante aqueles minutos valeu a porrada.

Três dias depois, meu hematoma no queixo é patrimônio do navio todo. Todo mundo olha.

Como se desse para não ver!

Todo o mundo especula.

Como se desse para não especular!

No fim, até lhe dou um nome: Hema!

Mas que brega!

À noite, quando terminamos o trabalho e vou para meu camarote, Coral me para.

— Tenho que lhe pedir um favor.

— Diga, menina.

Ela coça a nuca e, depois de pensar no que vai dizer, solta quase sem respirar:

— Marquei com uma pessoa e preciso do camarote por duas horas.

— Com quem? — E ao ver que ela não responde e só ri, insisto: — Com o colombiano?

— Não.

— Com o russo da recepção?

— Não.

Dez minutos depois, já tendo recitado metade dos funcionários do barco, finalmente ela confessa:

— Tudo bem, admito que, em termos de homens, estou descontrolada; estou na fase Devoradorela. — Solto uma gargalhada, e ela prossegue: — Fiquei com Toño quatro anos e fui a mulher mais fiel e dedicada do mundo. E para quê? Para que ele me chamasse de gorda na frente dos amigos e me humilhasse.

— Coral, é melhor você pensar nas coisas... você não é como eu. Você acredita no amor, no romantismo, em...

— Acabou-se o romantismo — ela me corta. — Vou viver a realidade. O homem de quem eu gostar, vou pegar. Percebi que o tempo passa, meu corpo se deforma, e quero aproveitar. E há um passageiro argentino...

— Coral... — grunho tocando a testa. — Você sabe que é proibido se relacionar com a tripulação, e mais ainda com os passageiros. Você não pode levá-lo a nosso camarote, o que está pensando?

— Nisso mesmo, em ir para a cama com ele e desfrutar as seis fases do orgasmo!

Rio, divertida.

Ela também morre de rir. Sem dúvida, Coral decidiu dar um novo rumo a sua vida, e ninguém vai fazê-la mudar de ideia.

— Quem vai saber? — diz ela.

Essa menina é um caso perdido. Basta que alguém lhe proíba de algo para que ela faça. Olhando para ela, pergunto:

— Por que você não vai ao camarote dele?

— Porque é proibido.

Ao ouvi-la dizer isso, olho para ela e rio. Por fim, suspiro e a aceito como é.

— Tudo bem — digo. — O camarote é todo seu. Mas, quando acabar, mande-me uma mensagem para eu poder voltar, ok?

— Você é uma grossa.

— Como?

Coral ri e, divertida, esclarece:

— É o que Luciano fala para me dizer que sou maravilhosa.

Ela me dá um beijo, dá um pulinho e sai correndo. Sorrio.

É evidente que ela está se divertindo mais que eu no navio.

De repente, ao me voltar, encontro Tomás olhando fixamente para mim.

O-oh... a música de *Tubarão* surge em minha mente.

Tutu... tutu... tutu... tutu...

Ele vem em minha direção e, baixando a voz, pergunta:

— Ei, vamos nos encontrar em cinco minutos no lugar do outro dia?

— Não — e rapidamente acrescento —, tenho compromisso.

Surpreso com minha resposta, ele pergunta:

— Com quem?

Olho para ele divertida e, dando meia-volta, sussurro:

— Não vou dizer.

Desapareço de cena rapidamente. Não estou a fim de ficar com ele. Se ficar, sei que será só pelo sexo, e hoje não quero transar com ninguém. Bom, não é verdade. Com Dylan sim, mas, infelizmente, desse mato não sai coelho.

Estou cansada e não tenho aonde ir, então vou ao salão de festas. A música vai me animar. Eu me divirto cantarolando as canções que eles tocam e fico ali mais de meia hora, até que, verde de inveja por não poder cantar, vou a um lugar na cobertura onde a essa hora, em geral, não costuma haver ninguém.

Uma vez ali, pego uma espreguiçadeira, arrasto-a até colocá-la em um lugar estratégico onde pouca gente me vê e eu posso olhar o mar, e me deito nela.

Como é relaxante ficar assim, à luz da lua!

Durante o dia, ao sol, deve ser demais. Mas, infelizmente, estou neste navio para trabalhar, não para aproveitar.

Penso em minha família. A essa hora, ainda devem estar na loja, vendendo suvenires aos turistas de Tenerife... Sorrio. Eles são maravilhosos. Tenho a melhor família do mundo, e decido ligar para eles.

O celular tem sinal. Ótimo!

Após dois toques, ouço a voz de mamãe.

— Querida, é você?

— Mamiii. Como estão vocês?

— Bem, menina, e você? Passou o enjoo?

— Sim, mami — minto. — Já estou melhor.

— Está tomando leite?

Eu rio. Minha mãe e o leite... Respondo:

— Sim, fique tranquila. Eu tomo.

Mentira da grossa. Substituo o leite pelo chantili que minha amiga põe nos bolos. Afinal de contas, chantili é feito com leite, não é?

Conversamos durante um tempo. Digo a meus pais e a minhas avós que estou ótima, que me divirto muito, e os engano dizendo que o trabalho não é tão duro como eles pensam. Depois, falo com meu pai, que diz que Argen está ali também. Peço que o ponha na linha.

— Como está minha irmãzinha preferida?

— Com saudades de você todos os dias.

Tenho certeza de que ele sorri. Argen tem um sorriso maravilhoso. Mas ele diz:

— Desembuche, que eu conheço você.

— Chhh... não conte a mamãe o que vou dizer. Ando o dia todo dopada de comprimidos contra enjoo, estou com um grande hematoma no queixo por causa de um tombo que levei, e meu chefe é um grandessíssimo idiota com cara de ensebado que me inferniza a vida todos os dias.

Argen ri de novo e, baixando a voz, murmura:

— Vamos, Suspiros, você pode com ele.

Agora quem ri sou eu.

— Claro que posso com ele, mas não quero jogá-lo no mar e acabar na cadeia. Porém, chega de falar desse infeliz. Você está bem?

Pensar na doença de meu irmão sempre me deixa angustiada. Mas Argen a encara como um campeão, e responde:

— Perfeito. Tudo controlado.

Adoro sua positividade. Isso me alegra. Volto a perguntar:

— Como estão Han Solo e Don Juan?

— O mestre Yoda e o mestre pegador? Como sempre. — Ambos rimos, e Argen continua: — Há uns dias, Garret viu que ano que vem, em junho, haverá um congresso de *Guerra nas estrelas* em Los Angeles, e eles já estão economizando para ir. E Rayco, duas noites atrás, chegou com o supercílio rasgado. Pelo que contou, o namorado de uma menina cismou com ele.

Durante um tempo falamos de nossos irmãos, que enlouquecem a nós dois, até que Argen pergunta:

— E Coral? Ela está bem depois de Toño?

Ao pensar em minha amiga, suspiro e digo:

— Está ótima. Ela decidiu ser uma mulher liberal e não se apaixonar nunca mais.

— Ah, agora ninguém segura Coral.

— É, irmãozinho... isso mesmo — respondo, divertida.

Argen sempre achou Coral maluca, mas, a seu modo, uma boa amiga. A seguir, ele me pergunta:

— E você, como vai de homens? Está de olho em algum?

— Não — respondo sem hesitar.

— Você está mentindo!

— Por quê? — rio, me estirando na espreguiçadeira.

— Porque, quando você mente, responde muito rápido. O normal seria que você suspirasse e dissesse "Aff... nada interessante", mas esse "não" tão claro e direto, tão categórico, quer dizer que é um "sim".

Sem dúvida, se há alguém que me conhece, esse alguém é Argen. Meu irmão mais velho é demais. Divertida, respondo:

— Tudo bem. Há alguém, sim.

— Eu sabia.

— Você me pegou.

— Conte!

Depois de suspirar várias vezes, finalmente digo:

— Um homem aqui está me deixando maluca.

— Homem?

— É... não é um menino. É madurinho.

— Bom, irmãzinha, eu conheço você, e vejo que ele realmente lhe interessa.

— Ele é gay!

A gargalhada de meu irmão me irrita. Eu com a tristeza que sinto, e ele morrendo de rir.

— Ou você para de rir, ou vou desligar — ameaço.

Quando ele se acalma, respondo a tudo que me pergunta. E depois de falar com ele durante dez minutos e quase esquecer minhas dores, desligo o celular e sorrio.

Sem hesitar, procuro em meu iPod a canção que meu pai adora. Sorrio ao encontrá-la. É a mesma coisa que meu pai faria ao escutá-la. A cantora se chama Rosa e concorreu em um programa musical chamado *Operación Triunfo*. Segundo ele, se ela conseguiu fazer sucesso com música, por que eu não conseguiria?

Certa de que estou sozinha, ponho os fones de ouvido, e deixando-me levar pela doce melodia, cantarolo:

Oye, no ves que por tus ojos es que miro.
Sabes que si respiras tú respiro yo.
Sigue, besándome las veces que me besas,
y dame mil caricias locas de esas
que borran lo que ayer viviste tú.
Nunca, yo ave...

Um movimento à minha direita me chama a atenção, e fico travada ao ver Dylan sentado em uma espreguiçadeira ao meu lado, escutando-me, com as pernas esticadas e as mãos nos bolsos. Rapidamente, tiro os fones de ouvido e pergunto:

— O que está fazendo?

— Ouvindo você.

Sua expressão de deboche me incomoda, e sibilo:

— E eu o convidei a ouvir?

— Não.

— Então?

Sem sair do lugar, ele responde tranquilamente:

— Você canta muito bem.

A brisa bagunça meu cabelo. Frustrada por tudo que ele me faz sentir, grunho sem um pingo de bom humor:

— O show é no Salão Capri.

De repente, ele segura minha cabeça, e olhando para mim de frente pergunta:

— Como vai esse hematoma?

Ao encontrar seus olhões diante dos meus, só consigo responder:

— Vai bem.

Durante uns instantes, ele olha meu queixo com curiosidade e depois me solta. Franzo o cenho; ele pergunta:

— Que foi?

— Veja, bonitão — respondo sem vontade de confraternizar —, vamos esclarecer as coisas. Você não tem absolutamente nada a ver com o que acontece comigo, ok?

Ele se espanta com minha resposta e murmura:

— Desculpe, eu não pretendia...

— Não estou nem aí para o que você pretende ou deixa de pretender.

Ele me olha com os olhos arregalados.

Intuo que ele não saiba o que está acontecendo. Até agora, ele nunca me viu irritada.

Deve pensar que eu sou maluca, mas tanto faz. Fulmino-o com o olhar. Sou grossa mesmo, e daí?

Tudo bem que todas as mulheres babem por ele porque tem uma bunda bonita e é um gato. Mas todas as mulheres não sabem o que eu sei, porque, se soubessem, a coisa seria bem diferente!

Instantes depois, após um silêncio desagradável, ele franze o cenho e pergunta:

— Você está irritada comigo?

— O que você acha?

Olhando para mim de uma maneira que me faz questionar esse negócio de não babar por ele mais, ele murmura:

— Que não.

"Ooora... esse aí não sabe de nada..."

Replico, tentando não perder o controle:

— E por que acha que não estou irritada com você?

Aproximando-se um pouco mais, o sem-vergonha diz:

— Porque é o que dizem seus olhos.

Quando ouço isso, lembro uma coisa que meu irmão, o Geek das Estrelas, sempre diz, e respondo:

— Meus olhos podem enganá-lo, não confie neles.

Minha resposta o faz sorrir; ele acrescenta:

— Seus olhos são lindos.

Ora... ora... ora... a coisa está ficando interessante. Ele acabou de me elogiar!

Tenho que tentar controlar a ansiedade, senão vou perder as estribeiras. Respondo com cautela:

— Se eu fosse você, ouviria o que diz minha boca. Meus olhos talvez o enganem.

Ouço-o respirar forte, e, com um sorriso canalha que ele não consegue controlar, sussurra olhando para meus lábios:

— Sua boca diz e sugere muitas coisas.

Ah, socorro... socorro... Vou pular nele, seja gay, mórmon ou budista!

Plano A: beijo-o.

Plano B: devoro-o.

Plano C: Pulo no mar e me afogo.

Minha respiração acelera. Ele está me provocando?

Respiro fundo, fico sem ar e, incapaz de não lhe dar trela, pergunto:

— E o que minha boca sugere?

Dylan sorri e toca a ponta do nariz com o dedo. Ah, Deeeus!

Que gato... que gato... Para um gay, ele é sedutor demais.

Seus olhos brilham, e nem quero imaginar os meus, que devem estar brilhando também. Por fim, com voz rouca e cara de mau, ele responde:

— Adivinhe.

Sua voz...

Seu cheiro...

Sua proximidade...

Tudo isso, unido à luxúria que me desperta esse "Adivinhe", me faz suspirar.

Ataco-o? Não o ataco?

Arrisco? Não arrisco?

Por fim, eu me contenho. Recordo o que sei e me detenho antes de fazer papel ridículo. Neste momento, ele diz olhando para mim com sua cara de atrevido:

— Você é encantadora, mas não me interessa.

Como?

Saco... merda... saco... Que vergonha! Como pude deixar que visse o que quero dele?

Sou uma tola... uma tola completa. Incomodada com sua observação, replico:

— Ouça, menino, vamos deixar as coisas como estão.

— Menino? — pergunta ele curioso.

— É uma expressão carinhosa que se usa na minha terra.

Ele não tira os olhos de mim. Estou nervosa por causa do que ele disse, mas Dylan insiste:

— Irritada?

Tento não deixar minha voz tremer. Tento ser a mulher segura que sempre fui, e, cínica, olho para ele e respondo:

— Adivinhe.

Seus lábios se curvam. Embora ele negue, sei que entre nós dois há mais química que na tabela periódica. Após alguns segundos olhando-nos em silêncio, ele pergunta:

— Por que está falando assim comigo, bebê?

— Bebê?!

Com uma voz que me faz tremer da ponta dos pés até a ponta das orelhas, ele diz:

— Bebê é uma palavra carinhosa na minha terra.

Estou totalmente desconcertada e não sei o que dizer. Preciso me afastar dele antes de fazer uma bobagem. Levanto-me, mas ele segura meu braço e pergunta:

— Por que vai embora?

— Porque ou vou embora ou jogo você no mar.

Ele sorri.

Mãe do céu, isso é pecado puro!

— Desculpe tê-la incomodado, não era minha intenção. Simplesmente ouvi alguém cantando e... você tem uma voz linda.

Quase grito: "E você tem um *sex appeal* e um controle da situação que me deixam louca".

Mas seu tom suave, profundo e tranquilo indica que ele não está a fim de discutir comigo. Por fim, suspiro. É evidente que não posso discutir com ele.

— Vamos fumar o cachimbo da paz para que você não me jogue no mar? — propõe ele depois de alguns segundos, estendendo-me a mão.

Compreendo que devo aceitar. Tenho que parar de ser tão grossa e aceitar o inevitável. Não o atraio, e essa é a realidade.

Ele sempre foi correto comigo e não fez nada para que eu o trate assim.

Suspiro de novo, seguro sua mão, aperto-a, e, nesse instante, ele dá um passo à frente.

Ele se aproxima de mim, e eu quase morro. Dylan pergunta:

— Já ouviu a cantora Maxwell?

— Não.

— Escute...

— Por quê?

— Porque a música dela é sensual como você.

Suspiro de novo. Estou quase lhe dizendo umas verdades, mas, por fim, ao ver sua expressão, sei que estou passando dos limites. E, olhando-o nos olhos, digo:

— Desculpe, estou cansada.

Dylan sorri. A seguir, aperta os olhos enquanto olha para mim, e sem soltar minha mão, sussurra:

— Sorria, bebê. Seu sorriso é lindo.

Ah, minha mãe. Vou beijá-lo... vou beijá-lo... vou devoráááá-lo!

E quando me aproximo mais e vou beijá-lo, ele solta minha mão e, deixando-me com a boca semiaberta, senta-se na espreguiçadeira.

Pô, que fora!

Nem plano A... nem plano B... nem plano C.

Que puta mancada! Que vergonha!

Bom, é melhor disfarçar!

Minhas pernas tremem. Sento-me também na espreguiçadeira.

Durante alguns segundos, permanecemos calados. Preciso aceitar o que acabou de acontecer.

"Vejamos, Yanira", digo a mim mesma. "Lembre que ele é *gay*, que gosta de homens, de peludinhos. Lembre-se disso e não faça mais papel ridículo."

— Essa canção que você estava cantando era muito bonita — diz arrancando de meus pensamentos. — Como se chama?

— Não encha o saco, por favor.

Quando digo isso, vejo que ele muda de expressão e diz, sem entender nada:

— Por que está falando assim comigo de novo?

Ao ver seu cenho franzido, não consigo reprimir uma gargalhada. Ele fica desconcertado. No fim, o confuso é ele. Divertida, esclareço:

— É o nome da canção: "Não encha o saco, por favor".

— É o nome?

— Juro!

Nós dois rimos e nos recostamos. Durante alguns instantes, olhamos a lua refletida no mar, até que ele pergunta:

— Faz muito tempo que você trabalha neste navio? Não me lembro de tê-la visto antes.

— É minha primeira viagem, e acho que a última também.

— Por quê?

— Porque enjoo muito e estou o tempo todo dopada de remédio. Quando resolvi trabalhar aqui, não pensei nisso, e, na verdade, ficar o dia todo com o estômago revirado não é agradável. E você, faz muito tempo que está no navio?

Ao olhar para ele, vejo o ar batendo em seu rosto. Como é bonito!

— Estou aqui há quase um ano.

Surpresa, olho para ele, e, quando vou falar, seu celular toca. Ele faz um gesto com a mão pedindo licença e o ouço falar.

Enquanto isso, disfarçadamente eu o escaneio profundamente. Ele está demais com essa calça jeans e a camiseta cinza. Quando acaba de falar, ele se levanta e diz:

— Tenho que ir.

Balanço a cabeça. Quase pergunto se foi Tony quem o chamou, mas felizmente me calo. Ele se agacha ao lado de minha espreguiçadeira e eu fico imóvel. Ele aproxima a cabeça da minha, e a poucos milímetros de minha boca, murmura:

— Foi um prazer conversar com você.

Sua voz...

Seu aroma...

Meu Deus... estou prestes a perder a cabeça de novo, mas antes ele se endireita e vai embora, deixando-me com cara de boba.

Ainda estou me recompondo dessa despedida, quando ouço um barulho na cobertura. Ao levantar os olhos, vejo Tito, o acompanhante de Tony, e ele, depois de me dar uma piscadinha, vai embora muito sorridente.

Por que ele piscou para mim?

Será que estava nos escutando?

Quando por fim fico sozinha, não tenho mais vontade de cantar. Só tenho vontade de que esse calor baixe e que o chão do barco me engula. Quanto papel ridículo na frente de um homem...

Penso... penso e penso, e quanto mais penso, mais fico confusa.

Meu celular toca e sorrio ao ver que é meu bom amigo Luis.

— Como está minha tulipa dos mares?

Sua alegria me faz sorrir; respondo:

— Bem, e vocês?

— Marco está lindo, gordinho e fofinho. Come, dorme, caga e engorda. Ah, nosso bebê é uma delícia.

Rio ao escutá-lo; ele prossegue:

— Já os pais dele, uma merda. Especialmente eu.

— Que foi?

— Ah, menina, estou fodido. Há uns dias, caí em uma obra quando uma tábua se rebelou contra mim e tive uma torção.

— Ah, meu Deus! E o que disse o médico?

— Por enquanto, duas semanas de repouso e pé para cima. Estou num mau humor que não me aguento. Arturo disse que, se eu continuar assim, vai pedir o divórcio e levar o menino. Ah, meu gatão, ele tem o céu garantido por me aguentar.

Isso me faz sorrir. Arturo e ele são um casal fantástico, e se amam tanto que sei que esse amor, no mínimo, será eterno. E ainda mais desde que chegou o filho deles, Marco.

— Mas chega de falar de mim. Liguei para saber de você e da Gordarela. Ela está melhor?

— Sim... — e ao pensar no que Coral me disse, acrescento: — Agora está na fase Devoradorela, e muito feliz.

Luis entende, dá um gritinho e pergunta, espantado:

— Mas o que você está dizendo? Está falando de minha decente Coral?

— Ela mesma. Coral resolveu deixar de ser romântica para ser prática. A partir de agora, ela e o sexo são amigos íntimos.

Luis solta uma gargalhada.

— Fico feliz. Tem que aproveitar a carne antes que os bichos comam tudo debaixo da terra. E ela merece. Merece um pouco de loucura e de pensar só nela. E você, como está? Conte, algum marinheiro gostoso a bordo?

Suas perguntas me fazem rir; penso que, mais que marinheiro, encontrei uma sereia macho impressionante. Decido ir direto ao ponto.

— Sim, um homem bonito, madurinho, alto, moreno, *sexy*...

— Ah, pare, senão eu me levanto, vou buscá-lo e pegá-lo para mim! — brinca meu amigo. — E o que está fazendo falando comigo em vez de estar curtindo esse gato?

Desanimada por causa do que tenho que contar, respondo:

— Não posso fazer nada. Se você estivesse aqui, teria mais chances que eu.

— Como assim, tulipa?

Ciente de que tenho que assumir, digo:

— Ele é *gay*.

— Mas o que você está me dizeeeeeendo?

— Isso mesmo.

— Sério?

— Sim.

— Não acredito!

— É, Luis.

Essa fofoca era o que meu amigo necessitava para se animar. Ele insiste:

— Ande, conte-me tudo... tudo... tudo.

— Não há muito que contar. Notei-o assim que cheguei ao barco. O cara é impressionantemente *sexy* e tem uns lábios selvagens bons de morder, nem queira saber. Se você o visse, ia ter um piripaque dos graves! Ele me deixa a mil, Luis. É vê-lo e me desconcentrar. Vê-lo e ficar com tesão. É pensar em despi-lo e...

— Tulipa, pelo amor de Deus — interrompe Luis. — Estou aqui imobilizado e até eu estou ficando com tesão.

Seu tom me faz soltar uma gargalhada. Concluo:

— Mas, outro dia, flagrei-o nu, tomando banho no camarote de um passageiro que é gay, e, bom... o resto você pode imaginar.

— Aaaahhh...

— Que decepção!

— Lamento tanto, menina.

— Eu lamento mais. Já havia elaborado até um plano, e nada... foi tudo à merda.

— Calma, minha rainha. Com certeza, nesse barco há outros marinheiros de corpos lindos e quadris demolidores que podem enlouquecê-la.

Disposta a ver o lado positivo onde não existe, sorrio.

— Há outro, mas é um rapaz da minha idade. Ele se chama Tomás e, bom, já fiquei com ele, mas não é a mesma coisa. Ele não me excita nem a metade da metade. Tomás quer ficar comigo, mas só penso em Dylan. É uma novela mexicana.

— Querida, a dor de amor se cura com outro amor, não pensou nisso?

— Sim.

— Então, esqueça o madurinho com o mocinho à base de sexo.

— Como você é vadia! — replico.

Luis solta uma gargalhada e diz:

— Ouça, tulipa, você está em um barco no meio do mar, e tem duas opções: continuar na de um madurinho que é gay e que nunca... nunca... nunca... vai lhe dar o que você quer, ou se divertir com outro marinheiro, mesmo que seja novinho. Pense bem.

— Vou pensar.

— Não pense, aja! Seja egoísta como a Devoradorela, e divirta-se!

— Já disse que vou pensar — insisto.

— Ei, e se ele for bissexual?

— Não, não é. Já joguei todo o meu charme, mas ele não reage! É imune a meus supostos encantos. E metade das mulheres do navio tentaram também, mas ele nem se altera. E tonta do jeito que sou, há dez minutos quase o beijei, e ele me deu um puta fora que me deixou tremendo.

— Que vergooonhaaa!

— Sim... foi horrível. Uma vergonha.

— Veja, tulipa, como eu disse, acho que você precisa de outro marinheiro imediatamente!

Seu conselho me faz sorrir. Vou falar, quando Luis me interrompe:

— Yanira Van Der Vall, nem pense em insistir. Se ele é dos meus, você tem que respeitar. Não há nada mais desagradável que ser acossado, entendeu?

Concordo com a voz e com a cabeça. Luis tem razão. Tenho que virar a página.

Durante um tempo, falamos de tudo que nos vem à cabeça, e ele me faz rir. Não rir com ele é impossível. E quando desligo, curto a tranquilidade à minha volta. As luzes daquele porto são lindas.

Nesse momento meu celular apita, e ao olhar vejo uma mensagem que diz: "Devoradorela terminou seu banquete. Pode voltar para o camarote".

Levanto-me e vou dormir.

13

Till the cops come knockin'

No dia seguinte, estou colocando os guardanapos para o almoço quando vejo Richi entrar no salão de jantar feito um raio, seguido de outro homem. Sem demora, ambos conversam com Rançoso. Ele faz cara feia e, depois de olhar para mim, balança a cabeça. Richi se aproxima.

— Que foi? — pergunto ao ver sua expressão.

— Precisamos de você na orquestra.

Meu coração dá um pulo. Ele prossegue:

— Davinia, uma das cantoras, recebeu uma ligação da família e teve que abandonar o barco urgentemente de helicóptero. Seu pai morreu, e ela disse que não vai voltar.

— Coitada...

— Não temos tempo a perder — ele me diz com urgência. — Falei de você com o pessoal da orquestra e os convenci de que precisamos de uma voz como a sua. Vamos, eles querem ouvi-la, e se gostarem você ficará conosco!

Fico bloqueada, e por fim, ao ver a expressão de Richi, só consigo murmurar:

— Ok.

— Vamos, menina, acorde! Eles querem ouvir você. Meu chefe está falando com o seu. Se passar no teste, você vai fazer parte da orquestra.

Alucinada, vou responder quando o Rançoso seboso se aproxima com o chefe de Richi e me diz:

— Vá em frente, senhorita. Mas saiba que continuo sendo seu chefe, e espero que ali faça um trabalho melhor que aqui.

Sorrio e não digo nada: não vale a pena. Essa é a oportunidade de que necessito, e não vou desperdiçá-la.

Minha felicidade é extrema, estou a ponto de pular e gritar feito uma louca. Entro na cozinha para falar rapidamente com Coral, que aplaude e fica me dando beijinhos. Depois, volto para Richi e seu chefe. Vou lhes mostrar do que sou capaz.

Quando chego, o pessoal da orquestra me recebe com alegria. Estavam me esperando.

Sem demora, eles me fazem cantar duas canções de seu repertório para ver meu tom de voz. Gostam. Vejo isso em seus olhares e sorrisos. Isso aumenta minha segurança, e ainda mais quando fica evidente que me aceitam.

Sim... sim... sim... eu consegui!

Chega de dobrar guardanapos e recolher garfos.

Entregam-me um livreto com a esperança de que eu decore alguma das canções para esta noite. Para surpresa deles e felicidade minha, conheço todas.

— Bem-vinda, Yanira. Você tem uma voz colossal.

Ao me voltar, vejo que é Berta, a outra cantora, um pouco mais velha que eu. Seu marido, Maxi, também trabalha na orquestra.

— Que potência de voz, garota — diz ele.

Feliz por suas palavras, sorrio e respondo:

— Obrigada aos dois, e espero que tudo dê certo.

Com uma expressão de cumplicidade que me deixa encantada, Berta pisca para mim e diz:

— Vai dar mais que certo.

Instantes depois, dizem quais canções cantaremos juntos, em quais eu farei coro, e fico sem fala quando me pedem que escolha mais três canções do repertório para cantar sozinha.

Que estreia!

Nervosa, leio a lista com atenção, e quase pulo de alegria quando vejo *Cry me out*, do Pixie Lott, uma canção que adoro e que está disponível. Também escolho *Freedom*, de George Michael, e uma salsa, *Vivir mi vida*, do Marc Anthony. Três temas diferentes para minha voz, com os quais sei que posso mostrar meu talento e fazer as pessoas curtirem.

Rapidamente a orquestra e eu as ensaiamos, e, quando finalizamos, estamos todos satisfeitos. Eu me encaixo perfeitamente no que eles estavam procurando, e eles gostam de meu desembaraço no palco. Notam que tenho experiência.

Mas, à noite, estou nervosa.

É minha estreia no navio como cantora, e me sinto meio inquieta. Na hora do jantar, enquanto meus colegas trabalham no Cocoloco, tomo um banho e me preparo para o espetáculo.

Com o secador, aliso o cabelo. Hoje não quero cachos, mas, quando termino, minha mão está dormente. Meu cabelo, porém, lindo!

Depois me maquio com esmero.

Todo o tempo em que estive no navio nunca me maquiei, mas agora sim. Agora tenho que fazer tudo para que reparem em minha voz e em mim.

Quando acabo, olho-me contente no pequeno espelho. Há quantos dias não me via assim!

Adorando, ponho o sutiã com bojo e o vestido que Berta me emprestou. É longo, preto, com lantejoulas e uma abertura lateral muito *sexy* que começa no início da coxa. Adoro mostrar a perna por ela. Que *sexy*! E, somando a isso os sapatos pretos de salto de dez centímetros, o resultado é colossal!

Vestida assim, eu me sinto poderosa, elegante e *sexy*. Nada a ver com meu uniforme de garçonete com aquela plaquinha.

Às oito e meia, já mais segura, abro a porta de meu camarote e me surpreendo ao ver Dylan apoiado na parede. Como sempre, ele está maravilhoso, e sua presença me deixa nervosa. Ao me ver, ele se afasta da parede. Pergunto:

— Que está fazendo aqui?

Ele me olha sem nenhum tipo de hesitação. Percorre meu corpo com o olhar, demora-se na fenda lateral do vestido e finalmente responde:

— Esperando você.

Sua resposta, no mínimo, me surpreende, e ainda mais quando estende a mão e a passa em meu cabelo, dizendo:

— Você tem um cabelo lindo.

— Obrigada.

Após um silêncio no qual não sei o que dizer, Dylan, com sua cara de mau, explica:

— Como não a vi o dia todo na cozinha nem no salão de jantar, perguntei por você, e me disseram que agora faz parte da orquestra. Queria lhe dar os parabéns.

Seu olhar percorre de novo meu corpo. Mãe do céu, como meu coração se acelera! Sinto que ele não deixa um único centímetro sem olhar, e, por fim, para de novo na enorme fenda lateral do vestido. Sorrio ao notar que ele está surpreso com minha nova aparência.

"Ele é gay, Yanira... Lembre-se de que ele é gay."

Estou nervosa. Ele me deixa nervosa, mas, disposta a tornar o momento mais suportável, dou uma voltinha para mostrar minha aparência glamorosa e digo:

— A partir de hoje, finalmente vou fazer o que gosto, que é cantar.

— Sim, mas mantenha os pés no chão.

Seu comentário me faz deixar de sorrir. Pergunto:

— Por que diz isso?

Dylan se cala um momento e depois diz:

— Só aconselho que, mesmo fazendo o que gosta, continue sendo você e tome suas próprias decisões.

Olho para ele à espera de algo mais, mas Dylan não diz nada. Apenas olha para mim. Isso me deixa mais nervosa, e, quando não aguento mais, pergunto:

— Mais alguma coisa?

Seus olhos me confundem. Sua atitude me confunde. Ele tanto olha para mim fixamente, como se quisesse algo mais, como desvia a vista com indiferença.

Homens! E depois dizem que as complicadas somos nós.

— Quem é essa gata? — ouço de repente.

Ao me voltar, vejo que é Tomás, e, sorrindo, dou umas piscadinhas. Sei que ele fica louco comigo. Sem olhar para Dylan, que não se mexeu, o rapaz se aproxima e, pegando minha mão, me faz dar outra voltinha.

— Minha mãe do céu, você está linda! — exclama ele sem se importar com mais ninguém. — Hoje à noite, quando acabar o show, você e eu vamos brindar isso com uma boa garrafa de vinho, o que acha?

— Prefiro água — respondo com ironia.

Divertido, Tomás sorri, e eu lhe devolvo o sorriso. Diante de mim está Dylan, o homem que eu desejo, e ao meu lado Tomás, o homem que me deseja. Que injusto!

Durante alguns minutos, Tomás fica me deixando nas nuvens, e em seus comentários dá a entender que existe algo entre nós. Dylan continua sem sair do lugar. Escuta-o impassível. Não sei se sente frio ou calor, se está contente ou triste. Parece totalmente inexpressivo!

Por fim, Dylan olha para o teto, toca seu cabelo curto e escuro e, ignorando Tomás, diz antes de ir embora:

— Boa sorte no palco. Vou ouvi-la cantar.

Enquanto o observo ir embora, Tomás exclama:

— Que cara mais esquisito!

Suas palavras me chamam a atenção. Pergunto:

— Por quê?

Pegando-me pela cintura, Tomás me aproxima dele e responde:

— Estamos há meses juntos no barco e não sei nada dele. Segundo Fran, que é seu colega na manutenção, ele não se relaciona muito com as pessoas. É um sujeito estranho e caladão.

Concordo. Isso eu já sabia.

Se há algo que eu sei é que Dylan não é exatamente um cara popular.

Tentando evitar o que Tomás está tentando fazer, murmuro:

— Tenho que ir. Não quero chegar atrasada no primeiro dia.

— Depois vai se encontrar comigo? — Vou responder quando ele acrescenta: — Esse vestido fica ótimo em você; não vejo a hora de enfiar as mãos por baixo dele.

A proposta me excita. Hoje estou contente, e sexo seria um bom fim de festa. Por isso, sorrio e respondo:

— Quando acabar a apresentação, vá me buscar!

Tomás concorda com um olhar luxurioso, e saio andando, enquanto sorrio e penso: “Por que não?”.

A apresentação já dura uma hora, e estou me divertindo como há muito tempo não me divertia. Já dancei, cantei e ri com meus novos colegas, e quando soam os primeiros acordes de *Cry me out*, sei que chegou minha hora. Berta e seu marido vão para o fundo do palco, as luzes diminuem e uma luz direta lança seu foco só em mim.

Com os olhos fechados, cega pelo holofote, começo a cantar:

I got your e-mails
you just don't get females now, do you?
What's in my heart,

is not in your head, anyway.
Mate, you're too late
and you weren't worth the wait,
now were you?
It's out of my hands
since you blew your last chance when you played me.

Minha voz consegue transmitir o momento íntimo, e tomando impulso continuo:

You'll have to cry me out,
you'll have to cry me out.
The tears that I fall, mean nothing at all,
it's time to get over yourself.
Baby, you ain't all that,
baby, there's no way back.
You can keep talking
but baby, I'm walking away.

Sorrio. Estou feliz! Gosto do que faço e tento transmitir tudo que sinto com essa canção.

Os passageiros dançam abraçados, e adoro ver que alguns se beijam enquanto eu canto.

Saboreio a magia que cantar me traz e tento fazer com que todos aqueles que me escutam a sintam. Pego o microfone, tirando-o do pedestal, e começo a me mexer pelo palco, enquanto me entrego ao prazer da música.

Curto canção após canção, e, quando toca *Vivir mi vida,* danço salsa no palco enquanto canto, e as pessoas dançam comigo. Elas se divertem também.

Em um dos movimentos, depois de um lampejo de luz, vejo Dylan na lateral da sala apoiado no batente de uma porta, me ouvindo. Foi um segundo, um instante, mas eu o vi.

Gosto de pensar que ele foi me ver, e curto duplamente a canção. A orquestra e eu nos sintonizamos perfeitamente ao ritmo da salsa. Quando acabo, o público aplaude, e eu me sinto especial.

Uma hora depois, já acabada a apresentação, todos os colegas da orquestra me cumprimentam. Eles adoraram minha voz e meu jeito de me movimentar pelo palco, envolvendo o público. Não sou novata. Isso se nota, e eles agradecem.

Estou radiante, e após receber os elogios de todos, quando desço do palco, encontro Tomás. Ele está me esperando, e, enquanto se aproxima sem parar de aplaudir, diz:

— Incrível, Yanira. Incrível.

Sorrio. Não consigo parar de sorrir, mas inconscientemente busco com o olhar quem não devo.

Tomás não demonstra em público mais intimidade que o necessário. Ele sabe que não pode. Murmura:

— Tenho um balde de gelo em meu camarote com um maravilhoso champanhe que peguei na cozinha. E, se você me permitir, vou regar seu corpo com ele e depois beber.

Suas palavras me excitam, deixam-me com tesão. Mas não penso nele bebendo em mim, e sim em Dylan. Só que não posso continuar pensando nisso. Sorrio e respondo em voz baixa:

— Acho ótimo.

Ele concorda, mas quando saímos andando, o diretor da orquestra se aproxima e eu paro. O homem está feliz por eu estar com eles, segundo diz. Nesse momento, toca meu celular. Uma mensagem.

É Tomás. “Espero você no camarote B62.”

Confirmo, e vejo que ele vai embora enquanto eu continuo falando com meu novo chefe.

Dez minutos depois, retomo meu caminho, mas decido passar pela cobertura para tomar um pouco de ar.

Que excitação sinto após o espetáculo.

Tiro os sapatos, que estão me matando. Caminho descalça pela cobertura e paro onde, umas noites antes, Dylan me fez pagar um mico.

Que momento mais vergonhoso!

De repente, ouço:

— Está com sede?

Ao me voltar, vejo o objeto dos meus mais obscuros desejos aparecer com duas taças em uma mão e um balde de gelo com uma garrafa dentro.

"Quem dera esse também quisesse regar meu corpo com champanhe", penso.

Com um sorriso que me deixa tonta, ele se aproxima de mim. Sem salto, chego à altura de seu queixo. Ele deixa o balde de gelo em uma mesinha e, sem perguntar, aproxima duas espreguiçadeiras. Depois, tira os sapatos da minha mão, deixa-os no chão, faz com que eu me sente, liga seu iPod e põe uma música maravilhosa. Olho para Dylan encantada, e ele, sentando-se na outra espreguiçadeira, diz:

— Maxwell é um cantor de R&B e *soul* norte-americano, de pai porto-riquenho. — Ao ver que olho para ele, acrescenta sorrindo: — Como vê, meu sangue porto-riquenho chama.

Sorrio, e ele prossegue:

— Meu irmão mais velho me deu de presente o primeiro disco dele: *Maxwell's Urban Hang Suite*, e a partir de então não parei de escutá-lo. Esse disco saiu em 1996, e no ano seguinte Maxwell gravou um show ao vivo para a MTV Unplugged com suas canções. Minha mãe nos levou, e pudemos ouvi-lo ao vivo. Escutar Maxwell é relaxante. A música dele é sensual, e sua voz, uma maravilha.

De repente, sinto ciúmes desse Maxwell.

Eu, com ciúmes?

Escuto-o embasbacada. É evidente que esse tal de Maxwell o excita mais que eu. Dylan fala durante um bom tempo desse músico, para mim, desconhecido, até que me olha e murmura:

— Ouvir você cantar produziu em mim o mesmo efeito. É relaxante.

Opa, errado! Eu não quero relaxá-lo... quero excitá-lo!

Ele me entrega uma das taças, e ao pegá-la pergunto:

— Você pretende me embebedar?

Ele me olha divertido e nega com a cabeça:

— Não.

E, sem mais, pega do balde de gelo uma garrafa igual à que o Rançoso me proibiu de beber dias atrás e acrescenta em tom irônico:

— Água sem gás Elsenham. Pobre em sódio e rica em cálcio, ferro e estrôncio.

Isso me faz rir.

É evidente que Dylan é um homem detalhista e que prestou atenção quando neguei o champanhe que Tomás me propôs. Olho para ele com a taça na mão.

— De onde você tirou essa garrafa? — pergunto.

— Do depósito.

Solto uma gargalhada e cochicho:

— Se o Rançoso nos pegar, estamos ferrados!

Dylan sorri. Ele tem um sorriso incrível.

— Você já havia experimentado esta água antes? — pergunta ele.

— Não — digo, enquanto ele enche minha taça. — Em geral, bebo água da torneira, ou, no máximo, da que compro no supermercado.

— Saboreie. É primorosa.

Ora, que homem usa a palavra "primorosa"?

Cada vez ele me parece mais gay. Ah, Deus, que peninha.

Faço o que ele me pede, e, de fato, é muito boa!

— Meu pai sempre diz que a água clareia as ideias. Não acha que é verdade? — diz ele.

É o que eu preciso: clarear as ideias! Concordo, divertida.

— Seu pai tem toda a razão.

A música sensual continua tocando à nossa volta. Dylan torna a encher as taças e, ao ver que eu não digo nada, pergunta:

— Vamos fazer um brinde?

— Com água?

— Sim.

— Somos pobres a ponto de ter que brindar com água... — afirmo, e antes que ele responda, acrescento. — Você não sabe que dá azar?

— Brindar com água dá azar?

Confirmo, divertida, e acrescento:

— Agradeço pela água, mas não vou brindar. Sou muito supersticiosa, e há certas coisas que, em minha opinião, nunca se deve fazer, e eu não faço.

Dylan sorri, bebe sua água e pergunta:

— Como o quê?

Eu também bebo um grande gole de minha taça, e, deixando-a a seguir em cima da mesinha de plástico branco, explico, enquanto afasto o cabelo do rosto:

— Não brindo com água. Tenho cuidado para não derramar sal na mesa, porque traz azar. Não durmo à luz da lua, porque dizem que se fizer isso muitas vezes você pode perder o juízo. Nunca vi uma noiva antes da cerimônia para não lhe dar azar, e, evidentemente, nunca vesti um vestido de noiva, pois o azar seria para mim. Tenho um cuidado especial com espelhos, porque se quebrar são sete anos de azar. Às terças-feiras e nos dias 13 procuro não fazer nada importante. Nunca abro um guarda-chuva dentro de casa para não atrair algum mal. Não misturo dourado com prateado porque dá azar. Nunca deixo a bolsa no chão para que o dinheiro não vá embora. Nunca durmo de meias, e, se um dia ficar viúva, não pretendo vestir preto no enterro.

Dylan está perplexo.

Sua expressão é engraçada depois do que acabo de dizer, e, curioso, ele pergunta:

— Por que não vai vestir preto no enterro se ficar viúva?

Dou outro golinho dessa água, que é maravilhosa.

— Segundo explicou minha avó Nira, a viúva que não usa preto impede que o espírito de seu marido volte para ela, e como meu avô não lhe deu uma vida muito boa, ela não se vestiu de preto e diz que ele nunca a incomodou. Por isso, se eu enviuvar um dia, coisa de que duvido, porque esse negócio de casamento não é comigo... farei o que ela disse!

Agora ele está totalmente embasbacado. Pergunta de novo:

— E por que não se pode dormir de meias?

— Porque só os mortos dormem de meia, e se você dormir estará pedindo para morrer.

Por sua expressão, vejo que ele não acredita no que está escutando, e por fim solta uma sonora gargalhada. Não sei se para me ofender ou não, ele diz:

— Devo dizer que, neste caso, sou verdadeiramente amaldiçoado para você.

— Por quê?

— Porque muitas dessas coisas que você não faz, eu já fiz.

— Não me diga?

— Sim. Brindei com água com meu pai em mais de uma ocasião. Adoro dormir ao ar livre sob a lua e, se não me falha a memória, acho que dormi mais de uma vez de meias em algumas das minhas viagens à Antártida.

— Você esteve na Antártida?

— Sim.

Impressionada, comento, sonhadora:

— Deve ser demais.

Dylan concorda, sorri e se levanta. Estende a mão para mim e pergunta:

— Quer dançar?

Eu olho para ele, atônita. Dylan insiste:

— Vamos, dance esta comigo.

Dou-lhe a mão feito um autômato, e ele me puxa, me aproxima de seu corpo e murmura pausadamente diante de minha boca:

— *Till the cops come knockin'* é minha canção preferida.

Mãe do céu, assim eu não resisto!

Meu Deus... esse homem vai me deixar louca.

Sem dizer nada, eu me aproximo dele e começo a me movimentar ao compasso da canção, lenta e sensual. Seu cheiro me impregna por completo, e minha excitação cresce a limites que me deixam sem forças. Gosto do fato de ser mais baixa que ele, isso me excita. Sim, eu sei que ele é gay, mas me excita, dá tesão, e não posso impedir de sentir o que sinto.

— Gosta da canção? — pergunta ele.

— Sim — respondo, com um fio de voz.

Dylan me aperta mais contra si e acrescenta:

— Minha mãe sempre dizia que, quando a pessoa está feliz, escuta música, mas quando está triste ou desesperada, entende a letra.

Concordo. Sua mãe tinha mais razão que um santo.

Não me atrevo a afastar o queixo de seu ombro. Sei que se o fizer vou querer beijá-lo, e não quero pagar mico de novo. Mas Dylan me tenta, me provoca. Passa o nariz por meu cabelo, e sua boca me faz tremer. Não sei qual é o jogo dele, mas sei que o meu ele não vai querer jogar.

Sua mão desce lentamente por minhas costas, mas para no final. Ele não passa dos limites, não faz nada indecoroso, só dança comigo, e sinto o poder que Dylan tem sobre mim.

Quando a canção acaba, com elegância ele me convida de novo a sentar na espreguiçadeira, e, de tão nervosa que estou, rio. Pego a taça e bebo água, mas minha mão treme, e parte da água acaba em meu decote. Rio de novo. Que desajeitada!

— Há muitas coisas que você não sabe de mim, Yanira — diz Dylan de repente.

Olho para ele enquanto seco o decote e não respondo. Não consigo.

Ele me observa à espera que eu diga alguma coisa, e decido ser sincera e explicar que sei seu segredo. É melhor ele parar de agir como um homem varonil diante de mim ou vai me deixar louca. Deixo a taça em cima da mesa e começo:

— Tenho uma coisa para lhe dizer.

— Diga — responde ele com uma voz que me faz suspirar.

— Eu sei de uma coisa sobre você.

— O quê?

— Na outra noite, vi você.

— Ah, é? Onde? — pergunta ele, cravando os olhos em mim.

Lá vou eu!

Nervosa por causa do terreno pantanoso no qual vou me meter, explico, não sem antes suspirar:

— Quero que você saiba que eu não julgo ninguém por sua opção sexual. Até tenho dois grandes amigos, Luis e Arturo, que são os melhores que já conheci na vida.

O morenaço franze o cenho e murmura:

— Não estou entendendo.

Que complicado!

Bebo mais um pouco de água. Posso saber o que estou fazendo? Limpo a garganta, levanto o queixo e digo bem claro para que todo meu corpo entenda de uma vez por todas e pare de se excitar quando o vê:

— Eu sei seu segredo.

Sua voz é gelada; ele grunhe:

— Do que está falando?!

— Vamos, Dylan, não precisa fingir comigo. Você me entendeu perfeitamente. — E, aproximando meu rosto do dele, cochicho. — Calma, por mim ninguém vai saber.

Ele empalidece e, levantando-se, repete:

— Do que você está falando?!

Ele nega? Ah, coitado. Que momento desagradável estou fazendo-o passar... Sinto até peninha. Tentando manter a calma, sussurro:

— Não levante a voz. Eu disse que seu segredo está bem guardado comigo.

— Pode fazer o favor de dizer a que segredo está se referindo?

Ele franze o cenho... Eu pestanejo. Sorrio... Ele não. Meu celular toca. Uma nova mensagem de Tomás.

"Não demore. O champanhe está pronto."

Dylan, que está ao meu lado, lê a mensagem e exclama:

— Porra!

Olho para ele e sua expressão é, no mínimo, depreciativa. A seguir, ele se levanta da espreguiçadeira e caminha de cima para baixo pela cobertura. Fica dando voltas, olha para mim e solta outro palavrão. O fato de eu saber seu segredo o incomoda demais, por isso eu me aproximo e repito:

— Ouça, seu segredo está a...

— Como você soube?!

— Não importa, Dylan.

Ele pega meu cotovelo, me puxa e sibila perto de meu rosto:

— Ninguém sabe. Se alguém souber, vou saber que foi você.

Concordo. Evidentemente, ele quer guardar seu segredo a qualquer custo. Respondo:

— Calma, por mim ninguém vai saber que você é gay.

Seus olhos me fulminam; vejo que essa palavra não lhe agrada. Tentei omiti-la, tentei fazê-lo entender o que sei sem usá-la, mas, no fim, soltei.

Dylan pestaneja desconcertado, mas sua expressão muda depois de alguns segundos. Ele esboça um leve sorriso quando diz:

— Eu agradeço sua cumplicidade, Yanira.

Sorrimos os dois, e ele pergunta:

— Como você soube?

Dou um passo para trás e minhas nádegas batem na balaustrada.

— Eu estava de plantão na cozinha e Tony pediu uns sanduíches, e, bom... vi sua roupa no chão, sua plaquinha de identificação em cima da mesinha e ouvi o barulho do chuveiro. E como ele é gay... — reviro os olhos, mexo a cabeça e acrescento. — Ora, somei dois mais dois... Mas, repito, fique tranquilo, pode confiar em mim.

Durante alguns segundos, nós nos olhamos nos olhos.

Que olhos ele tem, Santo Deus! Mas a boca é que me deixa louca. O que eu daria para poder morder com deleite esses lábios maravilhosos e tentadores...

Não sei o que passa pela cabeça dele, mas sei o que passa pela minha: sexo! Por fim, após alguns segundos de uma tensão que me deixa atônita, ele concorda com a cabeça e, aproximando-se de mim com uma atitude que me deixa a mil, murmura:

— Obrigado.

Agoniada com sua proximidade, com seu cheiro, com sua elegância, consigo responder:

— De nada.

Meu celular apita. Outra mensagem de Tomás.

"Espero você, ansioso."

Dylan vê de novo e pergunta, aproximando-se ainda mais:

— É sério que você vai para a cama com esse Don Juan de carteirinha?

Sem hesitar, confirmo. Afinal, sei o segredo dele. Não acredito que ele vá contar o meu.

— Tenho minhas necessidades, e assim como você satisfaz as suas a seu modo, com quem lhe apetece e do seu jeito, eu satisfaço as minhas — respondo, aprisionada entre a balaustrada e ele.

O corpo de Dylan toca o meu e posso sentir sua ereção.

Ah, meu Deus... Ah, meu Deus, será por mim?

Será que ele fica excitado pensando em Tomás, em Tony, em Maxwell ou em mim?

Sem dúvida, sou a última opção.

Enfeitiçada por seu olhar, por sua proximidade e seu aroma, ele aproxima perigosamente sua boca da minha, e, sem hesitar, me dá um selinho rápido.

Eu abro a boca, perplexa.

— O que está fazendo? — pergunto.

Dylan põe com delicadeza as mãos em minha cintura e responde, colado à minha boca:

— Estou experimentando seu sabor. Reconheço que me você me atrai como mulher...

Ora... ora... ora...

O plano A acaba de ser reativado.

Será que é gay ou bissexual?

Ainda me segurando pela cintura, ele me aperta contra si, e quase grito ao sentir seu membro pulsante. Sem me deixar falar nem perguntar nada, ele se aproxima de novo de meus lábios e os mordisca com verdadeiro desespero.

Deus exiiisteee!

Não perco a oportunidade, e abro a boca para recebê-lo. Nesse instante não me importa sua opção sexual. Só me importa o momento. Curtir. Viver. Sentir.

Seu beijo é apaixonado...

Ardente...

Seus lábios são todos meus, e os mordo como há tanto tempo ansiava.

Suas mãos começam a voar pelo meu corpo, e uma delas encontra a *sexy* fenda lateral de meu vestido de lantejoulas. Ele toca minhas coxas, sobe até minhas nádegas e as aperta.

"Ah, sim, menino! Não pare."

Disposta a me deixar levar pela luxúria, afasto as pernas e sinto sua mão se mover até chegar justo onde eu a quero receber. Sem parar de me beijar, ele leva o dedo até minha calcinha e me toca por cima dela.

Putz, que tesãããão!

Um gemido de prazer sai da minha boca, e Dylan me olha. Apoia sua testa na minha e murmura:

— Gosta?

Confirmo. Como não ia gostar? A seguir, acrescento com toda a ousadia do mundo:

— Eu gostaria mais que...

— Aproveite o momento — interrompe ele, enquanto afasta minha calcinha para o lado e introduz o dedo em mim.

Eu me agarro a seus ombros enquanto seu dedo entra e sai de mim, me fazendo ver estrelinhas de luxúria.

A música sensual, Dylan e seu dedo dentro de mim me deixam louca. Busco sua boca e mordo seu lábio inferior como uma loba; aperto. Com certeza o estou machucando, mas não consigo parar. Quando, segundos depois, ele me solta e solto seu lábio, ele o toca e murmura:

— Não devemos continuar...

Quero entender o que ele diz.

Quero entender suas limitações no sexo com uma mulher.

Mas quero que ele continue e me faça sua.

— Não me deixe assim.

— Não devo...

— Continue — exijo, irritada.

Dylan sorri meio de lado e sussurra, aproximando seu nariz do meu:

— Você fica muito *sexy* quando se irrita.

Um grunhido sai de mim. Ele está brincando comigo?

Ele pensa. Olha para mim, enfia a mão no balde de gelo e, com um sorriso perigoso, diz, atraindo-me de novo para si:

— Mimada.

Com rapidez, devolve a mão molhada e gelada onde estava antes e me masturba. Facilito o acesso afastando as coxas.

Ah, sim!

O vento revira meu cabelo. Eu o beijo. Mordo seus lábios e o obrigo a abrir a boca. Meu coração bombeia com força e de repente me sinto viva... muito viva.

Quero tocá-lo. Preciso tocá-lo. Levo a mão até o meio de suas pernas e toco seu membro por cima da calça. Sim... sim... sim... assim é que eu gosto! Está terrivelmente duro, e morro de vontade de enfiar a mão e tocar a suavidade de sua pele.

Dylan solta um grunhido varonil, e, tirando minha mão dali, ordena:

— Agarre-se em meus ombros e me deixe.

— Mas eu quero...

— Deixe-me desfrutar uma mulher — insiste para que eu me cale.

Uma mulher. Para ele sou só isso: uma mulher.

Ele é gay, e tenho que aceitar!

Mas ali estamos os dois, dando-nos prazer sem chegar a culminar o que eu anseio. De repente, ouvimos vozes, e Dylan me carrega até uma lateral, onde seu corpo e a escuridão ocultam quem somos, enquanto seu dedo em minha vagina e minha língua em sua boca não param de explorar.

Um calor enorme sobe pelo meu corpo, e quando sinto que seu dedo para em meu clitóris e o aperta, esse calor explode, e, com ele, meu prazer, até eu ficar completamente descabelada em seus braços. Ouço-o dizer em meu ouvido:

— Mimada.

Concordo e sorrio.

Passados alguns minutos, quando ambos recuperamos a compostura, ele tira a mão de mim e a limpa com um lenço de papel que tira do bolso.

Não sei o que dizer.

Não sei o que pensar.

Que foi que fizemos?

Nossos olhares se encontram. Estou prestes a gritar de satisfação quando, de repente, tudo acaba tão repentinamente quanto começou. Olhando para mim, Dylan me solta e afirma:

— Isso não pode tornar a acontecer.

Olho para ele, alucinada. Agitada, aponto:

— Foi você que começou. Mas...

Ele olha para mim, e com um movimento seco com a mão, pede que eu me cale. Estamos a poucos centímetros um do outro. Ele diz:

— Espero que, depois do que aconteceu hoje, você não precise mais de Tomás.

Dá um passo atrás e, com uma expressão que sou incapaz de decifrar, Dylan diz antes de ir embora:

— Boa-noite, Yanira.

Com os olhos arregalados e o desejo dentro de mim, observo se afastar esse homem impressionante, que alguns segundos antes me beijava e me masturbava com luxúria.

Atônita por tudo que aconteceu, levanto o queixo, pego o iPod de onde sai a música e caminho pela cobertura. Cruzo com Tony e Tito, que sorriem, e retribuo. Vou direto ao meu camarote. Após o ocorrido, quem não quer saber de Tomás sou eu. Mas minha cabeça gira. Que foi que eu fiz?

Caminho como em uma nuvem, e quando chego a meu quarto, ansiosa por falar com Coral, fico com cara de boba ao ver que ela não está. Deixou um bilhete em minha cama que diz:

"Volto em uma hora. Descanse e seja boazinha."

Boazinha?!

Pelo amor de Deus, eu adoraria ser malvada! Muito malvada com Dylan.

Meu celular toca de novo. É Tomás. Está me esperando. Mas não quero ir, e, depois de lhe mandar uma mensagem recusando sua oferta, desligo o celular para que ele não me incomode e me deixe em paz.

Tiro o vestido de festa, os sapatos, e me deito na cama só de calcinha. Está calor, ou melhor, eu estou com calor! Olho as molas da cama de cima enquanto minha mente revive várias vezes o ocorrido. Seu sabor. Seu toque. Seu ímpeto ao me beijar. Deixo escapar um gemido ao sentir o toque dos lençóis em meus seios.

Estou excitada.

Dylan me deixou louca. Imaginar o que poderia ter acontecido entre nós se ele me desejasse como heterossexual faz minha pressão sanguínea subir e acelera as batidas de meu já descontrolado coração.

Fantasiar com ele me faz morder os lábios, onde ainda sinto seu sabor. Sinto uma enorme vontade de me tocar e brincar.

Fecho os olhos e acaricio meu cabelo imaginando que é ele. Sinto-o. Sinto Dylan. Segundos depois, minhas mãos, que são as dele, descem por meu pescoço e meus seios até chegar a meus mamilos, que estão duros e túrgidos. Aperto-os. Massageio-os. Sem abrir os olhos, as mãos descem agora até meu ventre, onde me tocam com carinho, e depois se dirigem à face interna de minhas coxas e as abrem.

Ah, sim... sim!

Sinto um intenso calor na virilha. Arfando, me toco por cima da calcinha. Está úmida. Abro os olhos. Não aguento mais. Levanto, pego a mala no pequeno armário e procuro no *nécessaire* meu vibrador rosa, que eu chamo de Wolverine, em homenagem a Hugh Jackman.

Enquanto tiro a calcinha, murmuro:

— Hoje Wolverine está de plantão.

A seguir, ligo o iPod e procuro a canção sensual que dancei com Dylan na cobertura do navio. Quando a encontro, fecho os olhos, e a luxúria volta. Deito na cama, acaricio meu clitóris com a ponta dos dedos e suspiro ao recordar como ele percorreu essa parte, que continua úmida. Movimentos circulares me fazem arfar, e, depois de ligar Wolverine, abro as pernas e grito ao colocá-lo onde Dylan me tocou. Descubro desejosa que cada movimento, cada pensamento, cada suspiro que sai de minha boca é por ele. Por Dylan.

A vibração aumenta, e com isso meu prazer, meu gozo, minha loucura.

Suspiro seu nome...

Ouço-o dizer: "Aproveite o momento".

Relembro sua boca, seus olhos, suas mãos, a dureza que havia entre suas pernas, e, enquanto fantasio com isso, retorço-me na cama e tenho convulsões de prazer. O clímax toma meu corpo, e mordo os lábios enquanto a canção sensual de Maxwell continua tocando. Lembro como mordi os dele e suspiro ainda mais. O prazer explode em mim, e sinto meu caldo encharcar minhas coxas. Quando largo Wolverine na cama, sei que consegui o que queria, mas continuo desejando Dylan.

14

Valeu a pena

Quando, na manhã seguinte, meu despertador toca, quero morrer.

Coral se levanta como sempre, cheia de energia, e, depois de se lavar e vestir, sai. Como ela trabalha na cozinha, seu turno começa muito cedo. Depois que fecho a porta, me aconchego de novo em minha caminha e volto a dormir. Meu horário de trabalho mudou, e também vou mudar meu ritmo.

Quando o despertador toca de novo, sei que é hora de entrar em ação. Ponho música e ouço a voz de Michael Bublé. Adoro esse homem! Ainda me lembro do show a que assisti em Madri, com meu irmão Argen. Economizamos durante meses para a viagem, mas valeu a pena. Quando ele cantou *You'll never find*, eu cantarolei com ele em minha poltrona, ao lado de Argen. Foi um dos momentos mais mágicos da minha vida.

Já asseada e arrumada, saio do camarote.

Tenho que me reunir com a orquestra no salão para ensaiar, mas, como tenho um tempo de sobra, decido ir à cobertura tomar um pouco de ar.

Pô... com o movimento do navio o enjoo já começa.

Percorro a cobertura a passo firme em direção ao salão, quando me surpreendo ao ver Dylan correndo com roupa de ginástica. Ele não me vê, e decido observá-lo. Em um dado momento, Tony e Tito se aproximam dele. Conversam e riem, e segundos depois Dylan continua sua corrida enquanto os outros dois continuam rindo.

Será que os três são amantes?

Sigo meu caminho até que, de repente, vejo Dylan olhando para mim com um sorriso espetacular.

— Bom-dia, Yanira — ele me cumprimenta.

Com roupa de ginástica, ele está incrível. Não quero nem imaginar como será totalmente nu.

Olho para as mãos dele e coro. Pensar que esses dedos ontem à noite entraram e saíram de mim proporcionando-me um prazer incrível me deixa louca, mas tento manter o controle.

Ele tem umas pernas fortes, a barriga mais lisa do que eu achava e uns braços maravilhosos. Olho a tatuagem que contorna um deles e reprimo o inoportuno gemido de excitação que está quase escapando.

Recomponho-me em décimos de segundos e, olhando para seus grandes olhos, respondo a seu cumprimento enquanto enfio as mãos nos bolsos da calça jeans.

— Bom-dia.

Apoiando-se nas coxas para pegar ar, Dylan olha para mim e pergunta:

— Como você está?

Prestes a dizer que estou irritada depois do jeito que ele me deixou ontem à noite, decido responder mais comedidamente:

— Enjoada.

Do bolso traseiro, ele tira uns comprimidos e diz:

— Tome isto. Garanto que o enjoo vai desaparecer.

Olho a caixa. O nome não me diz nada, mas, antes de eu dizer qualquer coisa, ele acrescenta:

— Faça o que eu digo, manhosa. Sei o que estou falando. Vai lhe fazer bem.

Nesse momento, duas mulheres passam ao nosso lado correndo e observo que trocam olhares e sorriem.

Sei perfeitamente o que isso significa. Sem sombra de dúvida, estão falando que Dylan é gostoso. Que deve ser fogoso na cama. Que sua bunda, que sua boca, que seus olhos. Pô!

Meu estômago se retorce e minha respiração acelera. Fico indignada, e de repente percebo que estou com ciúmes. Eu, com ciúmes?

Ai... ai... ai... O que está acontecendo comigo?

Incomodada com minha reação, olho para o homem que está à minha frente. Ele não tira os olhos de mim. Aceito o remédio e agradeço, antes de seguir meu caminho.

Mas ele me pega pelo braço e, me detendo, pergunta:

— Está irritada comigo hoje de novo?

Seu cenho franzido me faz sorrir, e, olhando a chave que ele leva no pescoço, digo, tirando seu iPod do bolso:

— Tome, ontem à noite você esqueceu isto.

Ele o pega e torna a me olhar com cara de mau. Mas, quando vai falar, eu me despeço:

— Tenho que trabalhar.

Sem me soltar, ele replica:

— Hoje à noite nos veremos.

Enrugo a testa, incomodada com o que ele me faz sentir. Pergunto:

— Para quê?

Dylan fica sério, e eu, incomodada com tudo, solto:

— Escute, qual é a sua? Você me provoca, me beija, me masturba. Depois me deixa na mão e diz que isso não pode acontecer de novo. E agora... qual é a sua?

Meu moreno, porque para mim já é meu moreno, respira fundo e responde:

— Sei o que eu disse ontem, mas...

— Bom-dia — ouço alguém dizer ao nosso lado.

Ao olhar, vejo horrorizada que se trata do sr. Martínez. Que merda, esse Rançoso parece que está nos vigiando. Respondo:

— Bom-dia, senhor.

Dylan o cumprimenta também e me solta. E o mentecapto do chefe — porque não pode ser considerado outra coisa — diz, olhando para nós:

— Já são muitas as vezes que os vejo juntos e minha obrigação é adverti-los.

— Advertir-nos? — pergunta Dylan com voz grave.

O Rançoso, que mais bobo não pode ser, responde:

— É proibido haver relacionamento pessoal entre membros da tripulação. Isso implica demissão imediata. Se quiserem checar o que digo, leiam seus contratos. Página dois, item sete. Bom-dia.

E vai embora, deixando-nos sem palavras. Mas Dylan diz:

— A cada dia gosto menos desse sujeito.

Vendo esse amargurado se afastar, comento:

— Eu também não gosto dele, mas o que ele disse deixa bem claro o que se pode e o que não se pode fazer. E, embora eu não concorde, isso esclarece ainda mais as coisas. Por isso, não. Não vamos nos ver hoje à noite.

Pegando-me de novo pelo braço, ele pergunta:

— Você vai ver Tomás?

— Não é problema seu. Por acaso eu lhe pergunto se você vai ver Tony ou Tito?

Ele sorri, e isso me desconcerta. Depois, olhando para mim, ele acrescenta:

— Tenho que falar com você.

— De quê?

— De certas coisas que...

— Ouça, Dylan — interrompo —, acho melhor esclarecermos isso de uma vez. Você tem um segredo que eu sei, e, pelo que vi ontem à noite, esse segredo é tão grande que você foi incapaz de terminar o que começou comigo. Portanto, fim de papo.

— Quero ver você hoje à noite, entendeu? — repete ele.

Não respondo. Nego-me a responder.

Ao ver minha expressão obstinada, Dylan acrescenta:

— Hoje à noite estou de plantão no depósito.

— Por mim, pode pular no mar.

— Yanira... — diz ele bem baixinho para que ninguém mais ouça.

Ainda com sua mão segurando meu braço, eu o ameaço:

— Eu tenho três irmãos, e com dois deles já briguei muito. Por isso, se não quiser que eu faça um escândalo na frente de toda essa gente que passa por aqui, solte-me, ou vai se arrepender. Porque eu não me faço de rogada.

Sem me dar atenção, Dylan franze o cenho e cochicha:

— Mimada...

Isso me irrita, e sibilo:

— Você é bobo ou se faz?

— Ouça...

— Não.

— Yanira...

— Não.

— Se continuar se comportando assim...

— Está me ameaçando?

Seus olhos soltam faíscas, mas eu, por fim me soltando de sua mão, digo:

— Tenho que ir.

— Hoje à noite nos vemos — insiste ele.

— Não.

— Yanira...

— Dylan... vá se divertir com Tony ou com quem quiser, ok, meu lindo?

Meu lado grosso se manifesta.

Saio andando...

Aperto o passo...

E notando que ele não me segue, amaldiçoo a mim mesma, acalorada pelo nervosismo.

Mas qual é meu problema com esse homem?

Pelo amor de Deus, estou com ciúmes!

Entro na cozinha e procuro Coral. Ela está batendo ovos e, ao me ver, pergunta:

— Que foi?

Pego um copo de água, tomo um dos comprimidos que Dylan me deu e, sorrindo, respondo:

— Nada, é que estou contente. Agora vou ensaiar com a orquestra.

— Essa é minha garota. A propósito, dois rapazes da tripulação me perguntaram hoje de manhã por você. Acredito que seus gorjeios de Mariah Carey os deixaram alucinados. E eram bem gostosos. Por isso, se lhe interessar, aproveite.

— Vou aproveitar — confirmo, e disfarço meu mal-estar.

Nesse dia, ensaio durante horas com a orquestra. O repertório para cada festa é vasto, e é preciso trabalhá-lo. Em duas ocasiões, Dylan entra na sala com caixas de refrigerantes.

Sei que ele está ali por mim.

Sei que está me procurando, mas, quando ele tenta se aproximar, eu me afasto.

Durante o dia, tento me concentrar no trabalho e, bem ou mal, consigo tirar da cabeça o que aconteceu na noite anterior. Esses olhos... essa boca... essas mãos... essa música... Tudo nele me aquece e me deixa a mil.

À noite, em uma das ocasiões em que entro na cozinha para ver Coral, encontro Dylan falando com duas auxiliares de cozinha. Ambas parecem muito interessadas nele, e por sua linguagem corporal sei que estão mais que adorando a atenção dele.

"Desse mato não sai coelho, meninas!"

Tento não olhar e me concentrar em minha amiga.

Tento não ouvir as gargalhadas das duas garotas, mas o ciúme me consome, e, quando me volto para ir embora, suspiro. Dylan não olha para mim nem disfarçadamente. Ignora-me.

Passam-se as horas e meu mau humor cresce diante de sua total indiferença. Ele não vai ao salão de festas me ver, e estou uma pilha. Em um dado momento, meu olhar cruza com o de Tomás, que sorri para mim enquanto eu canto *El tiburón*.

Everybody muévelo.
Todo el mundo grite ¡ohh!
Sigue, sigue sin problemas
pa' que bailen esas nenas.
No pares... sigue... sigue.
No pares... sigue... sigue.

É o que faço. Não paro, continuo cantando para que as pessoas se divirtam e dancem, enquanto minha cabecinha está no "mundo de Dylan".

Quando termino a apresentação, Coral me manda uma mensagem dizendo que tem um encontro e não sabe se vai voltar para o camarote. Pomba... essa Coral.

— Olá, linda. O que aconteceu ontem à noite? — pergunta Tomás ao meu lado.

Sem vontade de lhe dar explicações, respondo:

— Apareceu uma coisa de última hora.

Ele assente, e aproximando-se mais, propõe:

— Você vem hoje?

— Não. Estou cansada e quero dormir.

Sem dizer mais nada, vou embora. Quando estou irritada, é melhor ninguém falar comigo, mas o coitado do Tomás não merece minha reação.

Ao chegar ao meu camarote, pego uma toalha e vou ao chuveiro das garotas. Quando entro, várias colegas estão ali. Depois de cumprimentá-las, tiro a roupa e entro debaixo do jato do chuveiro.

Ah... que prazer!

Durante vários minutos deixo a água deslizar por meu corpo e esqueço tudo. Só quero curtir esse momento de paz relaxante. Mas, de repente, Dylan e seus olhos reaparecem em minha mente.

Pelo amor de Deus, qual é meu problema com ele?

Esfrego o corpo energicamente e lavo o cabelo, mas, quando saio do chuveiro, meu mau humor não desapareceu. Eu diria que aumentou ao pensar que Dylan deve estar de bobeira com alguma auxiliar de cozinha.

Enrolada na toalha vou para meu camarote, onde ponho uma música da Shakira, e logo estou cantando:

Yo soy loca con mi tigre.
Loca, loca, loca.
Soy loca con mi tigre.
Loca, loca, loca.

Animada, começo a dançar no camarote estreito, rebolando ao sensual ritmo da canção. Adoro Shakira!

Quando acaba, sorrio enquanto passo creme na pele e desembaraço o cabelo. Depois, abro uma gaveta para pegar uma calcinha e fico olhando uma tanguinha muito, muito *sexy* que tenho; mas nego com a cabeça.

Não. Não vou ceder. Não vou me vestir para ele.

Mas a tanguinha, que é linda, olha para mim e parece me dizer: "Yaniraaa... ande... deixe de ser boba...".

Fecho a gaveta. Não pretendo fazer o que a tanga diz. Ele é gay!

Mas, depois de dez segundos, abro a gaveta de novo, pego a maldita tanga e um sutiã de seda preto, e enquanto me visto murmuro:

— Tanto faz o que você seja, Dylan. Hoje eu quero guerra.

Cega de desejo e da ansiedade que ele me provoca, ponho um vestido de jeans e uma sapatilha. Nem glamour, nem elegância. Só falta um laço bem apertado na cabeça para parecer uma cigana do meu bairro. Saio do minúsculo camarote e caminho a passos decididos.

Ao chegar a um corredor, vejo Tomás falando com uma garota. Escondo-me. Não quero que ele me veja, e decido pegar outro corredor. Vou dar mais voltas, mas pelo menos o evitarei.

Olho o relógio, são 2h23 da madrugada. Desço uma escada interna e cruzo com duas pessoas que me cumprimentam, mas não diminuo o passo. Meu objetivo é o depósito onde Dylan supostamente está de plantão.

Vejo a porta ao fundo do corredor.

Caminho para ela e, quando chego, seguro a maçaneta com segurança e abro. Diante de mim aparece um aposento grandinho, com centenas de caixas empilhadas e etiquetadas com números. Fecho a porta e me dirijo a uma espécie de cubículo de vidro que há na lateral. A luz está acesa, de modo que Dylan deve estar ali.

Quando chego, não há ninguém, mas ouço a voz de Marc Anthony cantando *Vivir lo nuestro*. Olho para a mesa e reconheço o celular do homem que fui buscar. Isso me faz sorrir. Ele não pode estar muito longe.

Sem dizer nada, começo a procurá-lo pelo depósito até que o vejo ao fundo, ao lado de umas caixas, anotando algo em uma pasta.

Sexy!

Essa é a palavra que o define de macacão azul, vestido só até os quadris, e na parte de cima uma simples camiseta regata.

Eu me aproximo sem fôlego, e então ele se volta e me vê.

Não digo nada.

Ele não diz nada. Só olha para mim com essa cara de mau que me deixa louca, e quando chego ao lado dele empurro-o contra as caixas com força, e ficando na ponta dos pés para estar mais à sua altura murmuro:

— Você me procurou, e me encontrou.

E, sem mais, aproximo minha boca da dele e o beijo descaradamente.

Ele fica parado enquanto eu o ataco, encurralo-o contra a parede à espera que ele faça um movimento e entre no jogo. Durante vários segundos, ele não faz nada.

Só eu me mexo.

Só eu beijo.

Só eu toco.

Ele está paralisado!

— Vamos, Dylan — provoco, sem me afastar dele. — Beije-me.

Ele me olha. Por seu olhar vejo que está desconcertado, e, segundos depois, uma mistura de fúria e vergonha me domina. O que estou fazendo?

— Você já esteve com uma mulher? — pergunto.

Seus olhos, seus maravilhosos olhos castanhos, olham para mim, e por fim ele responde, com voz contida:

— Sua dúvida me ofende.

Quero acreditar que isso é um sim. Desejo que seja.

— Tudo bem, mas talvez nunca tenha chegado até o final, é isso?

Ele não responde. Vejo a chave que ele leva no pescoço, e, disposta a continuar, insisto:

— Sejamos claros. Eu sei que você se sente atraído por mim, embora você me atraia muito mais. Eu o desejo e, enquanto não conseguir ter você, não vou parar. Não sei qual é seu problema, mas...

— Mas o quê? — pergunta ele me interrompendo.

Sua expressão é impenetrável; seu olhar, duro. Decido responder:

— Eu não lhe peço amor eterno, nem que se case comigo no Dia dos Namorados, nem...

— Odeio essa data — diz ele.

Divertida com suas palavras, murmuro, ciente do que preciso:

— Eu só lhe peço sexo.

— Não.

Eu me nego a aceitar sua resposta.

— Por quê? — pergunto.

E, ao não obter resposta, insisto:

— Deixe comigo e relaxe.

Isso é alucinante. Estou acossando um pobre gay como nunca acossei ninguém na vida. Mas, disposta a tudo, continuo falando quando ele põe a mão em minha boca para me calar e pergunta:

— Não importa que eu seja gay?

Eu penso, suspiro, e quando ele afasta a mão respondo:

— Claro que me importo. Mas eu o desejo tanto que isso passa para segundo plano.

Noto que minhas palavras o impressionam. Ele solta o que está segurando e murmura com voz tensa:

— Você me deseja tanto assim?

— Você nem imagina.

Seu olhar se torna felino. Deus... isso é o que eu quero: despertar o tigre que há dentro dele! Por fim, ele se apoia confortavelmente na parede e sussurra:

— Muito bem, você venceu. Vamos brincar, mas você vai ter que...

— Farei tudo. Não se preocupe — interrompo.

Estou impaciente. Ele esboça um sorriso.

Deus... ele me deixa louca quando sorri com cara de mau.

Que pena que ele não é heterossexual!

Ele me olha sem se mexer, à espera que eu comece o jogo.

Decidida, fico na ponta dos pés, e ele me acolhe em seus braços. Eu o beijo... ele me beija. Eu o toco... ele me toca. Eu suspiro... ele suspira. Enlouquecida com tudo que isso me faz sentir, meu lado selvagem cresce, explode! Nossas bocas se devoram. Nossas línguas se enroscam até que minhas mãos vão, desejosas, para sua cintura, e ele, detendo-me, pergunta:

— Tem certeza, Yanira?

Sem lhe dar outra opção além de continuar o que ele começou, sussurro sobre sua boca como a maior tigresa do mundo, enquanto abro o zíper do macacão para me livrar dele:

— O que você acha?

Minhas mãos prosseguem seu caminho, e ele fica tenso, mas deixa. Preciso acabar de uma vez por todas com essa tensão sexual que venho acumulando por culpa dele. Ele sabe que me provoca. Sabe, e vai ter que pagar.

Quando o macacão cai no chão, minhas mãos vão direito para sua virilha. Mas Dylan me detém e, com uma voz que me faz estremecer, pergunta:

— Aqui?!

Mordendo seu lábio inferior para tê-lo à minha disposição, concordo e digo:

— Aqui, e não vá dizer que não — respondo.

— Está sujo, mimada.

Que se dane a sujeira! Seu lado gay já aparece, e eu sibilo:

— Aqui, a única coisa suja é minha mente. Cale-se e beije-me!

Dylan sorri, e em um tom que me deixa louca pergunta:

— Você tem mente suja?

Faço sim com a cabeça e esclareço:

— Imensamente suja, e não vou permitir que você volte atrás. Não sei o que os homens lhe dão, nem me interessa, só quero que me permita mostrar o que posso lhe dar como mulher.

— Yanira...

— Ouça — cochicho acelerada —, como diria Yoda, o herói máximo de meu irmão Garret: "Viva o momento, não pense, use seu instinto e sinta a força".

Ele fica alucinado. Yoda é o que há, costuma sempre me deixar sem palavras. Divertida com o jeito como ele me olha, insisto, sabendo que estou forçando a barra.

— Podemos brincar de representar personagens, está a fim?

Ele não se mexe, e eu continuo:

— Você é um homem inocente que trabalha neste depósito e eu sou uma coelhinha exigente que o persegue para transar com você. O que acha?

Minha proposta, cheia de loucura, sexo e arrebatamento, surpreende-o, mas lhe agrada. O safado sorri e, por fim, responde:

— Certo, "coelhinha".

Consegui!

Sem dizer nada, agarro seu pescoço e o incito a me beijar. Quando me beija, com todo o descaramento do mundo aproveito para enfiar as mãos dentro de sua cueca.

Ora... ora... ora... veja só o que esse homem tem aqui!

Sua ereção é imensa, enorme! E o melhor, é toda minha!

Toco-o com a respiração entrecortada de desejo enquanto escuto a sua, agitada. Ele está excitado, eu sei.

Sem lhe dar trégua — para que não mude de ideia —, com meus dedos trêmulos aperto seus testículos com um misto de cuidado e exigência. Ele suspira ao sentir meu toque.

Sua pele é suave...

Sua pele está quente...

Seu pênis está duro... é enorme, e eu o quero dentro de mim.

— Quero sentir você. Vai me permitir, não é? — pergunto, com voz insinuante.

Dylan assente. Seu ímpeto redobra, e agora é ele quem me beija com exigência. Adoro isso, e curto muito. Ele sussurra contra minha boca:

— Yanira... ouça...

— Não — interrompo. — Não vou deixar que você estrague o jogo.

Com carinho, passo a mão por sua ereção, e, quando o aperto e mordo seu queixo, ele murmura, fechando os olhos:

— Eu não conseguiria parar.

Sorrio, e, feliz por conseguir o que fui buscar, digo:

— Não pare, Dylan... não pare.

Sem responder, ele tira as botas e o macacão pelos pés. A seguir, ergue-me nos braços como uma pluma e me leva até um corredor lateral.

Adoro esse lado tão varonil dele!

Ele me senta em cima de umas caixas onde se lê "Tomate frito". Isso me faz sorrir, ainda mais por ver como ele assume seu papel. Ele arfa forte. Suas mãos são exigentes. Sua boca, avassaladora. É um trem carregado de combustível, e, de repente, pressinto que vai me esmagar.

Enfiado no meio de várias caixas, sem parar de olhar para mim, Dylan tira a camiseta com urgência.

Mãe do céu, que abdominais!

Quando a camiseta cai no chão, ele murmura sem afastar seus olhos dos meus:

— Muito bem, agora diga-me: do que minha mimadinha gosta?

Adorando o desejo e a luxúria descontrolada que vejo em seu olhar, abro os botões do vestido jeans e murmuro:

— Nós, mulheres, gostamos que chupem nossos mamilos, que nos toquem e nos deixem bem excitadas antes da penetração.

Quando meu vestido cai sobre a caixa de latas de tomate, fico louca ao ver como ele me devora com o olhar. Ele gosta do que vê. O que eu disse o incita, e isso ele não pode negar.

Ele aproxima sua mão morena do meu sutiã de seda. Acaricia-o um instante e depois, desabotoando o fecho entre meus seios, diz, enquanto o desliza por meus ombros:

— Chupar. Tocar. Excitar. Muito bem — conclui, antes de levar a boca aos meus seios.

Sua voz rouca e suas palavras me fazem arfar, e reprimo um suave gritinho quando seus dentes chegam a meu mamilo e dão mordidinhas. Suas mãos me apertam contra ele para enfiar mais profundamente meu seio em sua boca, enquanto ele me chupa e lambe com deleite.

Fecho os olhos e aproveito como há muito tempo não faço, até que a gata selvagem que se esconde dentro de mim o agarra pelo cabelo, atraindo seu olhar.

— Nós, mulheres, gostamos que vocês ponham a boca em nosso centro do desejo e que nos possuam com loucura desenfreada — digo. — Ficamos loucas quando nos sentimos desejadas por um homem varonil, e você é varonil. Você...

Ele não me dá tempo de dizer mais nada.

Minha linda tanga se rasga em mil pedaços depois de um forte puxão, e, abrindo minhas pernas com violência, Dylan pousa sua boca quente em meu sexo, e eu, apoiando a cabeça nas caixas, grito e me entrego a ele.

Sua boca é exigente e sua língua dura entra e sai de dentro de mim, arrancando-me suspiros de prazer.

Ah, Deus! Estou passando pelas seis fases do orgasmo!

Não sei quanto tempo se passa. Só sei que ele faz amor com a boca como um amante perfeito. Ele introduz a língua em mim e a tira, arrancando-me ondas de gemidos de prazer. Depois, contorna meu clitóris e dá leves toquinhos, deixando-me louca várias vezes. E pergunta:

— Gosta disso, coelhinha?

Concordo com a cabeça.

Como não vou gostar, se ele está me deixando louca de prazer?

— Ah, sim... assim... Você é muito bom nisso.

Ele continua, e mergulho os dedos em seu cabelo curto, levo os quadris para frente e o obrigo a repetir o que estava fazendo segundos antes.

Ah, sim, que prazer!

Estou louca e entregue. Sinto-o abandonar meu sexo, rastejar por meu corpo e se aproximar de minha boca. Enquanto tira a cueca, ele diz:

— Nós, homens, gostamos do vício, da masturbação, da posse, da luxúria. No sexo, somos lobos famintos. Predadores.

Suas palavras, seu cheiro de homem e o jeito como encarnou o papel me fazem sorrir, e respondo:

— Então, agora quero ser seu vício, quero que você me masturbe, que me possua. Quero ser sua luxúria e que você seja meu lobo predador.

Dylan me contempla. Sua respiração está tão agitada quanto a minha; ambos sorrimos.

Ele me perfura com os olhos, percorre-me inteira, e estremeço.

Até agora, ele está me dando tudo que lhe peço, e quero que continue.

Dylan segura meu rosto com uma mão, e com um carinho e uma delicadeza que me deixam sem fala, ele me beija. Morde suavemente meus lábios, e só posso me entregar a ele. Quando sua boca e a minha se separam, seus lábios continuam percorrendo meu corpo. Passam por minha orelha, chupam-na, descem ao meu pescoço e o mordiscam, e, por fim, chegam a meu ombro direito, mordendo-o com gosto e prazer, enquanto sua ereção bate em minhas pernas e me deixa louca.

Minha cabeça está girando, e começo a pensar:

Plano A: ataco-o.

Plano B: deixo que ele me ataque.

Plano C: que seja o que Deus quiser, mas não vou permitir que ele saia do depósito sem me dar o que vim buscar.

Definitivamente, opto pelo plano C.

De repente ele me solta, dá um passo para trás, e olhando para mim exige:

— Toque-se para mim.

Ora... ora... ora... mas que safado!

Sem demora, pego meus seios com as mãos, aperto-os e os massageio, enquanto ele procura seu macacão, tira a carteira do bolso e a deixa em cima de uma das caixas. Sem tirar os olhos de mim e sem dizer nada, ele me olha; eu murmuro:

— Que delícia, você me deixa louca. Seu corpo é incrível. Sua pele é excitante. Sua boca é perigosa.

Dylan sorri, mas seu olhar é estranho. Não sei o que pensar; fico desconcertada. Ele tira da carteira um preservativo e, após rasgar a embalagem, coloca-o com maestria. Fazendo-me descer das caixas, diz:

— Vire-se e apoie as mãos nas caixas.

A-ah... acho que ele quer fazer uma coisa que eu não quero. Respondo:

— Não.

Ele olha para mim boquiaberto, mas, sem se alterar, insiste com voz rouca.

— Estamos brincando. Vire-se.

Nesse instante, perco minha segurança. Acho que abusei da sorte, e agora ela vai se voltar contra mim. Apesar de minha experiência sexual com outras pessoas, nunca pratiquei sexo anal, e, disposta a negar, digo com clareza:

— Sexo anal, não.

Dylan ergue uma sobrancelha, e acrescento com um fio de voz:

— Nunca fiz.

— É prazeroso — afirma ele, enquanto me penetra com o olhar.

Concordo. Entendo que, por causa de sua opção sexual, ele tenha experimentado, mas insisto:

— Tentei uma vez e quase morri de dor. Não quero que...

Ele me interrompe:

— Isso porque o homem que tentou não soube prepará-la direito. Vamos, vire e relaxe. Você disse que quer ser minha luxúria, não é?

Faço contrariada o que ele me pede. Tenho medo, mas, ao mesmo tempo, o desejo do momento me faz obedecer.

Suspiro ao levar um tapinha na bunda. Não sei o que me espera, mas sei que vai doer e que estou permitindo. Sou idiota, por acaso?

Assustada e excitada, vejo que ele se agacha atrás de mim, e um gritinho ridículo sai de minha boca quando ele morde minhas nádegas.

— Calma, coelhinha... Só estamos brincando, como você queria, só que agora o inocente homem do depósito virou um lobo. Lembre o que dizia mestre Yoda: "Viva o momento, não pense, use seu instinto, sinta a força".

Yoda que se foda!

Não posso falar...

Não posso responder...

Minha respiração se acelera quando ele passa o dedo por meu ânus, para cima e para baixo. Para cima e para baixo, e o põe dentro.

Não quero... não quero... não queeerooo!

Ele morde minhas costelas, chupa minhas costas, a orelha. Beija-me com deleite. Fica assim durante um bom tempo, e quando sente que meus músculos relaxam em volta do dedo que está dentro de mim, ele diz em meu ouvido:

— Eu a chupei como você pediu. Toquei-a como desejava e a excitei como ansiava. E agora?

Mas, quando vou responder, ele acrescenta:

— Tanto os homens quanto as mulheres gostam de uma boa penetração, não acha? Nós gostamos de perversão, sexo desinibido e, de certo modo, de loucura, sabia?

Concordo.

Claro que sei. Não sou tonta.

Mas não sei se ele se refere a um homem heterossexual ou não.

Meu estômago se encolhe cada vez mais, enquanto seu dedo dentro de meu ânus me deixa louca. Ele me tenta, me excita, me prepara. Agacha-se e mordisca minhas nádegas, e, quando se levanta, murmura de novo em meu ouvido:

— Abra as pernas e arqueie o corpo.

Tremo. Sem lubrificante, temo que a penetração doa, e digo:

— Dylan... não temos lubrificante e...

— Eu imaginei este momento centenas de vezes — interrompe ele, exigente —, mas nunca deste jeito.

Concordo. Suponho que, se eu sou sua primeira mulher, ele deve ter imaginado de modo diferente. Estou nervosa. E ele, sem tirar o dedo de meu ânus, com o outro acaricia meu clitóris. Solto um suspiro.

Sinto sua respiração em minha orelha quando ele murmura:

— Minha intenção ao ficar com você esta noite era curti-la.

— Me curtir?

— Sim. Curtir você.

Deixo escapar um gemido ao senti-lo traçar círculos em meu clitóris.

— Não quero nem posso desperdiçar este presente que você está me oferecendo, mesmo que as medidas higiênicas aqui não sejam as mais adequadas.

Rio acalorada. Ele me dá outro tapinha no traseiro e murmura em meu ouvido, deixando-me louca:

— Só vou continuar nosso jogo se você me prometer que na primeira escala que fizermos vai sair comigo em terra.

Meu riso se congela. Um encontro? Mas do que ele está falando? E esclareço:

— Dylan, isto é o que é.

Mas ele não cede. Continua tocando meu clitóris, e eu suspiro de novo. A seguir, tira o dedo de meu ânus e passa o pênis pela entrada de minha vagina úmida. Fica me tentando.

— Quero sair com você para poder lhe explicar certas coisas.

Excitada e desejosa como nunca antes, respondo:

— Se está se referindo a sua opção sexual, tanto faz. Eu só vim aqui por sexo. Vamos, transe comigo. — E com meu lado selvagem mais enlouquecido que nunca, insisto: — Estou aqui nua, excitada e entregue a você para o que quiser. Faça!

— Huuummm... mimada — cochicha em meu ouvido. — Adorei esse "para o que quiser".

Escutar isso me deixa a mil. Ah, como o desejo!

— Se vou ser a primeira mulher com quem você vai transar, vamos aproveitar.

Noto sua respiração se entrecortar ao me ouvir.

Ele está muito excitado.

Aperta-se contra mim, mas seu pênis continua fora do meu corpo.

Ah, Deus! Preciso dele já! Suspiro.

Ele me provoca.

Mostra várias vezes o que tem para mim, mas não dá. É cruel. Muito cruel.

Minha vagina se lubrifica. Arqueio-me para que me penetre, mas ele não o faz. Meu desejo por ele cresce, até que, me agarrando pelos quadris, murmura de novo em meu ouvido:

— Uma cama... uma *jacuzzi*... você e eu...

Estou perdendo a razão.

Deus... Deus... Deus... como estou ficando malvada!

— Nua em uma cama, eu ia devorar você lentamente. Colocaria meus dedos em você, morderia seus lábios e a faria gemer de prazer para que você gritasse meu nome e me suplicasse para não parar de comê-la durante horas.

Huuummm, que delícia!

Minha pele se arrepia.

Minha respiração se acelera.

Mas o que esse morenaço acabou de me propor?

Com estranheza, viro a cabeça para olhar para ele depois dessa proposta, mas quando vou falar ele sussurra:

— E a brincadeira não ia acabar aí.

— Ah, não? — minha voz é quase inaudível.

— Não, coelhinha — murmura ele em meu ouvido. — Depois que seu clitóris estivesse inchado e você louca de tesão, eu ia pegar seus quadris com força — e pega — e afundaria várias vezes dentro de você. — Ele se aperta contra minhas nádegas. — E ficaria assim até que meu corpo e o seu desfalecessem de prazer e a brincadeira acabasse em um maravilhoso orgasmo que deixaria nós dois sem sentidos.

Um gemido sai de minha boca.

Esse homem acaba comigo!

Imaginar o que ele diz me enlouquece. Estou quase gozando, quando ele insiste:

— Que me diz, Yanira, vamos sair?

— Ah, Deus...

— Você vai curtir meu corpo, e eu poderei curtir plenamente uma mulher. Farei você adorar o sexo anal como adora o sexo tradicional. Serei seu brinquedo. Serei seu dono. Serei o que nós dois queremos.

Não respondo.

Não consigo.

O que aconteceu com minha voz?

Noto, sinto, percebo que ele passa a ponta do pênis duro com maldade e fingimento por minha vagina úmida e por meu ânus. Fica me tentando. Arqueio-me para recebê-lo, e, por fim, ele introduz um pouquinho em mim...

Ah, sim!

Mas quando me mexo em busca de mais profundidade, ele se afasta, e eu amaldiçoo. Ele ri.

Eu o desejo.

Desejo que me penetre.

Desejo-o com toda a minha alma, e, quando meu corpo já não aguenta mais, suspiro.

— Trato feito. Vamos sair.

A arremetida de seu pênis em minha vagina me faz soltar um grito sufocado de surpresa, dor e prazer, enquanto ele me empurra contra a caixa. Ele entra em mim com uma única investida, e quando sinto seu saco roçando meu traseiro, arqueio o corpo e não reprimo mais meus gemidos.

Que bom que não foi sexo anal.

Que bom que Dylan não pensou só em si mesmo, como eu achava.

— Está bom, mimada? — pergunta ele.

Eu confirmo, enquanto seu pênis duro e enorme se acopla dentro de mim, e sinto as paredes de minha vagina se abrirem para acolhê-lo e sugá-lo.

Ah, que prazer!

Já completamente dentro de mim, ele inicia uns movimentos circulares que ameaçam me fazer perder a razão.

Ah, Deus... Adoro o que ele me faz sentir.

Ele põe a mão em meu estômago para me segurar, enquanto com a outra pega meu cabelo e leva minha cabeça para trás.

Lenta e pausadamente, ele entra e sai de mim, enquanto eu me arqueio para recebê-lo várias vezes. Ele chupa o lóbulo de minha orelha, e em um dado momento murmura:

— Eu não sou gay.

Essas palavras me fazem reagir, mas o prazer que sinto é tão intenso que, sem parar de me mexer no ritmo que ele impõe, pergunto:

— Como?

— É o que você ouviu, linda. — Ele me dá um tapa na bunda junto com uma nova investida que me faz arfar de prazer, e repete.

— Eu não sou gay.

— Ah, Deeeuuss... — grito ao ouvi-lo.

Ouço seu riso unido ao esforço do ato, e então ele acelera suas investidas. Ele toma meu corpo com deleite, fazendo-me chegar ao céu com suas fortes penetrações. De repente, sem chegar ao orgasmo, diminui a intensidade e acrescenta:

— Eu adoro as mulheres. Não sei de onde você tirou que sou homossexual, mas depois você vai me explicar.

Agora quem está desconcertada sou eu. Mas não posso nem quero parar a maravilha que estou vivendo. Dylan acelera de novo suas investidas com força.

— Diga pelo menos que fica feliz em saber o que eu disse.

Fico feliz. Claro que fico feliz! Mas não consigo falar.

Estou pensando que fiz o papel mais ridículo de toda minha vida ridícula, quando ele insiste, pegando-me pela cintura e indo mais fundo:

— Diga que fica feliz.

Meu suspiro se transforma em um grito. Solto:

— Fico... felizzz!

Ouço-o rir. Ele muda de novo o ritmo, e, com as mãos, levanta-me do chão. Meus pés ficam no ar, e, separando mais minhas pernas, ele me faz colocá-las sobre duas caixas e murmura em meu ouvido:

— Deixe-me comer você como sempre desejei.

Ah, Deus, como isso soou rude!

O prazer que me proporciona é tão grande, tão enlouquecedor, tão devastador que não consigo nem protestar, nem raciocinar. Só consigo me deixar levar pelo momento e permitir que ele continue me penetrando com luxúria várias vezes, enquanto suspiro e curto o que ele me faz sentir.

— Fiquei louco por você desde o primeiro dia em que a vi em Barcelona, no Starbucks, com sua amiga. Seu rosto, seus olhinhos, sua cara de pau.

Sua voz.

Suas palavras.

Sua revelação.

Suas mãos fortes em meus quadris e suas penetrações ansiosas me enlouquecem. Tremo. Tremo toda de prazer e me arqueio para receber o que exijo sem palavras.

Suspiro profundamente e mordo meu lábio inferior, enquanto Dylan me faz chegar ao céu. Ele afasta uma mão de minha cintura, busca com ela meu mamilo e o belisca. Uma dor gozosa faz com que eu me mexa mais, e, quando chego ao clímax, Dylan acelera suas investidas. Após um grunhido varonil e sensual em minha nuca, ele cai sobre minhas costas e me cerca com os braços.

Durante dois minutos continuo olhando para as caixas à minha frente, enquanto minha cabeça gira e ouço a respiração acelerada do homem que está atrás de mim.

Acabo de conseguir o que anseio há semanas. E, o melhor de tudo, ele não é gay?

De repente, não sei se devo pular de alegria ou esbofeteá-lo pelo engano. Mas, claro, ele nunca me enganou. Fui eu que montei a história toda.

Ouve-se a voz de Marc Anthony no depósito cantando *Valió la pena,* e sorrio.

Não vale a pena quebrar a cabeça. Definitivamente, valeu a pena o que acabei de fazer. E eu faria mil vezes mais.

Ainda estou nas nuvens, arranhando o céu.

Esse negócio de dar uma de tigresa atrás de um homem, como fiz desta vez, foi demais. Quando Dylan sai de mim, vira-me para me olhar de frente e pergunta:

— Ficou claro que eu não sou gay?

Concordo. É evidente que feri seu orgulho de macho. Com ironia, sugiro:

— Bissexual?

Dylan nega com a cabeça, e com sua cara de mau esclarece:

— Não. Eu só gosto de mulheres.

Eu rio sem poder evitar, e ele revira os olhos. Ainda nas nuvens por conta da descoberta, pergunto:

— Por que, então, nunca ficou com nenhuma mulher do navio?

O muito safado sorri de uma forma que me deixa sem palavras. Tirando o preservativo, responde:

— Quem disse que nunca fiquei? — E, antes que eu diga qualquer coisa, acrescenta. — Existem mulheres discretas como eu.

Sinto um nó no estômago, e a fúria me invade.

Quem ficou com ele no barco?

Minha expressão deve ser tal que ele pergunta com um sorriso:

— Está com ciúmes?

Pestanejo ao ouvi-lo. Que se dane tudo! Mas, não disposta a admitir o que nunca quis sentir, respondo:

— Nem fodendo. — E, para mudar de assunto, acrescento. — Quanto a esse negócio de você ser gay, eu disse que vi você no camarote 21 há dias. O passageiro pediu comida e...

Dylan volta a sorrir. Esse sorrisinho já está me dando nos nervos, mas ele, pousando um dedo em minha boca para que eu me cale, explica:

— Você conhece Tony, não é? — Concordo, e ele esclarece. — O chuveiro do camarote dele quebrou. Ao arrumá-lo, eu me molhei, e Tony, o passageiro, me emprestou uma calça. Eu não costumo trabalhar em trajes menores. E, quando terminei, vi que ele havia pedido comida para três pessoas, e agradeci a gentileza. Não é todo mundo que se preocupa com os funcionários do barco. — Soltando uma gargalhada, ele insiste. — Você achou que eu era gay só por isso?

Um pouco confusa, digo:

— Eu o vi umas vezes com Tony e o namorado. Vocês são amigos?

Dylan ri escrachadamente. Não sei onde está a graça, mas, por fim, ele replica:

— O que a faz supor que eles são namorados?

Incomodada com seu riso, olho para ele e respondo:

— Ora, por favor... basta vê-los para saber que são. E gays, claro.

Meu moreno continua rindo, e eu acrescento:

— Assim como havia indícios de que você também era.

Dylan fica sério. A-há... acabo de ferir de novo seu orgulho masculino.

— Que indícios?

Recordando tudo que já imaginei, suspiro e respondo:

— Você sempre anda impecável, nunca anda sujo ou largado, como muitos colegas seus. A propósito, Tony e Tito também estão sempre superlimpos e perfumados.

— Gosto de ser asseado, e imagino que eles também.

— Você passa creme nas mãos e usa luvas para trabalhar. Quem usa luvas de látex em seu trabalho?

Ele sorri e diz, tocando meus seios:

— Eu simplesmente cuido das mãos. Quero que sejam suaves, não calosas e ásperas.

Sua carícia e o jeito como olha para mim enquanto me toca me deixam louca, mas prossigo:

— Nenhuma mulher que eu conheça conseguiu levá-lo para a cama. — Ele sorri com malícia, e eu continuo. — Você me deixou plantada quando tentei beijá-lo e...

— Se eu não houvesse fugido aquela noite, teria feito amor com você ali mesmo, e não seria bom que nos vissem desse jeito na cobertura.

Ouvir isso me aquece até a alma; continuo:

— Você bebe no copo, não no gargalo como a maioria dos homens. Diz que beber da garrafa ou da lata não é higiênico, e, para piorar, bebe água de marca e sabe todas as propriedades delas.

— Ser um homem culto é ser *gay*?

Incomodada porque ele rebate tudo, insisto:

— E, somando a tudo isso o fato de que você estava no chuveiro do camarote de Tony sem roupa, o que queria que eu pensasse?

Dylan franze ainda mais o cenho. Está tão *sexy*!

Ao ver sua expressão, sorrio, e ele solta:

— Não sei onde está a graça. Eu não sou gay.

Sem vontade de falar mais nesse assunto, eu me aproximo, querendo tudo menos discutir. Beijando-o na boca, murmuro:

— Sabe de uma coisa? Valeu a pena vir ao depósito procurar você... gostoso.

Ele me olha. Esquece sua irritação fingida por eu acreditar que ele era gay e aceita meu beijo.

Saboreia-o tanto quanto eu, e quando me afasto ele sussurra:

— Você não é perigosa.

Divertida com seu comentário, respondo:

— Sou sim, muito. Principalmente porque costumo conseguir o que quero.

— Quantos anos você tem?

— Vinte e seis.

Dylan inclina a cabeça e concorda lentamente. Não sei o que esse gesto quer dizer, então pergunto:

— Muito nova para você?

— Não. Se você não se incomoda.

Sua resposta me chama a atenção.

— Quantos anos você tem?

— Trinta e sete.

Sorrio, e ele me pergunta:

— Muito velho para você?

Rapidamente nego com a cabeça, e respondo:

— Não. Se você não se incomoda. Além do mais, eu sempre achei que idade só é importante quando se trata de queijo ou vinho.

Ele acha engraçada minha resposta. Dá um beijo rápido em meus lábios e diz:

— Ande, mimada, vista-se.

Ele se limpa com um lenço de papel que tirou do bolso do macacão, e quando acaba começa a se vestir.

— Vamos, mocinha. Pode entrar alguém a qualquer momento.

Em décimos de segundos estamos os dois prontos. Dylan me pega pela cintura, aproximando-me, e beijando meus lábios murmura:

— O que aconteceu tem que ficar só entre nós dois. Prometa.

Essa frasesinha me incomoda. É o que ele diz a todas? Porém, concordo com a cabeça. Não quero que veja que o que ele disse me chateou. Soltando-me, ele acrescenta:

— Não esqueça que você tem um encontro comigo, coelhinha.

Esse apelido ridículo me faz sorrir. Como foi me ocorrer algo tão brega? Faço que sim com a cabeça. Como vou esquecer esse encontro?

E mais, já estou querendo que chegue logo para curti-lo de novo. Sem nos tocarmos, caminhamos para o cubículo de vidro do depósito, onde há luz, e ao me aproximar ouço outra canção de Marc Anthony, *Qué precio tiene el cielo*, e cantarolo:

Qué precio tiene el cielo,
que alguien me lo diga,
yo pago con mi alma sin temor a nada
yo te doy mi vida...

Enfeitiçada, vejo Dylan jogar na lixeira o lenço de papel que tinha na mão. Quando paro de cantar, pergunto:

— Você gosta de Marc Anthony, não é?

Ele concorda e responde:

— Ele é uma boa pessoa, e além do mais sua música é ótima, não acha?

Isso me faz rir.

— Agora entendi. Maxwell, Marc e você são de Porto Rico. A terra chama, não é?

Dylan volta a rir.

— Você dança salsa? — pergunta ele.

Digo que sim, com convicção. Já dancei muita salsa com meu irmão Argen!

De repente, ele pega minha mão e me puxa. Deixo-me levar.

Surpresa pelo Dylan que estou conhecendo esta noite na intimidade do depósito, danço salsa com ele dentro da sala de vidro e comprovo que é um dançarino maravilhoso.

— Quem o ensinou a dançar?

— Minha mãe — sorri, e acrescenta: — Mas só danço na intimidade.

De repente, vejo que o homem calado, estranho e fugidio que eu achava que ele era não tem nada que ver com o Dylan que está à minha frente.

Este é alegre, divertido, louco, atrevido. Adorei! Rimos enquanto, compenetrados, dançamos salsa, e nossos corpos se roçam várias vezes com provocação. Olhamo-nos com desejo, até que a canção acaba, Dylan me beija nos lábios e murmura:

— Foi um prazer estar com você... mimada.

Balanço a cabeça e, deixando-me levar pelo que sinto, concordo:

— Digo o mesmo, gostoso.

15

Com você e sem você

Dez dias depois, meu enjoo, não sei se por causa dos comprimidos que Dylan me deu ou se pelo que ele me faz sentir em nossos incríveis encontros, vai desaparecendo pouco a pouco, e me sinto plena.

À noite nos buscamos e encontramos em diferentes pontos solitários do navio, onde fazemos amor como duas feras famintas. Como dois verdadeiros predadores.

Nós nos complementamos bem no sexo. Ambos somos luxuriosos, atrevidos e brincalhões. Adoramos nos deixar levar por nossas fantasias. Algumas vezes nossos encontros são doces, e outras, selvagens e luxuriosos. Tudo depende da coelhinha e do lobo. São eles quem mandam em nosso modo de ver o sexo.

Várias noites dessas, depois de unir nossos corpos, dançamos à luz da lua, cada um com um fone de ouvido, a canção do Maxwell de que Dylan tanto gosta e que agora se tornou especial para mim. Muito especial. Tanto que noto que a blindagem de meu coração está começando a rachar.

Isso me assusta. Eu tento mantê-lo blindado, mas é só ele olhar para mim, ou dançarmos juntos aquela música, e eu me desmancho.

A melodia sensual, o ritmo excitante e a voz do cantor fazem que nos beijemos e dancemos no compasso várias vezes. É pura luxúria. Puro desenfreio. Sabemos que começamos um jogo perigoso em todos os sentidos, e intuo que nenhum dos dois está disposto a perder a oportunidade.

De repente, todo meu universo está contido no navio. Aqui tenho o emprego de que gosto e o homem que desejo. Que mais posso pedir?

Pensar em Dylan me faz ficar de bom humor. Até Coral comenta, olhando para mim com cara de sacana; mas eu nego com a cabeça. Não quero que ela mencione a palavra "amor". Não quero isso. Quero acreditar que meu caso com Dylan é sexo. Puro sexo.

Ver como ele me observa à noite, enquanto canto, é instigante. E, inconscientemente, sei que minhas canções são dirigidas a ele. Assim como meus gestos, e sei que quando nos encontramos a sós, ele todo é para mim.

Nós dois somos ardentes, e às vezes discutimos.

Descobri que Dylan é ciumento, possessivo e que não gosta que outros homens sorriam para mim e me façam elogios, quando estou no palco ou fora de ele. Isso o tira do sério, e a mim, embora essa atitude me incomode, pela primeira vez na vida me dá certo prazer.

Será que sou masoquista?

Em nossas conversas noturnas, deixo claro que nada é para sempre e digo que não se apegue muito a mim. Isso lhe dói. Vejo em seus olhos. E embora eu saiba que ele quer dizer alguma coisa, cala-se. Cala-se e aperta os dentes. Mas, com o passar dos dias, minhas palavras se voltam contra mim quando o vejo falar e rir com as auxiliares de cozinha, que morrem de vontade de levá-lo para a cama.

De repente, sou eu quem se irrita, que se enfurece e fica doente ao imaginar que ele ceda aos desejos delas e lhes dê o que eu quero só para mim.

Segundo a segundo, tenho consciência de que alguma coisa está acontecendo comigo. Tento rejeitar esse sentimento de posse que Dylan me provoca, mas não consigo.

Por fim, ele percebe. Não diz nada, mas sorri e curte o gostinho que a situação lhe provoca. Eu o fulmino com o olhar, mas interiormente sorrio também. Como sou complicada!

Hoje à noite, a orquestra decidiu prestar homenagem à banda sueca Abba. Uma banda que, apesar dos anos que se passaram, tem uma música que continua agradando e fazendo as pessoas dançar.

Usando um macacão prateado muito sensual e um chapeuzinho combinando, canto junto com minha colega:

You are the Dancing Queen,
young and sweet, only seventeen.
Dancing Queen,

feel the beat from the tambourine.
You can dance, you can dance,
having the time of your life...

Berta e eu nos divertimos enquanto as pessoas dançam e nós cantamos, felizes e contentes. Quando vejo Dylan apoiado em uma porta da cobertura, meu coração dispara. Ele olha para mim com tal desejo que não consigo ver mais nada senão ele.

Canto para ele, que sorri para mim, enquanto uns homens que estão a minha direita começam a me elogiar. Vejo que ele os olha, ouve o que dizem e seu sorriso desaparece.

Isso vai acabar mal!

Mas meu trabalho é divertir, cantar, rir, brincar e dançar com os passageiros, e não posso fazer nada. E, como sempre, ele aceita.

Durante vários minutos observo meu gostosão, até que ele pisca para mim, despede-se e desaparece de meu campo de visão.

Quando ele vai embora, tremo. Sinto vazio e saudades.

Meu coração bate a mil por hora enquanto canto e desejo que a apresentação acabe para estar com ele.

Nunca me aconteceu nada igual. Nunca me senti tão sozinha quando um homem não está ao meu lado, e, de repente, tomo consciência de uma coisa. Sinto-me asfixiar. Engasgar. Acabo de perceber que estou total e completamente apaixonada por Dylan.

Meu Deus, que mancada!

Hoje à noite Coral está de plantão, e, quando termina a primeira parte do espetáculo, vou atrás dela desesperada. Preciso vê-la.

Como sempre, ela sorri ao me ver. Pergunta se estou com fome, e quando respondo que sim, ela põe à minha frente uma fritada de espinafre. Enquanto conversamos, penso na melhor maneira de abordar o assunto. Não sei como falar. Tenho até vergonha! Eu, a antirromântica, a antipaixão, de repente estou totalmente apaixonada por um homem. É incrível!

Falamos de Tomás, de como ele anda chatinho ultimamente comigo, e quando acabo de comer a fritada, pergunto:

— Estou bem?

Minha amiga olha para mim e responde:

— Não. Tem alguma coisa verde nos dentes.

Sem demora, pego um *nécessaire* de emergência que Coral e eu guardamos na cozinha, abro o espelhinho e me olho. Que horror!

Pego no *nécessaire* minha escova de dentes e corro para o banheiro. Quando acabo, volto à cozinha e deixo o *nécessaire* no lugar.

Sento-me de novo diante de Coral e, olhando para ela enquanto me serve um pedaço de *cheesecake* de mirtilo, solto:

— Acho que estou apaixonada.

Ela olha para mim alucinada.

— Está de brincadeira?

— Eu juro.

— A romântica aqui sempre fui eu, e desde já lhe digo que isso não leva a lugar nenhum. Pense na data de vencimento do iogurte. Por isso, esqueça o assunto!

Concordo. Suspiro. De fato, ela tem razão. Apaixonar-se é bobagem. O problema é que, dessa vez, estou acreditando na bobagem. Meu coração se acelera.

— Não posso, Coral. Eu acordo e penso nele. Deito e penso nele. Canto e penso nele. Tomo banho e penso nele — suspiro. — Pomba, o que está acontecendo comigo?

Ela me olha. Enfia um pedaço de torta na boca, degusta-a, engole e, quando acho que vou gritar feito uma possessa, ela responde:

— Você está ferrada, amiga. — E, ao ver que cubro o rosto com as mãos, ela acrescenta: — Mas, vamos ver, você, a mulher mais liberal que conheço, que tem o coração mais blindado que a própria Casa Branca, como é que foi se apaixonar?

— Não sei. Só sei que, quando o vejo, sinto palpitações, minhas mãos transpiram e... — Deus... Deus... Deus... dizer que estou ferrada é pouco! — De fato, estou ferrada — afirmo em minha própria nuvem de algodão, e depois murmuro, sonhadora. — Ele me diz coisas lindas, me faz acreditar que entre duas pessoas pode haver mais que sexo bom. Com ele as horas são minutos, e não me canso de beijá-lo, de olhar para ele e apertá-lo...

— Mãe do céu... isso é grave!

— Muito?!

A especialista em amor olha para mim e faz que sim com a cabeça.

— Demais. Ou você termina ou mergulha de cabeça, você decide!

Suspiro. A última coisa que quero é terminar com Dylan, e menos ainda sofrer. Sinto vontade de chorar. Como isso foi acontecer? De repente, entra na cozinha o homem dos meus sonhos e solto um gemidinho enquanto sorrio como uma boba, e meu coração se acelera.

Coral olha para mim e, dando-me um puxão de cabelo, murmura:

— Pare de fazer cara de boba, tulipa.

— Não consigo. Dá para notar?

Coral enfia outra colherada de torta na boca e responde:

— Disfarce melhor seu estado de idiotia romântica ou alguém vai falar para o Rançoso, e quando ele souber vão os dois para o olho da rua.

Paro de olhar para ele, mas, sem poder evitar, minha vista volta a Dylan. Ele está apoiado em uma mesa, bebendo água. Nossos olhos se encontram. Ele sorri um pouco e pisca para mim. Que atrevido! Afasto a vista. Sinto calor, fico arfante e Coral me abana, murmurando:

— Patético... isso é patético.

Não sei o que dizer. Só sei que preciso olhar para ele de novo. Disfarçadamente, dou uma olhada ao redor, e, quando vejo que ninguém está reparando, olho e lhe dou uma piscadinha.

Meu gesto o surpreende. Ele suspira, e após deixar o copo em uma das pias, com um sorriso perigoso na boca, se encaminha a uma das câmaras frigoríficas e me faz um gesto com a cabeça.

Ora... ora... ora... ele está me pedindo para segui-lo.

O que faço? O que devo fazer?

Coral, que notou tudo, tira o prato de torta das minhas mãos, me dá uma alface que pega em um balcão e me diz com um gesto reprovador:

— Dois minutos, nem um a mais, entendeu?

Concordo como um robô.

Eu mataria para ficar trinta segundos com ele.

Com a alface nas mãos, vou para onde sei que Dylan me espera. Quando entro na câmara e fecho a porta, suas mãos me atraem para si, e, deixando a alface de lado, ele me beija. Está frio, mas seu beijo é saboroso, maravilhoso, escandaloso, pecaminoso.

— Você está linda com essa roupa, coelhinha — murmura ele, estreitando-me contra seu corpo.

Sorrio e, querendo mais, pergunto:

— Vamos nos ver hoje à noite?

Dylan fecha os olhos, pensa e responde:

— Não sei.

— Não sabe!? — exclamo.

— Amanhã chegamos a Marselha.

— E?

Sua reticência não me agrada. Sinto-me mal. Como posso ser tão estúpida? Que estou fazendo pedindo para nos vermos? Por acaso sou idiota?

Eu devia ter me calado. Decididamente, sou patética, como diz Coral. Devia esperar que ele pedisse para me ver, mas não consigo. A boca e o desejo me vencem, e resmungo:

— Tudo bem se não está a fim de me ver.

De repente, a câmara se abre e nos afastamos. É Tomás! Nossa conversa se interrompe imediatamente.

Mal-humorada, pego a alface e a deixo com as outras de sua espécie, enquanto Dylan se agacha e guarda umas cenouras.

Com o coração a duzentos por hora, saio da câmara. Coral olha para mim com cara de "Sinto muito!" e eu pisco para ela. Tomás nem sequer nos viu, e, depois de deixar sei lá o quê na câmara, ele me persegue pela cozinha:

— Como vai, linda?

Sentindo ainda nos lábios o saboroso beijo de Dylan, olho para ele e respondo:

— Bem. Correndo, como sempre, mas bem.

— Por onde anda ultimamente? Não a vejo nem na sala de descanso.

Nesse instante vejo Dylan sair da câmara frigorífica e ficar parado ao ver com quem estou falando.

Ele não gosta de Tomás, e menos ainda depois de lhe falar que já fiquei com ele. Noto seu olhar receoso, e isso me provoca. Há apenas um minuto ele acabou de me rejeitar, e estou disposta a lhe provocar ciúmes. Digo a Tomás:

— A verdade é que eu não paro, por isso você não me vê.

Colocando-se ao meu lado, o rapaz espera que um dos cozinheiros lhe entregue seu pedido e, piscando para mim, acrescenta:

— Estamos organizando uma festa para amanhã, você vem?

— Uma festa? Onde?

— No navio, quando fizermos a escala.

Ao ouvi-lo, sorrio. Tenho um encontro que não pretendo perder. Tomás pergunta:

— Você vai ter folga quando chegarmos a Marselha?

Radiante, respondo:

— Sim... até o dia seguinte às três da tarde.

— Legal! — exclama ele, e, aproximando-se mais de mim, murmura.

— O navio vai ficar quase vazio e vamos ter umas áreas só para os funcionários. Garanto que, se for à festa comigo, vai se divertir. Sei de uma suíte que vai ficar vazia, e eu gostaria de curtir seu corpo nela, se você me permitir.

Tomás não perde uma oportunidade e, pondo a mão em minha cintura, insiste disfarçadamente:

— Acho que você e eu podemos nos divertir muito... muito mesmo.

Ouço Dylan tossir. Ele não está muito longe de nós, e, incapaz de não olhar para ele, vejo Lola, uma das auxiliares, se aproximar e enfiar seus peitões GGG quase no rosto dele. Ele sorri para ela.

Vou matá-lo!

Como sempre que fico nervosa, começo a rir feito boba, e Tomás acha que é por causa dele. Animado, faz desenhinhos com o dedo em minhas costas.

Coral nos observa, e com as sobrancelhas erguidas pergunta-me em silêncio o que estou fazendo.

Irritada por causa da atenção que Dylan dedica a Lola, pestanejo como a Penélope Charmosa e pergunto a Tomás em um sussurro:

— E como você e eu nos divertiríamos?

Ele fica parado. Fica alucinado com meu tom. Sorri. Observa-me lascivo, e, aproximando-se mais de mim, sussurra em meu ouvido:

— Fazendo o que nos der vontade.

Solto uma gargalhada e ouço uma voz dizer ao meu lado:

— Onde posso arranjar um copo de suco de laranja?

Sei de quem é essa voz rouca e irritada, e fico arrepiada com sua proximidade. Sem olhar para ele, respondo:

— Na mesa ali na ponta há copos limpos, laranjas e o espremedor elétrico. Sirva-se você mesmo.

Mas Dylan não se mexe.

Continuo sentindo sua presença atrás de mim. Seus olhos devem estar me perfurando, porque minha nuca queima. Não quero olhar para ele. Eu me nego a isso, mas, então, ele diz:

— Venha comigo. Sou muito desajeitado.

Olho para ele surpresa e rio. O que ele está fazendo?

Sua expressão é de irritação, e meu riso incomoda até a mim. Por que tenho que rir em uma hora dessas?

— Ouça, colega — diz Tomás intervindo —, você pode se servir sozinho.

Dylan olha para ele com uma cara de ira que teria me deixado paralisada no lugar. Torcendo o pescoço, responde no mesmo tom:

— Ouça, colega, que tal se você fechar a boca e desaparecer?

Sua reação me impressiona. Nunca o ouvi falar assim com ninguém.

Diante de seu tom, Tomás desaparece em décimos de segundo. Que cagão!

Dou risada, mas então sinto a mão de Dylan em meu pulso. Ele me aperta. Boquiaberta, vou protestar, mas, para não fazer uma cena, sigo para onde estão as malditas laranjas. Quando chegamos, ele me solta e sibila:

— Se você está comigo, não está com ele.

— Como é?!

— Você me entendeu perfeitamente, Yanira.

Suspiro. Claro que entendi, e incomodada replico:

— Se você se lembra, há menos de cinco minutos você me disse que não queria me ver hoje, e...

— Você continua ficando com ele?

Olho para Dylan alucinada.

— Não pretendo responder a isso, entendeu?

Dylan enfia uma laranja no espremedor e, ligando-o com cara de raiva, exclama:

— Pomba!

— Pomba, o quê?

Nesse exato momento passa Lola, a miserável, a muito sem-vergonha. Depois de lhe dar um sorriso encantador, ele me diz:

— Se é para brincar, vamos todos brincar. E se é para ir à festa, vamos todos à festa.

Ora, e eu que achava que era a chula. Pergunto:

— Que idiotice é essa que você acabou de dizer?

Dylan esboça um sorriso que não me agrada nada e diz:

— Só estou dizendo que também me provocam e me convidam para ir a festas.

Como é que é?!

Ora, ora, ora, que mau humor que acabo de ganhar.

Quem é a vadia que o provocou e convidou para ir à festa? Será que foi Lola?

Ele sorri e eu faço o mesmo.

Seu sorriso, tão cheio de censuras e indiferença, me provoca. Penso no fora que ele me deu e fico com raiva. Replico, sem poder conter minha língua e meu gênio ruim:

— Se quiser, podemos os dois ir à festa. Você com quem o convidou, e eu com quem você já sabe. Aceita, menino?

Seu sorriso desaparece. Sua expressão se endurece, e ele sussurra:

— Faça o que quiser.

— Claro, não preciso de sua permissão.

— Yanira... — rosna ele enquanto aperta os punhos.

— Só quero informar — interrompo — uma vez que muitas noites seguidas comigo são uma tortura; quando quiser, podemos parar de nos encontrar. Tenho certeza de que sozinha não fico.

Tome! Para chulo, chula e meia!

Meu comentário, cheio de maldade, não lhe agrada, e, disposta a escapar do que ele tenha para responder, dou meia-volta. Mas, ao ver Lola de novo perto de nós, com fingida inocência acrescento:

— Se quiser mais suco, basta colocar mais laranjas no espremedor, e se não conseguir, Lola pode ajudá-lo, não é, Lola, você o ajudaria com prazer?

A jovem confirma com um sorrisinho. Observo Dylan se conter. Ele não me segue, e consigo escapar dele e sair da cozinha, diante da cara de alucinação profunda de minha amiga Coral.

Mas o que acabei de fazer? Como sou tão idiota?

Incrédula diante de minha própria imaturidade, volto ao salão para continuar o espetáculo. Durante outra hora e meia cantamos, dançamos e nos divertimos, e, quando termino, meu humor já não é o de antes e preciso encontrar Dylan. Assumo minha paixão e quero apagar todas as minhas palavras anteriores.

— Yanira, por onde você anda? Mal a vejo fora do palco.

Ao me voltar encontro Tony. Está superpenteado, como sempre. Respondo:

— Trabalhando. Eu não estou de férias, como os outros.

Ele sorri. É um encanto. A seguir, cochicha:

— Com esse macacão prateado, você está impressionante.

— Obrigada — respondo rindo.

— O que você e Coral vão fazer amanhã, quando chegarmos a Marselha?

Tenho que encontrar Dylan para falar de nosso encontro em Marselha. Digo a Tony:

— Para ser sincera, ainda não sei. Estamos esperando que os chefes soltem a lista de quem vai ter folga.

Ele concorda e volta a perguntar:

— Se descerem, vão sozinhas ou com alguém mais?

Afasto a franja do rosto e estou prestes a responder quando vejo Tito aparecer pela porta e fazer a Tony um sinal com a cabeça. Ele o olha, trocam um olhar, e, depois de piscar para mim, diz:

— Vou indo. Depois falamos quando nos virmos.

Com estranheza, observo-o ir. Por que ele quer saber o que vou fazer amanhã?

Durante uma hora procuro meu gostoso por todo o navio, mas não o encontro.

Ligo para o celular dele, mas ele não atende. Insisto, mas ele continua não atendendo.

Não posso ir a seu camarote, ou todo o mundo descobriria. Será que ainda está com raiva por minha falta de tato? Por fim, desisto. Ele vai ver que eu liguei, e espero que me ligue de volta. Volto a meu camarote, tiro a roupa, a maquiagem e, exausta, me deito no beliche pensando nele.

16

Diga-lhe

A chegada a Marselha é um grande acontecimento para todo o mundo.

Os passageiros estão adorando poder sair do navio e caminhar por terra firme durante algumas horas. Eu estou contente. Tenho folga e pretendo me divertir.

Olho meu celular, mas não tenho nenhuma chamada do homem que desejo. Amaldiçoo-me por minha grosseria e me convenço de que tenho que mudar esse meu jeito desafiador de falar. Dylan não é nenhum dos meus irmãos.

Deitada no beliche do camarote, penso nele. Recordar seus beijos, seus abraços, ou quando ele me chama de bebê ou de mimada me faz sorrir como uma boba e me desesperar por não ter notícias dele.

Enquanto estou jogada na cama com minha camiseta onde se lê "Troco um sorriso por um beijo", Coral está se vestindo. Ela me conhece e sabe que estou mal. Ao ver que não me mexo e que ainda não sei quais vão ser meus planos, ela me anima:

— Ande, venha conosco. Podemos visitar a cidade, e à noite, depois de jantar, vamos conhecer algumas baladas da moda. E... quem sabe?

— Quem sabe o quê?

Ela solta uma gargalhada e, sentando-se ao meu lado, responde:

— Quem sabe se conhecendo um lindo marselhês e passando a noite com ele você tira da cabeça essa bobagem de paixão.

— Não me enche, Coral.

Minha amiga ri de novo, e enquanto digita no celular diz:

— Vamos, mulher, alegre essa cara.

— Não consigo.

— Se Dylan não der sinal de vida, você pretende guardar luto por ele?

Não respondo, e ela insiste:

— Vamos, vista-se. Acabei de dizer a Rosa e a Gina que já estamos prontas. Elas vêm nos buscar em cinco minutos.

Eu cubro o rosto com o travesseiro.

O que faço? Vou com minha amiga, espero para ver se Dylan dá sinal de vida, ou fico trancada no camarote, lendo e ruminando minhas dores?

Enquanto Coral se penteia olhando-se no espelho, alguém bate na porta do camarote.

— Abra — diz ela. — Devem ser as garotas.

Desanimada, eu me levanto, fecho o botão da minissaia preta que estou usando, e ao abrir fico sem palavras ao ver Dylan mais bonito que nunca, de calça jeans, uma camisa cor de vinho e uma mochila no ombro. Ele me olha, lê a mensagem escrita em minha camiseta e diz:

— Aceito a troca.

Sorrio encantada.

— Pronta para nosso encontro? — pergunta ele.

De súbito, percebo que não estou totalmente vestida. Respondo:

— Estou ligando para você desde ontem à noite, não viu minhas chamadas?

— Sim, mas estava ocupado.

Tome! Quem é o grosso agora? Essa ele estava guardando para mim, e isso me irrita.

Tento manter meu mau gênio sob controle, e, embora seu olhar de matador continue me provocando, consigo manter a boca fechada. Minha expressão deve ser desconcertante, mas Dylan, sacana, diz me provocando:

— Se preferir ir à festa com seu amigo Tomás, por mim, sem problemas.

Pronto, ele conseguiu!

— Escute, qual é a sua?

Com um sorriso que me dá vontade de matá-lo, responde:

— Disse a mimada...

— Ouça, bonitão — levanto a voz —, eu não sei com que tipo de mulheres você está acostumado a lidar, mas eu não funciono assim, entendeu?

Seu sorriso se congela. Ele franze o cenho e apoia as mãos dos dois lados do batente da porta. É evidente que meu tom o incomodou. Ele replica:

— Escute, linda, eu é que não funciono como o resto dos moleques que babam por você. Tchau, aproveite o dia.

Observo alucinada enquanto ele vai embora.

Mas que grosso!

Quando fecho a porta do camarote, Coral, que ouviu tudo, diz:

— Você é boba?

— Não.

— Não?! — grita ela.

Tento me explicar:

— Estou tentando falar com ele desde ontem à noite e...

— E isso tem importância?

— Para mim, tem. — E sem levantar a voz, para que ninguém nos ouça, continuo: — Não quero que ele ache que estou babando por ele. Senão, vai pensar que é só estalar os dedos que vou correndo.

Coral sorri; aproximando-se de mim, murmura:

— E vai mesmo, Yanira. Você mesma me disse que está apaixonada, e contra isso, acredite, não se pode lutar.

— Pomba... merda... pomba... — cubro os olhos.

Como pude chegar a esse ponto?

— Sinceramente — afirma Coral, a entendida —, você está perdida. Não percebe?

Percebo, claro que percebo. Mas, irritada, me levanto e digo:

— Ele que se dane, e como diria meu irmão Garret, que a força esteja com ele! Vou com você visitar a cidade e arrumar um belo marselhês.

Coral, que além de louca é a mulher mais sábia do mundo, sorri e, sentando-me na cama para que eu me acalme, diz:

— Ele é seu plano A. Eu sou seu plano B. Pense bem.

— Não diga bobagem. Você sempre é meu plano A — suspiro incomodada.

Tê-lo visto tão bonito e pronto para seu encontro comigo me deixou desconcertada.

— Sim, assim como você é para mim. Mas, pense, ele é seu plano A Superplus com final feliz e veio buscá-la, linda. Você e eu somos amigas e seremos sempre, mas, agora, vá atrás dele!

— Não.

Ela pega minha mão e, puxando-me para me levantar, diz:

— Merda, Yanira. Dylan enlouquece metade das mulheres do navio e você está apaixonada por ele. Esse morenaço veio atrás de você, não delas, e você vai e lhe joga um balde de água fria. Vai me dizer que você não vai ficar louca se ele sair com outra qualquer?

Só de pensar nisso fico irritada.

Só de imaginar fico louca, e, por fim, respondo, cabisbaixa:

— Eu disse que não e ele foi embora, e...

— Saia agora mesmo daqui e vá procurá-lo, ou juro que vou eu atrás dele e passo o dia com Dylan em Marselha — provoca Coral.

— Você seria capaz?

— Por um cara com essa bunda, esses olhos e esse corpão, sou capaz de muitas coisas, menina — afirma ela.

Sorrio divertida com seu comentário, e nesse momento batem de novo na porta.

— Esconda-se aí atrás — cochicha Coral. — Vou dizer a Rosa e a Gina que você já saiu. E faça o favor de se divertir, ou juro que se voltar e me disser que não o encontrou, mato você!

Mas, quando abre, Coral fica calada e sai do quarto sem fechar a porta. Ouço-a cochichar:

— Trate-a bem.

Fico atônita ao ver Dylan entrar no camarote. Ele fecha a porta, e ambos nos olhamos sem dizer nada, até que ele deixa a mochila no chão e, dando um passo para mim, diz:

— Nunca, em meus 37 anos de vida, mulher nenhuma me tratou como você, nem me fez sentir o que você me faz sentir, mimada. Mas acabo de dar dois passos: um para voltar a seu camarote e outro para me aproximar de você. Não sei por que fiz isso, mas o caso é que aqui estou e não quero sair sozinho.

Galante como sempre... Sua veia romântica me agrada cada vez mais.

Meu coração bate enlouquecido. Ambos estamos na mesma espiral de sentimentos, e, dando um passo para ele, eu me aproximo, jogo meus braços em seu pescoço e murmuro:

— Nunca, em meus 26 anos de vida, nenhum homem falou comigo como você, nem me fez sentir o que você me faz sentir. Mas acabo de dar dois passos: um para me aproximar de você e outro para abraçá-lo. E quero que você saiba que se você não houvesse voltado, eu ia sair para procurá-lo, porque não quero ficar sem você.

Meu Deus, desde quando tenho essa veia romântica também?

Ele balança a cabeça...

Eu balanço a cabeça...

E, por fim, meu morenaço diz:

— Acho que estou apaixonado, Yanira. Não consigo parar de pensar em você.

Eu concordo...

Ele concorda...

E, feito boba, respondo:

— Eu também. Acho que estamos os dois apaixonados.

Dylan sorri, e, aproximando sua boca da minha, murmura:

— Eu desejo você.

Ele me beija. Com paixão, enfia a língua em minha boca e faz amor com ela. Eu me agarro a ele com desespero e me aperto contra seu corpo. Saber que, no mínimo, ele sente a mesma louca necessidade que eu me reconforta, e gosto disso.

E quando vou começar a desabotoar a camisa dele, ele sussurra contra meus lábios:

— Desculpe não ter atendido a suas ligações.

— Não importa.

Nada importa. Só me importa estar com ele, beijá-lo, que ele me beije, que me toque e me deixe louca. Ao nos mexermos em meu minúsculo camarote, ouve-se uma batida. Dylan se encolhe e diz:

— Acho que acabei de abrir a cabeça.

— Não brinque — digo, olhando rapidamente o lugar que ele está tocando na cabeça.

Por sorte, vejo que não é nada grave, um galo, no máximo. Beijando com carinho sua cabeça, digo:

— Deite em minha cama.

Ele nega e responde:

— Vamos sair daqui.

— Para onde?

— Você está livre até amanhã às três, não é?

— E como você sabe?

Dylan sorri e murmura, abraçando-me:

— Tenho minhas maneiras de saber tudo que eu quero. — A seguir, ri. — Ouvi você dizer a Tomás.

— Até quando você está livre? — pergunto.

— Até a mesma hora.

Sorrio, e após me beijar meu morenaço murmura em minha boca:

— Adorei a mensagem de sua camiseta.

— É a camiseta da reconciliação — informo.

— Hum... Agora gostei ainda mais.

Solto uma gargalhada, e ele volta a me beijar. Quando se afasta de mim, diz:

— Eu conheço Marselha, já estive aqui várias vezes. Pegue pouca roupa, não vai precisar. E, por favor, não troque a camiseta.

Dengosa, pergunto:

— Aonde você pretende me levar?

Depois de afastar uma mecha de cabelo dos meus olhos, ele sorri e murmura:

— A um lugar melhor que este, com uma *jacuzzi* maravilhosa para dois e uma cama divina, onde vamos conversar e curtir 24 horas de sexo. Você e eu.

— Minha mãe do céu, estou louca para chegar — respondo.

Ele acrescenta:

— Além disso, degustaremos uma deliciosa *bouillabaisse*, sabe o que é?

Nego com a cabeça, e ele explica:

— É a sopa tradicional de Marselha, feita com vários peixes. Você vai gostar.

— Ok.

— Depois, vamos comer um delicioso ensopado, regado com um bom vinho, e de sobremesa, um maravilhoso suflê de Grand Marnier. Quando acabarmos, vou despi-la, e, durante horas, dar-lhe todo o prazer que sou capaz de dar. O que acha do plano?

— Maravilhoso — rio, divertida e excitada.

Minha reação deve lhe agradar, porque, dando-me um beijo rápido, ele me apressa:

— Ande, vamos embora!

Coloco rapidamente algumas coisinhas na mochila enquanto ele me observa, mas, de repente, paro e digo:

— Tudo isso que você planejou parece caro. Vamos rachar, está bem?

— Não — responde ele, risonho. — Eu convidei e eu pago.

— Dylan — protesto —, não seja bobo. Podemos dividir e...

Sua boca cobre a minha, e depois de um beijo devastador que me faz querer já estar nesse hotel de que ele falou, Dylan diz:

— Chega de perder tempo.

Disfarçadamente, a poucos passos um do outro, descemos do navio. Uma vez em terra, Dylan pisca para mim, e o sigo até que nos perdemos pelas ruas de Marselha. Quando chegamos a uma rua muito movimentada, ele pega minha mão com força e, olhando para mim, pergunta:

— Posso?

Concordo, divertida, e então, levando minha mão à boca, ele a beija.

Ah... que romântico e cavalheiro ele é!

Toca o celular dele. Ele olha e desliga. Não pergunto. Intuo que não devo.

Passeamos pela cidade, e eu me surpreendo ao ver como ele a conhece bem. Quando pergunto, ele diz que esteve ali mais vezes com outros navios. Seu celular volta a tocar. Ele faz um gesto com a mão para que eu espere, e, afastando-se alguns passos, atende. Eu observo o lugar. É uma rua encantadora, com vários restaurantes. Quando ele volta, pega minha mão de novo, e, ao ver sua expressão, pergunto:

— Tudo bem?

Ele assente, me beija e diz:

— Quando estivermos no hotel, você e eu sozinhos, tudo vai ficar ainda melhor.

— Onde estamos?

— No bairro Saint-Victor.

Caminhamos alguns metros mais. Fico sem palavras ao ver que entramos em um edifício com aparência de caro. Um desses hotéis onde até para respirar se tem que pagar.

Isso me assusta. Nenhum de nós dois ganha um salário impressionante. Cochicho:

— Dylan, você vai deixar metade do salário neste lugar. Está maluco?

Mas meu morenaço sorri e responde:

— Calma. Tenho um amigo, Garson, que trabalha aqui, e sempre que venho a Marselha ele me arranja um quarto a um preço maravilhoso. Não se preocupe, eu posso pagar. Agora, só quero que você aproveite.

Espantada, agora sou eu quem pega a mão dele para entrar no hotel impressionante. Caminhamos para a recepção, e, ao passar por um sofá redondo e cercado de flores, Dylan, beijando minha mão de novo, diz:

— Espere-me aqui.

Meio inibida por conta do luxo que nos cerca, faço o que ele me pede. Sento-me no sofá macio e aveludado enquanto o observo ir até o balcão. Uma vez ali, vejo que um jovem se aproxima e ele o cumprimenta com familiaridade. Imagino que deva ser seu amigo Garson. Depois de conversar alguns minutos, eles se despedem com um aperto de mão. Mostrando-me um cartão dourado que o amigo lhe entregou, meu morenaço se aproxima e diz:

— Está pronta para se divertir?

Saímos do elevador no último andar e percorremos um luxuoso corredor até chegar diante de um quarto.

— Escute... não vamos nos meter em confusão por estar aqui? — pergunto.

Dylan sorri e cochicha:

— Fique tranquila, está tudo sob controle.

Ele abre as portas, e entramos em um lugar incrível. Modernismo e minimalismo em estado puro. Vejo uma cama redonda com lençóis pretos e uma *jacuzzi* também redonda. É o que em minha terra chamamos de "matadouro".

Com os olhos arregalados, eu me aproximo da enorme *jacuzzi* e me surpreendo ao ver umas pétalas de rosa vermelhas e brancas flutuando na água, e, ao lado, um balde de gelo com vinho branco.

— Meu amigo deixou tudo preparado.

Sorrio encantada e aceito a taça de vinho que ele me oferece. Depois de beber um gole, eu me aproximo de Dylan e o beijo.

Adoro beijá-lo. Sua boca é suave, doce, maravilhosa.

Degusto seus lábios e permito que ele morda os meus. Nossa respiração se acelera. Ambos sabemos por que estamos ali e o que desejamos.

— Não quer comer alguma coisa antes?

Nego com a cabeça, e, sem afastar minha boca da sua, respondo:

— Vou começar com você, depois comemos a sobremesa.

Minhas palavras o fazem rir. Depois de tirar a taça de minhas mãos e deixá-la em cima de uma mesa, ele me pega e abraça, e nosso beijo apaixonado nos excita cada vez mais. Ele me levanta e eu enrosco as pernas em sua cintura. Quando o desejo parece que vai me devorar por dentro, murmuro, olhando a *jacuzzi*:

— Que tal se a experimentarmos?

Dylan me deixa no chão e se encaminha para sua mochila, de onde tira um CD. Mostra-o para mim, dá uma piscadinha e eu sorrio. Sei que ele vai pôr a canção que escutamos mil vezes. *Till the cops come knockin'*, do Maxwell.

Ainda recordo a última noite que dançamos na coberta do barco, com um fone de ouvido cada um, enquanto tocava essa canção. E recordo a voz de Dylan me dizendo: "Um dia, vamos fazer amor tranquilamente com esta canção".

Ouvem-se os primeiros compassos da melodia, enquanto Dylan olha para mim com luxúria. Pega a taça de vinho, senta-se na cama e murmura, surpreendendo-me:

— Seduza-me, coelhinha.

— Quer que eu o seduza? — repito, em pé diante dele.

Dylan concorda, e com voz rouca, apontando um sofá branco que fica à direita da *jacuzzi*, diz:

— Tire a roupa. Sente-se aí e seduza-me, deixe-me com tesão.

Suas palavras me deixam a mil. A coelhinha entra em ação. Com meu olhar mais safado, pego de novo a taça de vinho e me encaminho ao sofá. Chegando ali, volto-me, olho nos olhos dele e sorrio. Dylan bebe e sorri também. Deixo a taça no chão e tiro os sapatos. Incitante, olho-o de novo e tiro a camiseta de que ele tanto gostou, ficando só de minissaia preta e sutiã. Sem saber bem o que fazer, decido me deixar levar pela música e me aproximo dele. Peço:

— Abra o botão da minha saia.

Dylan abre, e quando a saia cai ao chão e ele vai me tocar, impeço-o com um tapinha. Ao ver sua expressão séria, repreendo-o:

— Não... você me pediu para seduzi-lo e deixá-lo com tesão.

Ele sorri, e eu, dando meia-volta, retorno ao sofá rebolando. Sei que ele olha para minha bunda, de modo que me agacho e pego a taça de vinho no chão lentamente, para lhe dar uma visão melhor dessa parte de mim. Sou uma descarada!

Bebo outro gole de vinho e, sem olhar para ele, agacho-me de novo para deixá-la no chão, expondo outra vez minhas nádegas a seus olhos.

Volto-me, só de calcinha e sutiã, e sem demora tiro as duas peças enquanto mexo os quadris como quando faço dança do ventre. Deixo-o maluco. Isso ele não esperava. Já nua diante dele, pego a taça de vinho no chão e me sento no sofá.

— Já fiz duas das quatro coisas que você me pediu — digo. — Por enquanto, tirei a roupa e me sentei. Agora, vou seduzi-lo e deixá-lo com tesão.

Dylan bebe, e percebo que sua testa está suada. Ele está ficando nervoso, e, disposta a deixá-lo com o coração disparado, abro as pernas com descaro e me acaricio entre elas, sorrindo diante de seu olhar lascivo.

Durante um tempo, minhas mãos deslizam por meu corpo. Aperto meus seios, brinco com meus mamilos, abro minha vagina, chupo meu dedo indicador e me dou prazer. Dylan não tira os olhos do que estou fazendo, até que pergunto:

— Você se excita ao me ver me acariciando na sua frente?

— Sim. Seu despudor me excita.

Prossigo, adorando, e murmuro:

— O que você acha de se aproximar e fazer isso por mim?

Por um instante, acho que ele vai se levantar e vir ao meu lado, mas, depois de beber mais um gole, ele nega com a cabeça e murmura com intensidade:

— Deixe-me com mais tesão.

Isso me deixa nervosa. Eu nunca fiz nada parecido para alguém sem tocá-lo.

O normal é entrar com alguém em um lugar e rapidamente passar as mãos e ficar no ponto, mas o que Dylan me pede é muito excitante, e tento lhe dar corda.

Deixando-me levar de novo pela música, fecho os olhos e tento seduzi-lo, enquanto me toco e curto. De repente, lembro-me de minha taça de vinho e a pego. Bebo um gole. Sorrio. Levanto-me, sento na beira da *jacuzzi* e enfio o dedo anelar na taça. Olho para Dylan e, sem afastar os olhos desses olhões castanhos que me deixam louca, levo o dedo úmido de vinho ao clitóris e me acaricio. Rebolo. Huuummm... que prazer! Sorrio. Sentir o olhar ardente de Dylan é excitante, erótico, sugestivo, sensual. Incapaz de ficar calada, pergunto:

— O que você gostaria de fazer?

Ele, enfeitiçado com o que estou fazendo, esboça um sorriso travesso e responde:

— O que você quiser, mimada.

Quando ele me chama assim, me deixa louca. Sou muito boba! Continuo me tocando, mas Dylan não sai do lugar. Disposta a saber mais sobre ele, pergunto enquanto prossigo:

— Você já fez a três?

Ele me olha um instante com estranheza, e depois responde:

— Sim.

Isso não me surpreende em um homem como Dylan, e então ele pergunta:

— E você?

— Sim.

Minha resposta o faz franzir o cenho. Ora... ele é dos antigos. Ele pode, mas eu não. Isso me faz rir. Olho para sua virilha e a vejo tensa debaixo da calça. Sei que essa conversa o excita, então, insisto:

— Duas mulheres e você, ou um homem, uma mulher e você?

— Os dois.

— E dois homens e você? — provoco.

— Não — afirma ele, categórico. — Já disse que sou heterossexual.

Concordo e sorrio.

— E você? — pergunta Dylan.

Sem parar de me tocar com descaro, respondo:

— Dois homens e eu, e outra vez uma mulher, um homem e eu.

Sua expressão é séria. Agora não sei se ele está excitado ou incomodado. O silêncio nos envolve, e finalmente pergunto:

— Você tem algum brinquedinho sexual aqui?

Ele nega com a cabeça, e eu me levantando, pego minha mochila, pego o *nécessaire* e lhe mostro meu brinquedo preferido.

— Este é Wolverine. Ele e eu passamos muito bons momentos juntos, e tenho certeza de que me ajudará a seduzi-lo e deixá-lo com tesão. E, especialmente, a apagar essa cara feia.

Ele não sorri. Continua com cara de bravo.

Por que os homens reagem tão mal a uma mulher que fala com clareza sobre sexo?

Quando vão perceber que o mundo mudou e evoluiu?

Sei que minha conversa e meu brinquedinho o surpreenderam, como ele me surpreendeu com essa história de seduzi-lo. Sentando de novo na beira da *jacuzzi*, desta vez com as pernas fechadas, verto o vinho de minha taça sobre meu monte de Vênus e depois abro as pernas para que ele possa ver o líquido escorrer por meu sexo. Ele me devora com o olhar. É isso que eu quero, que me devore e deixe de bobagem.

Quando consigo ter sua atenção totalmente centrada em mim, decido ir para o sofá e me sentar, certa de ser uma grande estrela do sexo.

Coloco os pés no assento e ligo o vibrador. Olhando para Dylan, murmuro:

— Quer que eu lhe fale de minhas experiências?

— Não.

Essa rápida resposta me faz sorrir. É evidente que certas coisas são insuperáveis para alguns homens. Ciente de seu olhar e de que não quero estragar o momento, decido atendê-lo. Não vou falar do que ele não quer ouvir. Disposta a continuar nosso estranho jogo, explico:

— Este aparelhinho, no um me aquece... me prepara.

E, enquanto falo, coloco a ponta do vibrador rosa no umbigo, e, sem parar de olhar para Dylan, vou descendo até chegar ao centro de meu desejo, úmido de vinho branco. Uma vez ali, massageio o interior de minha vagina durante vários minutos, até que aumento a potência e murmuro:

— No dois, o calor começa a se apoderar de meu corpo.

Continuo me massageando, enquanto Dylan não consegue afastar os olhos de mim. Adorando, murmuro:

— No três é o ponto exato no qual meu orgasmo começa a se formar e me deixa louca. É terrivelmente prazeroso.

Fecho os olhos e me concentro no que busco e desejo. Esse calor, esse velho amigo, começa como sempre por meus pés e lentamente sobe pelos joelhos, pelas coxas, fazendo-me morder os lábios.

— No quatro — suspiro —, o prazer é imenso, colossal, abrasador. Só uma penetração possessiva e profunda pode igualá-lo.

Meu vibrador zune, e meu clitóris já está inchado e palpitando, do jeito que eu gosto. O prazer me deixa louca. O calor sobe pelo meu estômago, e quando chega à garganta suspiro de novo e murmuro:

— Sim... Ah, sim...

Curto minha sexualidade enquanto, de rabo de olho, vejo Dylan se levantar e se aproximar de mim. Ele se despe. Sua ereção é enorme, mas, quando vai me tocar, peço:

— Agora não, por favor... Dê-me um segundo.

Não quero que ele me toque.

O clímax está prestes a chegar, e quando meu corpo fica tenso e eu grito, extasiada, Dylan se agacha e me beija, enquanto eu aperto as pernas e me sacudo de prazer.

Vejo em seus olhos a loucura do momento. Ele tira o vibrador de minhas mãos, deita-se sobre mim, e, enquanto minha vagina se contrai com os espasmos do orgasmo, ele se enfia entre minhas pernas e me penetra sem contemplação.

Ah, sim!

O prazer é imenso, colossal, incrível, e ainda mais quando olho para Dylan e o vejo fechar os olhos ao sentir o interior de minha vagina sugando-o. Ele se introduz mais e mais em mim.

Sim!

Mas Dylan quer mais, e, ajoelhando-se em cima do sofá, ele me pega pelos quadris e me atrai para si várias vezes. Quando me arqueio para dar mais entrada a seu pênis e grito, Dylan morde meu lábio inferior e, quando o solta, murmura:

— Assim... assim que eu quero ver você curtir hoje o dia todo.

E assim é. Como um Deus do Olimpo, ao longo do dia ele me possui várias vezes. Fazemos amor duas vezes na *jacuzzi*, na cama, no chão, encostados na parede, no chuveiro espaçoso. Ambos somos insaciáveis, duas feras do sexo, e, quando às duas da madrugada paramos, estamos famintos e sedentos. Dylan chama a recepção, e minutos depois chega comida e bebida. Precisamos recuperar as forças.

Nunca passamos tanto tempo juntos, e a curiosidade nos domina. Enquanto comemos na cama, interessamo-nos um pelo outro. Eu pergunto sobre sua viagem à Antártida e Dylan me fala dele, até que diz:

— Conte-me alguma coisa de sua vida.

— Trabalhei em uma creche. Adoro crianças. Acho que são mágicas, e trabalhar com elas é demais. Mas a crise obrigou os donos a cortar pessoal, e fui uma das demitidas. Então, decidi me dedicar à música e fazer o que gosto. Arranjei emprego como cantora em um hotel em Tenerife, até que Coral me falou do navio e larguei tudo para viver essa aventura com ela.

— E sua família? Como são eles?

Pensar neles faz meu semblante se iluminar. Explico:

— São agitados, divertidos e às vezes meio loucos. — Dylan sorri, e eu prossigo. — Minha casa, bem, a casa dos meus pais, é um caos permanente. Em apenas 75 metros quadrados vivem oito pessoas, dois cães e um pássaro. Vovó Nira, mãe de minha mãe, é a típica avó que fica beijando você o dia todo e faz comidas maravilhosas. Vovó Ankie é mãe de meu pai, mas não podemos chamá-la de vó! Ela quer que a chamemos pelo nome. Diferente de vovó Nira, Ankie não cozinha nem dá beijos. Ela toca guitarra em uma banda de rock com umas amigas. Chama-se Aangevallen, que significa Atacadas.

— Sua avó toca guitarra?

— E você nem imagina como toca bem. Perto dela, o AC/DC é fichinha — brinco, e meu morenaço solta uma gargalhada. — Depois vem meu pai. Um holandês alto, loiro, branquinho e detalhista. É um trabalhador nato e adora todos nós de uma maneira incrível. Minha mãe e ele têm uma das maiores e mais famosas lojas de suvenires de Tenerife. Minha mãe é uma nativa encantadora e divertida. Fala pelos cotovelos, e se você não a detém ela o deixa louco. É uma mulher muito familiar e, junto com meu pai, cuida de todos nós. Meus irmãos são outra história. Garret e Rayco são gêmeos. Garret é um nerd fanático por *Guerra nas estrelas* em um nível preocupante. Ele costuma falar usando frases dos filmes, como, por exemplo: "Quem quer saber o grande mistério da força tem que estudá-la em todos os seus aspectos".

Dylan solta uma gargalhada; prossigo:

— Rayco é o Don Juan da família. Não há nativa ou turista que resista a ele, nem confusão em que ele não se meta por uma mulher. E depois vem Argen — suspiro ao pensar nele. — É o mais velho e o melhor irmão do mundo, e sou muito ligada a ele. É um grande lutador, e não só porque criou sua própria empresa de cerâmica, mas porque desde pequeno trava sua própria batalha contra a Tia Betty, que é como o pessoal da comunidade diabética chama o diabetes. Ele consegue levar uma vida totalmente normal, apesar de seu problema. E, por último, a cadela de papai, Pisiosa, que é uma comedora incansável de meias e de tudo que encontrar; o cão de Garret, Chewbacca, que nós achamos que é gay, porque só quer montar os machos; e o passarinho de minha avó Nira, que é fêmea e se chama Jesusina.

— Tudo isso em 75 metros?

Confirmo divertida e respondo:

— E isso sem contar os amigos de meus irmãos ou os meus, que sempre andam por ali. O que você acha?

— Incrível — murmura ele, espantado.

Divertida, observo sua expressão de espanto e digo:

— E você? O que me conta de sua família?

Vejo que a pergunta o incomoda. Depois de beber da taça que está ao seu lado, ele toca a chave pendurada em seu pescoço e responde:

— Minha mãe morreu há dois anos. Ela se chamava Luisa e era maravilhosa.

Sinto seu pesar. Ele me falou de sua mãe em diversas ocasiões. Sussurro:

— Lamento, Dylan.

— Anselmo, meu pai, é meio rígido e às vezes intratável, mas quem o conhece o ama. Mas, não vou mentir, não é fácil chegar a conhecê-lo. — E esboçando um sorriso que me toca a alma, ele continua. — Ele adorava mamãe, mas se divorciaram duas vezes e se casaram três. Ela era a única que conseguia fazê-lo entender as coisas, e, embora discutissem, ela não se deixava dominar por ele, e no fim conseguia que fizesse o inimaginável.

Acaricio seu rosto com carinho, e ele, com um expressão de sofrimento, murmura:

— Se você não se importar, prefiro não continuar falando de minha família.

Eu me importo, quero saber coisas dele, mas não insisto. Ainda perdura em seu rosto a dor que ele sentiu ao falar da mãe. Aproximando-me, dou-lhe um beijo. Quero que ele me sinta perto. Deduzo que consigo ao ver como ele responde, e, depois de muitos beijos quentes e doces, sussurra:

— Adoro sua pele delicada.

Balanço a cabeça, encantada. Olho nossos corpos abraçados. Ele com sua morenice de mulato de Porto Rico e eu com minha brancura holandesa.

— E eu gosto da sua, é muito suave.

— Você já esteve com um homem como eu?

— Não. Você é o primeiro. — E, rindo, acrescento. — Mas, a partir de agora, posso afirmar que o mito que corre entre as mulheres sobre os mulatos é verdadeiro!

Ambos rimos, e então ele pergunta:

— Quantas vezes você transou a três?

Sua pergunta me pega desprevenida, especialmente porque antes ele não quis continuar falando disso. Respondo:

— Uma ou outra. Também não sou especialista em *ménage à trois*. Fui a alguns bares de *swing* com um amigo, mas...

— Que amigo?

— Um italiano que eu conheço, e...

— Que italiano? É do navio?

Surpresa com o interrogatório, sorrio e explico:

— Não. Francesco mora em Portofino e...

— Você se divertia com ele?

Ele não me deixa terminar as frases, e essa última pergunta me deixa louca. Quando vou responder, ele diz antes de eu poder abrir a boca:

— Você disse que nunca fez sexo anal. Como pôde fazer *ménage à trois*, então?

— Transar com dois homens não significa ter que fazer sexo anal — respondo. — Há beijos, carícias, penetrações e brincadeiras, muitas brincadeiras. Sempre nos divertimos sem chegar a esse tipo de sexo.

Dylan concorda. Por sua expressão, vejo que ele não vê graça no que ouve. Pergunto:

— Qual é o problema?

— Pô, você tem 26 anos! — exclama. — Não posso esquecer.

— E daí?!

— Daí que você tem que experimentar as coisas, e, quer eu goste ou não, você é muito nova para mim.

Sua resposta me surpreende. Não entendo por que ele diz isso. Pergunto:

— Você não curtiu transar a três?

— Sim.

— A idade influenciou para curtir ou para que esse tipo de experiência o atraísse?

Depois de pensar uns instantes, ele responde:

— Não.

— Então, qual é o problema?

Meu moreno crava seus olhos impactantes em mim, e, com uma seriedade que me excita e me deixa fora de órbita revela:

— O problema é que eu nunca poderia dividir você com ninguém. Você, não.

Alucinada pelo que ele disse, pergunto com um fio de voz:

— Por quê?

Vejo em seu olhar algo que não havia visto até então. Pegando a taça de vinho, ele diz, depois de beber um gole:

— Porque o que é meu é só meu.

Eu rio. Desde quando sou dele?

Vejo que meu riso o incomoda. Incapaz de disfarçar, esclareço:

— Não estou rindo de você. É que, quando fico nervosa, rio sem querer.

— Não é uma boa hora para isso, não acha?

Concordo.

Esse riso involuntário sempre me criou problemas. Na escola, nos empregos, com meus pais.

Tentando fazê-lo relaxar, murmuro, aproximando-me:

— Eu sou humana, tenho mil defeitos. E esse é um...

— Você também é mimada — afirma ele.

— Se você está dizendo...

— E muito atrevida para quem tem só 26 anos, não acha?

Suspiro e respondo:

— Sou adulta, Dylan, e...

— E esse italiano, quem é?

Ao pensar em Francesco, sorrio, e dando de ombros, respondo:

— Um amigo que me ajudou a abrir a cabeça e entender o que é curtir o sexo, sozinha ou acompanhada.

— É alguém especial para você?

— É meu amigo — insisto —, e espero vê-lo quando atracarmos em Gênova.

Dylan olha para mim fixamente, e apertando o copo replica, deixando-me pasma:

— Espero que não o veja.

Isso fere meu orgulho. Quem é ele para dizer algo assim?

— Quanto a Francesco, acho que...

— Não me interessa nada dele, Yanira. Só me prometa que não vai vê-lo.

Indignada, replico:

— Você me perguntou dele, e...

— Já disse que não me interessa saber do cara de Portofino.

Incomodada com sua atitude, dou um soco na cama e sibilo, furiosa:

— Quer fazer o favor de me deixar terminar uma frase? Pomba! Que mania de me interromper, como se só você pudesse falar!

Minha reação o surpreende, e ficamos calados. Como diria minha avó: "Acabou de passar um anjo".

Dylan se levanta da cama e caminha para a janela. Está contrariado. Eu também. Os sentimentos que fervilham dentro de mim me asfixiam, mas não quero ficar irritada. Eu me recuso. Quero aproveitar o tempo que passarmos aqui. Então, pego minha camiseta, visto-a, levanto-me, e me aproximo dele. Dou-lhe uma cutucadinha nas costas para que ele olhe para mim, e quando se volta digo:

— Acabei de pôr a camiseta da reconciliação.

Seu olhar muda, e ele sorri. Eu também, e por fim nos beijamos. Quando ele afasta seus lábios maravilhosos dos meus, murmura com carinho:

— Desculpe.

Encantada, respondo:

— Está desculpado, mas saiba que não gosto nada dessa atitude de macho. Você deu a entender que é muito possessivo.

Dylan concorda. Não nega, ao contrário, sussurra:

— Minha mulher é só minha. Não tenha a menor dúvida disso.

Sou sua mulher?! Rio de novo, e ele, incomodado, vai para o banheiro. Saco... merda... essa minha risadinha... Vou atrás dele. Está escovando os dentes. Abraço sua cintura por trás e me apoio nele enquanto o olho pelo espelho. Este homem é glamoroso até escovando os dentes.

Quando ele acaba, pergunto:

— Você disse isso porque me considera sua?

— Sim — responde ele sem hesitar nem um segundo.

Dylan sai do banheiro, e eu fico plantada ali. Mas... Mas... que negócio é esse de eu ser dele?

Disposta a continuar falando disso, sigo-o até o quarto, e enquanto ele põe música, de costas para mim, pergunto:

— E desde quando sou sua?

Voltando-se para olhar para mim, ele responde, deixando-me sem fala:

— Aos meus olhos, você foi minha desde o momento em que a vi no Starbucks com sua amiga. Em minha mente, você é minha desde que trabalhava na cozinha e eu a vi sorrir. Em minha cabeça, você é minha desde que provei o chantili de sua boca aquele dia que você caiu. Em meu coração, você é minha desde que, como uma leoa, fez amor comigo no depósito. E em minha vida, você é minha desde que hoje a tive para mim e me dei conta de que é minha mulher.

Pestanejo. Suspiro e respiro fundo.

Meu Deus, como ele é doce!

Sem que eu possa evitar, passam por minha mente todas as comédias românticas que vi na vida com Coral, que me faziam rir. Viva o amor! Esses homens que aparecem nesses filmes existem, e eu tenho diante de mim o mais bonito e *sexy*.

Ele espera minha resposta, e, como sempre, eu rio. Como sou imbecil!

Dylan revira os olhos, desesperado. Eu não tenho essa veia romântica, então, pulo em seu pescoço, fico pendurada nele e digo:

— Você é meu, e meus beijos de chocolate, morango ou de qualquer sabor que quiser são e sempre serão para você.

Pelo amor de Deus, que breguice! É de matar.

Mas vejo que ele gosta, porque sorri, e eu acrescento:

— Nunca fui romântica, Dylan. Mas quero que saiba que me encantei com você desde o primeiro momento em que o vi. O que você me faz sentir me assusta porque nunca acreditei no amor. Mas não posso negar que gosto de escutar as coisas lindas que você me diz e que não quero deixar de sentir o que isso me provoca.

Sim... sem dúvida, isso foi melhor que a breguice dos beijos de chocolate.

Olhamos um para o outro...

Eu tremo...

Tenho medo do que acabo de dizer. Nunca aceitei uma relação assim, mas o medo se dissipa quando meu morenão sorri e aproxima sua boca da minha.

Ele me beija com delírio, com paixão, com loucura, como só ele sabe fazer. Morde meus lábios com deleite, deixando-me louca, e sem se afastar de minha boca murmura:

— Mimada.

Concordo. Pela primeira vez na vida, aceito que sou mimada e que me apaixonei. E desejosa de meu maior capricho, roço meu nariz no dele e sussurro, dengosa:

— E agora, quero que você faça amor comigo, que me beije com sua boca maravilhosa, que me diga coisas bonitas, românticas e doces, e que me faça passar pelas seis fases do orgasmo.

— Seis fases do orgasmo?

Faço que sim com a cabeça, beijo-o e respondo:

— Já lhe explico quais são.

Não preciso dizer mais nada.

Ambos estamos nus, e apoiando-me na parede ele segura minha bunda com uma das mãos, enquanto com a outra guia a ponta de seu pênis já ereto até o centro de meu úmido desejo e murmura:

— Vamos fazer amor do jeito que você pediu. Vou beijá-la até deixá-la sem fôlego, e direi todas essas coisas bonitas e românticas que você provoca em mim, mas não tire os olhos de mim. Quero ver suas pupilas se dilatarem por mim e para mim durante essas seis fases do orgasmo.

Uuauuu! Ele é demais!

Se há algo nele que me deixou apaixonada foi essa sensualidade que ele põe em tudo que faz ou diz.

Dylan começa a dizer coisas incríveis que nunca ninguém me disse, e eu olho para ele. É gostoso. Olhamo-nos fixamente nos olhos, e, de fato, vejo que suas pupilas se dilatam, e imagino que as minhas também.

Quando sua ereção dura e gostosa está toda dentro de mim, ele retrocede e, abrindo-me mais, diz com voz grave:

— Quero mais profundidade, posso?

Concordo. Claro que pode... Mas, quando ele entra fundo, dou um pulinho. Ele para e pergunta:

— Dói?

Volto a concordar, mas quando ele vai retroceder eu o detenho e exijo:

— Continue.

— Não quero machucá-la, querida.

— Não machuca —suspiro, com um fio de voz. — É uma dor prazerosa. Uma dor estranha. Continue. Não pare, sou sua. Sua coelhinha. Sua mimada. Não me deixe assim.

Minhas palavras reconhecendo sua posse o enlouquecem. Vejo em seu olhar. Com cuidado, Dylan leva os quadris à frente para entrar de novo pouco a pouco, e meu corpo se abre para recebê-lo, enquanto ele continua me dizendo coisas maravilhosas. Que prazer!

— Não se mexa nem um milímetro — sussurro com a voz estrangulada.

Ah, Deus. Estou na fase seis, a homicida! Se ele se mexer, eu o mato.

Dylan concorda, e durante alguns instantes o interior de minha vagina treme. Suga-o. Acopla-se a essa extrema penetração que nunca experimentei antes, e então sou eu quem se mexe e exige que ele o faça também.

Ao ver que minha atitude mudou, meu morenaço se mexe. De início com cautela, mas, depois de alguns segundos, com mais força. Estou aprisionada contra a parede; suspiro extasiada ao receber suas investidas, secas e enlouquecedoras. Ele faz amor comigo do jeito que lhe peço com o olhar. Eu me entrego a ele do jeito que seus olhos pedem que me entregue. E quando o vejo morder o lábio inferior, fechar os olhos e jogar a cabeça para trás, acho que vou morrer de prazer.

Sem descanso, ele me possui e eu o possuo.

Pertencemos um ao outro.

Curtimos nossa loucura até chegarmos ao clímax juntos, e ficamos extenuados, mas felizes, nos braços um do outro.

— Pode me soltar, se quiser. Sou pesada...

— Não quero soltá-la. Você é minha.

Com um sorriso cativante, ele caminha comigo no colo para o chuveiro. Entramos, e, enquanto o água cai por nossos corpos e rimos, penso que ninguém jamais me fez tão feliz.

17

Dormir com você

A volta ao navio é dura, ainda mais porque, antes de entrar no porto, temos que nos separar para que ninguém nos veja chegar juntos.

Sei que Dylan está alguns metros atrás de mim, e isso me deixa nervosa. Sem vê-lo, sei que ele olha para mim e tenho que respirar e me concentrar para não cair. Meu celular apita. Uma mensagem:

"Adorei dormir com você."

Divertida, respondo:

"E eu com você, mas você ronca."

Sorrio e imagino que ele sorri. Meu celular apita de novo:

"Ainda não chegamos ao navio e já estou com saudades."

Que fooofo! Digito:

"Ali me terá para você sempre que quiser."

O celular apita:

"Sempre?!"

Eu rio e respondo:

"Não tenha dúvida."

Meu celular volta a apitar:

"Quero curtir de novo as seis fases. Em especial a homicida. Hummm... seu olhar estava tão excitante..."

Solto uma gargalhada.

"Sua fase homicida também é muito *sexy*. Adoro quando você morde o lábio inferior."

O celular outra vez:

"Se você disser isso de novo, vamos voltar ao hotel agora mesmo!"

Nosso jogo me diverte, excita, mas finalmente respondo:

"Agora, temos que trabalhar."

É uma delícia senti-lo tão perto, apesar dos metros que nos separam. Passei as melhores 24 horas da minha vida. Dylan é tudo, inclusive romântico! Meu celular volta a apitar:

"Meu pai sempre conta que conquistou minha mãe dizendo: 'Luisa, odeio quando você vai embora, mas adoro ver como anda'. Ele diz que adorava vê-la caminhar."

Solto uma gargalhada. Fico surpresa por ele me contar algo tão íntimo de seus pais. Quero olhar para trás, mas não devo. Contenho-me e escrevo:

"Meu pai conta que se apaixonou por minha mãe quando ela lhe disse: 'Holandês branquelo, volte para o seu país'. Ele disse que nesse dia soube que ela era a mulher da vida dele."

Imagino Dylan sorrindo. Chego ao cais do navio, onde encontro Coral, que, ao me ver, me pega pelo braço e cochicha:

— Como foi, Apaixonarela?

Incapaz de não olhar para trás, vejo Dylan a poucos metros de nós. Ele passa por mim, roça disfarçadamente minha cintura, e eu aspiro sua fragrância. Que delícia! Isso me excita. Quando ele se afasta, respondo olhando para minha amiga.

— Foi incrível.

Quando subimos a bordo, cada uma retoma suas obrigações, e durante horas não faço mais nada além de pensar nele. Única e exclusivamente nele. À tarde ensaio com a orquestra e lhes peço para essa noite incluirmos certa canção, e eles aceitam imediatamente. Quando acabamos os ensaios e vou até a cobertura para ir ao meu camarote, ouço alguém me chamar.

Ao me voltar, vejo Tony, e, um pouco além, vários homens de terno. Ora, carne nova! Rapidamente me aproximo com um sorriso, e ele pergunta:

— Como foi seu dia de folga? E não minta para mim, porque ontem perguntei por você e um colega seu me disse que você havia saído com sua amiga Coral.

Sorrio e, sem contradizê-lo, respondo:

— Foi ótimo. Marselha é linda.

— O que você viu?

Ora... ora... ora, agora ele me pegou!

Na realidade, vi uma suíte linda e um homem maravilhoso, mas, não disposta a lhe contar por que não visitei a cidade, respondo:

— De tudo um pouco — e acrescento: — O típico da cidade, mas sou ruim para nomes de ruas e monumentos.

Conversamos durante um tempo, até que, de repente, Tony diz:

— A propósito, meu irmão se juntou a nós em Marselha. Venha, quero apresentá-lo a você.

Fico atônita.

Ainda recordo as lindezas que eu disse a esse homem por telefone e o que ele me disse, mas não tenho escapatória. Aproximamo-nos do grupo de homens de terno. Vejo um deles apoiado na balaustrada, olhando o mar. É alto, moreno, e usa um terno escuro.

— Omar — chama Tony.

Ao se voltar, vejo que não se parece em nada com o que eu esperava. Achei que seria um homem de idade avançada e encontro um de pouco mais de quarenta anos, muito, mas muito atraente. Diferente de Tony, que tem olhos claros, os dele são castanhos. Durante alguns instantes nos olhamos com curiosidade, até que ele pergunta com voz rouca:

— Quem é essa linda dama?

Dama?

Ora... que galante!

— Esta é Yanira — responde Tony. — E, pelo que entendi, você não foi muito gentil com ela em Barcelona.

Sufoco.

Lembro que o chamei de babaca e que disse outras coisas ainda piores. Não espero que ele tenha esquecido, mas, contra qualquer prognóstico, Omar pega minha mão e, beijando-a, murmura:

— Desculpe por ter sido tão desagradável com você aquele dia. Acho que me pegou de mau humor, e...

— Não faz mal — interrompo-o, suavizando o drama.

— Espero que me permita fazer algo para modificar a má impressão que lhe causei.

Com minha mão ainda entre as suas, não sei o que dizer, quando Tony explica:

— Yanira canta na orquestra do navio, e muito bem.

Omar aprova. Ele me escaneia com seus olhos castanhos e, inclinando-se um pouco para ficar à minha altura, pergunta:

— Que tipo de música você canta?

— De tudo um pouco — respondo, meio constrangida. — Fazer parte de uma orquestra exige que nos adaptemos a todo tipo de música.

Ele sorri, e nesse momento Tito chama Tony, deixando-nos sozinhos. Durante alguns segundos ficamos calados, até que por fim ele insiste:

— É sério, Yanira, gostaria que você mudasse sua opinião sobre mim.

— De verdade, não há problema — insisto. — Entendo sua preocupação. Já lhe disse que eu também tenho irmãos, e, por eles, às vezes tive que agir de uma maneira que não é a que mais me agrada.

Omar sorri, e eu retribuo. Conversamos durante alguns minutos. Nossa conversa se centra no navio e no mar. Vejo que ele me escuta, que presta atenção, e gosto disso. Mas, quando olho o relógio e vejo a hora, digo rapidamente:

— Desculpe, tenho que ir. Começo a trabalhar daqui a uma hora e ainda não jantei nem me maquiei.

— Maquiar-se? Você precisa se maquiar?

Toda cheia com seu elogio, respondo enquanto me afasto:

— Acredite ou não, fico bem melhor depois de passar por uma boa funilaria.

Ele sorri, e corro para meu camarote. Estou com pressa. Mas, ao chegar, encontro Dylan na porta. Sua expressão não é divertida. Ao contrário, ele parece irritado e, olhando para os dois lados, diz:

— Abra, vamos entrar antes que alguém nos veja.

Uma vez no camarote, eu me jogo em seus braços disposta a beijá-lo, mas ele me afasta de mau jeito e pergunta:

— O que estava fazendo falando com aquele sujeito?

Sei a quem ele se refere; respondo:

— É irmão de Tony. Embarcou em Marselha e...

— Fique longe dele, entendeu?

Sua voz... sua expressão irritada e sua fúria me fazem dizer:

— O que está acontecendo, querido?

Dylan mal consegue se mexer. O camarote é tão pequeno que ele bateria em alguma coisa.

— Fique longe dele — repete.

— Pelo amor de Deus! — protesto. — Você e eu estamos juntos, mas não leve ao pé da letra esse negócio de que sou sua, porque eu sou uma pessoa muito sociável e gosto de falar com todo o mundo, entende?

— O quê?!

— Isso mesmo que você ouviu, Dylan. Por favor, não estrague tudo.

Meu moreno me olha. Seu olhar grita alguma coisa, mas não sou capaz de decifrar o que ele quer me dizer. Ele respira fundo. Não diz nada, e, por fim, eu o abraço e murmuro:

— Eu gosto de você, você gosta de mim e estamos bem. Eu não preciso de mais ninguém. Só de você, entende?

Ele concorda, e sinto que seus ombros relaxam. Parece que fica claro o que eu digo, e, beijando-me, ele diz:

— Abra a porta e veja se há alguém. Tenho que voltar ao trabalho.

Faço o que ele me pede, e, quando não vejo ninguém, o aviso, e ele se vai depois de me dar um beijo rápido. Eu sorrio, mas sua inquietude me deixa preocupada.

18

Entre minhas recordações

Passam-se três dias, e o humor de Dylan vai de mal a pior. Tudo o incomoda. Não há um só instante em que nos vemos e não acabemos discutindo, mas reconheço que ele esquece mais rápido que eu. Ele explode como uma bomba, mas, depois, esquece e faz amor comigo com paixão e doçura. Isso me deixa desconcertada, pois eu, quando me irrito, me irrito mesmo.

Às vezes tenho a sensação de que há alguma coisa que não o deixa viver. Ele não me conta, e, enquanto não o fizer, não vou poder ajudá-lo. E quero ajudá-lo. Tento indagar sobre sua vida, mas ele se fecha. Não há jeito de entrar em sua dura carapaça.

Hoje à noite é a Festa Branca no navio. Isso quer dizer que todos estarão de branco: funcionários, tripulação e passageiros. Para tentar fazer meu moreno sorrir, mando-lhe uma mensagem.

"Venha me ver às 23h30. A canção que vou cantar é para você."

Durante uma hora, canto com a orquestra e meus colegas. Divertimo-nos muito. Rimos, dançamos, e as pessoas adoram. Às 23h25, quando vejo Dylan chegar, sorrio. Ele não falhou comigo; veio escutar a canção que vou lhe dedicar.

A canção de Berta acaba dois minutos depois, e, após os aplausos do público, começam a se ouvir os primeiros acordes da canção que vou cantar. As luzes se apagam e um holofote me ilumina. Começo a mexer os quadris a um ritmo sensual.

Fecho os olhos ao imaginar Dylan deslizando as mãos por minha cintura e começo a entoar *Sabor sabor*, de Rosario Flores. Uma canção que é uma mistura de bossa nova, flamenco e pop. Adoro, e sempre que a canto ponho arte e sensualidade para interpretá-la.

Oh, sabor sabor, a fresa y a limón,
a mermelada de miel de abeja sabes hoy.
Sabor sabor, de rojo melocotón
sabe tu piel cuando te beso, sin saber
que hablo de mis dulces sueños
que reparto en cada parte de tu cuerpo.

Mexo os quadris e as mãos para cantá-la, enquanto as pessoas dançam abraçadas. Eu me deixo inundar pela melodia, sentindo o olhar de meu moreno e me imagino beijando sua pele de chocolate, enquanto ele distribui doces beijos por todo o meu corpo.

Eh, eh, sin saber que es una trampa con cepo
cada rincón, cada línea es un verso.

A luz vai enchendo o salão de festas conforme aumenta a intensidade da canção. Sorrio ao ver meu moreno me contemplando extasiado, com o olhar fixo nos movimentos de meu corpo, enquanto minha voz sai pelas caixas de som. Quero que ele sinta que faço amor com ele mesmo a distância, e sua expressão me mostra que ele sente. Adoro isso, e me excita.

Nossos olhos se encontram por um décimo de segundo e vejo as comissuras de seus lábios se curvarem. Ele sorri. Gosta da canção. Entende a mensagem. Sabe que canto para ele, e isso, para nós, é muito.

Fico feliz! Ele sorriu!

Ergo as mãos, toco o cabelo e sorrio também. Mexo os quadris e os ombros ao compasso da música, e curto a sensação que Dylan e a canção me provocam.

Quando termino, as pessoas aplaudem. É a recompensa de meu trabalho. Mas, quando olho para onde está o homem por quem estou totalmente apaixonada, ele já não está mais.

O que está acontecendo com meu amor?

Quando fazemos o primeiro intervalo para descansar, Omar, irmão de Tony, está ao meu lado para me oferecer água. Ele é muito atencioso.

— Você tem uma voz incrível, Yanira.

— Obrigada — digo sorrindo.

— Você sempre se apresentou em cruzeiros?

— Não, esta é a primeira vez. Em geral, trabalho em hotéis.

— Tem alguma demo gravada?

Isso me faz rir. Eu nunca tive dinheiro para isso. Respondo:

— Não.

Omar concorda, e, para minha surpresa, explica:

— Tenho alguns amigos em Los Angeles que são produtores musicais, e acho que eles gostariam de ouvi-la. Quando eu voltar de viagem, vou falar com eles. A ideia lhe interessa?

Meu Deus!

Produtores musicais? Como não vai me interessar?

Sorrindo, digo que sim. Se alguém da indústria musical me escutasse, seria uma grande oportunidade para mim.

— Eu lhe agradeceria muito, Omar. Mesmo se disserem não.

Omar sorri. Vamos para a cobertura para continuar conversando. Sei que, se Dylan me vir, vai se incomodar. Do jeito que ele anda ultimamente, se alguém respira ao meu lado já se incomoda. Mas a conversa com Omar me interessa, e ele vai ter que entender, gostando ou não.

Durante um tempo conversamos sobre música. E quase caio das pernas quando ele diz que conhece os produtores de Ricky Martin, Marc Anthony e Seal.

Estou atordoada.

O simples fato de ele mencionar essas estrelas me deixa nervosa, e um calafrio me percorre inteira, deixando-me arrepiada. Ao notar isso, Omar tira o blazer branco que está usando e, como um cavalheiro, coloca-o sobre meus ombros.

— Melhor assim?

Concordo e respondo:

— Sim, obrigada.

Durante alguns segundos, olhamo-nos em silêncio. Seu olhar me deixa inquieta e me faz lembrar alguém.

E, nesse instante, saído do nada, Dylan aparece e pula em cima dele. Dá vários socos em Omar, e eu começo a gritar, apavorada. Omar não fica quieto, e os dois começam a se socar sem piedade.

Por sorte, rapidamente aparecem uns passageiros, e atrás deles, Tito e Tony, que, ao vê-los, entram no meio e os separam.

Eu não sei o que fazer, estou desconcertada, e então ouço Dylan gritar, alterado:

— Se você se aproximar dela desse jeito de novo, juro que te mato!

Vários passageiros os seguram. Instantes depois, aparecem o Rançoso e o chefe de Dylan. Pomba... merda... pomba... Agora ferrou!

Horrorizada, vejo que o Rançoso olha para mim de cara feia e começa a me pedir explicações. Não sei o que dizer. Dylan não fala, só olha para Omar com ódio, enquanto todo mundo dá sua opinião. De repente, o chefe de Dylan, depois de trocar umas palavras com ele, pega o Rançoso pelo cotovelo e o leva dali. Ainda bem!

Instantes depois, Tito pede às pessoas que dispersem. O show acabou. Mas eu estou alucinada. O que foi que aconteceu?

Ficamos só Omar, Tony, Dylan, Tito e eu.

Olho para eles, desconcertada. Não sei o que fazer!

Sinto-me culpada por ter provocado tudo isso.

Dylan, com o lábio sangrando, não para quieto. Xinga várias vezes e grita para Omar que ele mereceu.

Seu instinto de posse me assusta. Ele fala de tal maneira de mim aos outros que sinto que sou algo totalmente dele, intocável. Não, decididamente, não me agrada nada o que estou ouvindo.

De repente, percebo que sou invisível para todos eles.

Eles discutem tanto em inglês quanto em espanhol, e embora eu entenda os dois idiomas, é difícil reagir perante seus gritos acalorados; até que ouço Omar dizer:

— Você achou que eu não o encontraria?

— Vá à merda, Omar... Eu já disse para me deixar em paz.

Franzo o cenho. Eles se conhecem?

Mas, como assim, se conhecem?!

— Não fui eu que contei — afirma Tony. — Nem Tito. Eu juro, Dylan.

Meu moreno, com um aspecto selvagem enxugando o sangue do lábio, responde com cara de poucos amigos:

— Eu acredito, Tony, não se preocupe. Mas, faça-me um favor, preciso que todos vocês desapareçam da minha vista o quanto antes. Especialmente ele.

Omar solta uma gargalhada e fala entredentes:

— Você é um imbecil, Dylan.

Santo Deus, ele o chamou de imbecil?

Não sei o que fazer. Que alguém me explique o que está acontecendo aqui!

Tony, que até esse momento estava calmo, dá um passo à frente e diz:

— Se alguém pode fazê-lo voltar para casa, esse alguém é Tito. Você, Omar, definitivamente, não.

Dylan solta um palavrão bem desagradável, que o ar leva.

Eu olho para ele. Ele não parece me ver, e, olhando para Tito, grita levantando o dedo:

— Eu já disse mil vezes que não vou voltar para casa.

— Seu pai e todos nós precisamos de você, Dylan.

Como?! Eles conhecem o pai de Dylan?

Vou falar, mas as palavras não saem.

Estou cada vez mais confusa. Preciso que alguém me explique o que está acontecendo.

Minha paciência está chegando ao fim. Parece que estou vivendo uma novela ao vivo, dessas que minha avó Nira adora ver.

Sei ainda menos o que pensar quando Tito diz:

— Temos que resolver isso de uma vez por todas, rapazes. Estamos nessa situação há quase dois anos. Se continuarem assim, vão matar o pai de vocês.

O pai "de vocês"?

Ele disse "pai de vocês"?

— Eu falo com ele duas vezes por mês, Tito — grunhe Dylan, e, ao ouvi-lo Omar afasta o lenço ensanguentado que tem no nariz e sibila:

— Foi papai quem nos pediu que o levássemos de volta para casa, idiota!

Eu vou... eu vou... eu vou ter um troço!

— Você não fale comigo, Omar... — Dylan vocifera, furioso.

O outro dá um chute em uma mesinha de plástico, que vai parar do lado da cobertura, e finalmente sibila:

— Todos sentimos sua falta, por isso estamos aqui.

— Já disse que não fale comigo! — grita Dylan.

Ao ver que meu moreno vai para cima dele de novo, tento segurá-lo, e nesse momento Tony vocifera, alterado:

— Quando vocês vão parar com isso?! — E, olhando para eles, acrescenta. — Tenho vergonha de vocês dois. Somos irmãos! Nós três somos irmãos, caralho!

Ah, meu Deus, vou vomitar. Acho que vou cair feito um saco de batatas a qualquer momento.

Solto Dylan e me sento em uma espreguiçadeira, senão, juro por meu pai que vou desmaiar. Ele, ao notar pela primeira vez que estou ali ouvindo de tudo, pontua:

— Meios-irmãos.

Faz-se silêncio.

Não se ouve nada, exceto a brisa do mar. Dylan e eu nos olhamos sem falar. A seguir, ouço Tito comentar:

— Se minha irmã Luisa os ouvisse, morreria de dor.

Luisa. Esse era o nome da mãe de Dylan. Então, Tito é o tio deles todos? Não é amante de Tony?

Cada vez mais boquiaberta e alucinada, quase não consigo respirar. É tudo tão surreal... Tito continua:

— O que aconteceu com vocês, rapazes? Os Ferrasa eram um exemplo de família, de irmãos, de união. Será que suas diferenças são tão irreconciliáveis que...

— Sim — grita Dylan, furioso.

Então, Omar se levanta e, apontando-lhe o dedo, sibila:

— Você é um rancoroso, como papai, e...

Ele não consegue acabar a frase, porque Dylan vai para cima dele de novo, e, pegando-o pelo colarinho, diz totalmente fora de si:

— Feche essa boca, imbecil.

Eu estremeço.

Ah, meu Deus... ai, meu Deus... Cada vez entendo menos.

Contudo, esquecendo de mim, me levanto da espreguiçadeira e ajudo Tony e Tito a separá-los.

Não é hora de desmaiar.

Dylan me assusta. Está totalmente transtornado, e só quero que ele se acalme. Preciso que se acalme.

No fim, Tito leva Omar na marra, e ficamos só Tony, Dylan e eu. Incapaz de me calar, pergunto com um fio de voz:

— Eles são seus irmãos?

— Meios-irmãos — insiste Dylan.

— Irmãos da vida toda. Deixe de bobagens, Dylan, pomba — grunhe Tony.

Estou alucinada. Atordoada. Abobada.

Dylan se levanta e, sem permitir que eu o siga, vai embora, deixando-me sem saber o que fazer. Quando fico sozinha com Tony, olho para ele e sibilo:

— Você vai me contar o que aconteceu aqui agora mesmo.

Ele se senta em uma das cadeiras e suspira. Leva as mãos à cabeça e se encolhe. Sinto muita pena dele e corro para abraçá-lo; ele começa a chorar. Ficamos assim por alguns minutos, até que ele consegue se acalmar e diz:

— Minha mãe, Rosa, morreu quando eu nasci; Omar tinha dois anos. Alguns meses depois Luisa apareceu em nossa vida. Meu pai e ela se apaixonaram e se casaram. Quando Omar tinha quatro anos e eu dois, nasceu Dylan. Sempre fomos uma família unida, porque mamãe era o elo entre nós, apesar de seus constantes divórcios de papai e de suas muitas viagens. E no dia em que ela morreu... tudo desabou. Mamãe era... — ele se emociona e murmura: — Ela insistiu em fazer a cirurgia, mas alguma coisa deu errado com a anestesia e...

— Lamento, Tony — digo, tocando seu braço para que não continue falando.

Ele, enxugando as lágrimas, olha para mim e acrescenta:

— Dylan... é médico.

— O quê?!

— Cirurgião.

— Cirurgião?!

— Especificamente, cirurgião cardíaco.

Ao ver meu aturdimento, Tony assente com a cabeça e continua:

— O homem que você conheceu trabalhando na manutenção deste navio, pintando balaustradas ou consertando chuveiros e trocando lâmpadas, é o dr. Dylan Ferrasa, um dos cirurgiões cardíacos de maior reputação em Los Angeles. Dylan estava viajando quando mamãe decidiu adiantar sua cirurgia, e Omar o culpou pela morte dela, por não ter estado presente nesse dia. E eu sei que Dylan se culpa também por isso.

Depois de um tenso silêncio no qual processo toda essa informação, Tony acrescenta:

— Desesperado com a morte de mamãe, meu irmão largou tudo e desapareceu. Eu o encontrei há um ano em um navio na Antártida e ele se negou a voltar. Mas meu pai está ficando velho e todos nós precisamos que ele volte para casa para que nossa vida volte ao normal. Dylan não tem que se sentir culpado por algo com que ele não teve nada a ver. Omar sabe disso também, mas eles são tão iguais que não conseguem conversar e resolver o mal-entendido.

Concordo, intuindo que estou branca feito um lençol.

O rapaz por quem estou apaixonada, que troca lâmpadas no barco e que me chama de mimada, que diz que sou dele, que dança comigo no escuro e a quem há poucos minutos eu dediquei uma canção, é um famoso cirurgião. Então, quando recordo como ele cuida e protege as mãos, acabo entendendo tudo.

Nesse instante aparece minha colega, Berta e, olhando para mim, diz:

— Yanira, pelo amor de Deus. Estamos esperando você há dez minutos. O que está fazendo?

A apresentação! Com toda essa confusão, esqueci.

Olho para Tony, e dando-lhe um leve beijo no rosto digo antes de correr atrás de Berta:

— Quando terminar minha apresentação vou falar com Dylan.

— Só mais uma coisa, Yanira — diz Tony. — É o menos importante neste momento, mas quero que você saiba que nem Tito, nem Dylan nem eu somos gays.

Isso me faz sorrir; jogo um beijo para ele e vou embora correndo.

Quando entro no palco e a música começa, tento me concentrar, mas não consigo. O que acabo de descobrir sobre meu moreno é tão incrível que canto por inércia, e pela primeira vez na vida não curto o que estou fazendo.

Essa noite, quando acabo a apresentação, ligo para Dylan, mas seu celular está desligado. Mando-lhe trezentas mensagens para que me ligue, mas nada.

Disposta a encontrá-lo de qualquer jeito, pergunto a seus colegas, mas ninguém o viu.

Vou de novo para a cobertura, onde fico sem saber o que pensar, desconcertada. Ele não poderia ter ido embora. Estamos no meio do mar, e ele não é bobo a ponto de pular. Preocupada, vou para meu camarote, e ao chegar e fechar a porta, vejo que Coral não está. Ela me deixou um bilhete que diz:

"O camarote é todo seu. Aproveite-o com seu moreno".

Se eu soubesse onde ele está... Suspiro e, transtornada, sento no beliche. Cirurgião? Cirurgião cardíaco?

Ligo de novo, mas nada, seu celular continua desligado. Fico agoniada.

Agora entendo sua reticência em falar de sua família.

Agora entendo seu mal-estar nos últimos dias ao ver Omar no barco.

Agora, sabendo que ele não é quem eu acreditava, o medo de perdê-lo começa a me torturar.

E se tudo que vivemos foi uma mentira? E se ele estava só interpretando um papel?

Olho o relógio. São 3h12 da madrugada.

Preciso dormir, ou amanhã vou estar destruída. Abro o *nécessaire*, pego os lencinhos demaquilantes e limpo o rosto e o pescoço. Quando acabo, tiro a roupa e visto um short e uma camiseta de alças finas. Quando vou me enfiar na cama, alguém bate na porta.

Sem me importar com minha aparência, abro, e meu corpo relaxa ao ver que é ele. Meu homem. Meu morenaço. Meu Dylan.

Sem falar nada, pego-o pela mão e o faço entrar para que ninguém nos veja. Quando fecho a porta, Dylan me abraça e eu o abraço. Preciso que ele sinta meu calor, e preciso sentir o dele. Estou confusa e ele também. Eu sei. Dá para notar, e de repente sinto medo.

Ficamos um bom tempo abraçados, sem falar nada, até que, ao me afastar dele, noto seu lábio machucado e franzo o cenho. Meu menino...

Não sei o que dizer.

Estou tão desconcertada com tudo que não sei nem por onde começar a perguntar. Então, ele murmura:

— Desculpe. Desculpe não ter lhe contado a verdade sobre mim.

Ele está tão confuso quanto eu; respondo:

— Quer dizer, então, que você não é o rapaz da manutenção que eu achava, e sim o dr. Dylan Ferrasa.

Ao ouvir isso, meu moreno solta um palavrão. Sua expressão é estranha. Desesperada. Sei que ele ainda está afetado. Pegando meu rosto entre suas mãos, ele murmura:

— Continuo sendo Dylan, a mesma pessoa que você conheceu, entende, meu amor? — Concordo, e ele diz: — Continuo querendo conhecê-la e preciso lhe dar explicações por ter ocultado o que você descobriu hoje. Agora, só falta que você queira me escutar e...

— Claro que quero escutá-lo — interrompo. — Por que não ia querer?

Ele abre um sorriso. Intuo que minha reação tenha tirado um grande peso de suas costas. Ele sussurra:

— Meus sentimentos por você continuam os mesmos de ontem ou de anteontem. Nunca duvide disso, entendeu?

Concordo com a cabeça. Não quero duvidar. Eu me recuso!

Deixo que ele me abrace, que me aperte contra si, e, sem saber bem por que, aconselho:

— Você devia resolver as coisas com seu irmão e seu pai. Eles...

Seus músculos ficam tensos e ele se afasta de mim. Apoia-se na porta e, me interrompendo, diz:

— Não comece você agora. Por hoje já foi o bastante.

Sua voz de ordem e comando consegue fazer que eu me cale. Eu responderia, mas, às vezes, como diz meu pai, uma retirada a tempo é uma batalha ganha, e acho que esta noite é melhor eu me calar. Mas, ao ver que não digo nada e não paro de olhar para ele, Dylan pergunta:

— Que foi?

— Nada. Não foi nada.

— E por que está me olhado assim?

Seu tom e seu olhar me fazem saber que vamos discutir. Ele está a fim. Intuo que ele saiba que está sendo rude, e digo:

— Você está nervoso. Deixe para lá, amanhã conversamos. Além do mais, Coral vai passar a noite fora e o camarote é só meu...

— Vou lhe pedir para não tocar no assunto. E vou lhe rogar que, uma vez na vida, você seja carinhosa comigo e me diga algo bonito. Preciso muito disso.

Suas palavras me irritam, mas, disposta a não explodir, eu me calo; porém, meu sorrisinho aparece sozinho e ele reclama:

— Odeio quando você sorri fora de hora, saco!

Ok, ele tem razão, não é hora. Vou me desculpar, quando ele sentencia:

— Isso que você faz é uma enorme falta de respeito.

Minha paciência diminui a cada reclamação. É evidente que vamos ter que discutir ou discutir, e, por fim, suspiro e resmungo, sem poder evitar:

— Você está me irritando.

Basta eu dizer isso, e Dylan explode como uma panela de pressão.

Irritado, ele começa a me jogar na cara coisas sobre Omar, entre elas, que eu não devia ter ido com ele para a cobertura. Eu o escuto, alucinada, até que o ouço dizer:

— Omar não vai escutá-la cantar. Não me interessa que ele seja produtor musical. Você não vai trabalhar para ele.

Omar é produtor musical?

Novamente fico impressionada, mas respondo:

— Dylan, quanto a isso...

— Não vou permitir, ouviu?

Meu sangue ferve. Ah, não... Isso é que não! Grito:

— O quêêê!?

— Isso mesmo que você ouviu. Você não vai para Los Angeles, e menos ainda para trabalhar com ele ou com qualquer amiguinho dele.

Tentando entendê-lo e fazer que me entenda, digo:

— Ele ou seus amiguinhos talvez possam me ajudar na carreira musical e...

— Não. Eu me recuso.

Atônita, dou um pulo e vocifero:

— Você se recusa? Como assim você se recusa? — E, como um furacão prestes a arrasar uma ilha, sibilo: — Ouça, bonitão, você mentiu para mim a respeito de quem é e eu o perdoei porque gosto de você, e muito, apesar de não dizer palavras doces, como você quer. Você veio ao meu camarote, eu abri a porta e o abracei, mas não vou permitir que me diga quem eu devo conhecer e quem não, principalmente em se tratando de minha carreira musical, ok?

Dylan não responde. Seu olhar é febril. Prossigo:

— Se alguém aqui pode estar incomodada ou irritada, sou eu. Você não me disse quem era. Escondeu de mim sua profissão. Com seu irmão e seu tio no navio, você me fez acreditar que eles eram simples passageiros. Portanto, tenha cuidado com o que diz ou proíbe, porque aqui, se alguém tem que dizer ou censurar qualquer coisa sou eu, não o contrário, entendeu?

Minhas palavras não lhe agradam. Nem as suas a mim, e, antes que eu possa contar até três, ele abre a porta do camarote e vai embora.

E não. Não vou atrás dele.

19

Escondidos

Às cinco da manhã continuo me revirando na cama. Não consigo dormir. Não consigo parar de pensar em Dylan e em tudo que descobri sobre ele.

Sinto fome, e meu estômago começa a rugir. Sempre me acontece isso quando estou acordada a essa hora. Tento não ligar, mas ele continua rugindo, e por fim decido ir à cozinha buscar alguma coisa. Se não comer, não vou conseguir dormir.

Ponho um vestidinho de algodão e vou para a cozinha. Quando chego, cumprimento o cozinheiro e o garçom que estão de plantão. Pelo que me contam, a noite está tranquila e ambos estão meio dormindo sentados em uns banquinhos.

Despeço-me e sigo para onde sei que estão as sobremesas. Abro a geladeira e vejo vários tipos de bolos.

Decido pelo de chantili. Corto um pedaço, ponho-o em um prato e vou para a cobertura. Está amanhecendo, mas a escuridão ainda reina à minha volta. Estou sozinha, e decido me apoiar na balaustrada para comer o bolo. A primeira garfada tem sabor de glória. Sem dúvida foi Coral quem fez. Quando vou colocar a segunda garfada na boca, sinto umas mãos me pegando pela cintura e alguém diz em meu ouvido:

— Na brincadeira de hoje somos dois estranhos. Não há amor. Não há palavras carinhosas. Você é uma mulher e eu um homem desejoso de sexo que a leva a um lugar escuro e a curte. O que acha?

Fico toda arrepiada. É Dylan.

Ele bebeu. Não está bêbado, mas seu hálito indica que bebeu demais. Sem esperar minha resposta, ele me pega pela mão e me leva até uma porta. Eu não me solto e deixo que me guie. Entramos em uma sala com várias máquinas que fazem um barulho ensurdecedor, e cujas luzes verdes, amarelas e vermelhas iluminam o local.

Dylan fecha a porta por dentro e se volta. Apoiando-se na porta, pergunta:

— Esse jogo a excita?

Hesito. Sua aparência é intimidante, e, aproximando-me dele para que me ouça apesar do barulho, busco um esclarecimento:

— Do que você quer brincar?

Ele sorri e, sem se aproximar, com o olhar percorre meu corpo com luxúria.

— Você me propôs um dia brincar de representar papéis, lembra? — Concordo, e ele acrescenta, aproximando-se: — Hoje você é uma coelhinha assustada e eu um lobo ávido de ação. Vou querer sexo, posse, gozo e ação. Nada de coisas doces nem meladas. Vou abrir suas pernas e comer você até parti-la ao meio, e nós dois vamos curtir, porque esse é o jogo.

Boquiaberta e excitada com o que ele propõe, vou falar, quando ele tira o prato de bolo de minhas mãos e, me levantando, senta-me sobre uma plataforma metálica. Enquanto passa o olhar por minhas pernas, pergunta:

— Está pronta?

Disposta a isso, faço que sim com a cabeça, e então ele grita com um tom de voz duro:

— Vamos, coelhinha, beije-me.

Sem saber bem o que fazer, eu acaricio o rosto dele, as pálpebras e o ouço suspirar. Passo a mão por seu pescoço e com delicadeza o aproximo de mim. Preciso dele. Preciso de meu amor.

Dylan me olha, devora-me com o olhar; beijo-o. Dou-lhe centenas de beijos carinhosos no rosto, enquanto o barulho das máquinas continua e se acelera. Beijo-o com dengo, com doçura. Ele tem um corte no lábio, e não quero machucá-lo.

Durante vários minutos ele não se mexe. Eu é que fico mimando-o, beijando-o, acariciando-o, até que, de repente, ele me pega pelo cabelo e me imobiliza. Pousando sua boca sobre a minha, murmura:

— Os lobos beijam assim.

Ele enfia a língua em minha boca de uma maneira brutal. Com o lábio ferido, imagino que deve ter doído nele. Vou me afastar, mas ele não deixa. Obriga-me a beijá-lo com a boca bem aberta, enquanto sua língua me invade e mal posso respirar. Quando por fim ele me solta, olho para ele e o vejo sorrir. Ele tira meu vestido de algodão sem contemplações e o joga de lado. Fico só de camiseta e *short*.

Dylan não diz nada, só me observa embriagado pelo momento, até que pega a camiseta e a rasga com um puxão forte antes de avançar sobre meus seios. Ele os morde, chupa, e, quando me queixo de sua ansiedade, Dylan olha para mim; pegando meu *short*, rasga-o também com decisão, e com uma expressão grosseira que me provoca e ferve meu sangue, murmura:

— É assim que vou rasgá-la por dentro quando comer você, coelhinha. Aqui você pode gritar quanto quiser. Ninguém vai ouvir, exceto eu, que morro de vontade de ouvi-la.

Eu fico sentada com a camiseta e o *short* destruídos. Nossos olhares se encontram. O dele é desafiador. Ele pergunta se aproximando de novo:

— Continuamos?

Concordo sem hesitar, e Dylan exige:

— Tire minha roupa.

Desço da plataforma onde ele me sentou e faço o que ele pede. Para mim é um deleite. Peça por peça vai caindo ao lado de meu vestido. Tento beijá-lo, mas ele não deixa. Proíbe, e quando está nu e vê minha cara de prazer, diz, dando-me um tapinha seco na bunda:

— A coelhinha deve ficar assustada com o que vê. Intimidada com as intenções do lobo. Isso faz parte do jogo de hoje.

Faço que sim com a cabeça e apago o sorriso do rosto. Então, ele ordena:

— Deite-se.

Faço o que ele pede. A plataforma metálica está fria e Dylan sabe, mas não desobedeço. Ele tira os restos da camiseta e do *short* sem contemplações, e quando estou nua, ele aproxima seu pênis de meu rosto e murmura em voz baixa:

— Não resista.

Nossos olhos se encontram, e sei que o que ele quer é isso; resistência. Aperto os lábios. Dylan aproxima o pênis de minha boca, mas eu não o aceito. Ele me dá um puxão de cabelo. Isso me excita, e ainda mais quando, depois de uma pequena luta, seu pênis acaba em minha boca e ele exige:

— Chupe.

Chupo. Fecho os olhos e curto nosso jogo selvagem.

Dylan fica ao meu lado, faz que eu coloque uma perna em seu ombro e, sem delicadeza, introduz dois dedos em mim. Suspiro e noto que estou molhada. Ele não sorri. Só olha para mim e começa a me masturbar enquanto mexe os quadris para introduzir mais seu pênis em minha boca. Eu o chupo, ansiosa. Seus olhos me mostram que ele está com muito tesão. Que ele adora esse jogo rude.

Enlouquecida, coloco uma das mãos em sua bunda. É dura, firme. Curtindo o que ele faz comigo no meio de minhas pernas, empurro sua bunda para que seu pênis entre e saia de minha boca várias vezes. Sua pele é suave e seu sabor delicioso, e estou ficando louca com nossa festa. Ele é rude. Eu, suave. Mas gosto do jogo que ele propôs e não quero parar.

Com prazer, dou mordidinhas na ponta de seu pênis e depois o introduzo inteiro na boca e o aperto com os lábios enquanto ele me masturba e exige que eu não pare, que continue.

Com a mão livre, ele segura minha cabeça, apertando-a contra seu pênis, e o sinto chegar até a garganta. Mas aguento, tolero essas investidas, enquanto ele me pede com voz áspera que não me mexa.

Quando por fim ele tira o pênis de minha boca, quero mais. Dylan está duro, muito duro, e, gritando para que eu o ouça, diz:

— Agora, coelhinha, mostre-me sua intimidade com doçura. Seduza-me.

Eu sei o que ele quer dizer com "seduza-me". Quero sorrir, mas não devo. Meu papel de coelhinha assustada tem que continuar, mas a coelhinha acordou. Vejo o bolo que eu tinha nas mãos, e, com o dedo, pego um pouco de chantili. Unto com ele meu mamilo direito e depois o esquerdo. Depois, pego mais chantili, levo a mão para o meio de minhas pernas e me masturbo. Eu me masturbo para ele, para mim, para os dois, enquanto suspiro e vejo sua excitação.

Dylan me olha, toca seu pênis, abre mais minhas coxas e diz:

— Continue... Não pare.

Sua atitude é intimidadora, severa, inflexível, mas isso me excita. Continuo me tocando, me masturbando, enquanto mordo os lábios até que não aguento mais e sussurro:

— Sou sua.

Dylan retira minha mão dentre minhas pernas e pousa sua boca em minha umidade com força. É o que eu quero. É o que, sem falar, eu exijo e lhe entrego. Ele me chupa sem dó nem delicadeza. Morde meu clitóris. Devora-me com violência e me faz chegar ao sétimo céu, enquanto aperta meus seios, provocando-me uma mistura de dor e prazer. Não quero que ele pare. Quero que continue, e me arqueio nessa mesa improvisada apoiando-me na cabeça e nos calcanhares.

Huummm... que prazer!

Afundo os dedos em seu cabelo escuro, aperto-o com ânsia contra mim e me abandono à sua boca. Sua língua quente e úmida traça círculos lentos e rápidos em volta de meu clitóris já inchado, e, quando estremeço e suspiro sem descanso, e ele a põe fundo dentro de mim.

Eu me derreto. Acho que vou explodir em mil pedaços se ele continuar fazendo isso. Ele não para. Meus suspiros se tornam gritos, e eu me remexo na plataforma enquanto ele continua seu maravilhoso e devastador ataque e me imobiliza para que eu não feche as pernas.

Ele me tem à sua mercê para o que quiser, e, sufocada pela sensação, grito e respiro entrecortadamente.

Quando ele abandona meu sexo, busca de novo minha boca, onde sua língua e a minha, ao se encontrar, se enlaçam apaixonadas. Ouço seus gemidos e sinto o sabor de sexo em minha boca. Seu tremor sobre mim me deixa louca. Acho que ele vai atingir o clímax, mas não, ele resiste, e quando seus tremores cessam, vejo que ele recuperou o controle de seu corpo. Olhando-me nos olhos, murmura:

— Isso vai ser muito intenso.

Estou quase gritando de alegria, mas não grito.

Tento não sorrir. A coelhinha tem que estar assustada, e, inconscientemente, fecho as pernas para continuar o jogo e lhe negar o acesso.

Dylan sorri. Que safado!

Ele põe a língua para fora e, sem introduzi-la em minha boca, passa-a lentamente por meus lábios. Estou ardendo. Seus dedos apertam minha cintura, e aproximando-se de meu ouvido ele murmura:

— Não tenha medo, coelhinha, vou comê-la do jeito que você gosta. Abra-se para mim, ou vou ter que forçar para ouvi-la gritar.

O que ele diz me excita. O fato de ele me forçar, sabendo que é um jogo, me deixa a mil, mas decido ser condescendente e me abrir para ele. E quando acho que vai dizer mais alguma coisa, ele me penetra com um movimento demolidor de quadris. Ele ruge e eu grito de surpresa. A penetração é tão forte e profunda que o ar foge dos meus pulmões.

O barulho das máquinas abafa nossos sons. Ninguém nos ouve. Meu grito o deixou animado. Vejo em seu olhar e sei que ele quer que eu grite mais.

Ele me olha, e quando vê que recupero o fôlego puxa-me mais para seu pênis e me aperta com violência. Eu cravo as unhas em suas costas com desespero.

Minha loucura o excita.

Sua loucura me excita.

Ambos queremos mais profundidade. Grito de novo de prazer, enquanto ele arfa e inclina a cabeça em busca de minha boca. Seu corpo relaxa e o meu se prepara para uma nova investida. Quando chega, eu grito... Dylan sai de mim e entra de novo com força. Suspiro... Ele abandona meu corpo, e antes que entre de novo, grito exigindo mais.

Uma ânsia feroz se apodera de nós, e como dois animais, entregamo-nos ao deleite de nossos corpos sem pensar em absolutamente nada que não seja nos dar prazer como verdadeiros selvagens.

Eu grito. Ele ruge. Não podemos nem queremos evitar, e desabafamos.

Eu nunca me permiti gritar assim. Não gosto que ninguém me ouça, mas aqui posso. Aqui posso liberar essa adrenalina que o sexo selvagem com meu amor me provoca e não hesito em desfrutar essa liberdade, como ele.

Olho em seus lindos olhos e vejo que está com as pupilas dilatadas. Suponho que as minhas devem estar iguais, e grito de novo ao recebê-lo dentro de mim.

A mistura de dor e prazer é indescritível. Eu nunca havia sentido algo assim. Nunca havia feito amor com esse abandono. Nunca mais quero fazer de modo diferente.

Uma nova investida chega ao fundo de meu ser. Seu gemido rude pelo esforço deixa minha pele arrepiada, e mais ainda quando ele murmura, apertando-se contra mim:

— O jogo é curtir, coelhinha. Está curtindo?

Não respondo. Não consigo.

Um grunhido gutural sai de sua garganta, e Dylan acelera suas investidas. Enlouqueço. Não sei se aguento mais. De repente, um delicioso choque de prazer nos percorre e nós dois trememos. O desafio em seu olhar deve ser como o meu. É excitante vermos um ao outro. E tenho certeza de que ele, assim como eu, não quer que acabe.

Dou-lhe um tapa, depois outro e outro, enquanto gemo e abro a boca em busca de ar. Ele suspira enlouquecido. Ardente. Enlouquecidos, apertamo-nos um contra o outro.

Estamos espremidos em um quartinho de máquinas em cima de algo parecido a uma mesa de aço, mas isso não nos importa. Só nos importa nosso jogo ardente, excitante e luxurioso.

Estamos com falta de ar. Arfamos. Dylan apoia as mãos em meus ombros, e após uma última investida estremeço, enquanto um orgasmo devastador percorre nossos corpos e o sinto ejacular dentro de mim; nesse momento, percebo que não usamos preservativo. Minha vagina treme, suga-o, e ambos arfamos em busca de ar.

Pela primeira vez senti o toque de sua pele íntima na minha, e foi espetacular.

Estou exausta. Ele, sem fôlego.

Nossos fluidos nos encharcam, correm por nossos corpos, mas não nos movemos. Não podemos, depois de tudo.

Pouco a pouco, nossa respiração se normaliza, mas continuamos acoplados um ao outro, até que Dylan olha para mim e, aproximando sua boca da minha, beija-me com doçura e devoção, e comenta:

— Você disse que tomava pílula, não é?

Confirmo. Não quero pensar nisso agora. Só quero saborear esse beijo lento e entregue.

Tudo que aconteceu foi pura luxúria.

Tudo que aconteceu foi puro jogo.

Tudo que aconteceu foi pura fantasia.

Dylan afasta seus lábios dos meus. Com cuidado para não me machucar, ele se levanta, e, quando seu corpo libera o meu, exalo profundamente. Ele me dá a mão e me levanto com cuidado. Mas Dylan não me solta. Quando vê que já me mantenho em pé, ele me abraça e murmura em meu ouvido:

— Gosto muito de você, Yanira. Muito.

— Eu também gosto muito de você, e me preocupo com você.

Dylan assente e se afasta de mim. Tira a chave que usa no pescoço, pendura-a em mim, e com um olhar perigoso e sedutor, murmura:

— Eu amo você.

Ah, meu Deus... ele acabou de dizer que me ama!

Apesar de minha cara de pasma, ele acrescenta:

— Um Natal, quando éramos pequenos, minha mãe deu uma chave a cada irmão. Segundo ela, era a chave de nosso coração. Ela nos fez prometer que a entregaríamos à mulher que entrasse com força nele. E essa mulher para mim é você, Yanira — conclui ele.

Ah, eu vou ter um troço!

Como ele pode ser tão romântico?

Como um autômato, toco a chave que agora está em meu pescoço e que representa tanto para ele.

Santo Deus, ele acaba de me entregar o acesso a seu coração!

Emocionada, olho para ele e não sei o que dizer. Por trás de seu jeito de durão, Dylan é o homem mais romântico, doce e protetor que já conheci em toda a minha vida, e com ele estou vivendo algo que nunca pensei que pudesse acontecer comigo.

Ele espera que eu diga alguma coisa. Seus olhos castanhos me pedem isso.

Apoio a testa em seu peito com o coração acelerado e toco a chave que ele acaba de me dar. Fecho os olhos, e, quando os abro, afasto-me, olho para ele e afirmo, convicta:

— Eu amo você. Amo tanto que não sei mais o que dizer.

Meu Deus, o que foi que eu falei!

Acabei de reconhecer que o amo!

Mãe do céu... mãe do céu... mãe do céu. Estou totalmente perdida.

Dylan sorri. Acaricia meu rosto e me dá um beijo doce. Quando se afasta de mim, meu coração está a mil por conta do que confessei. Ele sussurra:

— Adoro quando você me diz coisas carinhosas. — Eu sorrio. — Eu lhe devo muitas explicações sobre minha família. Amanhã, quando atracarmos no porto de Gênova, prometo responder a tudo que você quiser me perguntar. Tudo bem, meu amor?

Olho para ele apaixonada e respondo:

— Tudo bem, meu amor.

Sei que ele gostou de eu o chamar de meu amor. Nós nos beijamos. Devoramo-nos mutuamente com amor, e quando me afasto dele murmuro, dengosa:

— Quero que você saiba que adorei o que aconteceu antes desse maravilhoso "Eu amo você".

Sua expressão me mostra que ele também gostou. Dylan sussurra:

— Acho que você e eu nos complementamos muito bem, coelhinha.

Olhamo-nos divertidos e começamos a nos vestir. Recolho os restos de minha roupa rasgada, ponho o vestido e saímos da sala de máquinas. Dylan me pega pela mão com um gesto protetor. Deixo que o faça. Gosto da sensação.

Dirigimo-nos ao meu camarote, onde, depois de fechar a porta, fazemos amor de novo, com paixão.

20

Minha solidão e eu

Quando acordo no camarote, vejo que estou sozinha.

Depois de uma tórrida noite de sexo com o homem que me deixa louca e que me disse as palavras mágicas, ao acordar nua na cama, sorrio feliz.

Quando me mexo, sinto-me meio dolorida, e sorrio ainda mais. Depois do que fizemos horas antes, é normal que me sinta assim; mas eu gosto. Adoro a força de Dylan, sua virilidade, sua posse. Adoro. Toco a chave em meu pescoço. Olho-a de perto e me surpreendo ao ver que está escrito "Para sempre".

Essas duas palavras me fazem estremecer. A mãe de Dylan devia amar muito seus filhos para lhes dar algo assim. Acho lindo.

Fecho os olhos e recordo nosso joguinho da coelhinha e o lobo.

Mãe do céu, que tesão!

Se alguém me dissesse que eu ia brincar disso com o esquisito da manutenção, que no fim é um famoso cirurgião, romântico e encantador, eu nunca teria acreditado. Recrio na cabeça o momento em que ele me disse "Eu amo você" e sorrio assombrada. Vejo de novo suas pupilas dilatadas, extasiadas, quando ele entrou em mim com força e exigência. Recordá-lo me excita, e desejo que brinquemos disso de novo.

Meu celular apita. É Coral. Leio:

"Alguma coisa para contar?"

Sorrio. Minha amiga deve ter ouvido algo sobre Dylan. Respondo:

"Muitas coisas. E você?"

Dois segundos depois meu celular apita:

"Sexo... sexo e sexo... O argentino é incrível. Atracamos em Gênova. Venha, estou na cozinha, vamos conversar."

Sem hesitar, me levanto e, depois de me assear, visto-me e vou me juntar a minha amiga. Ao ir para a cobertura, vejo as pessoas desembarcando nessa linda cidade e sorrio ao pensar em Dylan. Dentro de algumas horas andarei por ali de mãos-dadas com ele. Cruzo com vários passageiros. Eles me identificam como a cantora do cruzeiro, e todos sorriem para mim.

Quando entro na cozinha, Coral pisca, me aproximo e pego uma madalena. Ela diz:

— Fiz agora para você.

Dou uma mordida. Olho para minha amiga, que murmura:

— Desembuche.

Concordo e dou outra mordida. Tenho que lhe contar mil coisas, mas, antes, mostrando-lhe a chave que tenho no pescoço, sussurro:

— Eu disse que o amo!

Ela leva a mão à boca e, a seguir, com um puxão, tira a madalena de mim e grunhe:

— Menina má. Você é boba! Como lhe ocorreu dizer uma coisa dessas?

Em minha nuvem de algodão particular, olho para ela, divertida, e respondo:

— Ele disse primeiro. Disse coisas maravilhosas e depois me entregou a chave de seu coração.

Sua expressão muda. Ela olha a chave e pergunta:

— Sério? — Confirmo, e ela diz em tom sonhador: — Meu Deus, que romântico!

Dou risada. Que saudade dessa sua vozinha apaixonada!

Estou impaciente para lhe contar tudo. Tiro a madalena dela e dou outra mordida. Depois, me sento ao seu lado e começo a lhe contar detalhadamente o que aconteceu. A surpresa de Coral só cresce. Seus olhos parecem que vão sair das órbitas à medida que vai sabendo da história. Quando termino, digo:

— E isso é tudo que sei por enquanto.

— Cirurgião?

— Sim... cirurgião cardíaco, para ser mais exata — pontuo.

Ela pestaneja. Está tão alucinada quanto fiquei quando soube. Murmura:

— Ah, Yanira... Não sei o que pensar.

— Eu também não. Só sei que o amo e ele me ama.

— Santo Deus, isso tudo é tão romântico...

— Eu sei — sorrio como uma boba.

— Você procurou informações sobre ele na internet?

Não havia pensado nisso. Respondo:

— Não.

Coral se levanta da cadeira, pega um *notebook* em um canto da cozinha e o liga. Fico nervosa. Sei que vou encontrar coisas de Dylan que desconheço, mas não quero parar. Quero saber. Uma vez no Google, minha amiga digita: "Cirurgião cardíaco Dylan Ferrasa". A seguir, centenas de links aparecem diante de nossos olhos.

— Meu Deus! — exclamo, confusa.

Ainda não vi nada, mas todos esses links me perturbam.

Coral clica rapidamente em um, e aparecem centenas de fotos de Dylan no hospital, na rua, em um cinema, em um jantar, em uma festa beneficente.

Engasgo.

Ah, meu Deus, de *smoking* ele está impressionante!

Já sem poder retroceder, mergulho no Google e pisco alucinada quando vejo que ele aparece relacionado às mais impressionantes *top models* da face da Terra e às atrizes mais incríveis. Ele é amigo de Marc Anthony, de Maxwell, de Luis Fonsi e de uma longa lista que a cada segundo me deixa mais sem fala.

— Pomba...

Coral muda de link e diz:

— Pomba! Ele já namorou a Sienna Miller, a Megan Fox, a Jennifer Aniston... Mãe do céu, Yanira!

Começo a rir. Como estou nervosa!

Meu coração bate disparado. Dylan, meu Dylan, é um bombozinho tentador para as mulheres, e, sem dúvida, ele aproveita sua posição, seu magnetismo.

Acho que vou ter um troço. E o ciúme me turva a razão. De repente, tomo consciência da dura realidade e me pergunto: "Como ele pôde ter me notado depois de ter ficado com essas mulheres?".

Pelo amor de Deus, nosso amor é impossível!

Eu devo ser seu plano Z. O plano desesperado de sua viagem de navio.

Levanto-me e bebo água. Respiro fundo, mas meu coração se acelera ainda mais quando ouço Coral dizer:

— Pombaaa...

Como um furacão, olho de novo a tela do computador e engasgo outra vez ao ler: "Irmãos Ferrasa arrasados após a morte de Leona, rainha da salsa porto-riquenha e cantora da banda Kodigo Salsa".

— Ah, meu Deus... — murmuro incrédula.

Alucinada, olho a foto que mostra Dylan e seus irmãos ao lado de um homem que, pela semelhança, deve ser o pai; aflitos, em um enterro, ao lado de uma grande foto de Luisa Fernández, a grande rainha da salsa de Porto Rico, apelidada de Leona.

Engasgo. Não consigo respirar.

Coral corre para buscar mais água para mim. Bebo, trêmula.

— Calma, Yanira... calma — sussurra ela ao ver meu estado.

Não consigo falar. Eu cantei músicas dessa mulher em algumas apresentações. Olhando para minha amiga, digo, transtornada:

— Pelo amor de Deus, Coral, a mãe de Dylan é a megaconhecida Luisa Fernández, a Leona?

— É o que está escrito aqui, menina.

Tudo gira. Não sei o que pensar.

Dylan foi uma grande descoberta, mas, agora, sua família é demais para mim. Sinto um medo, mas não sei de quê. Tremo ao me dar conta da incrível realidade.

Meu estômago está revirado. Coral, que me conhece, abraça-me e me embala. Diz para eu não me preocupar, que tudo vai dar certo. Mas tudo que acabo de descobrir não é fácil de assimilar. Eu não sou ninguém no mundo dele. Não posso me comparar nem com sua mãe, nem com as perfeitas e preciosas mulheres com quem ele já ficou. Dylan é o superconhecido dr. Dylan Ferrasa. Filho da grande Luisa Fernández, e eu sou só uma simples cantora de orquestra que ele conheceu como garçonete. Cedo ou tarde sua vida vai voltar ao normal, à sua realidade, e tenho certeza de que ele vai se esquecer de mim. Eu sei. Sei que é o que vai acontecer.

— Yanira...

Ouço a voz de Dylan atrás de mim e fecho o *notebook* com um tapa.

Ao me voltar para olhar para ele, meu sorriso se congela, e ouço Coral murmurar:

— A-ah... não estou gostando nada disso.

Eu a entendo. Eu também não gosto do que vejo.

Meu sexto sentido me alerta de que alguma coisa está acontecendo, e que não vai ser bom para mim.

Meus olhos se encontram com os belos olhos de meu moreno.

Mãe do céu, como meu moreno está lindo de terno!

Está acompanhado de Tony e Omar. Os três estão de terno escuro, e pela primeira vez noto que o formato do rosto dos três é idêntico, e os olhos de Omar e de Dylan também. Vendo-os juntos, não dá para negar que são irmãos. Como não notei antes?

Esse Dylan tão elegante não tem nada a ver com o homem de macacão por quem me apaixonei.

Agora ele é o homem poderoso e importante que andei vendo na internet, e isso me intimida mais do que quero reconhecer.

Na cozinha, todos olham para nós, fofocam, murmuram. Estão tão alucinados quanto eu ao vê-lo vestido assim.

Nem Dylan nem eu dizemos nada, só nos olhamos. Nesse momento vejo o Rançoso entrar na cozinha. Ele fica parado, e como nós, calado. Observa-nos. Já deve saber quem é Dylan.

Digo a mim mesma que tenho que reagir, e não ficar parada feito uma estátua diante deles, de modo que respiro, e sem me importar com os olhares dos outros levanto-me da cadeira e me aproximo do homem que eu adoro e que disse que me ama.

Pelo amor de Deus, ele parece até mais alto!

Estou nervosa e intimidada, mas seu magnetismo e meus sentimentos me ajudam a não desfalecer. Dylan não se mexe. Sua expressão é seria. Olhamo-nos durante alguns segundos, e por fim ele diz:

— Aconteceu uma coisa e tenho que partir urgentemente.

Meu sangue gela.

Por que não me surpreende o fato de ele ter que partir?

Sinto meus pulmões ficarem sem ar, mas pergunto:

— O que foi?

Quando Dylan vai responder, Tony se adianta:

— Omar falou com papai, e por causa da emoção de termos encontrado Dylan ele teve um infarto.

Meu estômago se contrai ao olhar para Omar, que abaixa a cabeça.

— Calma, ele está bem. Não foi grave, mas temos que voltar.

Eu entendo.

Se meu pai tivesse um infarto, eu voltaria da Cochinchina para ficar com ele.

Mesmo assim, não sei o que dizer. Estou agoniada. Só consigo olhar para Dylan, que, a menos de um metro de mim, me observa de uma maneira estranha.

Todos estão atentos a nós enquanto os segundos vão passando. E, de repente, entendo. Ele está se despedindo de mim e não sabe como fazer. Meu coração se parte em mil pedaços.

Ciente de que não devo fazer uma cena, respiro, absorvo seu lindo olhar e tento fotografá-lo com a mente para recordá-lo eternamente.

Sei que vou morrer de saudades.

Por minha cabeça passam mil perguntas que não posso fazer. Há muita gente em volta nos observando, e não seria justo nem para ele nem para mim. Por fim, reúno forças e consigo dizer:

— O importante é que seu pai esteja bem. — Omar e Tony concordam, e, olhando para meu amor, acrescento. — Neste momento, só isso é importante, Dylan. Não se preocupe com mais nada. Nada.

Sorrio. Ele sabe que estou nervosa. Nem sequer pestaneja, só me olha.

De repente, dá um passo para mim e, me pegando pela cintura, me puxa para si, afasta meu cabelo do rosto e me beija.

Sinto sua boca na minha com uma doçura extrema. Sem me importar com os olhos que nos observam com curiosidade, correspondo a seu beijo, enquanto uma torrente de pensamentos — um pior que o outro — bloqueia meu cérebro.

— Se sentir saudades, ligue para mim — diz ele.

De acordo, busco sua boca e tornamos a nos beijar. Depois, ele segura meu rosto com suas mãos bem-cuidadas para que eu olhe só para ele e murmura:

— Desculpe. Desculpe mesmo, Yanira.

Engulo as lágrimas e tento sorrir. Era tudo tão bonito que era impossível que durasse. Levo a mão à chave que ele me entregou e ameaço tirá-la, mas ele me impede. Beija-me de novo, desta vez com desespero. Quando põe fim a seu beijo apaixonado, ele me solta, dá meia-volta e, seguido por seus irmãos, sai da cozinha sem olhar para trás.

Quando a porta se fecha atrás dele, não consigo me mexer, até que a mão fria de Coral me faz voltar à realidade. Olho para ela e murmuro:

— Acabou tudo.

— Não, não diga isso. Você não sabe.

— Sim, eu sei — afirmo. — Ele acabou de se despedir de mim.

Meu queixo treme, e, ao ver, minha amiga faz que não com a cabeça. Não posso chorar. Não devo. Ela tem razão. Fazer uma cena na frente de todos vai deixar evidente minha fraqueza e meu desengano. Então, quando engulo o nó de emoções que sinto na garganta e consigo tomar ar, olho em volta, e com grosseria e um sorriso, digo a meus colegas:

— Posso saber o que estão olhando?

Sem responder, mas tão desconcertados quanto eu, todos retomam suas tarefas. As fofocas sobre Dylan e eu vão começar em décimos de segundo, não tenho a menor dúvida.

Que dias me esperam! Não quero nem pensar!

Uma vez que a cozinha volta a seu ritmo, olho para Coral totalmente desconcertada e murmuro:

— Tenho que passar para o plano B, C e D com urgência.

— Por quê?

Com toda a dor refletida em meus olhos, murmuro, tocando a maldita chave que continua pendurada em meu pescoço:

— Porque ele foi embora para sempre.

Nesse instante, o Rançoso, que contemplou tudo em silêncio, aproxima-se de nós e levantando a voz, diz:

— Yanira, eu lhe disse que relacionamentos entre os funcionários do navio eram proibidos, lembra? — Não respondo, me recuso, e ele prossegue. — Não preciso nem dizer que está despedida.

Saco... merda... saco... Era só o que me faltava!

— O quê?!

Com um sorrisinho triunfal, meu chefe responde:

— Eu já suspeitava fazia tempo, mas nunca os peguei em flagrante, até que hoje os vi, assim como todos os seus colegas. — E apontando para a porta por onde Dylan saiu, acrescenta: — O homem que acaba de ir embora, o dr. Dylan

Ferrasa, pode se permitir diversão com uma garçonete como você. Com certeza você não foi a primeira.

Se eu responder, vou arrancar seus olhos. O Rançoso continua:

— Agora, ele foi embora e você vai também. Com a diferença de que ele saiu pela porta principal, e você vai sair pelos fundos.

— Que homem ruim — resmunga Coral.

O Rançoso olha para ela. Eu pego a mão de minha amiga para acalmá-la, e ele sorri.

— Você é um demônio. Espero que alguém um dia o ponha em seu lugar — sibilo, furiosa.

Minhas palavras não o incomodam em absoluto. Ele acrescenta:

— Faça o favor de passar por meu escritório para assinar a rescisão. Você vai desembarcar em Gênova e pagará sua passagem de volta para a Espanha.

— Mas o que está dizendo, homem? — grita Coral, alterada.

Durante vários minutos eles se envolvem em uma forte discussão. Minha amiga mostra todo seu caráter e o deixa no chão. Eu, disposta a não ficar atrás, participo também.

Não há dúvida de que nós duas acabamos de começar o plano B.

O Rançoso está cego de ira. Tem duas feras à sua frente que estão lhe dizendo de tudo na frente dos funcionários. Por fim, Coral tira o avental e o gorro de cozinheira, e, jogando tudo na cara dele, conclui:

— Evidentemente, eu também vou embora, seu idiota!

Já não há volta.

Quando o Rançoso vai embora, vários funcionários se aproximam de nós, mesmo sem saber o que dizer. Néstor, Gina e os colegas que nos estimam se desesperam. Arranjar emprego está muito difícil, e eles odeiam não poder ficar do nosso lado. Durante as horas seguintes, nós nos despedimos de todos os outros colegas. O pessoal da orquestra fica muito desgostoso. Tomás me abraça e me oferece dinheiro, caso eu precise. Eu lhe agradeço de coração, mas não aceito. Graças a Deus, com o que tenho acho que poderei viver até chegar a Tenerife.

De rabo de olho, vejo Coral se despedir de seu argentino e me tranquilizo ao vê-la sorrir. Ela não está apaixonada como eu. Minha amiga é esperta, eu não.

Enquanto Coral acaba de se despedir, olho o mar. Tiro o pingente que Dylan me deu e o guardo no bolso da calça.

Quando desembarcamos, colocamos nossos bonés, e Coral propõe:

— O que acha de comermos uma boa pizza enquanto definimos qual é nosso plano B?

— Acho uma excelente ideia.

Mas a excelente ideia vai para o brejo quando, depois do almoço e de vários limoncellos*, dois italianos enormes com cara de maus nos roubam em um beco e ficamos em Gênova só com a roupa do corpo. Adeus, bolsas. Adeus, malas. Adeus, celulares.

Olhamo-nos desesperadas até que começo a rir, e Coral me acompanha. Quando conseguimos parar de rir, procuramos uma delegacia para fazer um boletim de ocorrência, e, enquanto esperamos nossa vez, penso em Dylan. Se ele me ligar, não vai conseguir falar comigo.

Fico angustiada e recordo o pingente que guardei no bolso da calça. Pego-o e sorrio ao vê-lo. Mas meu sorriso se apaga ao me conscientizar de que ele foi embora. Leio na chave: "Para sempre".

Ele foi embora para sempre mesmo?

Quando chega nossa vez, preenchemos com dificuldade os formulários da denúncia e tentamos entender os *carabinieri*. Eles me perguntam se quero ligar para minha família.

Penso em meus pais. Eles ficariam tristes ao saber do ocorrido, e então, lembro-me de Francesco. Sei onde ele trabalha, e a polícia, muito gentilmente, ajuda-me a localizá-lo em Portofino. Dez minutos depois já o encontramos, e rapidamente, ao saber o que aconteceu, meu amigo diz que vem nos buscar na delegacia.

Uma hora depois ele aparece. Continua bonito como sempre, e, ao me ver, sorri e nos abraçamos. Eu lhe apresento Coral, e nós três nos dirigimos a seu carro. Esta noite ele vai nos hospedar em sua casa.

Quando vou para a cama com Coral, vejo que ela adormece em dois minutos.

Que sorte ela tem! Eu não consigo. Penso em Dylan e me desespero ao notar como vai ser difícil esquecê-lo.

* Licor de limão, originário da Itália. (N. do R.)

No dia seguinte, Francesco nos empresta dinheiro.

Falamos com nossa operadora, e, felizmente, recuperamos nossos números. Depois, compramos celulares novos, e a primeira coisa que faço é ver se tenho chamadas perdidas ou mensagens de Dylan. Nada. Não há nada. Isso me deixa triste. Mas ter celular de novo me tranquiliza, caso ele ligue.

Depois, vamos comprar algumas roupas, e Francesco insiste em nos dar de presente dois lindos vestidos com sapatos combinando.

À tarde, ele nos convence a ficar uns dias em sua casa. Coral concorda. Eu resisto, mas no fim cedo. A verdade é que não temos nada melhor para fazer, exceto voltar para a Espanha e procurar emprego.

À noite, Francesco nos leva à pizzaria de um amigo, e nós duas colocamos os vestidos que ele nos deu. Lá ele nos apresenta a seus amigos, e durante horas desfrutamos de boa companhia. Francesco me apresenta também sua namorada, uma italiana muito bonita chamada Giulia, e não me surpreende quando, durante o jantar, ela cochicha para mim que sabe que Francesco me conheceu em Tenerife e me dá uma piscadinha. Isso me mostra que os dois se entendem muito bem. Sorrio.

Depois do jantar, vamos todos tomar uns drinques. Coral está enlouquecida e murmura, olhando para um amigo de Francesco.

— Mãe do céu, que gato, o Maletone!

Eu morro de rir, porque o homem, muito bonito e estiloso, realmente parece bem-servido, e sua "mala" fica marcada na calça.

— O nome dele é Giacomo — corrijo-a.

— Giacomo Maletone — afirma Coral.

Rio de novo.

Durante horas todos nos divertimos. Bem, todos menos eu. Contudo, tento sorrir, e danço com Francesco, com Sandro, com Philippo e até com Giacomo Maletone, mas por dentro estou arrasada. Dylan não me liga. Não dá sinais de vida, e não consigo parar de pensar nele.

Eu não vou ligar. Nem louca.

Passam-se quatro dias, e não recebo nenhuma notícia dele. Nem sequer uma mensagem. Ele não sente minha falta. É evidente que a despedida foi para valer, e a raiva me consome por dentro. Estou passando da tristeza à raiva. Ao ir tomar banho, ligo o rádio e choramingo enquanto canto:

Te besaré, como nadie en este mundo te besó.
Te amaré con el cuerpo y con la mente, con la piel y el corazón.
Vuelve pronto, te esperamos
mi soledad y yo...

Lágrimas enormes escorrem por minhas faces, e soluços dolorosos rasgam minha alma, enquanto canto essa canção de meu amado Alejandro Sanz. Por fim me permito chorar como desejo. Permito-me chorar na solidão.

Lembro o que Dylan comentou sobre o que sua mãe dizia: quando a pessoa está feliz, escuta música, e quando está sentida ou desesperada, entende a letra.

Quanta razão ela tinha!

Eu, até agora, sempre escutei música, cantei e dancei. Curti e senti. Mas agora, com o coração partido, entendo-a, e cada canção que escuto parece escrita para mim.

O desamor é uma merda. Deixa-nos fracas, turva nossa razão. Nunca devia ter me apaixonado. Nunca devia ter me deixado levar pela paixão. Decididamente, devia ter ouvido minha amiga e blindado de novo meu coração.

É verdade que nada é para sempre. Como o iogurte.

No dia seguinte, Francesco, que me conhece melhor do que eu achava, depois de almoçarmos em sua casa me pega pela cintura e, afastando-nos de sua namorada e de Coral, me leva até a varanda e pergunta:

— O que você tem?

— Nada.

Meu italiano sorri e, aproximando-se de mim, cochicha:

— Yanira... Yanira... sabia que seu nariz acabou de crescer alguns centímetros?

Sorrio divertida com o comentário, e, após suspirar, respondo, tocando com carinho a chave que pus de novo no pescoço.

— Estou apaixonada por um homem que mentiu sobre tudo, e percebi que não sente nada por mim. Satisfeito?

— Imaginei que fosse mal de amor — responde ele —, mas queria que você confirmasse. E ele está no navio que você abandonou?

Nego com a cabeça, pouco disposta a contar-lhe quem é Dylan.

Meu amigo olha para mim à espera que eu diga mais alguma coisa, mas não vou falar. Não quero falar de Dylan. Por fim, abraçando-me, Francesco diz:

— Ouça, Yanira. Não sei quem é o homem que partiu seu coração, mas se não voltar para você, realmente é um bobo. E agora, dito isso, quero que você sorria. Quero que se divirta. Quero voltar a ver a louca sensual que me enfeitiçou em Tenerife e...

Cubro sua boca e, olhando-o nos olhos, sussurro:

— Não. Agora não posso.

Depois de uns instantes, durante os quais sei que Francesco tirou suas próprias conclusões, ele aceita. E dando-me um beijo doce na ponta do nariz, responde:

— Eu me esqueci de lhe ensinar que o amor é uma merda, Yanira. Lamento não tê-la preparado para isso.

Isso me faz rir. Outro como Coral.

Lembro que ele me contou que havia sofrido por amor, e percebo que esse sentimento tanto nos faz flutuar quanto afundar. E, de suas palavras, deduzo que Francesco continue afundado. Quando vou falar, Giulia se aproxima de nós. Por seu olhar travesso, sei o que está querendo, mas ele, pegando-a pela cintura, beija seu pescoço e murmura:

— Em outra oportunidade, querida.

Giulia concorda. Com essas simples palavras, nós três nos entendemos e voltamos para perto de Coral, que está na cozinha preparando uma torta maravilhosa para nós.

21

Nada é para sempre

Depois de passar uma semana em Gênova, decidimos voltar à Espanha. Nesse tempo, Coral ligou para vários amigos e eles já lhe arranjaram uma entrevista para um emprego em um hotel de Barcelona.

Ela está decidida a não voltar para Tenerife. Segundo disse, é pequena demais para ela!

Quando chegamos ao aeroporto de Barcelona, ela se recusa a me deixar e me acompanha até onde tenho que pegar o voo para Tenerife. Uma vez ali, temos que nos separar. Abraçamo-nos, e Coral, ciente de como me sinto, diz:

— Quero vê-la bem, Yanira. Por favor, diga que vai ficar bem.

Soltando um suspiro, respondo:

— Você tem dúvidas? — E tentando parecer frívola, olho para um moreno que passa ao nosso lado e cochicho. — Viu a bundinha desse gato?

— Essa é minha menina!

Ambas rimos, e depois de lhe dar um grande beijo, despeço-me de minha amiga louca e ela vai embora. Sozinha na sala de embarque, ponho os fones de ouvido e escuto música em meu celular. Isso é a única coisa que ultimamente consegue me acalmar. Ponho também os óculos de sol para que ninguém veja meus olhos emocionados enquanto toco a chave que não consigo tirar do pescoço.

Minha chegada a Tenerife é um acontecimento para toda a família. Eles não sabiam que eu estava voltando, e quando me veem aparecer, gritam de alegria. Não explico que fui despedida do cruzeiro. Simplesmente digo que o contrato acabou em Gênova e que, como não gostei da experiência de trabalhar em um navio, decidi não renovar.

Minhas avós estão radiantes e meus pais, felicíssimos. Sua menina, sua Yanira, está de novo em casa. Garret me abraça ao me ver e me surpreende dizendo em meu ouvido:

— Como diria Han Solo, não há recompensa que iguale isto.

Espantada com o que o nerd do meu irmão acaba de dizer, vou responder, quando Rayco me abraça também e sussurra:

— Que bom vê-la de novo aqui, minha menina.

Ah, eu vou chorar!

Sinto meu queixo tremer e sei que vou começar a chorar como uma Madalena arrependida diante de minha família.

Argen, ao ver minha expressão, quando Rayco me solta, abraça-me e murmura:

— Seja o que for, vamos superar juntos.

Quando consigo controlar os movimentos de meu queixo e engulo as lágrimas, olhamo-nos nos olhos. Peço-lhe um tempo com o olhar, e sei que ele, com seu doce sorriso, vai me conceder.

No dia seguinte, depois de uma noite de sono como há muitos dias não tinha, Argen me acorda a travesseiradas, e eu rio às gargalhadas. Que saudades dele... Então eu me visto, e pouco depois saímos da casa de meus pais e entramos em seu carro em direção à praia, dispostos a surfar.

Durante o trajeto, falamos de mil coisas enquanto escutamos música.

Quando chegamos, estacionamos, vestimos nossos trajes de neoprene e entramos no mar com as pranchas.

Pela primeira vez em muitos dias, por fim sorrio de verdade e me sinto feliz. Voltei à minha ilha, ao meu mar, ao meu mundo, com minha gente, e isso me permite outra vez pôr os pés na Terra. Durante horas fico dropando ondas com meu irmão e seus amigos, e, quando estou cansada, saio e me sento na praia curtindo a paisagem debaixo do sol de minha Tenerife.

Minutos depois, meu irmão também sai da água. Crava a prancha junto à minha e vai ao quiosque pegar duas cervejas. Ao voltar, ele me dá uma, e depois de brindarmos, olhando-nos nos olhos, diz:

— Muito bem, o que aconteceu?

Desabafo para ele. Conto-lhe como conheci Dylan e tudo que aconteceu entre nós, menos a parte do sexo, embora eu saiba que ele imagine. Enquanto conto, procuro informações sobre Dylan em meu celular para lhe mostrar quem é. Meu irmão olha com curiosidade e, quando termino o relato, murmura:

— Como você pôde ser tão tola?

— Tola?

— Sim, Yanira, tola!

Incomodada com seu comentário, olho-o nos olhos e protesto:

— Eu não quis me apaixonar, nem sequer sabia quem era ele, Argen! Quando o conheci, era simplesmente Dylan, um cara da manutenção. Nunca imaginei que fosse um famoso cirurgião de Los Angeles e filho da famosa Luisa Fernández. E menos ainda que me enganaria e me usaria para se divertir.

Minha voz parece desesperada.

Estou desesperada!

Ao ver meu estado, Argen passa o braço por meus ombros com cumplicidade. Eu apoio a cabeça nele e murmuro com um fio de voz:

— Embora me doa dizer, passei dias incríveis com ele. Pela primeira vez senti que um homem me preenchia por completo. Argen, se você o houvesse conhecido, teria gostado muito de Dylan, porque ele é... muito especial.

— Você acha?

Sorrio. Penso em meu morenaço, e, enquanto a canção *Nada es para siempre*, de Luis Fonsi, toca pelos alto-falantes do quiosque, respondo:

— Tenho certeza absoluta.

Passam-se os dias, e minha vida pouco a pouco volta à rotina. A chave continua em meu pescoço, meu coração não deixa me afastar dela. Percebo que a toco e sorrio cada vez que penso em Dylan.

Não sei se isso é bom ou ruim, só sei que preciso fazer.

Depois de vários dias de ócio, escutando canções de amor que partem ainda mais meu coração, chorando às escondidas e ruminando minhas dores, minha avó Ankie me obriga a acompanhá-la a seus shows. Segundo ela, chega de ficar assim. Concordo. Faço o que ela diz e percebo que, quando estou no palco com ela e suas amigas, a dor suaviza e consigo sorrir.

Estimulada por meu pai, deixo currículos nos hotéis da ilha, enquanto volto a trabalhar na loja de suvenires. Tento esquecer Dylan, mas sua lembrança é tão forte que me deixa louca. Mesmo assim, decidi que vou conseguir. Não há noite em que eu não pense nele, nem canção que não me faça recordá-lo, mas, como dizem minhas avós, a vida continua, e eu hei de continuar, com ou sem ele.

Dois dias depois, sou chamada a um hotel para fazer um teste. Estou contente. De calça jeans e uma camiseta *pink*, entro com passo seguro no estabelecimento. Quem me recebe é o diretor da orquestra. Depois de me apresentar aos músicos, que têm minha idade e se mostram muito gentis comigo, ele me pede que cante alguma coisa. Falo com o pianista e o baixista e indico uma canção. Eles conhecem, e o baixista toca os primeiros acordes. Começo a cantar *Todo cambió*, de Camila. Uma canção de que sempre gostei.

Olho para o diretor e os músicos. Quando começo a cantar, vejo que gostam de minha voz, e o baixista até pisca para mim. Eu prossigo, feliz:

Me sorprendió todo de ti.
De blanco y negro a color me convertí.
Sé que no es fácil decir te amo,
yo tampoco lo esperaba.
Pero así es el amor,
simplesmente pasó y toda tuya ya soy.

Fecho os olhos enquanto a letra sai de mim cheia de um sentimento que me arrepia; prossigo, subindo o tom de voz no refrão:

Antes de que pase más tiempo contigo, amor,
tengo que decir que eres el amor de mi vida.
Antes de que te ame más, escucha por favor.
Déjame decir que todo te di y no hay, cómo explicar,
para menos si tú estás.
Simplesmente así lo sentí,
Cuando te vi...

Quando termino a canção, faz-se silêncio ao meu redor. Sorrio e vejo que me observam alucinados. Acho que esse foi o teste que fiz com mais paixão na vida, e sei disso pelo modo como eles se olham. O diretor aplaude e, levantando-se, pergunta:

— Você pode começar hoje à noite?

Digo que sim, feliz, e ele, dirigindo-se ao guitarrista, diz:

— Temos essa canção em nosso repertório?

O guitarrista nega com a cabeça, e o diretor ordena:

— Inclua. É maravilhosa. E agora, que temos uma cantora nova, quero que vocês revisem o repertório. Acho que Yanira pode atualizá-lo.

Adoro isso. Atualizar o repertório de uma banda é, no mínimo, excitante. Poder cantar as canções de que gosto e eles terem que se adaptar a mim me enche de alegria. Quando o diretor vai embora, o guitarrista murmura:

— Finalmente canções novas!

Eu sorrio, e durante toda a manhã trabalho com os músicos no salão do hotel. Como somos da mesma idade, eles propõem canções de que também gosto. Às seis da tarde, depois de mais de oito horas de trabalho, temos um novo repertório. Despeço-me deles e vou para casa a fim de trocar de roupa antes da apresentação.

À noite, quando as luzes se acendem no palco, volto a ser eu mesma. Canto, danço e me envolvo com o público, e, quando vejo que estão onde eu quero, faço-os dançar, aplaudir, divertir-se.

Faço o que gosto e me divirto. Posso pedir mais?

Sim... Dylan.

22

Quando me apaixonei

Passam-se os dias. Dylan começa a ser só uma recordação. Uma recordação maravilhosa do passado que eu recrio na solidão e que me excita.

Passeio pela praia com os cães da família, e durante horas fico jogada na areia olhando o horizonte, perdendo-me nele.

Tenho uma foto de Dylan que baixei da internet em meu celular. Ele está lindíssimo, sorrindo. No tempo em que estivemos juntos nunca tiramos fotos, não sei por quê.

Estou há três semanas sem vê-lo nem saber dele, e, apesar de sentir muita saudade, noto que estou começando a ressurgir das cinzas e a entender que tudo aquilo foi um sonho. Um sonho bonito e ao mesmo tempo maligno.

Certa manhã, depois de surfar com meu irmão, fico atônita ao ver que Argen está no quiosque com Patricia, a garota de quem ele gosta tanto. E deixando-me totalmente alucinada, ele se aproxima dela e lhe dá um selinho. Ora essa, meu irmão!

Ele parece notar meu olhar; volta-se para mim e sorri. Decido não interrompê-lo e fico sentada na areia ao lado de nossas pranchas, à espera que ele volte com as cervejas geladinhas. Sem conseguir parar de sorrir depois de vê-lo tão meloso, ponho os fones de ouvido e decido escutar música enquanto espero.

Pelo menos ele tem sucesso no amor, e isso me enche de alegria.

O mar está mais agitado que o normal e adoro olhar para ele. Deito-me na praia. O sol me aquece, e preciso que sua energia me recarregue. Durante mais de uma hora curto a brisa do mar e a música.

— Vamos, Yanira... — diz Argen de repente.

Ao ouvi-lo, tiro os fones de ouvido e, olhando para ele, pergunto:

— E a cervejinha?

— Tomamos em casa.

Levanto-me e concordo, mas, incapaz de não dizer nada, solto:

— O amor é uma merda, Argen. Não se esqueça disso.

Meu irmão entende o que estou dizendo e, pegando meu rosto entre as mãos, responde:

— Não, Yanira. O amor é a coisa mais maravilhosa que existe no mundo. Não seja negativa e pense que mais vale ter amado e ter sido amado que não ter nunca conhecido esse sentimento.

Sorrio. Esse é outro jeito de ver a coisa.

Talvez ele tenha razão, eu não devia ser tão negativa. Depois de lhe dar um beijo no rosto, sorrio e digo:

— Tudo bem, Argen. E agora, o que você tem para me contar?

Ele sorri sem dizer nada, mas eu, ao ver que Patricia vai embora em seu próprio carro, insisto:

— Finalmente você decidiu falar com ela?

Enquanto caminhamos juntos para nosso carro, ele responde:

— Eu teria lhe contado antes, mas como você está assim por causa daquele sujeito...

Eu paro e, arregalando os olhos, murmuro:

— Você e ela... Sério?

Meu irmão confirma, e eu me jogo em seus braços. Estou feliz por Argen. Ele e a garota dos seus sonhos por fim estão juntos. Ele ri, divertido, e eu pergunto:

— Como você pôde esconder isso de mim?

— Você não está no clima de ouvir falar de amor, irmãzinha.

Ele tem razão. Mas, rindo de novo, insisto:

— Conte-me tudo agora mesmo.

No caminho de volta, Argen me conta sua linda história. Por fim Patricia, essa garota que para ele é uma deusa, tomou a iniciativa e o convidou para sair. Parabéns para ela! Encontraram-se no hospital, quando Patricia foi visitar um amigo, que, no fim, era o endocrinologista de meu irmão.

Fico muito feliz. Argen merece ser feliz, e Patricia, com seu arrojo de tomar a iniciativa, ganhou meu respeito e meu coração.

Essa noite, como todas as noites, a orquestra e eu nos divertimos cantando e tocando para os hóspedes do hotel, que dançam adorando nossa música. Incluo canções novas, e na noite em que escolho *You'll never find*, de Michael Bublé, enquanto de olhos fechados imagino Dylan ao meu lado, as pessoas vão à loucura. Sem dúvida, fui feita para cantar canções românticas.

Três noites depois, em plena apresentação, eu me surpreendo ao ver meu pai no público. Sorrio. Adorei vê-lo ali; pisco para ele. Ele, contente, joga-me um beijo, que eu pego e levo ao coração.

Quando acabamos de cantar *Mamma mia*, do Abba, vou até meus colegas e peço que mudemos a canção seguinte. Quero dedicar a canção de Rosa a meu pai, já que ele gosta tanto; quando soam os primeiros acordes, vejo-o sorrir, e começo a cantar. Nesse momento, minha mãe se aproxima dele, e isso me surpreende ainda mais. Eles fecharam a loja para vir me ver?

Mamãe acena para mim e sorri. Eu pisco para ela e olho os dois, adorando tê-los ali. Desde que voltei, toda minha família, inclusive os gêmeos, estão atentos às minhas necessidades. Todos parecem perceber que estou com o coração partido e cuidam de mim como se eu fosse de porcelana chinesa.

Eles são maravilhosos!

Meus pais dançam abraçados na pista, enquanto eu canto:

Sigue besándome las veces que me besas
y dame mil caricias locas de esas
que borran lo que ayer viviste tú...

Sem poder evitar, ao fechar os olhos penso em meu amor desesperado. Ainda recordo a noite em que ele me pegou cantando essa canção na cobertura do barco e se sentou para me escutar.

Nunca yo averigüé las veces que te diste
ni cuántos tiempos bellos repartiste.
Hoy me amas y te amo, se acabó...

De fato, acabou. Mas recordá-lo também me faz sorrir, e curto as lembranças enquanto canto.

Nesse instante, percebo que Argen tem razão: o amor é lindo; basta ver meus pais para perceber isso.

Quando a apresentação acaba, as pessoas aplaudem.

Meus pais se aproximam do palco e sorriem. Eu, sem poder me controlar, me agacho e lhes dou um beijo. Nesse instante, mamãe diz em meu ouvido:

— Nós amamos você, querida.

Eu sei que eles me amam, não precisam dizer. Mas ouvir isso me emociona, e tenho que reprimir a vontade de chorar.

Disfarço o que suas palavras e o olhar de meu pai me fazem sentir e sorrio, apesar de minha tristeza, até que, de repente, ao olhar para a lateral da sala, meu sorriso se congela quando meus olhos encontram alguém que eu não esperava ver: Tito.

O que o tio de Dylan está fazendo aqui?

Ao perceber que o vi, ele pisca para mim, e, inconscientemente, toco a chave em meu pescoço.

Ouvem-se os primeiros acordes da canção seguinte; tento me concentrar no que tenho que fazer. Meu colega começa a cantar, e, fazendo meu possível, dou a réplica. Mas está difícil me concentrar no que tenho que fazer.

Pelo amor de Deus, Tito está aqui!

Meus pais voltam ao lugar onde estavam quando os vi no início. Não se aproximam de Tito. Por sorte, não devem saber quem é. Isso me tranquiliza, mas ao mesmo tempo me sinto inquieta.

Ao ver que erro os passos da dança, meu colega olha para mim com estranheza. O que há comigo?

Tento disfarçar olhando para o outro lado para não ver Tito, e então reconheço Tony ao lado de Argen e Patricia.

O quê?! Eu vou ter um troço!

A partir desse momento, atuo mergulhada em um caos emocional. Nem sequer sei o que estou cantando!

Sobrevivo canção após canção, o que não é pouco. Canto com dificuldade, e quando vejo que meus pais se juntam a Tony, Patricia e Argen, e depois todos se sentam ao lado de Tito, meu coração quase pula do peito.

O que foi que eu perdi?

Olho para meu irmão em busca de explicações, mas ele se limita a sorrir e a piscar para mim. Isso me deixa mais nervosa. Vou matá-lo.

Quando por fim termina o espetáculo, minhas pernas mal me sustentam; tremo inteira. Não entendo nada. Quando Tito e Tony chegaram? E, especialmente, como conhecem minha família?

Estou histérica. Transpiro, tenho palpitações. Eles se levantam e vêm tranquilamente em minha direção.

O que faço?

Plano A: espero para ver o que vão dizer.

Plano B: fujo e me escondo até voltar a ser dona de minha vontade.

Entro em desespero e escolho o plano B. Fujo!

Desço por trás do palco e corro para o camarim. Meus colegas me olham com estranheza. Não entendem o que estou fazendo. Mas preciso me acalmar antes de enfrentar o que quer que esteja acontecendo.

Com a respiração entrecortada, estou chegando ao camarim quando alguém cobre meus olhos por trás e diz com voz rouca e emocionada:

— Adivinhe quem é.

Meu sangue gela nas veias; acho que até meu coração vai parar ao reconhecer sua voz.

Meus joelhos ficam bambos e meu o coração de repente começa a bombear a mil, como se fosse sair de meu peito.

Dessa vez, vou ter um infarto!

Depois de uns instantes que me parecem eternos, Dylan retira as mãos de meus olhos. Não consigo me mexer, não consigo olhar para ele, e então ele para na minha frente e murmura:

— Olá, meu amor.

Estou sem fôlego.

Ele está de terno escuro e uma camisa cinza sem gravata. Está impressionante. Alto, bonito, incrível, fascinante, erótico, poderoso, sensual, possessivo, e eu tento não desmaiar.

Plano A: não sei.

Plano B: não sei.

Plano C: continuo sem saber.

Sem dúvida sua proximidade, sua presença, sua visão anulam minha capacidade de pensar. Seus olhos percorrem meu rosto até chegar ao meu pescoço. E ao ver a chave, ele sorri e murmura:

— Você não sabe quanto desejei que você ainda a usasse.

Ele dá um passo para mim. Eu, incrivelmente, consigo dar um passo para trás.

Seu olhar me bloqueia. Ele dá outro passo para mim, e dessa vez não consigo me mexer. Com seus braços fortes ele contorna minha cintura e, aproximando esses lábios que eu adoro dos meus, por fim me beija.

Ah, Deus... Ah, Deeeusss!

Estou paralisada. Com carinho, sua língua abre caminho em minha boca até que sua exigência, sua paixão, seu sabor me fazem reagir, e retribuo o beijo com o mesmo fervor.

Dylan voltou!

Meu amor veio me buscar!

Sem me importar que meus colegas e a família passem por nós, parem e olhem, continuo beijando o homem que adoro, que quero, que amo com toda a minha alma. Quando afastamos os lábios, ele sussurra com um sorriso:

— Você não sabe quanta saudade senti de você, mimada.

Isso me surpreende. Ele prossegue antes que eu diga qualquer coisa:

— Procurei você no navio e me disseram que seu chefe maravilhoso despediu você e Coral no mesmo dia em que eu parti. Por que não me ligou para me contar?

Estou abobada, xarope. Não consigo falar. Só consigo olhar para ele e ainda sentir seu sabor em meus lábios.

Não consigo censurá-lo por não ter me ligado, por não ter me dado notícias, nem lhe dizer que fui só um brinquedo e que ele me abandonou.

Não sou capaz de nada exceto olhar para ele, me apaixonar ainda mais por ele e fazer cara de boba.

Meu Deus, Dylan, meu moreno, meu amor, meu bombom, está na minha frente. Quando recupero a voz e o bom senso, respondo ao que ele me perguntou:

— Não liguei porque não achei que fosse importante.

Seus olhos se arregalam, surpresos, e ele replica, incomodado:

— Yanira, você é a coisa mais importante que tenho na vida. Isso ainda não havia ficado claro?

Não. Definitivamente, não havia ficado claro.

— Seu pai está bem? — pergunto.

— Sim.

Depois de um silêncio, sem tirarmos os olhos um do outro, por fim consigo perguntar:

— Por que você não me ligou? Por que desapareceu?

Dylan enfia as mãos nos bolsos da calça e responde:

— Eu também precisava saber que você ia sentir minha falta. Eu não parti por decisão minha. Você sabe que foi por causa do problema de saúde de meu pai. Fiquei louco por não receber ligações suas e me obriguei a não ligar. Mas, por fim, aqui estou. De novo dei um passo em direção a você.

Entendo sua última frase e sorrio. Sem dúvida, ele tem razão. Eu também podia ter ligado para ele, mas respondo:

— Você disse "desculpe" antes de ir embora. Achei que estava se despedindo de mim para sempre.

— O quê?!

Sua expressão se endurece, parece implacável, mas prossigo:

— Procurei informações sobre você na internet e vi... que... bem... você sabe, e achei que nosso relacionamento para você... Eu não sou como elas. Não sou famosa. Por isso não liguei, e também fomos roubadas em Gênova e...

— Vocês foram roubadas em Gênova?!

Seu semblante se transtorna por uns segundos, mas rapidamente esclareço:

— Calma, não aconteceu nada. — E cravando meus olhos nos seus, acrescento: — Eu não liguei quando fomos despedidas porque pensei que aquele "desculpe" fosse um adeus definitivo e não queria incomodá-lo.

Ele franze o cenho. Solta um palavrão. Tira as mãos dos bolsos e as leva às têmporas; a seguir, com um gesto desesperado, pega meu rosto entre suas mãos e murmura:

— Bebê, pensei que tivesse deixado claro que você é importante para mim.

Meu coração bate descontrolado; respondo:

— Dylan, achei que...

— Eu lhe dei a chave do meu coração — insiste.

Meu Deus, como fui tola! Por que não liguei para ele?

Começo a rir.

Dylan me solta. Olho para meu pai, que está uns metros além, com os outros, e ele me censura por rir. Dylan franze ainda mais o cenho e diz entredentes:

— Essa sua risadinha ainda vai me matar.

Eu rio ainda mais quando vejo Argen sorrir. Ele é dos meus. Quando está nervoso, sorri.

De repente, Dylan me pega de novo, aproxima sua boca da minha e murmura:

— Por mais que eu me irrite, nunca deixe de sorrir. Prometa!

— Tudo bem, prometo — concordo, feliz.

Ele acrescenta:

— Não consegui parar de pensar em você nem um instante. Você pensou em mim?

Suspiro. Tenho ciência de que todos estão ouvindo o que falamos. Nesse momento, meu irmão Argen diz:

— Vamos, Yanira, não minta. E lembre-se, o amor não é uma merda!

Suas palavras me acalmam, e, olhando para o homem que adoro, respondo:

— A cada minuto do dia.

Dylan sorri. Gosta de minha resposta, e diz:

— Eu fiquei louco. Mas movi céu e terra até encontrá-la.

Nesse instante, ele se afasta um pouco de mim e seu tio lhe entrega uma caixinha de veludo bordô. Vejo que meus pais se emocionam.

Fico toda arrepiada.

Acho que vou viver um dos maiores momentos da minha vida, e, como sempre, começo a rir. Mas, dessa vez, em pânico.

Meu morenaço abre a caixinha diante de mim. Vejo um anel incrível com um diamante branco e isso me deixa de boca seca. É a pedrinha mais impressionante que já vi em toda a minha vida. Fico sem fôlego, e, quando olho de novo para Dylan, ele se justifica:

— Sei que só nos conhecemos há pouco mais de dois meses, mas...

— Dylan... o que você está fazendo? — interrompo-o com um fio de voz.

Pegando minha mão, ele me faz calar e prossegue:

— Nunca na vida sofri tanto por estar longe de alguém. Nunca na vida pensei 24 horas por dia em uma mulher, e só seu sorriso e sua lembrança me faziam sobreviver. Este anel é importante para mim e para minha família, porque era de minha mãe. Ela sempre dizia que, no dia em que aparecesse a mulher da minha vida, eu sentiria calafrios ao me afastar dela e que minha vida não seria completa até voltar ao seu lado. E tudo isso aconteceu com você. — Ele sorri. Eu, porém, fico alucinada. — Sei que sou alguns anos mais velho que você e que as prioridades que tenho na vida não são as suas. Pouco nos conhecemos porque não fui sincero com você no barco, e também não tentei conhecê-la além do que nosso desejo exigia naquele momento. Mas quero que saiba que o pouco que conheço de você me faz saber que estou total e completamente apaixonado; e por isso naquele dia eu lhe dei a chave do meu coração.

Ao meu redor ouve-se um "Ohhh!" generalizado.

Meu Deus, como meu namorado é romântico!

Minha família, a família dele, os músicos, todos nos observam embasbacados.

Sinto calor!

— Sei que talvez seja uma loucura o que vou lhe pedir. Seus pais e seu irmão acham que é e me disseram, mas eu vim até sua terra para buscá-la. Percebi que quero passar o resto da vida com você, e desejo que o resto da vida comece o quanto antes. E por isso lhe pergunto se me daria a honra de ser minha mulher.

Sinto enjoo. Como sempre, suas palavras não podem ser mais românticas.

Ele acabou de me pedir em casamento?

Seguro seu braço para não cair feito um saco de batatas.

— Você é a mulher da minha vida, case-se comigo! — murmura ele me segurando.

Quero responder, mas é como se minha língua estivesse adormecida. Não consigo falar.

Sem dúvida alguma, Dylan também é o homem da minha vida. Ele olha para mim aguardando uma resposta, mas estou travada. Mal posso respirar ou engolir. Ele, ao ver meu estado, diz brincando:

— Seu irmão me aconselhou a não me ajoelhar para pedi-la em casamento, porque você não curte essas coisas, mas, se for necessário que eu faça as coisas à moda antiga, tenha certeza, querida, que farei.

Não sei desde quando minha família fala com Dylan, mas neste instante isso é o que menos importa. Murmuro, olhando para o homem dos meus sonhos:

— Não precisa... Não precisa.

Ao responder, volto à vida.

Olho a pedra impressionante à minha frente e depois olho para o meu amor. Ele sorri à espera de uma resposta, e esse sorriso, somado à locomotiva que tenho no lugar do coração, deixam claro que devo dizer sim.

Então, sorrio e, sem me importar com os olhos que nos observam, concordo, e enquanto com uma mão toco a chave e com a outra pego sua mão, respondo:

— Sim, Dylan. Eu quero me casar com você.

Ambos sorrimos.

Minha felicidade é sua felicidade e vice-versa.

Nós nos beijamos e curtimos juntos esse momento doce e romântico, enquanto as pessoas aplaudem e gritam vivas em volta.

Olhamo-nos radiantes enquanto Dylan tira o anel da caixinha e o coloca em meu dedo. Eu, feliz até não mais poder, jogo-me em seus braços e o beijo.

É o momento mais maravilhoso e especial da minha vida.

Devoro-o aos beijos, e ele ri e murmura junto à minha boca:

— Mimada, amo você.

Esta noite não vou dormir em casa. Fico com Dylan.

Desde que nos reencontramos, não paramos de nos beijar, de nos olhar, de nos tocar, de nos abraçar; estou tão feliz, tão contente que acho que vou explodir.

Depois do jantar, quando todos vão embora, ele me propõe dar um passeio pela praia. Aceito.

É mais de meia-noite e a praia está vazia. Muito vazia. Caminhamos abraçados pela areia, enquanto ele diz o quanto sentiu minha falta. Eu sorrio ao ouvi-lo.

Quando a água molha nossos pés, paramos. Olhamo-nos, e eu lhe peço:

— Beije-me.

Ele me beija. Devora-me.

Sua língua busca a minha, e, erguendo-me nos braços, ele me faz amor só com a boca, enquanto me agarro a sua cintura com as pernas. Suas mãos acabam debaixo de minha saia, segurando-me pela bunda.

Nossa respiração se acelera. O desejo nos domina. Dylan murmura contra minha boca:

— Vou fazer amor com você agora mesmo.

Sorrio. Sem dúvida, nós dois desejamos a mesma coisa. Respondo:

— Faça.

Surpreso com minha resposta, ele olha para mim e eu acrescento, sorridente:

— Você me deseja, eu o desejo. Não me importa o que o resto do mundo pense.

Com uma expressão divertida, Dylan me beija e cochicha:

— Mimada... não me tente.

Disposta a fazer exatamente isso, desabotoo a camisa. Depois, abaixo as taças do sutiã para lhe mostrar meus seios e murmuro:

— São seus. Pegue.

Sem me soltar, Dylan inclina a cabeça e leva a boca aos meus mamilos. Chupa um com deleite e o ar da praia o endurece. Estou extasiada.

— Você não imagina quanta saudade senti de você.

Minha voz e o que digo o cativam. A ânsia que ele sente por mim e seu grunhido de prazer me confirmam, e enquanto ele prossegue o ataque sugiro:

— Vamos atrás daquelas espreguiçadeiras. Ali ninguém vai nos ver.

Dylan se afasta de meu peito e me olha. Seu desejo é imenso, e por fim ele sorri e aceita minha loucura. Caminha para onde eu indico e, quando chegamos, me solta e diz, desabotoando a calça:

— Vai ser coisa rápida, mimada.

Apenas sorrio.

Seja o que for, eu o quero, e já! E ainda mais quando vejo sua enorme ereção.

Mãe do céu... mãe do céu!

Eu o faço sentar na espreguiçadeira e, com cuidado, monto nele, e seu pênis maravilhoso abre passagem dentro de mim.

Ah, sim... como preciso dele!

Beijo-o no cantinho dos lábios com carinho, mas sua ansiedade é tanta que ele segura minha cabeça e, com uma desenfreada luxúria, beija-me até me deixar sem fôlego.

— Yanira... — murmura com voz rouca, apertando-me contra si.

— Não pare... — exijo.

Ele se mexe dentro de mim, e um gemido abafado nos faz entender que por fim nossos corpos estão juntos de novo. Monto nele devagar enquanto nos olhamos nos olhos, e um fogo voraz e louco nos consome.

Um novo gemido de prazer escapa de nós dois, e Dylan, apertando minhas nádegas com suas mãos fortes e bem-cuidadas, aperta-me de novo contra si e diz:

— Você nunca vai saber o quanto senti sua falta.

Confirmo. Eu sei. Transportada pela luxúria, respondo:

— Você sentiu minha falta tanto quanto eu a sua. Eu sei.

Olhando-nos fixamente, mexo os quadris para me encaixar mais nele. O prazer que sentimos é tão intenso que ficamos imóveis e curtimos o momento sem afastar os olhos um do outro, nos comunicando sem mexer um único músculo do corpo, até que meu amor põe as mãos em minha cintura e me aperta de novo contra si. Eu me arqueio.

Que prazeeer!

Um suspiro apaixonado sai de dentro de mim, mostrando-lhe quanto prazer sinto.

A partir desse instante, nossos movimentos refletem o nível de loucura e necessidade que sentimos, e, mais cedo do que gostaríamos, um devastador orgasmo se apodera de meu corpo, e tremo com voluptuosidade.

— Isso, meu amor... isso... — ele murmura, enlouquecido.

Sua boca busca a minha e me beija com paixão.

Sem se importar com nada nem com ninguém, meu amor me curte como sempre gostou, e isso me faz feliz. Segurando minha cintura, ele afunda várias vezes em mim em busca de seu clímax, e, quando um gemido rouco sai de sua boca e o tremor percorre seu corpo, sei que o prazer o dominou e nos abraçamos.

Ficamos assim por vários minutos, sentindo a maresia que nos acaricia e nos dá energia para continuar.

Seu cheiro...

Seu sabor...

Sua essência...

Ele todo volta a ser meu, e não pretendo me afastar de Dylan nunca mais.

Depois de alguns minutos, ele passa o nariz por meu pescoço e murmura:

— Ainda não posso acreditar que tenho você em meus braços, meu amor.

— Mas tem... você me tem — afirmo, encantada.

Com cuidado, eu me levanto, e ambos sorrimos ao ver a confusão que fizemos. A calça de Dylan está encharcada de nossos fluidos, mas não importa. A única coisa que importa somos nós. Nada mais.

— Estou com areia até no branco dos olhos — digo, tocando meu rosto.

Ele sorri e responde:

— Quando chegarmos ao hotel, tomamos um banho.

Depois de nos ajeitarmos um pouco e de fazer Dylan deixar a camisa para fora para esconder a mancha, caminhamos até o hotel de mãos-dadas. No caminho, beijamo-nos e pronunciamos centenas de promessas de amor.

Quando chegamos, sem me soltar e com segurança, ele me guia até o elevador. Quando a porta se fecha, eu me aproximo, louca de amor, e meu morenaço me pega no colo com verdadeira devoção.

— Mimada... quanto mais olho para você, mais bonita me parece.

Sorrio. Que saudades senti de seus galanteios...

Sem me soltar, chegamos ao seu quarto, e uma vez lá dentro ele olha para mim e confessa:

— Senti tanto sua falta... coelhinha.

Começo a rir. Ele não esqueceu esse apelido ridículo. Respondo:

— Tanto quanto eu a sua... lobo.

Agora é ele quem sorri. Sem dúvida alguma, esses nominhos ridículos vão nos acompanhar pelo resto da vida. E nós dois adoramos.

O olhar apaixonado, luxurioso e ardente do meu amor me deixa arrepiada. Ele me solta, me encurrala na parede e desabotoa minha camisa; tira-a e a deixa cair no chão.

— Eu quero você nua, no chuveiro, pronta para mim. Só para mim.

— Deixe-me nua só para você — incito eu, ansiosa por sexo.

Sem demora, ele desabotoa minha saia, que cai também no chão, e, quando fico só de calcinha e sutiã, ele me beija e murmura, enquanto se despe também:

— Eu pediria que você me seduzisse como aquele dia em Marselha, mas estou com tanto tesão, tão louco e com tanto desejo que não aguentaria ver você fazer um único movimento.

Sorrimos.

Ele me pega pela mão e entramos no luxuoso banheiro. Uma vez ali, abre a torneira do chuveiro e, sem me soltar, murmura, beijando a mão onde está o anel que me deu.

— Você não tem escapatória, vai ser a próxima sra. Ferrasa. Minha mulher.

A água do chuveiro corre por nossos corpos, e me encurralando na parede Dylan me beija de novo.

Seus beijos são loucos...

Saborosos...

Seus beijos são os melhores do mundo...

Rendida a ele, desfruto de sua paixão, enquanto a minha própria se desata e me deixo levar. Passo minhas mãos por seu corpo molhado e musculoso, e, detendo-me em sua bundinha dura, sussurro:

— Você tem a bunda mais dura e linda que já toquei na vida.

Dylan sorri e, erguendo-me, responde, enquanto introduz seu pênis em minha vagina:

— E você tem o rosto — e o beija —, o cabelo — e o beija —, o pescoço — e o beija —, a boca — e a beija — e o sorriso mais bonitos do mundo. E o melhor de tudo é que você é toda absolutamente minha.

— Para sempre — consinto, extasiada por ele me fazer sentir tão especial.

— Para sempre — repete ele se afundando em mim.

23

Como a vida é bela

Meus pais continuam impressionados com o que aconteceu. Ainda não conseguem acreditar que vou me casar. Nem eu!

Quando minha avó Ankie descobre quem foi a mãe de Dylan, fica maluca. E embora inicialmente me diga para eu não abandonar meus sonhos por um homem, como ela fez com meu avô, à medida que os dias passam sua mensagem muda e ela me estimula a lutar por meu amor e ser feliz com ele. O que tiver que ser, será.

Minha avó Nira é outra história. Ela, que sempre quis que eu me casasse, agora fica choramingando ao pensar que, se eu me casar com Dylan, vou ficar muito longe dela. Quando se dá conta de que Los Angeles fica nos Estados Unidos, fica triste e chora, mas Dylan a tranquiliza dizendo que quando ela quiser ver a neta, vai ver. E que agora tem mais um neto. Minha avó, definitivamente, cai a seus pés.

Os gêmeos contemplam Dylan com entusiasmo. Desde o primeiro momento simpatizaram com ele, especialmente Garret, quando Dylan lhe diz uma frase de seu amado Yoda.

Argen, meu Argen, sorri contente. Diz que indiscutivelmente fomos feitos um para o outro. Porque ele é o homem que por fim conheci e que vai me pôr no devido lugar.

Eu me limito simplesmente a ser feliz.

Como a vida é bela!

Dias depois, Tony e Tito vão para Los Angeles, mas prometem não dizer nada ao pai de Dylan e deixar que ele dê a notícia do casamento. Eu entendo. Se fosse o contrário, eu também ia querer contar aos meus pais.

Antes de ir, Tony e Tito repetem mil vezes que não são gays.

Eu morro de rir. Eles não.

Também confessam que decidiram acompanhar Dylan para ver se era verdade que ele teria coragem de me pedir em casamento. Segundo eles, Dylan era o solteirão da família, mas mudou ao me conhecer.

Que coisa!

Ligo para Coral a fim de lhe dar a notícia e ela quase tem um infarto também. Primeiro me esculacha. Chama-me de cabeça de vento, louca etc., mas, quando lhe conto ponto por ponto tudo que aconteceu, minha amiga fica em choque e chora emocionada. Sua veia sentimental de sempre se manifesta, e ela deseja que eu seja muito feliz, que ame Dylan e me deixe amar por meu grande amor.

Depois de uma semana da coisa mais romântica que jamais pensei que me aconteceria na vida, Dylan já é mais um membro da família. Todos o aceitaram com agrado e o tratam com imenso carinho.

Ele se hospeda em minha casa, onde dorme comigo em meu quarto. Vê-lo tão integrado à minha família é uma das coisas mais bonitas que já me aconteceram, e não posso deixar de rir quando ele nos acompanha a um dos shows de vovó Ankie e sua banda. No início, sua cara, como a de todos os que veem as vovós pela primeira vez, é de ceticismo. Mas depois, quando elas entram em ação, sua surpresa é total.

Nesses dias, meu amor e eu conversamos muito para nos conhecermos. Ele me fala de sua mãe e dos Ferrasa em geral. Todos, menos ele, que fez medicina, e seu pai, que é advogado, têm a ver com música. Como eu já sei, a mãe dele era cantora, seus tios, inclusive Tito, músicos. Tony é compositor e Omar, produtor musical. Isso eu já sabia. A internet está aí para o bem e para o mal, e descobri buscando informações sobre ele.

Mas estou inquieta. Entrar para sua família me deixa nervosa. Muito nervosa. Sei que com eles vou ter a oportunidade musical da minha vida, e me dá medo só de pensar. Mas nem comento. Nem com Dylan. Este é um assunto que ele evita, e eu, por enquanto, decido respeitar. Estou com ele porque o amo, não para realizar nenhuma meta profissional.

Dylan me mima dia e noite. Realiza todos os meus caprichos e tenta mergulhar totalmente em meu mundo. Conheceu Luis, Arturo e o pequeno Marco. No dia em que contei a Luis que ele era o homem do navio que eu achava que era gay, meu amigo quase morreu de rir. Segundo ele, Dylan exala heterossexualidade por todos os poros.

Como eu disse, o navio estava atrofiando meu radar e minha visão.

Pelo que parece, nada do que Dylan descobre sobre mim lhe desagrada; ao contrário. Acha meus amigos curiosos e jovens, e isso me faz rir. À noite ele me acompanha ao trabalho no hotel. Devora o espetáculo sem perder nenhum detalhe dos meus movimentos, e depois vamos beber alguma coisa e fazer amor na praia ou onde for, com verdadeira paixão. Nós nos desejamos.

Quando ele conhece minha faceta surfista, pois pratica surfe também, fica boquiaberto. Não esperava. Encantada, eu o levo à praia das Palmeras, ao Callao, ao Conquistador, Almáciga... Surfamos juntos e lhe apresento mais amigos. Levo-o também ao Siam Park, onde nos divertimos olhando o pessoal que surfa nas ondas artificiais.

Nesses dias fica evidente também que cozinhar não é comigo. Dylan ri divertido ao descobrir. Ele cozinha muito melhor que eu. Mas, graças a minha avó Nira e a minha mãe, ele prova *choco*, *papas arrugás*, *papas com mojo picón*, *rancho canario*, coelho em salmoura e um sem-fim de pratos que aprecia e come com prazer.

Eu lhe mostro Tenerife. Passeamos pelas praias, pelos bairros, como Salud, Los Gladiolos ou Miramar, e nos beijamos em quase todas as esquinas. A atração que sentimos um pelo outro é desenfreada e nos encanta.

Falamos do casamento. Dylan está ansioso para que eu marque uma data, mas prefiro esperar. Eu o amo... adoro... mas nesse assunto acho que ter pressa não é bom.

Pergunto-lhe por Omar e fico feliz de saber que tudo mudou e são de novo os unidos irmãos Ferrasa de sempre.

Certa manhã, na praia, depois de surfar e cravar nossas pranchas na areia, sentamos e ele diz:

— Acho que chegou a hora de irmos a Porto Rico conhecer meu pai. O que você acha?

— Bom — respondo, meio intimidada —, mas o que ele vai achar dos nossos planos?

Dylan sorri com amargura e responde:

— Não vou mentir para você. Como bom advogado e ogro oficial — isso me faz rir —, ele não vai facilitar, mas acho que, quando a conhecer, vai adorá-la. E, bem, acho que o fato de você ser cantora como minha mãe vai nos dar dor de cabeça.

— Por quê?

— Porque a profissão de mamãe foi o que os levou aos dois divórcios e três casamentos.

— Não me diga!

— Os dois eram muito apaixonados — explica meu amor.

Surpresa com essa revelação, eu o vejo sorrir com tristeza. Dando-me um beijo, ele propõe:

— Podemos passar umas semanas com papai como estou passando com sua família e depois ir para Los Angeles. Quero que nossa vida se normalize para eu poder retomar meu trabalho antes do Natal, e...

— Espere... espere, espere.

Dylan me olha. Sua expressão se endurece e ele diz:

— Yanira, eu vim buscá-la. Se fosse por mim, amanhã mesmo nos casaríamos. Não quero me separar de você, e minha intenção é que isso nunca aconteça.

Isso me deixa atordoada. Eu achava que por enquanto ele voltaria para Los Angeles, e um tempo depois... Mas não. Vejo que esses não são seus planos. Olho para ele desconcertada. Ir com ele significa abandonar tudo e não ver minha família por um tempo. Dylan, que me observa, intui o que estou pensando e diz:

— Voltaremos sempre que pudermos, prometo.

Ao olhar para ele, meu coração se aperta. O que devo fazer?

Se ele for e não estiver mais ao meu lado, sei que vou sofrer. Se eu for com ele e não vir minha família, também vou sofrer. Fecho os olhos. Deixo o sol bater em meu rosto e meu coração me dá a resposta. Quando abro os olhos, sei o que devo fazer.

Se Dylan partir, vou morrer de sofrimento. Realmente quero ficar com ele, e nos separarmos não vai ser fácil. Decidida a fazer a loucura da minha vida, beijo-o e, quando afasto minha boca da sua, digo:

— Tudo bem, vou com você.

Ele suspira aliviado e, me beijando, murmura:

— Você não vai se arrepender, meu amor. Vamos curtir a vida, viajar, e vou lhe mostrar os lugares mais bonitos do mundo, e...

— Espere aí — interrompo-o. — Quero fazer tudo isso que você está propondo, mas também quero deixar claro que não vou renunciar ao meu sonho.

— Não quero que renuncie — replica ele com seriedade ao entender do que estou falando. — Só lhe peço um tempo para mim. Para nós. Sei que agora você não entende, mas quando estiver envolvida no turbilhão que é a vida artística, vai entender.

Não sei o que dizer. Ele viveu a vida inteira entre músicos e com certeza sabe bem do que está falando. Fazendo cócegas para mudar minha expressão séria, ele pergunta:

— Já pensou em uma data para o casamento?

Sua insistência me faz rir. Todos os dias ele me pergunta, e ao recordar uma conversa que tivemos no navio respondo com graça:

— O que acha de 14 de fevereiro?

Sua expressão é alucinante.

— No Dia dos Namorados dos Estados Unidos? — pergunta ele.

Essa data é muito clichê e sei que ele odeia esse dia, mas, divertida ao ver sua cara, confirmo e, para provocá-lo, digo:

— Não acha romântico nos casarmos nesse dia?

Dylan olha para mim. O solteiro convicto se casando no Dia dos Namorados? Mas, a seguir, ele faz que sim com a cabeça.

— Tudo bem — diz ele. — Vamos nos casar nesse dia em Los Angeles.

Pelo amor de Deus, ele levou a sério?

— Eu falei brincando, Dylan.

— Mas eu não — ri ele.

Incomodada com sua segurança, insisto:

— Mas, menino, como vamos nos casar nesse dia?

Deitando-se sobre mim, ele me beija e, me levando aonde quer, responde:

— Vamos nos casar nesse dia, bebê, porque eu amo você, você me ama e é um dia maravilhoso para nos casarmos. E quanto a Los Angeles, você disse a data, e eu proponho o lugar. E vou me encarregar de todos os gastos da viagem de sua família. Não se preocupe com nada. E agora, não pense mais nisso e me beije, mimada...

Beijo-o. Como sempre, sua boca me faz perder a razão. Quando ele a afasta de mim, explica:

— Amanhã vou ligar para Tony e lhe pedir que organize nossa viagem para Porto Rico para daqui a uma semana. Ficamos lá quinze dias e depois vamos para Los Angeles. Preciso voltar ao trabalho. Vou me casar, e tenho que sustentar minha mulherzinha.

Ambos sorrimos. O que ele diz ainda me assusta, mas estou tão feliz que não posso resistir.

Vou conhecer Porto Rico e Los Angeles!

E vou morar em Los Angeles!

Que demaaais!

Estou pensando nisso emocionada quando Dylan, olhando para mim com seriedade e segurando minha mão, diz:

— Você precisa falar com seu chefe no hotel e dizer que vai largar o emprego.

Concordo.

Isso me deixa triste e me desanima. Adoro cantar naquela orquestra.

— Quando chegarmos a Los Angeles — insisto de novo —, quero trabalhar em algo ou...

Dylan me beija e, sem me deixar terminar a frase, murmura:

— Você não precisa trabalhar, amor. Eu posso sustentá-la. Posso me permitir isso, você sabe.

— Não estou falando de trabalhar cantando em hotéis. Estou falando de...

— Não — replica ele, categórico.

— Dylan...

— Ouça, Yanira — diz ele pegando meu rosto entre as mãos. — Vamos começar uma vida nova. Deixe-me ser egoísta um pouco. Eu preciso de você. Quero você só, só, só para mim, tudo bem?

Não sei o que ele quer dizer. Ele já me tem e terá sempre só para si. Mas estou tão apaixonada que respondo:

— Você vai ficar mais tranquilo se eu comprar uma chave do meu coração e der para você?

Dylan sorri e, tocando a chave que pende entre meus seios, concorda entre murmúrios:

— Sem dúvida alguma, sim.

À noite, quando chegamos à casa de meus pais, durante o jantar informamos a data e o lugar do casamento. Minha família se emociona, e Garret, olhando para nós com sua camiseta de Han Solo, diz, fazendo todos sorrirem:

— Tenho algo a dizer: vocês são uns bizarros escolhendo o dia 14 de fevereiro.

24

Detalhes

Uma semana depois, quando chegamos ao Aeroporto Luis Muñoz Marín, em San Juan de Porto Rico, estou cochilando, mas rapidamente acordo.

Tony nos espera com seu carro. Os dois irmãos se abraçam, contentes por se ver, e depois Tony me abraça. E ao se afastar de mim, murmura:

— Lembro-lhe de que não sou gay, cunhada, caso tenha esquecido.

Finjo dar-lhe um soco no estômago enquanto Dylan solta uma gargalhada e, rindo também, reclamo:

— Mas que chato! Já sei.

— Bem-vinda a Porto Rico, a Pérola dos Mares — diz Tony. — Vamos lhe mostrar um pouco da ilha antes de irmos para casa ver o Ogro.

— Certo, mas por que chamam o pai de vocês assim? — protesto.

Os dois irmãos se olham, e, franzindo o cenho, Dylan responde:

— Você mesma vai ver.

Isso me inquieta. Será que é tão intratável como eles dizem?

Mas, feliz por estar nesse lugar maravilhoso, sento-me no banco de trás do carro de Tony e sorrio. Quando ele arranca, o ar fresco bate em meu rosto. Dylan se volta, pega minha mão e me conta curiosidades dos lugares por onde vamos passando, como eu fiz quando lhe mostrei Tenerife.

Tudo é bonito. Ilhéu. Maravilhoso. Encantador.

Porto Rico tem cheiro de música, de vida, de alegria, de salsa.

Paramos em um lugar chamado Pueblo Viejo para beber alguma coisa. Ali, Dylan e Tony me apresentam uns amigos, e passamos um tempo agradável com eles.

Depois, quando estamos de novo no carro, fico sabendo que o nome oficial da cidade onde foram criados e onde seu pai mora é San Antonio del Dorado, embora seja conhecido como El Dorado. É um município da costa norte da ilha.

Depois de uma hora, após atravessar alguns bairros, Tony para o carro em frente a uma bela praia. Leio "Rua Kennedy".

Dylan abre a porta, desce e me estende a mão.

— Mãe do céu, que lugar incrível! — exclamo, enquanto desço também e vejo a linda praia com suas arvorezinhas tropicais.

Feliz vendo que observo tudo ao redor, meu amor murmura:

— Querida, bem-vinda à casa da família.

Olho para onde ele aponta e vejo uma cancela preta com um letreiro quadrado ao lado que anuncia pomposamente: "Villa Melodía".

Que nome mais bonito para uma casa!

Sem soltar sua mão, me aproximo da cancela, que se abre sozinha. Diante de mim aparece um jardim impressionante, e ao fundo vejo um casarão de matar, desses que minha avó vê nas revistas.

— Foi aqui que você cresceu?

Dylan confirma, e acrescento:

— Ah, igualzinha à casa de meus pais, de 75 metros quadrados.

Meu amor sorri e, puxando-me para si, responde:

— Não se deixe impressionar pelo material, querida. Isso é o que tem menos valor para mim.

Concordo. Não duvido que não tenha valor para ele, mas, sem dúvida, o que não se pode negar é que viver como ele viveu não é algo que todos os mortais possam se permitir.

— Vamos, pombinhos... entrem no carro — apressa-nos Tony.

Entramos, e Dylan me senta no banco da frente, sobre suas pernas, e me segura com força pela cintura. O trajeto é curto, e ele me assegura de que dentro da propriedade não há perigo. Extasiada, aceno para várias mulheres e homens com quem cruzamos. Dylan explica:

— São os empregados de meu pai. Moram nas casas ali ao fundo da propriedade. Depois eu os apresento.

Quando Tony para o veículo, nós três descemos, e uns homens se aproximam de nós e abrem o porta-malas para pegar nossa bagagem. Um deles pergunta:

— Fizeram boa viagem, senhores?

— Maravilhosa, Pascual — responde Dylan, sorrindo.

Nesse instante, aparece uma mulher mais velha, que com um sorriso doce desce os degraus e, abrindo os braços, anuncia:

— Meus homões voltaram!

Tony a pega no colo e a beija. A mulher ri e reclama, e, quando ele a solta, Dylan a abraça enquanto ela fecha os olhos e exclama:

— Bem-vindo de novo, meu coração.

Então, Dylan me pega pela mão e me apresenta:

— Tata, esta é Yanira. Yanira, esta é minha Tata.

A mulher de cabelo grisalho e eu nos olhamos. E nos escaneamos como só as mulheres sabem fazer em busca de informação. Vejo que seu olhar para em minha mão, onde está o anel que Dylan me deu. Ela sorri e me abraça, dizendo:

— Fico muito feliz de ver que meu garoto já escolheu. Eu sou Tata, e espero que goste de mim tanto quanto eu já gosto de você.

Sua efusividade, seu abraço e seu sotaque caribenho me encantam, e respondo sorridente:

— Obrigada, Tata.

— Qualquer coisa que necessitar, não hesite em me pedir — diz ela. — Quanto ao Ogro, fique tranquila. Ele é durão e no começo não vai facilitar, mas não come ninguém. Ele gosta é de meter medo.

Meu estômago se encolhe.

Todos o chamam de Ogro, e já não sei o que pensar. É tão ruim assim?

Vou abrir a boca para falar, quando Dylan diz à mulher:

— Tata...

Tony, divertido com minha cara de espanto, intervém:

— Tata, não a assuste.

A mulher revira os olhos e, olhando para mim, cochicha:

— Lembre-se, paciência, e não se acovarde. É assim que você vai ganhar o resmungão.

Quando ela acaba de dizer isso, ouço uma voz rouca que grita:

— Já deviam ter chegado. Fui informado de que o avião de vocês aterrissou há horas. Onde se meteram, rapazes?

Ao levantar a vista, no alto da escada vejo um homem sentado em uma cadeira de rodas. Isso me surpreende. Dylan não me havia dito. Sua pele é mais escura que a de Dylan e seu cabelo é denso e preto. Seus olhos, porém, são claros. Ele olha para mim sério e intimidante.

Ah, o que esperar do resmungão!

— Papai, o que está fazendo na cadeira de rodas? — censura-o Dylan.

— Pronto, já chegou o médico — replica seu pai.

— Tata — continua Dylan —, quero que essa cadeira desapareça já!

— Tudo bem, filho, tudo bem — concorda a mulher sorrindo, diante da expressão contrariada de seu patrão.

Então, puxando-me, Dylan me faz subir os degraus e, postando-me na frente de seu pai, diz:

— Papai, está é Yanira Van Der Vall. Yanira, meu pai, Anselmo Ferrasa.

O olhar de aço do homem se crava em meus olhos, e, nervosa, começo a rir. Tento me conter, mas não consigo. Ele pergunta, muito sério:

— Sou engraçado?

Nego com a cabeça. Mãe do céu, que situação. E, tentando ser correta, murmuro:

— Não, senhor. É que, quando fico nervosa, rio.

Ele me olha por alguns segundos e por fim diz, ainda sério:

— Que nervosismo curioso o seu.

Vou me agachar para dar-lhe dois beijos no rosto, mas ele me corta estendendo a mão. Tento fazer com que ele não note meu fiasco estendo-lhe a minha. Ao pegá-la, ele repara no anel e seu rosto se contrai. Olha para ele durante alguns segundos e acho que vai dizer algo a respeito, e não exatamente agradável. Mas, após me dar um aperto de mão, solta-me e pergunta:

— Por que demoraram tanto?

— Nós mostramos um pouco da ilha a Yanira, papai — responde Tony.

Enquanto falam, vejo ao lado do homem um pug pequeno, compacto, cor de areia, de cara achatada e enrugada.

Que graciiinha!

Encantada, aproximo a mão para tocá-lo, e se não a retiro ele a arranca. Fico olhando para ele alucinada, quando ouço o pai de Dylan dizer:

— Cuidado com o Pulgas, minha jovem, ele não gosta de estranhos.

Se o olhar matasse, eu teria acabado com o maldito Pulgas e seu dono. Ah, esses dois!

— Machucou, querida? — pergunta Dylan preocupado, pegando minha mão.

— Não, fique tranquilo. Não aconteceu nada.

Durante alguns instantes que me parecem eternos seu pai e ele se olham, desafiando-se, até que o velho diz:

— A comida vai esfriar. Vocês têm cinco minutos para se assear. Vamos, Pulgas.

E, sem dizer mais nada, gira a cadeira de rodas e desaparece dentro da casa, seguido pelo cão.

Suspiro e respiro fundo, e ouço Tata exclamar:

— Maldito cão!

Sorrio e, tentando não dar importância ao assunto, repito:

— Fiquem tranquilos, não aconteceu nada.

Dylan, que parece temer problemas com seu pai, dá um beijo em minha cabeça e murmura:

— Não se preocupe, vai dar tudo certo.

Certa de que o Ogro pretende se divertir à minha custa, sorrio e respondo:

— Não duvido!

— Tata, mostre a ela seu quarto para que se refresque — ordena ele à mulher.

E, dito isso, ele vai com Tony. Ela e eu entramos na impressionante casa. A primeira coisa que me chama a atenção é o silêncio. Um silêncio denso, desconfortável. Um silêncio que não me agrada nem um pouco. Mas o lugar é impressionante. Mármores no chão, luxo e elegância onde quer que se olhe. Subimos uma escada majestosa, e ao chegar ao patamar vejo um corredor com várias portas. Tata abre uma delas e me informa:

— Este é seu quarto. O de Dylan é a segunda porta à direita. — Ela pisca para mim e eu sorrio. — Refresque-se e depois desça à sala de jantar. Estaremos esperando você.

Quando fico sozinha, olho ao meu redor. O quarto é lindo, mas me incomoda não dormir com Dylan.

Sem tempo a perder, entro no banheiro do quarto, lavo o rosto e as mãos e decido me apressar. Não quero que o pai de Dylan me encha o saco.

Desço a escada pela qual acabei de subir e, ao chegar à porta da sala, ouço a voz do homem dizendo:

— Você tinha que lhe dar o anel de sua mãe?

— Sim, papai — responde Dylan.

— Anselmo — intervém Tata —, o anel é do garoto e ele pode dá-lo a quem quiser.

— Mas era da mãe dele — insiste o resmungão.

Eu me apoio na parede, assustada. Está na cara que isso vai ser difícil. E não posso fugir, não tenho aonde ir!

— Mamãe me deu esse anel, assim como deu outros para Tony e Omar — ouço Dylan dizer. — Ela sempre disse que o devíamos entregar à mulher que fosse dona do nosso coração. E Yanira é dona do meu. Portanto, vai usá-lo como mamãe teria gostado.

Eu estremeço ao ouvi-lo dizer isso. Ele é um amor!

— Veja seu irmão Omar — continua a voz do pai. — Cada divórcio nos custou um dinheirão. As mulheres com quem ele se casou eram todas umas aprov...

— O que Omar faz ou deixa de fazer com sua vida ou suas mulheres não me diz respeito — interrompe Dylan. — Eu só me preocupo com minha futura mulher. Com ninguém mais.

Aí, meu garotão!

Sua resposta me dá forças; respiro fundo para entrar na sala. Seja o que Deus quiser.

Entro com passo seguro e vejo que Tony não está ali. Só Dylan, seu pai e Tata. Ao me ver, meu moreno se aproxima de mim, pega minha mão e, depois de beijá-la, olha para mim como se dissesse para eu não desanimar.

— Vamos nos casar dia 14 de fevereiro em Los Angeles. Yanira será a próxima sra. Ferrasa.

Tata aplaude e, contente, nos abraça e parabeniza. Mas não consigo afastar os olhos do homem que nos observa em sua cadeira de rodas. E, por fim, digo:

— Senhor, eu lhe garanto que estou apaixonada por seu filho e...

— Vamos ver quanto dura esse suposto amor — interrompe ele.

— Papai... — murmura Dylan, irado.

— Anselmo, por favor — intervém Tata também.

Mas ele, irado, sem se importar com o que eu pense, prossegue, olhando para o filho:

— Loira e cantora. Você a conheceu nesse navio onde estava, claro. O que o faz pensar que ela é a mulher de sua vida e não uma que queira se aproveitar de sua posição para vencer na carreira musical?

— O quê?! — sussurro alucinada.

— Calma, querida — pede Dylan, e, olhando para seu pai, sibila. — Nem todos são tão desconfiados como você. Às vezes, temos que nos deixar levar pela percepção e pelos sentimentos. Porque...

— Não comece a falar de sentimentos, como sua mãe.

Dylan suspira; eu não acredito. Por fim, ele replica:

— Ela se deixou levar pelos sentimentos, e por isso se casou três vezes com você. Você deveria entender o que estou falando, não acha, papai?

Sem um pingo de piedade, o velho pega uma pasta de cima de uma mesinha e, jogando-a sobre a mesa da sala de jantar, diz:

— Aqui está, veja quem é essa garota. Espero que encontre seus "sentimentos" aí.

Atônita, olho a pasta e vejo que está escrito "Yanira Van Der Vall". Solto um grito de indignação. Cravo meus olhos em Dylan, mas ele me pede silêncio. Ele olha para o pai e diz com voz calma:

— Sério que mandou investigar Yanira?

O homem confirma, e o grunhido do cão me faz olhar para ele.

Mas que bicho feio!

Apoiando-se na mesa, o Ogro se levanta da cadeira de rodas e, com uma expressão que assustaria até o diabo, sibila:

— Você tinha dúvidas? — Dylan pragueja e seu pai continua. — Pelo amor de Deus, ela tem 26 anos e você 37. Você a conheceu há menos de três meses. Onde está com a cabeça, filho? Casar-se com ela? Ficou louco?

Nesse momento, recordo o ditado que diz que a idade só importa para vinhos e queijos, mas acho que não é hora de dizer o que penso. Por isso, eu me calo enquanto o homem grita:

— A família dela tem uma loja da qual vivem todos; apesar de que, pelo que vi, não vai mal. Ela canta em hotéis e...

— Papai, chega! — interrompe Dylan, irado.

Pulgas late, e vejo Tata lhe dar um pontapé.

Por todos os santos! Estou passada! Estou bem arrumada com o Ogro e seu bichinho de estimação.

Mas que recepção!

— Uma loirinha cantora de orquestra é a mulher que quer para você? Posso saber no que está pensando? Eu achava que você era diferente de seus irmãos e que queria outra coisa, como a dra. Caty Thomson, de Los Angeles. Caty é o tipo de mulher que você precisa para lhe dar estabilidade e filhos. E uma infinidade de vezes ela lhe demonstrou que o ama, estando sempre ao seu lado e esperando por você. Essa aí não é mais que uma cantora que você mal conhece. Pelo amor de Deus, filho, já não foi suficiente ter uma mãe cantora?

Mas que dardo envenenado ele acaba de me jogar ao mencionar essa Caty...

Seu comentário é, no mínimo, ofensivo para mim, que sou a loirinha cantora. Ah... e menina!

Observo Dylan enfrentá-lo e penso em Caty Thomson. É a primeira vez que ouço falar dela, mas tenho certeza de que não vai ser a última.

Tata também entra na discussão, e quando não aguento mais me posto na frente desse homem desagradável, que olha para mim com cara azeda, e digo:

— Acho muito grosseiro o que o senhor está fazendo. Tenho 26 anos, sim, e sou loira e cantora, mas isso não é sinônimo de tola, nem de aproveitadora. E quanto a investigar sobre mim ou minha família como se fôssemos delinquentes, isso me incomoda, irrita e me faz querer mostrar o pior de mim.

— O fato de se incomodar ou irritar não me interessa nem um pouco.

Mas que sujeito grosso!

— Meu amor, não se incomode...

— Ah, santo Deus — sussurra Tata.

— Tenho uma família muito trabalhadora e decente — prossigo, não dando ouvidos às palavras de Dylan —, que nunca ofenderia ninguém como o senhor está fazendo. E quanto a minha voz, eu...

— Não me conte histórias, loirinha — interrompe ele. — O dinheiro e a fama são bastante atraentes para muitas mulheres. Eu simplesmente zelo pelo bem de meu filho.

Olho para a mesa e me contenho para não pegar uma faca ou jogar um *banzai* para cima dele.

— Enfie seu maldito dinheiro onde bem entender — sibilo, perdendo a compostura.

— Yanira! — grita Dylan.

— Vou devolver a Dylan o anel da mãe dele — continuo, furiosa. — Não preciso de nenhuma joia para amar seu filho. Eu o amava sem este anel, e posso continuar a amá-lo sem ele.

Com uma expressão de ira, tiro o anel e o jogo em cima da pasta onde supostamente minha vida está escrita em umas folhas. Dylan olha para mim, incrédulo, e então seu pai diz:

— E ainda por cima é boca dura?

Com vontade de estrangular esse antipático, volto-me com toda a minha fúria espanhola e respondo, tentando conter minha raiva:

— Sou respondona com as pessoas que merecem. E o senhor merece.

Olho para Dylan. Está tão alterado quanto eu. Digo:

— Vou embora daqui.

Saio quase correndo da sala, mas antes de chegar à porta os braços de Dylan me cercam e me detêm. Ele sussurra palavras de amor maravilhosas. É disso que necessito. Continuamos assim uns momentos, depois ele beija minha cabeça e se desculpa:

— Desculpe, meu amor. Eu sabia que ele ia dificultar, mas...

— Eu quero ir embora daqui — interrompo-o, prestes a chorar.

— Chhh... amor. Calma.

Respiro com dificuldade e me sinto sufocar, mas os carinhos de Dylan me acalmam. Nunca me senti tão mal diante de ninguém. Foram apenas dez minutos, mas me bastaram para saber que esse homem me odeia... por ser jovem, cantora e loirinha.

Tenho vontade de chorar, mas não vou. De repente, vejo seu pai atrás de nós e me assusto.

— A comida está esfriando — diz ele. — Vamos, entrem.

Dylan e eu olhamos para ele. O homem, de novo sentado na cadeira de rodas, olha para nós com um semblante impassível. A raiva me corrói por dentro quando o vejo se voltar e desaparecer na sala de jantar.

Dylan, irado e sem se importar com mais nada, pega minha mão e me puxa para a porta da rua. Saímos, e o ar fresco bate em meu rosto. Respiro aliviada. Nesse instante chega Tony, que sobe os degraus de dois em dois e pergunta:

— O que foi?

— Estamos indo embora — responde Dylan.

Seu irmão o pega pelo braço e pergunta:

— É por causa do que eu imagino?

Dylan confirma, e ouço Tony soltar um palavrão e tocar o cabelo escuro. Ele olha para a direita, suspira, e a seguir, olhando para o irmão, diz:

— Você já o conhece. O que esperava que ele fizesse?

Dylan não responde, e eu, incapaz de me calar, pergunto, soltando sua mão:

— Por que você me trouxe aqui sabendo o que ia acontecer?

Vejo que os irmãos se olham. A dor cruza o rosto dos dois, e Dylan responde:

— Porque ele é meu pai e você tinha que o conhecer, mais cedo ou mais tarde.

Olho para ele alucinada. Agora entendo a paciência que Tata me pedia que tivesse.

Começo a rir, e Tony, que conhece o motivo do riso, diz:

— É disso que meu pai precisa. Ria dele. Mostre a ele que você também tem caráter, e assim vai dobrá-lo. Se deixá-lo vencer, ele nunca a respeitará, como nunca respeitou as mulheres de Omar.

— Tony — murmura Dylan, incomodado —, vamos tentar ter paz. Já foi tudo bastante desagradável para...

— Você me permite que eu ria dele? — interrompo-o de repente.

— Não... poxa. Não quero que você ria de meu pai.

Tudo bem, eu entendo. E também não ia querer que ele risse do meu, mas insisto:

— Ou que eu o desafie?

Dylan suspira. Ele não sabe o que dizer, e por fim responde:

— Ouça, meu amor, você já o conheceu, podemos ir embora daqui, e não precisa mais vê-lo até o dia do casamento. Não pretendo que você entre nesse jogo absurdo dele, não há necessidade. Sei que você me ama e sabe que eu a amo, não preciso de mais nada!

Irada pelo que esse maldito velho é capaz de fazer para incomodar as pessoas próximas, levanto o queixo e, olhando para o homem maravilhoso que está ao meu lado, proponho:

— Vamos voltar à sala.

— O quê?!

Tony sorri, aproxima-se e me dá um beijo no rosto. E antes de entrarmos na casa, ele me incita:

— Dê ao velho o que ele merece, Yanira!

Quando vai embora deixando-nos sozinhos, respiro fundo e, olhando para Dylan com segurança, digo:

— Não suporto o fato de ele ter investigado minha família, e quero que saiba que nem ele nem ninguém pode comigo. Prometo que vou controlar todas as minhas respostas e que não vou entrar na grosseria nem na vulgaridade. Seu pai acaba de bater de frente com um oponente à altura. Ele vai saber como são as espanholas loirinhas, se você me permitir.

Minhas palavras o deixam desconcertado, mas, por fim, ele sorri e responde:

— Eu permito se me disser algo carinhoso.

Ao entender o que ele quer, reviro os olhos e murmuro:

— Amo você, meu amor.

Dylan sorri e, beijando-me, concorda:

— Vamos, mimada, mostre ao Ogro como é minha linda mulher.

Respirando fundo e engolindo as lágrimas, dou-lhe um beijo, seguro com força sua mão e deixo que ele me leve de novo à sala.

Tata, Tony e o pai de Dylan nos esperam. Continua em cima da mesa a pasta com as informações sobre mim, e também o anel. Tony pisca para mim. Tata, ao passar ao meu lado, aperta minha mão para me dar ânimo e indica uma cadeira ao seu lado.

Descaradamente, eu pego a pasta e o anel. O Ogro olha para mim e olho para ele também, desafiadora, colocando o anel lentamente. Depois, me volto para Dylan, que me observa, e entregando-lhe a pasta, digo:

— Tome, querido, depois vamos ler isso juntos. Com certeza vou até descobrir coisas de mim que eu não sabia.

O Ogro franze o cenho. Isso, muito bom.

Dylan sorri, e eu me aproximo de Tony, abraço-o por trás e, depois de lhe dar um beijo no rosto, digo em seu ouvido:

— Você é o sujeito mais maravilhoso que eu conheço, e, se não houvesse me apaixonado por seu irmão, teria sido por você.

Depois, vou até a cadeira que fica à direita de seu pai, onde está Pulgas. Sem contemplações, empurro o cão para o chão, e ele rosna. Uma vez livre a cadeira, eu me sento, olho para o dono do bicho e, após pestanejar, digo:

— Estou com uma fome atroz. Com que vai me deleitar, senhor?

Anselmo Ferrasa olha para mim desconcertado. Ele não esperava essa reação; não responde nada.

Instantes depois, algumas empregadas entram na sala e me olham com estranheza ao me ver sentada ao lado do patrão. Eu sorrio. Elas colocam diversas travessas na mesa. Observo a comida com prazer. Saladas, frango, ovos com maionese, verduras. Tudo tem uma cara ótima. Sirvo-me.

Comemos em silêncio. As refeições em minha casa são pura algazarra e uma oportunidade para nos comunicarmos. Acho que nunca fiz uma refeição com todo mundo calado. Mas nessa casa eles se calam e comem, e decido fazer o mesmo.

Disfarçadamente, vejo o pai de Dylan me observar enquanto como. Ele está alucinado comigo. Apesar de sentir um nó no estômago de nervosismo por causa da situação, engulo a comida como uma possuída, até que o ouço dizer:

— Você tem um bom apetite.

Isso me faz olhar para ele, e sorrindo replico:

— Fico com fome quando sou desafiada. O senhor não?

Não sei se meu comentário o incomoda ou lhe agrada, porque ele não sorri. Mas, ao ver seus olhos, sei que achou graça. Ele assevera:

— Não costumo me enganar.

— E quando se engana, pede desculpas?

— Depende. Talvez por algumas coisas.

Olho para ele, sorrio e, com um dos meus olhares, sentencio antes de enfiar um pedaço de carne na boca:

— Comigo, vai se desculpar por todas.

De rabo de olho, vejo que por fim a comissura de seus lábios se curva levemente enquanto ele come um pouco de salada.

Já sei com quem Dylan se parece. É farinha do mesmo saco que seu pai.

25

Eu sou o fruto proibido

No dia seguinte, quando abro os olhos e me vejo sozinha neste quarto imenso, quero morrer. Não queria estar aqui. Não quero enfrentar o pai de Dylan e não quero discutir, nem com ele nem com ninguém.

Por que concordei em ficar?

Depois de tomar um banho, ponho uma calça jeans, uma camiseta, as lentes de contato e saio do quarto. A casa está em silêncio, e isso me deixa nervosa. Parece um mosteiro. Quando chego à cozinha, vejo uma mulher que não conheço. Ela se apresenta como Elsa, e eu sorrio e me apresento também. Então, a porta se abre e entra Tata, que me abraça ao me ver.

— Olá, linda, como dormiu?

— Bem. Muito bem.

Sorrio ao recordar que Dylan foi ao meu quarto no meio da noite e fizemos amor com luxúria. Lembrar como ele mordeu meu lábio inferior enquanto me penetrava encostada na parede do banheiro me excita. Balançando a cabeça para deixar de pensar nisso, pergunto:

— Você tem Cola Cao ou Nesquik?

A mulher balança a cabeça. Pega em um armarinho um pote de Cola Cao, e quando Elsa sai da cozinha ela oferece:

— Quer que lhe prepare um copinho de leite?

Para não fazer feio, digo que sim. Dois segundos depois, ela deixa o copo de leite, o pote de Cola Cao e uma colher na minha frente.

Sem hesitar, pego a colher, abro o pote e enfio uma colherada de achocolatado na boca.

Huuummm... adoro!

A mulher olha para mim alucinada, e então ouço uma voz forte dizer à minha direita:

— Pelo amor de Deus, por que está fazendo essa porcaria?

Engasgo, tusso. Derrubo o copo de leite, e escorre Cola Cao pelo meu nariz.

— Ah, Deus — sussurra Tata.

O pai de Dylan olha para mim furioso, enquanto eu me sinto totalmente ridícula com a boca e os lábios sujos de chocolate. Rapidamente, Tata recolhe com um paninho o leite que derrubei no balcão, e vou pegar um copo de água para poder respirar.

Meu Deus, estou sufocando e ninguém percebe!

— Tata, acho que teremos que lhe ensinar também a comer — sibila o homem.

Meu olhar e o seu se encontram. É evidente que ele não vai facilitar as coisas para mim.

Quando ele se volta e sai caminhando da cozinha, Tata diz:

— Você está bem, coração?

Balanço a cabeça.

De súbito, ouço um grunhido. Olho para meus pés e o Pulgas, que estava lambendo o leite do chão, olha para mim e me mostra os dentes em atitude desafiadora. Eu me afasto dele. Não confio nesse cão.

Vou para o jardim e vejo Dylan sentado com seu irmão Tony. Vou até eles, acomodo-me sobre as pernas do meu noivo e esqueço o ocorrido.

Conversamos durante um tempo, e rindo eles me contam coisas que aprontavam quando eram pequenos. De repente, ouço o choro de uma criança. Movo a cabeça para saber de onde vem, e ao fundo da propriedade vejo uma mulher segurando uma menininha pela mão. A mulher para, agacha-se e chacoalha a criança, que chora ainda mais. Isso me revolta. Pergunto:

— Quem é essa mulher?

Tony e Dylan olham e seu semblante se escurece. Meu moreno diz:

— É Elsa, uma das cozinheiras da casa, com a sobrinha.

É a mulher que acabei de conhecer na cozinha. Sigo-a com o olhar até perdê-la de vista, e logo a esqueço e volto a me divertir com o que meu moreno e seu irmão me contam.

À noite, depois do jantar, Tony vai embora, Tata vai dormir e o Ogro desaparece. Dylan e eu nos sentamos no salão e decidimos ver um filme. Olhamos a programação no canal a cabo e escolhemos *Homem de Ferro 3*. Tanto ele quanto eu gostamos de filmes de ação.

— Você sabe se Tata tem pipoca na cozinha?

— Não sei, vou olhar, mas não estranharia. Já a vi fazendo para a sobrinha de Elsa — responde Dylan, e, me beijando, acrescenta antes de se levantar: — Não saia daí, já volto.

Enquanto o espero, brinco com o controle remoto e procuro a MTV. Miley Cyrus está cantando sua famosa *Wrecking ball,* e eu cantarolo. A ex-menininha da Disney mudou radicalmente de estilo, não só de roupa. Feliz, canto a canção e, quando me canso, procuro a MTV latina e pulo de prazer ao ver Pablo López interpretando sua famosa *Vi*. Canto com ele.

Dime si hoy se acaba el mundo, corazón,
dime qué vas llevarte,
dime qué me llevo yo

Mergulho tanto na música que esqueço onde estou. Levanto-me e, com o controle remoto na mão feito microfone, canto e me deixo levar pela melodia dessa fantástica canção, enquanto danço, canto e curto. Até que, de repente, ouço um barulho e, ao me voltar, vejo Dylan com uma travessa de pipoca na mão e seu pai ao lado.

Pomba!

Paro de cantar de repente e desligo a televisão. Nenhum dos dois diz nada, mas ambos me olham.

Por fim, o Ogro diz a seu filho:

— É hora de dormir, a que se deve todo esse escândalo?

Passei dos limites com a música! Envergonhada, murmuro, sem deixar meu noivo falar:

— Tem razão, senhor. Peço desculpas.

Com uma careta azeda, ele olha para Dylan, irritado.

— Isso é o que quer para você, filho? Ela cantando e você trazendo pipoca.

E, sem mais, dá meia-volta e vai embora, deixando-nos mudos. Olho para o meu moreno e vejo que está sério.

Coitado... Levou uma bronca por minha loucura.

Ele se aproxima e deixa o pote de pipoca na mesa. Pensa um instante e diz:

— Ouça, meu amor, eu agradeceria se, da próxima vez que cantar, controlar o tom de voz, ainda mais a uma hora destas.

Ele tem razão. Estou arrependidíssima. Mas, de repente, ele me beija, sorri e sussurra:

— Adoro ouvi-la cantar.

Cinco minutos depois, mergulhamos em *Homem de Ferro 3* e curtimos o filme. Mas o comentário do Ogro continua dando voltas em minha cabeça.

Na manhã seguinte, quando desço para a cozinha, encontro Elsa ali. Ela olha para mim e me dá bom-dia. Subitamente, a porta que dá para o jardim se abre e entra uma menina que rapidamente identifico como aquela que chorava ontem.

A menininha me dá um lindo sorriso, e fico chocada quando Elsa se aproxima, dá-lhe uma sonora bofetada que me encolhe a alma e sibila:

— Vá para casa agora mesmo. Quantas vezes tenho de dizer que você não pode entrar aqui?

A menina faz biquinho, mas não se mexe. Com a mãozinha, toca o rosto e balbucia:

— Eu não quero ficar sozinha.

Indignada com o que acabei de ver, eu me aproximo e a pego no colo. Dou-lhe um beijo para acalmá-la e depois digo a Elsa, irritada:

— Isso é jeito de tratar uma criança?

A imbecil olha para mim, e sua expressão não me agrada.

— É minha sobrinha — responde ela, seca.

— E por ser sua sobrinha você tem que tratá-la assim?

Estupidamente, Elsa tira o avental e resmunga alguma coisa. Com um puxão, arranca a menina dos meus braços e, olhando para mim, responde:

— Tenho que ir para casa um instante.

Boquiaberta e impotente, não digo nada. Se eu falar, vai ser para esculachá-la pelo que fez. Sem mais, a mulher abre a porta e sai.

Quando fico sozinha na cozinha, solto um palavrão. A atitude dessa mulher me enerva.

Olho ao meu redor e recordo onde Tata guarda o Cola Cao. Tiro-o do armário, pego uma colher e me sento em um banquinho no balcão. Abro o pote e olho para os dois lados. Não há ogros por perto. Com prazer, enfio uma colherada cheia na boca e saboreio.

Nesse momento, olho meu celular. Tenho uma mensagem de Coral.

"Vou para a Suécia passar uns dias. Conheci um bombom impressionante. Depois lhe conto."

Solto uma gargalhada. Sem dúvida, minha amiga continua na fase Devoradorela. Largo o celular e pego uns biscoitos de iogurte que são uma delícia. Pela janela, vejo Elsa chegar aonde deve ser sua casa. Ela abre a porta e entra com a menina.

Por que a tratou daquele jeito?

Nesse momento, o Pulgas entra na cozinha e olha para mim com sua cara feia.

— Alguma objeção? — pergunto.

O animal mexe o pescoço e inclina a cabeça. Sorrio. Lembro-me do que os cães que vivem em minha casa gostam e decido tentar com esse. Vou à geladeira, abro-a e xereto. Quando vejo um pacote de salsichas de Frankfurt, pego uma e, olhando para o animal, digo:

— Quer?

O Pulgas fica nervoso e parece olhar para os lados, como fiz antes. Acho engraçado.

Parto a salsicha em pedaços e lhe dou um. Ele se aproxima e o pega. Pedaço por pedaço, consigo fazer que ele me dê uma pata, depois a outra, e que, por fim, coma em minha mão. É evidente que os cachorros gostam mais de comida que eu de achocolatado em pó. Quando acaba a salsicha, o animal vai embora.

Eu rio. Se o pai de Dylan souber que seu cão e eu confraternizamos desse jeito, vai ficar puto.

Nesse momento, Tata entra na cozinha, olha para mim e, com um sorriso encantador, me cumprimenta:

— Bom-dia, coração.

Eu me aproximo e lhe dou um beijo. Em minha casa, nós nos beijamos ao deitar e ao levantar, e eu preciso desse contato. A mulher sorri e, tirando um envelope do bolso da saia, diz:

— Dylan deixou isto para você.

— Ele não está? — pergunto, assustada.

— Ele teve que sair.

Com ansiedade, abro o envelope e leio:

Bom-dia, querida:
Fui com Tony cuidar de uns documentos de minha mãe.
Espero chegar antes do almoço. Quanto a meu pai, fique longe dele,
não cante muito alto, e garanto que ele não vai incomodá-la.
Amo você,
Dylan

Leio o bilhete mais duas vezes. Por que não me avisou para que eu fosse com ele?

— Fique tranquila, o Ogro saiu também.

Saber que ele não está me deixa mais tranquila. Ao recordar o que aconteceu com Elsa, comento com Tata, que diz:

— Maldita Elsa, que mal ela está fazendo a essa menina!

Durante um tempo falamos disso. Vejo sua indignação e percebo que, quando fala da menina, é com carinho. Mas também noto certa raiva em suas palavras.

Ela põe um copo de leite na minha frente, senta-se e pergunta:

— Ontem à noite era você cantando?

— Sim.

Ela solta uma gargalhada e diz:

— Vamos, tome o leite. É bom para os ossos, tem muito cálcio.

Suspiro. Outra como minha mãe...

Ela coloca duas colheradinhas de Cola Cao e insiste:

— Vamos, vai lhe fazer bem. Tome.

Tomo para não fazer desfeita. Dou um golinho e ela diz:

— Fazia meses que não ouvia ninguém cantar nesta casa. Adorei. A música sempre esteve muito presente em Villa Melodía, até que a patroa morreu. Depois, o resmungão proibiu todo tipo de música.

Ao ver minha cara, ela acrescenta:

— Cante alguma coisa para mim, por favor.

Sorrio e, disposta a contentá-la, pergunto, afastando o copo de leite:

— O que você quer que eu cante?

— O que quiser, coração. Qualquer coisa será bem-vinda.

Canto *Cry me out*, que eu adoro. Tata balança a cabeça entusiasmada enquanto eu curto, como sempre que canto. Quando acabo, ela aplaude e, aproximando de mim o copo de leite, diz:

— Que linda voz! E uma cançãozinha em espanhol agora?

Penso. Depois de cantar, fico com sede. Bebo leite e sorrio. Tata sorri também. Nesse instante, me vem à cabeça uma canção da Chenoa que eu adoro. Canto:

Dibujo todo con color y siento nananananana en mi corazón.
Ya nadie más puede pasar...
Dibujo cosas sin dolor y siento nanananana sin ton ni son.
Qué bueno es sentirse bien y romper las rutinas que ciegan mi ser.

A mulher me escuta maravilhada e, quando termino, aplaude de novo e comenta:

— Que voz você tem, filha! Não me estranha que Dylan tenha se apaixonado por você.

Seu comentário me faz sorrir. Tata me faz lembrar minhas avós. Carinhosa, atenciosa, prestativa. De repente, ouvimos uma porta bater e o pai de Dylan gritar:

— Pelo amor de Deus, ela vai conseguir fazer chover. Podia se calar agora!

Nós duas nos olhamos. Eu fico branca, mas ela balança a cabeça.

— Não lhe dê ouvidos! — aconselha-me.

Meu coração vai saltar do peito. Como não vou dar ouvidos ao pai de meu noivo? Dois segundos depois, ele aparece na porta da cozinha e, me olhando fixamente nos olhos, ordena:

— Venha. Quero lhe mostrar uma coisa.

E, dito isso, dá meia-volta e sai.

Duas vezes já me pegou cantando a plenos pulmões. Que horror!

Tata sorri e, dando de ombros, procura me apressar:

— Ande, vá, querida, ele não morde. E fique tranquila, se ele não gostasse de sua voz, teria mandado que se calasse antes de terminar a canção.

Com passo decidido, vou para a porta e, ao sair da cozinha, vejo que ele está me esperando.

Ahhh, que susto! E que cara amarga!

— Siga-me.

Obedeço sem um pio. Ninguém diz não ao simpático.

Vejo que ele tem dificuldade para caminhar, mas não abro a boca. Ele para diante de uma porta, e quando a abre vê-se que a escuridão reina ali dentro.

Não entro. Não me mexo.

E se ele me trancar ali com vários capangas?

Fico desconfiada. Esse homem não me dá uma sensação boa.

Ele entra, liga as luzes, e o aposento se ilumina. Enfio a cabeça e, Santo Deeeus! Fico atônita ao ver o que há ali dentro.

— Este era o estúdio de Luisa, minha mulher.

Entro de boca aberta e vejo a sala decorada de vermelho e púrpura. Vejo fotos de centenas de apresentações. Fotos da artista com seus filhos. Fotos do Ogro e ela se beijando. Cartazes de shows. Discos de ouro e platina pendurados nas paredes. Centenas de presentes, um mais curioso que o outro, e, ao fundo, uma vitrine cheia de pequenos gramofones.

— São Grammys? — pergunto.

Ele não responde.

Olho para ele com cara de vaso, e por fim ele confirma. Enfeitiçada, vou até a vitrine e leio "Melhor Álbum de Fusão Tropical", "Melhor Álbum do Ano", "Melhor Gravação do Ano", "Melhor Artista". Alucinada, conto mais de vinte, e me emociono. Não os toco. Olho como quem olha um diamante de "trocentos" mil quilates. O pai de Dylan diz:

— À sua direita estão os prêmios Billboard.

Curiosa, leio neles: "Prêmio de Canção do Ano", "Prêmio de Artista do Ano", "Prêmio de Banda Tropical do Ano", "Prêmio de Carreira Artística Musical". E, assim como os Grammys, há um monte.

Incrível! Isso é incrível.

Observo tudo com os olhos arregalados e sorrio. Olho para o homem ao meu lado sem me mexer e comento, maravilhada:

— Sua mulher era uma cantora excepcional. Não me estranha que tenha ganhado tantos prêmios.

— Você também tem uma linda voz — responde ele, surpreendendo-me.

— Obrigada — digo, total e absolutamente espantada.

Sua expressão se suaviza. Acho que vai dizer algo agradável, mas, de repente, pegando um dos prêmios, ele pergunta:

— Isto é o que você quer?

— O quê?!

— Isto é o que você quer, não é?

Desconsertada, não consigo responder. Meu semblante muda; ele prossegue:

— Posso lhe arranjar um agente e um produtor. Posso deixá-la escolher entre vários para que produzam seu álbum e você faça sucesso. Em troca, você só tem que abandonar Dylan e não se casar com ele.

Fico alucinada. Ele está me subornando?

Dou um passo para trás. Ele, sem tirar o olho de mim, acrescenta:

— Amanhã mesmo você pode ter esse agente e esse produtor se me disser que sim e sair da vida de meu filho.

Meu sangue ferve.

Plano A: pego um Grammy e lhe acerto a cabeça.

Plano B: pego um Grammy e lhe acerto a cabeça.

Plano C: pego um Grammy e lhe acerto a cabeça.

Suspiro. Inspiro fundo e descarto meus planos A, B e C, enquanto mordo a língua. Se eu lhe disser o que penso, não só esse velho vai me expulsar de sua casa, como a polícia vai me expulsar do país amordaçada.

Como ele pode ser tão ruim?

Como pode fazer isso com Dylan?

Por um instante, quando me levou ao santuário de sua mulher, achei que ele estivesse estabelecendo uma trégua comigo. Mas não. Ele havia pensado em tudo.

Maldito velho!

— O senhor está enganado comigo — digo, após me acalmar. — Para mim, seu filho é mais importante que um produtor ou um disco. O senhor não me conhece, e também não quer me conhecer. Como pode pensar isso de mim? Que tipo de pessoa acha que eu sou?

— O tipo de pessoa que vai fazer mal ao meu filho.

— Por que acha isso?

Com um olhar sombrio que me deixa ver a dor que carrega dentro de si, ele murmura:

— Porque eu fui casado com uma cantora. Por isso sei. E eu não gosto de você. Não pense que vai tirar dinheiro de meu filho, loiraça... Não quero vê-lo com uma sanguessuga.

Loiraça?

O que ele está dizendo? O que pensa que eu sou?

Suspiro. Os planos A, B e C de lhe dar com um Grammy na cabeça voltam a me tentar.

Dylan vai ficar muito bravo se eu fizer isso?

Quase lhe respondo, quase desço ao seu nível, mas fecho os olhos e penso melhor. Prometi a Dylan que não seria grosseira nem boca dura, e tenho que cumprir. O que esse homem quer é me tirar do sério, e não vou permitir. Não por mim, mas por Dylan.

Finalmente, respondo:

— Se fosse por mim, eu lhe diria as coisas mais horríveis que jamais ouviu de uma mulher. Mas, justamente porque eu amo e respeito seu filho, vou me calar, ir embora daqui e esquecer que esse episódio tão desagradável aconteceu.

— Está recusando minha oferta tentadora?

Ah, que eu vou acabar lhe dando uma na cara... Vou embora, ou não vou me aguentar.

Não respondo. Saio furiosa da sala e subo os degraus de dois em dois. Vou para o meu quarto, tiro a roupa, entro embaixo do chuveiro para tentar acalmar meus nervos e a ansiedade que esse homem sombrio me provoca.

Quando Dylan volta, vejo que está de bom humor. Não comento com ele o que aconteceu. Isso lhe causaria sofrimento, e é a última coisa que quero.

À noite, em meu quarto, estou tensa. Penso no que aconteceu com o Ogro e o amaldiçoo.

Que homem mais vergonhoso!

Lembrar o que ele pensa de mim e o que queria fazer para me separar do filho dele me revira o estômago e arrasa meu coração.

Olho o relógio. São 23h17, e sei que Dylan não tardará a entrar em meu quarto. Mas estou ansiosa para vê-lo. Preciso dele ao meu lado, e decido que esta noite sou eu quem vai procurá-lo.

Usando uma leve camisola de seda e renda creme, abro a porta, enfio a cabeça e, ao não ver ninguém, corro até seu quarto. Abro a porta e entro rapidamente.

Uma vez ali dentro, olho ao redor e não o vejo, mas ouço música no banheiro. Deve estar tomando banho. Eu me aproximo em silêncio e sorrio ao ouvir a água e Dylan cantarolando.

Como é lindo, meu futuro marido!

Sem fazer barulho, fico alguns segundos escutando-o.

Sua voz me embriaga... É um bálsamo para mim...

E, quando a ansiedade me domina, abro a porta e entro no banheiro.

Ao ouvir o barulho, Dylan se volta e, ao me ver, diz com um sorriso:

— Olá, meu amor.

— Olá.

Olho para ele abobada. Ele explica:

— Eu ia ao seu quarto depois do banho.

Confirmo. Não duvido.

Sem falar, tiro os chinelos, e com a camisola de seda abro o boxe e entro também debaixo da água. A camisola se encharca em dois segundos.

— O que está fazendo? — pergunta Dylan, surpreso.

— Estou me molhando com você.

Ele sorri. Vê o tecido se colar ao meu corpo e murmura:

— Uepaaaa!

Sorrio com essa expressão tão da sua terra e o ataco como uma fera.

Dou um passo até ele e o beijo. Meu moreno reage velozmente e me abraça. Nossas línguas se encontram e dançam com rapidez, enquanto o êxtase cresce, como um prelúdio do que vai acontecer.

Com beijos cúmplices, Dylan me despe. A camisola encharcada cai no chão do boxe e, depois dela, minha linda tanga. Sem afastar os olhos dos dele e sem parar de beijá-lo, pouso a mão em seu peito e muito... muito lentamente, vou descendo a mão. Toco seu ventre plano e me deleito com seu tanquinho.

É incrível como ele é gostoso!

Meus movimentos, lentos e perturbadores, o deixam louco e o fazem estremecer, e, quando abandono sua boca, levo-a a um de seus mamilos duros.

Huuummm... adoro isso!

Chupo com deleite, contorno-o com a língua e, extasiada, ouço-o gemer. Desço a boca, com a língua seguindo seu percurso, e me ajoelho diante de sua já dura e perfeita ereção. Dylan se apoia na parede e murmura:

— Sou todo seu... mimada.

— Adoro saber disso — sorrio.

Meu moreno, agitado, animado e avivado por minha paixão e entrega, responde:

— E ainda gosto mais de ser seu.

Sorrio com luxúria e lhe peço:

— Afaste as pernas.

Ele acata minha ordem imediatamente e sua respiração se acelera quando beijo a parte interna de suas coxas e lhe dou umas mordidinhas que o fazem sorrir. Ele fica louco quando me vê assim.

Com uma mão, seguro seu pênis com carinho, apertando-o com suavidade. Ele arfa e estremece.

Ele está nas minhas mãos. Eu sei; seus olhos e a predisposição de seu corpo me dizem.

Como uma dominatrix, sorrio. Adoro lhe aplicar essa doce tortura. Nossa tortura sexual.

Toco-o. Olho para ele. Passo seu pênis úmido por meu rosto molhado, disposta a fazer sua ansiedade crescer até os limites da loucura. Mas, quando minha própria ansiedade vai explodir, abro a boca e introduzo seu pênis nela, sentindo seus tremores.

— Bebê, você me deixa louco — diz ele.

Com minha presa na boca e seu corpo totalmente rendido aos meus desejos, eu me sinto perversa, poderosa. Começo a sugar com ânsia essa parte de seu corpo que tanto prazer me dá, enquanto meu moreno morde o lábio inferior e mexe os quadris.

Suas mãos se enroscam em meu cabelo úmido. Ele sussurra:

— Não pare, coelhinha... não pare.

Faço o que ele me pede enquanto acaricio seus testículos. Sei que ele gosta que eu o toque justamente aí, e sente um arrepio enquanto minha boca suga seu pênis e minha língua o acaricia.

Sentindo-me dona absoluta do corpo do meu futuro marido, não paro, e a cada segundo me aposso mais dele. Mexo a cabeça para a frente e para trás para enfiá-lo e tirá-lo da boca, enquanto minha paixão se mistura com seu desejo, avivando nossa loucura.

Dylan treme e arfa enlouquecido, e eu não paro. Continuo.

Seu anseio e minha paixão crescem de maneira selvagem dentro de nós, até que Dylan não aguenta mais, solta um grito brutal e, me pegando pelo pulso, levanta-me, ergue-me nos braços e, me apoiando na parede, murmura:

— Preciso possuí-la agora!

Sorrio. Meu olhar o provoca, e ele me beija com luxúria e ansiedade.

Eu o deixei louco!

Ele introduz seu pênis em minha vagina úmida e, com uma investida, entra totalmente em mim, enquanto cobre minha boca para sufocar meu grito. Eu mordo a mão dele, e estimulado por minha reação ele murmura:

— Agora vou comer você com rudeza pelo que acabou de fazer.

Ah, sim... Sem dúvida alguma é isso que eu quero.

Sem mais, ele entra novamente em mim e eu me remexo em seus braços, entusiasmada. Meus gritos loucos o deixam agitado, e com investidas cada vez mais selvagens ele entra e sai várias vezes, levando-me à luxúria total, e meu corpo se abre para recebê-lo.

Nesse instante, o romantismo fica de lado e viramos dois animais no cio para nos dar o maior prazer. Investida após investida, eu o recebo, acoplo-me a ele, curto. Cada vez que sinto seus quadris retrocederem, preparo-me para recebê-lo, e sua resposta é colossal.

A música que toca no rádio e o som da água do chuveiro atenuam nossa respiração agitada e os gritos. Sinto que meu prazer e meus orgasmos não têm fim.

Dylan não olha para mim. Com a boca em minha clavícula, limita-se a me dar o que necessito e a pegar o que anseia, até que o clímax chega e sinto sua semente me encher inteira depois de uma última investida, que nos deixa quebrados e esgotados.

26

O preço do céu

Dois dias depois, estou com Dylan aproveitando uma ensolarada manhã na piscina. O Ogro não tornou a me tentar com nenhuma nova oferta. Aliás, acho que está surpreso por eu não ter contado nada a seu filho. Eu e Dylan rimos, damos caldos um no outro e nos beijamos. Nossa felicidade parece completa, mas ambos notamos que, no instante em que seu pai aparece, o alto-astral deixa de flutuar no ambiente. De repente, recordo algo e digo:

— O que significa "loiraça" para vocês?

Dylan, surpreso, olha para mim e pergunta:

— Quem lhe disse isso?

Por sua expressão sei que não é nada bom, e com um sorriso inocente dou-lhe um beijo e respondo:

— Ninguém me disse, amor. Eu ouvi uns homens dizendo outro dia quando estávamos bebendo um drinque e me chamou a atenção.

Incomodado com o que tem a dizer, ele responde:

— Essa expressão é como chamar uma mulher de puta em seu país.

Engasgo.

Sufoco.

O Ogro me chamou de puta?

Pomba... merda... saco... Mas não estou disposta a estragar o lindo dia que tenho pela frente com Dylan, por isso sorrio e disfarço.

Filho da puta!

Nossos jogos continuam; meu amor me tira da água carregando-me no ombro. A seguir, ele me deixa no chão e pergunta:

— Está com a câmera fotográfica?

— Está no quarto — digo e, colocando os chinelos, acrescento: — Não saia daí. Vou buscá-la e em dois minutos estou de volta.

Enrolando-me em uma toalha, subo até meu quarto. Pego a câmera na mala e, ao sair, ouço música e a voz de uma mulher em um dos quartos.

Aproximo-me com cautela. A música e as vozes saem do quarto do Ogro. A porta entreaberta me convida a olhar. Faço isso, e me surpreendo ao ver o pai de Dylan, esse que agora sei que me chamou de puta, assistindo a um vídeo caseiro.

Nele, Dylan e seus irmãos, quando pequenos, riem e se jogam na piscina.

Com eles está uma mulher de turbante azul-claro. As crianças a chamam de mamãe, e eu a identifico como a grande diva Luisa Fernández. Ao seu lado, vejo o Ogro sorrir enquanto brinca com ela.

Ora... ele sabia sorrir!

O filme acaba e começa outro. Nesse, vejo os três meninos em volta de uma árvore de Natal abrindo montes de presentes, enquanto o Ogro e sua mulher, sentados em um dos sofás da sala, olham para eles abraçados e se fazendo carinho. Beijam-se docemente e, ao ver que estão sendo filmados, riem e protestam.

De novo o filme acaba e começa outro, e dessa vez aparecem os pais de Dylan vestidos de gala no jardim da casa, dançando entre a multidão. Parecem se divertir. Adorei ver a enorme doçura no olhar dela.

Um barulho me distrai do que estou vendo, e vejo que o pai de Dylan seca os olhos com um lenço branco. Está chorando?

O Ogro tem sentimentos?

Sem dúvida alguma, os vídeos que ele está vendo comovem seu coração duro, e isso me surpreende.

Decido parar de xeretar e, sem fazer barulho, vou embora e volto para a piscina. Dylan me espera; sorrio quando ele tira a câmera de minhas mãos e começa a me fotografar.

À noite, ele me leva para jantar num lindo lugar em El Dorado e me apresenta vários amigos. São todos da idade dele, e olham para mim sorridentes. Ao ver como me olham, Dylan deixa claro a todos, com o olhar, que é melhor terem cuidado. Seu instinto possessivo me faz sorrir.

Todos são encantadores, e passamos uma noite maravilhosa assistindo à apresentação de uma orquestra.

Dylan não me pede para cantar, nem sequer menciona que sou cantora. Isso não me incomoda. Nessa noite quero me divertir ao seu lado vendo o que os outros fazem, e ele me agradece com o olhar.

Ao voltarmos de madrugada, no carro, Dylan desvia por outro caminho, e quando para em uma praia deserta pergunto:

— Está a fim de tomar banho?

Ele sorri e, com voz sarcástica, responde:

— Um porto-riquenho não toma banho, se embeleza.

Eu rio. Ele também, e sem demora tiramos a roupa e corremos para a praia levando só duas toalhas.

Quando chegamos à beira d'água, Dylan me pega pela mão e me arrasta para o mar. A água está fria; solto minha toalha, que fica flutuando. Logo nos molhamos e rimos, e nos beijamos.

— Quero um mix de seus beijos maravilhosos.

Dengosa, eu me aperto contra ele e pergunto:

— De chocolate... de morango... de caramelo?

Pegando meu pescoço, ele me aproxima de sua boca e afirma:

— Quero todos.

Abandonada em seus braços, meu mix de beijos se torna a cada instante mais pecaminoso, e diante de nossa nudez está claro o que os dois desejamos. Cada cantinho de minha boca é dele e sua boca é minha. Sua ereção cresce, e eu a sinto bater em minhas coxas. Fico a mil.

— Você é incrivelmente *sexy*.

— E você é incrivelmente ardente e possessivo.

Olhamo-nos. Às vezes, os olhares dizem mais que as palavras. Meu amado murmura:

— Quero fazer amor na água com você.

Desejosa, concordo e respondo:

— Espero por isso ansiosa.

Ambos sorrimos. Ele começa a brincar com meu clitóris com os dedos. Minha respiração se acelera, fica entrecortada, mostrando-lhe quanto o desejo. Quanto preciso dele.

Meus mamilos se arrepiam, e ao me levantar na água Dylan os morde. Ele aperta a boca contra meus seios, e eu apenas curto. Adoro quando ele domina a situação. Adoro quando seu ímpeto varonil me faz saber que sou sua.

Ele morde meus mamilos, chupa-os. Lambe-os enquanto eu me entrego ao puro desfrute sem pensar em mais nada. Nesse instante, nesse momento, somos só ele, eu e um lugar incrível e paradisíaco.

— Do que você quer brincar, mimada?

— Do que você quiser... do que você quiser...

Dylan sorri. Vê minha entrega total e, olhando em meus olhos, guia a ponta de seu pênis duro para minha umidade quente. E lentamente, muito, muito lentamente, entra em mim, enquanto sussurra:

— Isso, meu amor... devagar.

Mas eu anseio mais.

Eu o quero inteiro dentro de mim, e esse anseio me domina. Mas ele não me permite, e prossegue lenta e pausadamente.

Quando por fim sinto seu pênis dentro de mim, um gemido inebriante sai de minha alma e Dylan o captura em sua boca. Ele me beija enquanto me aperta contra seu corpo, e sinto seu pênis latejar dentro de mim.

Levando-me no colo, ele caminha e, quando a água chega aos seus quadris, murmura com voz rouca:

— Deite-se para trás para boiar.

Faço o que ele me pede, enquanto ele me segura pelos quadris e me aperta contra seu corpo para não sair de mim.

Ah, Deus, que prazer!

Dylan mexe os quadris para entrar mais fundo. Faz movimentos rotatórios que me deixam louca, e arqueio as costas em busca de mais.

Durante alguns minutos aguento nessa posição, mas a excitação faz com que eu me mexa, e afundo. Rapidamente ele me levanta e murmura, enquanto eu cuspo água:

— Não, amor, não quero que você se afogue.

Rimos os dois, enquanto eu tiro a água do rosto e o cabelo dos olhos.

Sem me soltar nem sair de mim, Dylan caminha para a margem. No caminho, pego a toalha que ficou flutuando. E quando já estamos fora da água e ele me põe no chão, murmuro:

— E se transarmos na areia, como naquele filme antigo, *A um passo da eternidade*?

Ele sorri e, sem se deter, responde:

— Se fizermos isso, amanhã vamos estar os dois assados.

Solto uma gargalhada. Ele tem razão. A areia entraria em partes de nosso corpo que, com o atrito, ficariam assadas. Como nós dois moramos na praia, sabemos do que estamos falando.

Chegamos ao carro. Dylan tira a toalha encharcada de minhas mãos e a coloca em cima do capô. A seguir, me senta nela e, deitando-se sobre mim, sem dizer nada, introduz seu pênis duro em mim. Ele me imobiliza em cima do carro e, divertido, sussurra:

— A brincadeira de hoje é fácil: vamos curtir.

Suspiro. Não quero que ele pare. Suas penetrações vigorosas me fazem perder a razão. Não consigo falar. Não consigo responder. Só consigo aproveitar o que ele faz comigo sem que eu faça absolutamente nada, exceto desfrutar do que ele me dá.

Ele entra fundo em mim várias vezes enquanto morde com deleite e cuidado um dos meus mamilos. Olho para a lua e gemo. Suspiro. Dou-lhe o que ele quer. Se há algo que ficou claro no tempo que estamos juntos é que Dylan gosta de ouvir meu prazer quando fazemos amor. Quando ele solta meu mamilo, endireita o corpo, mas não detém as investidas. Segura meus quadris com força; olho para ele. Mal vejo seu rosto; porém, ele vê o meu iluminado pela lua. Gotas que escorrem de seu cabelo caem sobre mim. Ouço sua paixão em cada investida.

Assim ficamos, até que o fogo nos consome e eu o sinto derramar dentro de mim todo o seu calor. Ambos chegamos ao clímax, e, esgotado, Dylan se abandona sobre mim.

Quando se recupera, sua boca busca a minha e, pegando-me no colo, propõe:

— Vamos nos refrescar.

Sem me soltar, ele me leva de novo até a praia. Ficamos na água durante alguns minutos, até que ele indica uma rocha e diz:

— Aquela ali é a rocha Ojo de Buey. Diz a lenda que guarda um tesouro abandonado pelo pirata Cofresí. Ninguém pode se aproximar dela, ou o mar mata a pessoa.

Olho com curiosidade para onde ele aponta. Nem louca eu iria a esse lugar.

Minutos depois, caminhamos para o carro de mãos-dadas. Dylan pega toalhas limpas no porta-malas e nos secamos com elas. A seguir, vestimos a roupa e voltamos para o casarão, onde fazemos amor de novo; mas, dessa vez, sou eu quem lhe pede que não se mexa, e ele obedece.

27

Neste exato momento

Cada dia acordo mais cedo. Estou tão intranquila nesta casa que mal consigo dormir.

A cada manhã tento pensar que o dia vai ser diferente. Tudo tem que mudar, por Dylan. Mas quando vejo o pai dele e o cumprimento, e tento me aproximar apesar dos pesares, uma vez após outra ele ignora minha presença. Não quer nem saber de mim.

Outras manhãs, quando está lendo o jornal acompanhado de meu noivo ou de Tony na sala, quando entro, ele se levanta e vai embora. Dylan olha para mim e me dá uma piscadinha cúmplice. Eu sorrio, mas o que gostaria era de dizer umas poucas e boas a esse velho rabugento.

Certa tarde, ao olhar por uma das janelas, vejo-o tropeçar e corro para ajudá-lo. No início, ele se segura em mim para não cair, mas, quando se dá conta de que sou eu, me larga como se eu o queimasse.

E se vê que chamo o Pulgas, o pega pela coleira e não o solta, para que o animal não se relacione comigo. Se entro na sala e por acaso ele está falando com alguém que foi visitá-lo, com voz dura me apresenta como noiva de seu filho Dylan, mas logo dá um jeito de me fazer desaparecer. Eu o incomodo.

Esse homem me desconcerta. Às vezes, quando estou com Dylan e ele gargalha por alguma coisa que digo, sua expressão se suaviza. Parece se alegrar ao ver seu filho rir. Mas, quando vê que olho para ele, volta a fechar a cara.

Outras vezes, quando Dylan e eu voltamos da praia com nossas pranchas de surfe, ele nos olha com uma expressão plácida. Às vezes até me parece ver que sorri, mas, assim que baixo a guarda, e em especial quando Dylan não está ouvindo, ele me agride, e isso cada dia me cansa mais.

O velho é um verdadeiro rabugento. Não para de me agredir, mas eu me calo. Penso em Dylan; não quero angustiá-lo. Logo iremos embora, e evidentemente não pretendo voltar nunca mais.

Certa manhã, estava tranquila na cozinha comendo Cola Cao e lendo um livro, de repente ouço ao meu lado:

— Outra vez fazendo a mesma porcaria?

Ao ver sua expressão de ogro, sufoco com o achocolatado e, sem poder evitar, ao tossir derrubo tudo em cima dele.

Sua expressão é hilária; a minha, outro tanto, e como sempre começo a rir enquanto penso: "Isso é por me chamar de puta".

Meu riso o tira do sério. Ele me dedica umas palavras cruéis, que ferem minha alma, e sai da cozinha muito irritado.

Minutos depois, enquanto estou limpando o estrago com a ajuda da Tata, a quem contei o ocorrido, Dylan me procura e pede explicações. Tento explicar, mas olho para Tata e rio de novo.

Meu moreno não ri em absoluto. Nós duas tentamos parar, mas não conseguimos. Por fim, Dylan vai embora irritado. Agora tenho dois Ferrasa irritados comigo.

Isto não é nada!

Os dias passam, e, apesar do muito que me custa, começo a aprender a aceitar o jogo do velho. Ele tem uma língua afiada e às vezes muito cruel, e percebi que piora quando o filho não está presente.

Na frente de Dylan discutimos, mas quando ele não está o velho se permite me dizer coisas terríveis.

Contudo, também me dei conta de uma coisa: ele se incomoda mais me vendo rir que estando irritada. Portanto, vamos rir!

O Pulgas e eu chegamos a um entendimento. Eu lhe dou salsichas às escondidas e ele fica meu amigo. Pobre cão... no dia em que seu dono perceber que ele lhe é infiel comigo, está ferrado.

Às vezes, quando à tarde estou sozinha no jardim, vejo a menina que entrou aquele dia na cozinha. Deve estar voltando da creche. Leva uma pequena mochila nas costas e me cumprimenta com a mãozinha.

Um dia, enquanto Dylan fala ao telefone dentro de casa, estou na espreguiçadeira tomando sol e escutando música no iPhone. Cantarolo baixinho:

No me llores más, preciosa mía.
Tú no me llores más, que enciendes mi pena.
No me llores más, preciosa mía...

De repente, a menina aparece correndo e para à minha frente. Tiro os fones de ouvido e, sentando-me na espreguiçadeira, sorrio. Ela se aproxima, toca meu cabelo loiro e murmura:

— Eu preciosa?

Ela deve ter me ouvido cantar. Respondo:

— Sim. Você é linda, preciosa.

Ela solta uma alegre gargalhada e, assim como veio, vai embora. Sigo-a com o olhar e a vejo correr para a casa onde outro dia a vi desaparecer com a tia. Ponho de novo os fones de ouvido e continuo cantarolando, enquanto sorrio com o gesto da menina.

À tarde, Tony me mostra o lugar onde compõe. É uma casinha separada do casarão principal. Ele me confessa que prefere ficar ali. A regra de seu pai de não escutar música o incomoda, mas nessa casa, longe da grande, ele pode fazer o que quiser.

Assombrada, olho os prêmios que ele recebeu por suas canções, e agora entendo melhor essa sensibilidade que interpretei mal quando o conheci. Por outro lado, desde que cheguei à ilha e saí à noite com os irmãos Ferrasa, pude ver que sucesso ele faz com as mulheres. De Dylan nenhuma se aproxima porque, se alguma chegar, arranco-lhe os olhos; mas de Tony sim, e me divirto ao ver que é um conquistador nato. Não deixa escapar uma. Como diria minha mãe, onde põe o olho, põe a bala.

Em seu refúgio particular, ele canta e toca ao piano para mim a última canção que compôs. É magnífica, romântica, e fala — como não — de um coração partido por amor. Escuto-o abismada enquanto ele a interpreta de olhos fechados; quando acaba, aplaudo e exclamo:

— Que canção mais linda!

— Uepaaa! Fico feliz por você gostar.

Olho para ele, divertida.

— Por que você sempre diz "Uepaaa"?

Tony solta uma gargalhada.

— É de um *rap* que diz: *"Si eres boricua de verdad, grita ¡Wepaaa!"**.

Ambos rimos. Ele olha para mim e diz:

— Espero que um dia me deixe compor uma canção para você. Não duvido que você vá fazer sucesso com música. Tenho muito bom olho para isso, e Omar também.

Ouvi-lo dizer isso me faz corar. É algo que espero que assim seja, no futuro. Respondo:

— Uma canção, não. Todas! Para mim, seria uma honra.

Com Dylan, meu relacionamento é perfeito. Ele vem a meu quarto todas as noites e juntos curtimos o que nos tira a razão; mas em silêncio. Meu moreno é luxurioso, ardente e possessivo, e isso me agrada cada vez mais. E às vezes eu vendo os olhos dele e o possuo sem deixá-lo falar nem conduzir o jogo. Deixo-o louco com meu domínio.

Minha relação com o Pulgas também vai de vento em popa, coisa que não posso dizer do Ogro. Depois de vê-lo chorar aquele dia em seu quarto enquanto assistia aos filmes, meu coraçãozinho se apieda dele. Nossa relação não melhorou, mas tento entender o motivo de sua amargura. Contudo, não consigo. Se ele amava a mulher e os filhos, por que está constantemente irritado agora?

Certa manhã, quando Dylan o acompanha ao médico, depois de falar com minha mãe ao telefone e lhe dizer que estou sendo tratada como uma rainha para que não se preocupe, me sento para ler em uma das belas varandas que há na casa. Logo ouço Tata consolando alguém. Sento reta na espreguiçadeira, e, surpresa, vejo que é a menina. Ela chora desconsoladamente, abraçada a Tata, que caminha para cima e para baixo com a menina no colo, sussurrando-lhe palavras no ouvido.

Eu me levanto, vou até elas e pergunto:

— Que foi?

Com uma expressão de angústia, Tata responde:

— Ah, santo Deus. A menina estava sozinha na praia e uma onda lhe deu um caldo. Eu vi da varanda e fui buscá-la.

* "Se você é porto-riquenho de verdade, grite: Uepaaa!" (N. da T.)

Nesse momento, aparece Elsa com uma expressão contrariada. Ela se aproxima e, ao ver a menina chorando, pergunta, depois de me desferir um de seus olhares malvados:

— Que foi?

— Sua louca — diz Tata ensandecida, surpreendendo-me —, o que foi é que a menina estava sozinha na praia. Como isso é possível? Ela não vai ao jardim de infância enquanto você trabalha?

— Hoje perdemos o ônibus e não pude levá-la — Elsa se justifica.

— Então, neste caso, me avise — censura Tata —, e encontraremos uma solução. O que não pode acontecer é que uma menina tão pequenininha fique sozinha.

Elsa pragueja, e a criança se esconde atrás da saia de Tata. Isso me faz entender o medo que ela tem dessa bruxa, e meu sangue ferve. Por fim, sem contemplações, Elsa estende a mão para pegá-la, mas não consegue, porque a menina se move com rapidez. Então, sibila:

— Dê aqui a menina. Vou trancá-la em casa enquanto estiver trabalhando.

Vai trancar a menina?

Tata deve ter pensado o mesmo que eu, porque diz:

— A menina não pode ficar trancada em casa sozinha. Ela é muito pequena e...

— Não... sozinha, não — geme a menina.

Sinto meu coração se partir. Mas Elsa, que tem menos sentimentos que um gafanhoto, resmunga:

— Veja o trabalho que você me dá, maldita *mojona*.

— Ah, Senhor. Elsa, pelo amor de Deus, não diga isso à menina! — protesta Tata.

Pouco depois, fico sabendo que *mojona* é cagona, e quem protesta sou eu. Discuto com essa mulher repugnante, mas não a impressiono. Ela sabe que o Ogro não gosta de mim e se aproveita disso.

— Já chega! — grita Tata para que nos calemos, e olhando para Elsa: — A menina não pode continuar assim. Um dia vai acontecer alguma coisa e depois não adianta lamentar.

— E o que você quer que eu faça, Tata? — grita a mulher. — Ela não é minha filha. É da bastarda de minha irmã, mas aquela sem-vergonha foi embora, me deixando a carga. Sou eu agora que tem que cuidar dela todos os dias e trabalhar para sustentá-la.

Pestanejo. Não consigo acreditar no que ouço, e digo:

— Eu posso levar a menina comigo à piscina enquanto você trabalha.

— Não, Yanira, não é uma boa ideia — diz Tata.

Sem entender o que há de errado com minha proposta, pergunto:

— Por quê? Qual é o problema?

As duas mulheres se olham, e Elsa responde:

— O sr. Ferrasa não vai gostar.

Sorrio. O sr. Ferrasa não gosta de nada, mas insisto:

— Por que ele não vai gostar?

Tata fecha os olhos, e quando os abre murmura:

— O patrão não gosta de ver a menina na piscina.

— Pisciiinaaa! — aplaude a menina, parando de chorar.

Olho para ela com ternura. Tem uns lindos cachos morenos, e com essa camiseta e calça verde fluorescente está linda. Sem mais, ignorando o que elas dizem, pego a menina pela mão e digo:

— Tata, vou levá-la comigo.

Elsa, sem mudar a expressão azeda, sorri e murmura:

— Depois não diga que não a adverti para não levar Preciosa, moça.

— Ela se chama Preciosa?

Elas assentem, e eu solto uma gargalhada.

Agora entendo a reação da criança. Quando me ouviu cantar, pensou que eu estava falando com ela. Com mais vontade ainda de levá-la comigo, digo:

— Vamos, e não se fala mais nisso. A menina vem comigo.

Elsa sorri. Tata não. Eu pego a criança no colo; ela não pesa nada. Pergunto:

— Preciosa, vamos à piscina?

Ela faz que sim com a cabeça, rindo, maravilhada. E se há algo bonito neste mundo é o riso de uma criança. Durante duas horas nós duas nos divertimos brincando na água, e me surpreendo quando, com sua linguagem infantil, ela me pede que eu cante a canção do outro dia. Eu canto, e cada vez que digo "*No me llores más, preciosa mía*", ela nega com a cabeça e murmura: "Não choro!".

Vejo que vários empregados da casa nos olham com estranheza, e isso me dá o que pensar. O que está acontecendo para que todos nos olhem assim?

Depois de um tempo, Tata vem com a intenção de levar a menina. Eu me recuso. Estou me divertindo muito com esse bombozinho carinhoso. Cinco minutos depois, ela volta com umas bebidas e uns sanduíches, mas Preciosa não quer comer nada.

Falo com Tata. Ainda não posso acreditar que sua própria tia a chamou de *mojona*, coitadinha; a menina é tão carinhosa e bonita. Mas está muito magrinha... Acho que não se alimenta direito, e, na minha opinião, sua higiene também está meio negligenciada. Tata me dá razão, e vejo em seus olhos que fica desesperada.

Quando ela se vai, continuo brincando com a menina, até que, de repente, o Ogro aparece, seguido de Dylan, e grita:

— O que essa menina está fazendo na piscina?

Ah... ele nos pegou!

Preciosa se assusta e fica paralisada, enquanto eu respondo:

— Eu a convidei para entrar na piscina comigo.

Faz-se um silêncio tenso, e vejo Tata vir correndo. Sem dizer nada, pega a menina. Dylan diz sem se aproximar:

— Tata... leve-a daqui.

— Eu a quero fora de minha vista já! — grita o Ogro fora de si.

Depois de olhar para mim e soltar seu habitual "Ah, santo Deus!", Tata leva a menina, e o bico de Preciosa me parte o coração.

Por que todo mundo trata tão mal essa pobre menina?

Quando elas vão, saio da piscina, enrolo-me em uma toalha, e Dylan começa:

— Querida, escut...

— Quem você pensa que é para convidar alguém nesta casa? — interrompe seu pai.

— Papai, deixe que eu...

— Não, não deixo. Esta é a minha casa!

Dylan suspira, e eu respondo:

— O senhor tem razão, é a sua casa. Mas está calor, e pensei...

— Pois não torne a pensar. Já se vê que não é seu forte, loirinha — conclui o Ogro, dando meia-volta.

Quando ele sai, seguido de seu cão, olho para Dylan, que me observa taciturno. Pergunto:

— O que eu fiz de errado?

Aproximando-se de mim com uma expressão irritada parecida com a de seu pai, ele responde:

— Há muitas coisas que você não sabe. A partir de hoje, não convide mais essa menina para entrar na piscina, certo?

Sua resposta não me satisfaz. Insisto:

— Por quê? Seu pai tem um paraíso incrível aqui que não aproveita, e não vejo por que essa criança não pode aproveitar.

— Yanira — murmura Dylan se contendo —, limite-se a fazer o que estou dizendo e não faça mais perguntas.

E, dito isso, dá meia-volta para ir embora.

Mas eu não pretendo ficar com esse gosto amargo na boca, de modo que me ponho na frente dele e insisto:

— Diga-me o que está acontecendo. Você não pode me pedir que eu acate ordens sem saber por quê. Não seja como seu pai e explique as coisas para mim. Eu vi que todos os empregados da casa ficavam olhando para mim com estranheza enquanto estava na piscina com Preciosa. Qual é o problema?

Dylan parece cada vez mais furioso; responde:

— E mesmo vendo que estavam olhando, você não podia adivinhar que alguma coisa estava errada?

— Mas é só uma menininha, Dylan... Que merda, o que pode haver de errado?

Ele ameaça sair andando, mas eu intercepto seu caminho de novo, e, por fim, ele murmura, irritado:

— A irmã de Elsa tentou dar um golpe na família.

— Como?!

— Ela disse que essa criança era filha de Omar.

Ahhh... Isso me faz entender muitas coisas. Mas pergunto:

— E é?

Dylan olha por cima de minha cabeça e responde:

— Não sei nem quero saber. Meu irmão disse que não, e não tocou mais no assunto. Só sei que a mãe, ao ver que não conseguiu o que queria, foi embora e deixou a menina aos cuidados da irmã, Elsa. Dois meses depois, soubemos que havia morrido em consequência de um assalto em Miami. Minha mãe sofreu muito com isso, e, pelo que sei, ajudou Elsa do seu jeito, dando-lhe dinheiro. Mas, quando ela morreu, meu pai decidiu esquecer o assunto, embora lhes permita viver aqui.

Ora... ora... ora... acabo de saber o que aconteceu e pergunto, correndo o risco de que ele se irrite ainda mais:

— Entendo que seu pai queira esquecer o assunto, mas Omar não quer saber se ela é realmente filha dele? Mesmo seu pai não quer saber se é neta dele? Ou você, sua sobrinha? Imagino que os Ferrasa têm o dinheiro e os recursos necessários para poder saber, não?

Dylan sorri. Mas não é um sorriso de verdade. Ele responde com uma voz que não me agrada:

— Omar disse que não é filha dele, e sua palavra nos basta. Infelizmente, não é o primeiro neto atribuído a meu pai, nem o primeiro suposto filho de algum dos três Ferrasa. Se levássemos a sério todas as mulheres que dizem ter filhos de meus irmãos ou meus, garanto que seríamos uma família mais que numerosa. Agora você é uma Ferrasa, Yanira, e tem que ficar do nosso lado, entende?

Não concordo. Não posso.

Suas palavras e o que implicam não me agradam. Dylan é tão mulherengo assim? Vou dizer algo mais, quando ele me corta em tom seco:

— E agora, se não se importa, chega de confidências. Vou ver como está meu pai. E, por favor, a partir de agora, pergunte antes de fazer qualquer coisa ou convidar alguém, certo?

Mando-o à merda ou me calo?

Só falta ter que perguntar aos Ferrasa se posso respirar.

Deixo que ele passe por mim sem dizer nada e sem detê-lo. Estou indignada.

Quando fico sozinha, tento entender o que aconteceu e me esforçar para ficar do lado de quem supostamente eu deveria estar: a família Ferrasa. Mas não consigo. Se esses três irmãos saem por aí comendo todas, que arquem com as consequências.

Fico furiosa e praguejo ao pensar na pobre menina. Com apenas quatro anos, está pagando pela raiva dos adultos sem entender nada, e isso me enerva.

Quando chega a hora do almoço e cruzo com Elsa, vejo-a sorrir. Que mulher ruim!

Ao entrar na sala, a expressão do Ogro é de assustar. Ah, meu Deus, está na cara que hoje vai implicar comigo. Suspiro e me disponho a enfrentá-lo. Se vier, vai levar.

Ah, se vai!

— Tem algo a objetar, minha jovem?

Ao ouvir isso, olho para ele e tenho vontade de mandá-lo à merda à moda porto-riquenha. Mas me contenho e pergunto:

— O que acha?

O silêncio cai de novo sobre a "Villa Mosteiro", até ele voltar ao ataque:

— Meu filho me disse que já deixou as coisas claras.

— Anselmo... — intervém Tata.

Suspiro. Mas que homem chato!

Se eu não responder, ele não vai me deixar em paz. Então, olho para Dylan e pergunto:

— O que é que você deixou claro?

Ele está incomodado, posso ver em seus olhos. O pai responde por ele:

— Deixou claro quem manda aqui.

— Papai, por favor, não comece — murmura Dylan, irritado.

Começo a rir. A intenção desse velho é surreal.

— De que está rindo? — pergunta ele.

Nego com a cabeça e não respondo. Penso em chamá-lo de *mojón*, mas é melhor me calar, por educação. Mas dois segundos depois ele insiste:

— Quem ri por último, ri melhor, loirinha. Lembre-se.

Volto a suspirar.

Eu me conheço e sinto minha adrenalina começar a ferver. Respiro fundo, senão vou explodir. Meu nível de tolerância com esse homem está começando a desaparecer. Acho que todo mundo tem um limite, e o meu, infelizmente, está muito próximo.

Dylan sabe. Com o olhar, ele me pede para não explodir, para não dizer nada. Suplica que eu me cale. Grita em silêncio que está tão farto do pai como eu, mas que tem que aguentar. Decido atendê-lo. Por ele, farei o que for preciso. Mas o sr. Anselmo Ferrasa, que é um maldito, continua insistindo:

— Diga o que tem a dizer. Vamos... atreva-se.

Plano A: digo e fico mal.

Plano B: calo e ele acha que tenho medo dele.

Plano C: ignoro-o!

Como diz minha avó Nira, "Não há melhor desprezo que não dar apreço".

— Ah, santo Deus, Anselmo — protesta Tata —, quer fazer o favor de deixar de incomodar Yanira?

— Tata — o Ogro levanta a voz —, quer fazer o favor de se calar? Estou em minha casa e posso dizer o que me der na telha a quem me der vontade. Não se esqueça de quem você é aqui.

Olho para ele sem acreditar no que estou ouvindo.

Nesse momento, Dylan solta um rugido, olha para o pai, furioso, e grita:

— Acabou, papai! Não fale assim de novo nem com Yanira nem com Tata. Você está passando dos limites. Eu não sou Omar nem Tony. E não vou aguentar tanta bobagem. No fim, o que você vai conseguir é que a gente saia por essa porta e não volte mais.

— O que essa daí fizer não...

— Meu nome é Yanira — interrompo, dando um tapa na mesa.

Desde que cheguei a esta casa, ele nunca me chamou pelo nome. Sempre "loirinha", "minha jovem" ou "essa aí", e isso está começando a me dar nos nervos, para não dizer outra coisa.

Sei que ele faz de propósito.

Sei que quer me irritar, e agora, me ignorando, diz:

— Dylan, outro dia Caty ligou e...

— Papai, eu disse chega! — grita Dylan.

O Ogro sorri.

Mas como pode ser tão ruim?

É evidente que se diverte com o mal que causa. Tata, desesperada, levanta-se e sai da sala chorando. Pobre mulher. É tão boa, e tem que aguentar isso. Vou me levantar para ir atrás dela, mas Dylan me impede indo ele próprio.

O silêncio reina na sala de jantar quando ficamos sozinhos; e então esse homem malvado me diz:

— Pode me passar a travessa da salada?

Se eu pegar a travessa, vou esfregá-la em sua cara. Por isso, respondo:

— Não.

Minha negativa o pega de surpresa, e, quando ele me olha, digo:

— Há pouco tempo, eu tive um chefe que era chamado de Rançoso porque nem ele se suportava. E, veja só, acabo de notar que o senhor é igual a ele. Vocês são uns amargurados que só se sentem felizes quando amarguram as pessoas em volta.

Seus olhos soltam faíscas, os meus, labaredas. Prossigo:

— Dylan está suportando tudo que o senhor faz ou diz porque o ama, não percebe? Não percebe que, se continuar assim, ele vai embora e o senhor não vai vê-lo nunca mais? Faça o favor de parar. Senão, garanto que vai se arrepender.

— Está me ameaçando, loirinha?

— Hoje não vai me chamar de loiraça? — Ele me olha, e eu esclareço. — Eu sei o que significa, e é muito triste saber que o senhor me chamou disso. Mas, fique tranquilo, Dylan não sabe. Eu não lhe contei.

O Ogro olha para mim surpreso, e, quando vai responder, acrescento:

— Seu filho tem limites. E mais uma coisa: eu não ameaço.

Servindo vinho em seu copo, ele bebe um gole. Pensa, e a seguir diz:

— Antes de a mãe dele morrer, Dylan saía com uma mulher que lhe convinha, por causa da idade e por tudo, e que, sem dúvida, poderia lhe dar uma vida melhor que você vai lhe dar. Caty Thomson é uma excelente pediatra que poderia lhe dar filhos e um lar como Deus manda. Isso é exatamente o que meu filho necessita, e tenho certeza de que você vai lhe negar.

O fato de ele falar de uma ex de meu noivo na minha presença me deixa irada, mas, nesse momento, Dylan entra feito uma fúria e grita:

— Já chega, papai! O que está querendo? — O velho não responde, e meu moreno sibila. — Caty pertence ao passado. Assuma isso de uma vez por todas. Ela e eu nunca vamos ter nada, exceto uma boa amizade.

— Filho, você esqueceu a regra número um?

Dylan se cala, e eu olho para ele. *Que regra número um?*

Depois de um silêncio constrangedor, Dylan respira fundo e responde:

— Não, papai, não esqueci. Mas eu me apaixonei por Yanira e...

— Você me prometeu, Dylan. Prometeu que nunca se casaria com uma cantora!

Ah, já sei qual é a regra número um.

— Mamãe e Yanira são duas pessoas diferentes. E parece mentira que você, tendo se casado com ela três vezes, diga isso.

A emoção se apodera do ambiente. Os olhos de Dylan e os de seu pai estão brilhantes de lágrimas. O velho diz:

— Eu quero evitar que aconteça com você o que aconteceu comigo. Você sabe que eu adorava sua mãe acima de todas as coisas, mas sua carreira sempre foi mais importante para ela que nós. E sabe que se...

— Chega de "se", papai. Chega de machucar a mulher que eu amo pelo simples fato dela não ser o que você quer para mim. Se continuar assim, vai ficar sozinho neste casarão, e aí sim vai ter o que lamentar.

Olho para o velho com cara de "Eu disse!".

Olé para o meu moreno! Estou prestes a me levantar para lhe dar um beijão de desentupir pia por suas palavras, quando seu pai continua:

— Você vai se casar com ela, mas vai cometer um erro. Eu o conheço, e você não vai suportar uma mulher como ela. Eu sei, filho... Eu sei porque você é como eu. Você quer outra vida, não uma vida de artista. E o que mais me incomoda é que você sabe. Você sabe, Dylan, mas não está fazendo nada e vai sofrer tanto quanto eu sofri.

O rosto de Dylan se contrai; eu me assusto.

Espero que ele diga que o velho está errado, mas não diz. Dylan fecha os olhos, desesperado.

Estou a ponto de explodir. Mas, inexplicavelmente, nesse momento me lembro de meu irmão Garret, e murmuro:

— Só o obscuro senhor dos Siths conhece nossa fraqueza; se informarmos o Senado, nossos adversários aumentarão.

De repente, os dois olham para mim estarrecidos. Até eu piro com o que disse. Começo a rir e, dando de ombros, esclareço:

— Quem diz isso é Yoda, o baixinho verde orelhudo de *Guerra nas estrelas*.

O velho, desconcertado, não sabe o que responder. E Dylan curva o canto dos lábios e me olha com amor.

Comemos em absoluto silêncio, e Tata volta. Com o olhar, mostra-me que está mais tranquila. Balanço a cabeça. O clima se acalma, e quando trazem a sobremesa o pai de Dylan diz:

— Héctor e Joaquín ligaram. Virão no fim de semana. Querem conhecer sua noiva. E como na segunda-feira vocês vão para Los Angeles, pensei, já que estão aqui, em organizar uma festa no sábado à noite para apresentá-la aos amigos.

Ora... de repente fui promovida a noiva... Não sei se devo me alegrar ou cortar os pulsos.

— Que ideia maravilhosa — aplaude Tata.

Pai e filho se olham durante alguns segundos. Duelo de titãs. Temo que comecem de novo com as reprovações, mas por fim meu moreno responde:

— Sim, é uma excelente ideia, papai. Obrigado.

— Tata, cuide de tudo. Avise Tito e diga-lhe que venha. Depois, ligue para Omar e diga-lhe que o quero aqui no sábado com ou sem a tola de sua mulher, ele que decida.

Suspiro. Coitadinha da mulher de Omar. O que deve ter tido que suportar...

— Tudo bem, Anselmo.

O silêncio reina de novo no local. Olhando para Dylan, pergunto:

— Quem são Héctor e Joaquín?

— Meus tios. Eles e Tito são irmãos de minha mãe.

O garfo cai de minhas mãos. Santo Deus, eu sei quem são!

Héctor é trompetista e Joaquín toca bongô. Eles fazem parte da famosa banda com a qual Luisa Fernández cantava, Kodigo Salsa. Juntos ganharam muitos prêmios. Lembro-me de tê-los visto umas vezes na televisão, junto com Tito Fuentes e Celia Cruz.

Ao ver minha expressão, o Ogro sorri e em um tom que deixa muito a desejar murmura, olhando para mim:

— Espero que saiba se comportar.

— Pomba... começou outra vez... — protesta Dylan.

Levanto a mão. Eu já esperava esse ataque e, sem me acovardar, replico:

— Fique tranquilo, senhor. Meus pais me educaram muito bem.

— Assim espero.

Ao ver como me olha, pergunto em tom mordaz:

— E o senhor, foi bem educado por seus pais?

— Yanira... não comece você agora — grunhe Dylan.

Eu me levanto e dou outro tapa na mesa.

Pomba, ele acabou de deixá-lo ganhar!

Mas, sem demonstrar, olho para Dylan e, ao ver sua expressão confusa, digo:

— Com licença... vou embora antes de dizer algo que machuque de verdade.

28

Desejo você

Ao sair da sala, ouço Dylan discutir com o pai. Não é para menos. Entro em meu quarto e vou para a janela enquanto massageio a mão. Abro-a e aspiro o ar que entra do mar.

Como esse homem pode ter tudo e viver tão amargurado?

Penso em meus pais, no carinho que demonstraram por Dylan desde o primeiro momento e me desespero. Por que não recebi isso também?

Estou começando a me acalmar quando a porta do quarto se abre. É Dylan, que, batendo a porta, solta:

— Se continuar assim, vamos embora!

— O quê?!

— Isso mesmo. É muito desagradável ficar no meio de vocês dois, e...

— Não diga isso a mim, diga a ele. Você sabe perfeitamente que seu pai me provoca constantemente...

— Então, seja mais esperta que ele. Não entre no jogo dele.

— E deixar que ele me espezinhe? Que me engula? Que me domine? — replico, mal-humorada. — Que saco, Dylan... você me conhece muito pouco se espera isso de mim.

Aproximando-se em atitude intimidadora, ele sibila:

— O que espero de você é sensatez, maturidade, saber se portar. Será que não percebe?

Incomodada com seu tom, eu me afasto e respondo:

— Não fale comigo como ele. Eu não sou tola.

— Mas às vezes...

Interrompo-o com o ímpeto de um tsunami.

— Você ia dizer que pareço?

Dylan não responde. Cala-se, e eu, feito uma fera, grito:

— Acabou! Quero ir embora daqui agora mesmo! Eu me rendo. Seu pai venceu. À merda seu dinheiro, o casamento e tudo. Eu não aguento mais!

Dylan não se mexe. Só olha para mim. Eu, me aproximando em atitude intimidadora, continuo:

— Não é fácil ver que o pai da pessoa mais importante da minha vida me despreza constantemente, me trata mal, me humilha, me desprestigia, porque acha que eu só quero seu dinheiro ou fazer sucesso como cantora. Não é fácil escutar que essa tal de Caty é a mulher ideal para você. Por que nunca me falou dela?

— Porque ela é passado, Yanira. Eu também não lhe perguntei por seu ex-namorados. Não me interessam.

Ele tem razão, nunca me perguntou. Mas prossigo:

— Segundo seu pai maravilhoso, ela é a mulher ideal para você. Vai fazê-lo feliz, e eu vou desgraçar sua vida. Como acha que eu me sinto quando ouço isso? — Dylan não responde; eu continuo: — Não é fácil não mandar seu pai à merda cada vez que ele abre sua maldita boca e menciona essa mulher para me desprestigiar.

— Tudo bem, meu amor, fique calma.

Seu tom demonstra que ele está se contendo. Sua boca está crispada; escolho não lhe contar o desagradável episódio no qual seu pai tentou me chantagear com uma carreira musical para que o abandonasse, ou que me chamou de loiraça, ou todos os maus-tratos que me dispensa todos os dias. Contar-lhe isso lhe faria muito mal. Mas grito, furiosa:

— Seu pai não é um ogro, é um maldito filho da puta!

— Yanira, não passe dos limites.

— Não passo, Dylan, isso ainda é pouco! — digo, furiosa. — Desde que cheguei, tento entender que ele é especial, mas ele se comporta como um divo! Sendo que quem era diva era sua mãe! — Dói nele até mesmo mencioná-la, mas já não posso voltar atrás. — Tudo que faço ou digo é questionável, censurável. Reconheça que ele me provoca. E embora eu tente controlar minha língua, meu gênio e meu mau humor por sua causa, se continuar aqui, meu pior lado vai sair de mim, e aí sim ele vai me odiar. Portanto, tire-me desta casa!

Ele tenta me abraçar, mas eu o empurro. Afasto-me dele e não deixo que se aproxime. Eu sei que isso o afeta, que o irrita.

Dylan, que deve estar tão farto quanto eu, explode, e nos envolvemos em uma forte discussão. Nenhum dos dois põe freio às suas censuras nem às suas queixas.

Aos gritos, Dylan reconhece as dúvidas que sente caso eu queira seguir adiante com minha carreira de cantora. Respondo que suas dúvidas são infundadas, e ele responde que já viveu com uma cantora e sabe como é. Seus comentários depreciativos machucam. Ver que seu pai o está fazendo duvidar do nosso relacionamento me enerva ainda mais, e viro fera. Ele também não fica atrás e, quando já não conseguimos dizer mais nada, abre a porta do quarto e vai embora.

Como sempre, ele vai embora me deixando sozinha.

Desesperada, olho pela janela e o vejo ir para a garagem. Ouço o motor de seu carro, e pouco depois ele sai.

Jogo-me na cama e choro, angustiada, durante um bom tempo. Quando me acalmo, não sei o que fazer nem aonde ir. Ao passar os olhos pelo quarto, vejo meu celular. Tenho uma ideia. Entro no Google e busco Caty Thomson, pediatra.

Rapidamente aparecem várias páginas. Ao abrir uma, vejo que ela tem uma pequena clínica pediátrica em Los Angeles.

Que bom! Estaremos os três na mesma cidade. Entro em desespero.

Procuro fotos e as encontro. Caty tem pele morena e, para piorar, é de Porto Rico, como eles. Agora entendo por que Anselmo me chama depreciativamente de loirinha. Evidentemente, não sou moreninha como sua adorada Caty.

Leio vários artigos que mostram Dylan e ela ao lado de Luisa e Anselmo em várias festas beneficentes. Parecem felizes. Falam de seu suposto romance, mas nunca confirmam. Porém, em outra série de fotos, estão na praia se beijando. Pensar que ele a beijou como me beija me parte o coração. Incomodada com minha curiosidade absurda, jogo o celular em cima da cama e volto a chorar.

A dor na mão passa, e durante horas espero a volta de Dylan. Mas ele não volta. Isso me faz hesitar, sentir ciúmes. Fico péssima. Não desço para jantar, embora Tata me peça para descer. Recuso. Não quero ficar no mesmo recinto que esse velho resmungão.

Choro e me desespero, e às duas da madrugada, quando sei que todos estão dormindo, desço até a cozinha para beber água.

Entro no escuro e penso em meu irmão Argen. Preciso falar com ele e, sem hesitar, sento-me em um canto da cozinha e, após calcular a diferença de fuso horário, ligo para ele.

Ouço dois toques, e então:

— Olá, meniiina!

Sua voz carinhosa me emociona, e começo a chorar. Argen fica preocupado. Pede por favor que eu pare de chorar e fale com ele. Rapidamente me recomponho. Não posso fazer isso com meu irmão, e, secando as lágrimas, digo:

— Pronto... já passou.

— Que foi, Yanira?

Preciso ser sincera, dizer-lhe a verdade. Murmuro:

— Aqui é tudo um desastre, Argen. Tudo está indo mal.

— Você está mal com Dylan?

— Com Dylan não, com o maldito pai dele! Esse maldito ogro acha que estou com Dylan por dinheiro. Não acredita que estou apaixonada. Ele me chama de loirinha com desprezo. Acha que por ter 26 anos não tenho cérebro. Ele me rejeita por ser cantora e não para de dizer que o filho vai ser infeliz comigo e que... e que... eu devia deixá-lo.

Meu irmão suspira e diz:

— Fique calma, Yanira. Se esse homem diz isso é porque não a conhece. Se a conhecesse...

— Ele não quer me conhecer, Argen — gemo, desesperada. — Ele só quer me desesperar, humilhar e me tirar do sério para discutir comigo toda hora e fazer com que o filho me odeie e por fim me abandone. Hoje discutimos como nunca, e eu... agora não sei onde Dylan está, e...

De súbito, ouço minha mãe, que pega o telefone de meu irmão e diz:

— Meu amor, como você está?

Engolindo o nó de emoções que não me deixa viver, respondo:

— Olá, mamãe. Estou bem... muito bem.

— E a família de Dylan?

— Bem, mamãe, a família de Dylan está ótima.

— E o pai de Dylan, minha menina, está melhor?

Sinto um nó no estômago. Tenho que mentir para ela:

— Sim, mamãe, Anselmo está melhor. Toma a medicação que lhe deram e a cada dia está mais forte. Até já caminha normalmente.

— Como ele é? Melado, como seu pai?

Comparar meu pai a esse homem é como comparar uma bolsa Gucci com uma chinesa. Claro que meu pai é a Gucci e a chinesa é o outro. Respondo:

— É um homem muito gentil. Adora os filhos e comigo é muito carinhoso. A propósito, ele manda lembranças.

Ouço minha mãe rir e sorrio. Como eu a amo!

— E está comendo bem, querida?

— Sim, mamãe, como bem. Até tomo leite, e você sabe que não gosto. Mas tomo por sua causa. Não se preocupe, mami.

Falamos mais alguns minutos, e, por fim, ela devolve o telefone ao meu irmão. Quando Argen pega o telefone, murmura:

— Desculpe, Yanira. Mamãe chegou e me tirou o telefone das mãos. Contou algo a ela?

— Não, não disse nada. Só disse que está tudo bem por aqui e que o pai de Dylan é muito carinhoso. Ah... e que tomo leite.

Isso nos faz rir. Então, meu irmão propõe:

— Quer que eu vá buscá-la? Posso pegar o primeiro voo e amanhã chego aí.

Penso. Não sei o que responder e, tentando limpar a mente, respondo:

— Deixe-me pensar e amanhã nos falamos, está bem?

Eu me despeço dele, fecho o celular e cubro o rosto com as mãos.

O que devo fazer?

Uns passinhos chamam minha atenção. O Pulgas acaba de entrar na cozinha e vem até mim. Ele aproxima o focinho de meu rosto e me dá uma lambida.

Ah, que lindo, meu Pulguinhas!

Eu me levanto e, no escuro, abro a geladeira e lhe dou o que sei que ele está pedindo. Quando come sua salsicha, ordeno-lhe que vá embora, mas ele não quer. Deita-se no chão da cozinha e adormece.

Quando consigo encontrar um pouco de forças, vou para o jardim. Está lindo, iluminado pela lua. Penso no que falei com meu irmão e percebo que estou irritada com Dylan e que não quero vê-lo. Acho que o pai dele está conseguindo o que quer: separar-nos. Ele está minando nossas forças, criando dúvidas nele e insegurança em mim, e no fim um dos dois vai terminar com tudo.

Que raposa velha!

Caminho pelo jardim e vou até o portão para ver o mar. A vista é espetacular. Abro a porta ao lado da cancela e saio. Ao ver a placa que diz Villa Melodía, murmuro com amargura:

— Deviam mudar o nome para Villa Mosteiro, ou Villa Babaca.

Atravesso a estrada e, de repente, vejo luzes de um carro se aproximando e me escondo. Meu coração acelera ao ver que é Dylan. Está com uma cara péssima, e isso me preocupa. Mas a minha também não deve estar muito boa. Quando o carro desaparece, respiro aliviada. Ele não me viu.

Será que ele vai ao meu quarto ou ao dele?

Saio de trás da árvore e caminho para a praia, mas, de repente, ouço atrás de mim:

— O que está fazendo acordada e sozinha por aqui a esta hora?

Dou um grito, assustada, mas me acalmo ao encontrar Tony.

Aliviada, sem pensar, eu me jogo em seus braços e, quando me afasto, digo:

— Hoje tive um dia terrível, Tony.

— Tata comentou alguma coisa ao telefone — diz ele, olhando para mim. — Vamos, relaxe.

Caminhamos pela areia da praia. Pergunto:

— O que você está fazendo aqui?

Ele aponta para seu carro, estacionado na lateral, e explica:

— Gosto de passear à noite pela praia. Minha mãe fazia isso quando estava em casa, e acho que sua mania agora é minha.

Por ser uma mulher que, segundo o Ogro, punha a carreira antes da família, seus filhos guardam muito boas recordações dela.

— Posso lhe perguntar como era sua mãe?

Tony sorri e, tomando o meu braço, explica enquanto caminhamos pela praia:

— Ela era detalhista, divertida, carinhosa, ajudava a todos que podia, e, acima de tudo, era muito artista e mãe. Viajava a trabalho mais do que nós gostaríamos, mas, quando voltava, era demais! — Ele sorri. — Nunca fez diferenças entre Dylan, Omar e eu. Para ela, os três éramos filhos dela, e, se em alguma entrevista tocavam no assunto, ela mostrava suas garras de leoa para defender seus três filhotes do mesmo jeito. Ela nos conhecia muito bem, e, a seu modo, sempre nos compensava por suas ausências. Parece que foi ontem que ficamos à noite aqui, nesta mesma praia, tendo longas conversas. Meus irmãos e eu adorávamos esses momentos com ela. Eram especiais, só nossos.

— E com seu pai, ela se dava bem?

— Sim e não. Na verdade, eles se separaram duas vezes, mas, como você já sabe, casaram-se três. Eles se amavam com a mesma intensidade com que se odiavam, e meu pai sempre atribuía isso à diferença de idade.

— Tinham muitos anos de diferença?

— Não, só dez, mas...

— Ah, santo Deus — digo, como Tata, ao me dar conta de outra coisa que o velho odeia em mim. — Dylan é onze anos mais velho que eu.

Começo a rir. Maldito riso!

Tony, ao entender meu desespero, diz:

— Não se angustie com isso agora.

Concordo, não muito convicta, e ele prossegue:

— Papai não tolerava muito bem suas ausências. Era ele, então, quem tinha que se preocupar com nossas notas, nossas aulas particulares ou ir às apresentações da escola. Nunca perdeu uma, mas todos sabemos que sentia falta de mamãe, e isso azedou seu caráter. Todo ano, no Natal, ele a fazia prometer que no ano seguinte se aposentaria. Isso nunca aconteceu. A vida de minha mãe era sua carreira, coisa que, para papai, com seu trabalho como advogado, nunca fez sentido. E justo quando ela estava começando a ficar um pouco mais em casa, decidiu se operar para ficar mais bonita, e... bem... aconteceu o que você já sabe.

— Meu Deus... sinto tanto, Tony — murmuro, com pesar.

— Eu sei, Yanira, eu sei. — E, olhando para mim com tristeza, acrescenta: — E o engraçado é que a história está se repetindo com meu irmão e com você. Dylan, apesar de ser o mais novo dos três, sempre foi o mais centrado, o mais sério, o que nunca quis saber do mundo do espetáculo, o mais parecido com papai, e, veja só, se apaixonou por uma garota como mamãe. Uma cantora.

Sorrio com amargura. Agora entendo um pouco melhor por que o Ogro se recusa a me aceitar. Ele não quer para o filho a solidão que teve que viver. É evidente que eu nunca serei objeto de sua devoção. Digo:

— Tive uma discussão terrível com Dylan por causa de seu pai. Ele disse que...

Tony não me deixa terminar. Interrompe-me e sibila:

— Ah, meu pai... que merda.

Isso mesmo.

— Acho que não vai dar certo, Tony. Vamos cometer um erro, e vejo isso cada vez mais claro. É melhor eu voltar para a Espanha.

— Não.

— Preciso desaparecer — insisto, desesperada. — Seu pai está me deixando louca. Ele até me chamou de loiraça...

— Meu pai a chamou disso?!

Confirmo e, muito angustiada, conto-lhe tudo. Tony, atônito, não pode acreditar no que ouve, quando acrescento:

— Até me fez uma proposta vergonhosa para que eu fosse embora e deixasse Dylan em paz.

Ele, que já está irritado, olha para mim. Com a mandíbula tensa, pergunta:

— Que proposta?

Horrorizada pelo que acho que dei a entender, esclareço:

— Nada sexual, calma... calma.

Ele respira, aliviado, e eu explico:

— Há alguns dias, ele me pegou cantando. Convidou-me para ver o estúdio de sua mãe. Eu pensei que fôssemos fumar o cachimbo da paz, e quando, muito emocionada, eu estava olhando os prêmios dela, ele disse que poderia me arranjar um produtor musical para lançar minha carreira ao estrelato, mas que, em troca, teria que terminar com Dylan e desaparecer.

Tony fica de queixo caído.

— Mas que velho sacana! Que *mojón!*

Não digo nada por respeito, mas penso o mesmo que ele. Ou pior.

— Você contou a Dylan?

Nego com a cabeça e Tony sibila:

— Tem que contar. Dylan só vê você respondendo a papai, entrando em seu jogo, mas, se ele souber disso e das outras coisas que você me contou, acho que...

— Ele vai ficar muito triste, Tony, e isso é a última coisa que eu quero.

Durante alguns segundos ele pensa no que eu disse, e por fim, com uma expressão de tristeza, diz:

— Meu irmão está louco por você. Não permita que meu pai estrague o relacionamento de vocês. Se você for embora, vai deixar Dylan triste e meu pai vai vencer.

— Mas, se ficar, também vou deixá-lo triste. Não vê?

— Não, Dylan não é bobo, Yanira, fale com ele.

— Hoje foi horrível. Nós dissemos de tudo e...

O telefone de Tony começa a tocar, e reconheço a melodia de uma canção de Maxwell. Ele me mostra a tela e vejo que é Dylan; mas, sem ver, já sabia que era ele. Faço não com a cabeça e ele faz sinal com a mão para que me cale. Ouço Dylan gritar, e Tony, depois de lhe dizer com tranquilidade que está comigo, desliga.

— Ele está histérico procurando você.

Eu ouvi. Mas não posso enfrentá-lo agora. Não tenho forças. O telefone toca de novo. Outra vez é Dylan. Tony, ao ver meu estado, propõe:

— Vamos embora daqui. Vou levá-la a algum lugar para beber alguma coisa.

Concordo. Preciso me acalmar. O celular toca outra vez. Tony tira o som, e eu lhe agradeço. Entramos em seu carro, e quando ele vai pôr a chave no contato reparo em algo pendurado no chaveiro. Pergunto:

— Essa é a chave de seu coração?

Ele sorri, concorda e diz, tocando-a com carinho:

— Sim. Coisas de mamãe. Ela era muito romântica e...

— E você também é, assim como Dylan, não é?

Meu belo cunhado olha para mim e confessa:

— Uma vez, julguei ter encontrado a pessoa certa para entregar a chave. Ela se chamava Paola. Mas, diferentemente de você, ela se deixou convencer pelo dinheiro de meu pai. — E, com um triste sorriso, acrescenta: — Ele a tentou e ela aceitou. Essa sim era uma oportunista. Você, não. E vai provar isso ao velho. Tem que fazer isso por Dylan e por você.

Meus olhos se enchem de lágrimas. Saber que Tony sofreu por amor redobra minha vontade de chorar. Sem dizer mais nada, ele aciona o motor do carro e, ao fazê-lo, o rádio é ligado. A música enche meus sentidos, e sorrio. Engulo as lágrimas enquanto ele pega a estrada da praia, e olho o mar.

Meia hora depois, ele diminui a marcha e estaciona em um barzinho com luzes coloridas. Ouve-se uma música alegre, e fico feliz. É disso que eu preciso, de diversão!

Seu celular não para de vibrar. Ambos sabemos que é Dylan, mas ele não atende. Eu agradeço.

Ao entrar, Tony me pega pela mão, e vamos para uma mesa. Feliz, olho para a orquestra que toca salsa enquanto as pessoas dançam. Dois segundos depois vem uma garçonete. Tony me apresenta. O nome dela é Emy, e é um encanto. Ela nos pergunta:

— Trago dois *chichaítos*?

Não sei que é isso, e Tony me explica:

— Rum com licor de anis. É bem forte.

Concordo. Preciso de algo assim.

Minutos depois, a garota traz dois copos. Tony pergunta:

— Preparada, cunhada?

— Claro!

Pegamos nossos copos, e, quando dou um trago do meu, sinto a garganta queimar.

Santo Deeeus!

—Uepaaa! — grita Tony.

Quando deixo o copo na mesa, tusso. Ele ri e me aconselha:

— Devagar, ou amanhã não vai conseguir levantar da cama.

Faço que sim com a cabeça; meus olhos choram por causa do rum.

— Como é Caty? — pergunto.

Tony olha para mim e, ao ver que não tem escapatória, responde:

— Uma boa garota, mas meio estranha.

— Estranha?!

— Há algo nela que nunca me agradou, e tenho certeza de que com meu irmão foi igual. — Ele dá outro trago da bebida e prossegue: — Ela sempre foi apaixonada por Dylan, apesar dos rolos dele com outras mulheres.

— Dylan a traía com outras?

— Meu irmão nunca quis nada sério com ninguém, nem com Caty. Mas, sempre que ele terminava com alguém, lá estava ela, toda carinhosa, para mimá-lo. Isso, com o tempo, tornou-se algo normal, e meus pais se encheram de carinho por ela.

— E Dylan a amava?

Tony, incomodado com a conversa, responde:

— Não, ele nunca a amou como ela queria, e, pelo que sei, sempre deixou isso claro.

Balanço a cabeça, e ele, segurando minha mão, acrescenta:

— Conheço meu irmão muito bem e garanto que ele sente por você algo que nunca sentiu por ninguém. Você é o amor dele. Sua mulher. Sua vida. Não tenha a menor dúvida.

Emocionada com essas palavras, murmuro:

— Suas palavras mostram como você é romântico.

Tony sorri e afirma:

— É a maldição dos Ferrasa. Românticos e cabeças-duras.

— Tenho certeza de que um dia vai aparecer uma garota que não o decepcionará, a quem você poderá entregar a chave de seu coração.

— Duvido. Agora já está blindado.

Acho engraçado ouvir isso. Depois de beber a bebida de uma virada, olho para Emy e peço:

— Mais dois *chichaítos*.

Quinze minutos depois, estou mais relaxada. Os *chichaítos* começam a fazer efeito; esqueço meus problemas e curto a noite com Tony. A orquestra é maravilhosa. Adoro o jeito como eles tocam. Têm um ritmo maravilhoso e uma cantora de voz sensual. As pessoas dançam e se divertem.

— Vamos dançar? — propõe Tony.

Animada, concordo. Acompanho-o com dificuldade. Ali todos dançam maravilhosamente bem, e logo ele me mostra que é um bom dançarino.

— Você também aprendeu a dançar com sua mãe?

Ele sorri e responde:

— Sim, senhorita. Meus irmãos e eu tivemos como professora nada menos que a rainha da salsa de Porto Rico. — E, divertido, acrescenta: — Ei, cunhada, você também não dança mal!

Deixando-nos levar pelo ritmo, dançamos várias canções, e a alegria do ambiente me contagia.

Quando nos sentamos, ambos estamos suados, contentes e esgotados. O celular continua vibrando. Dylan deve estar desesperado, mas não quero falar com ele. Não quero vê-lo. Trazem mais *chichaítos*. Tony pergunta:

— Quer cantar?

Faço não com a cabeça. A banda é muito boa e eu não sei se estaria à altura. Tony pisca para mim e, chamando uma pessoa da orquestra, faz um sinal apontando para mim, e dois minutos depois já estou no palco. Adrenalina da boa toma meu corpo, e sei que vou me divertir. Depois de falar com os músicos e dizer que já cantei em orquestras, eles me convencem a cantar salsa. Afinal de contas, o lugar pede, e sempre me divirto cantando salsa. O cantor e eu atacamos de *Viver lo nuestro*, de Marc Anthony e La India.

Desde una montaña alta, alta como las estrellas,
voy a gritar que te quiero para que el mundo lo sepa.

O ritmo entra em mim, e de repente começo a curtir como há muito tempo não curtia. Cantar me faz relaxar. Estava com saudade. Cantar me faz esquecer as dores. Olhando para Tony, que nos escuta feliz na mesa, canto, apontando para ele enquanto danço:

Y volar... volar... tan lejos
donde nadie nos obstruya el pensamiento.

É disso que eu preciso, que ninguém obstrua meu pensamento. Curto enquanto dura a canção, danço e canto no palco com essa orquestra desconhecida para mim, mas na qual me encaixo, como sempre, com facilidade.

Depois dessa canção chegam mais algumas; o ritmo já se apoderou de mim por completo. Quando desço do palco, exclamo:

— Uepaaa!

Tony sorri. Ao me sentar, peço:

— Dois *chichaítos*, Emy.

— Você não devia beber mais, senão, amanhã vai se arrepender.

— Quatro *chichaítos*, Emy! — grito, fazendo-o rir.

Duas horas depois, estou bêbada, e, embora ainda saiba que me chamo Yanira Van Der Vall, danço com todos os que me convidam e mexo os quadris e os seios como nunca na vida. *Azúcarrrrrrrr!*

Tony, que está mais sóbrio que eu, em várias ocasiões tenta me fazer ir embora, mas eu me recuso. Quero continuar dançando e bebendo, e me divertindo!

Viva o *chichaíto!*

O tempo passa. Danço, danço e danço... até que, de repente, mãos fortes me detêm no meio da pista de dança. Arrancam-me dos braços de um sujeito, viram-me, e dou de cara com os olhos e o rosto irritado de Dylan.

Começo a rir. Que situação!

— Emy, mais três *chichaítos* — grito.

Com uma expressão de irritação total, Dylan sibila:

— Não acha que já bebeu o suficiente por hoje?

Mas eu, me soltando dele, continuo dançando e exclamo:

— Uepaaa!

Ele me olha, imóvel. Eu o ignoro e continuo dançando, mexendo os quadris e gritando no estilo Celia Cruz.

— *Azúcarrrrrr!*

Vejo Tony se levantar, ir até seu irmão e dizer:

— Ela precisava descarregar. Mas agora não sei mais o que fazer para tirá-la daqui, por isso liguei para você. Desculpe, irmão.

Olho para Tony e digo bem alto:

— Mas que dedo-duuuro, desmancha-prazeeeres!

E continuo dançando, enquanto os dois discutem. De repente, meus pés se erguem do chão; Dylan me joga sobre o ombro e me tira dali.

— Solte-me, seu idiota — grito, e soco suas costas.

Estou toda atrapalhada. Noto que meus movimentos são lentos, apesar de tentar acelerá-los.

Mãe do céu, que porre!

Quando Dylan me enfia no carro, tento sair. Quero dançar salsa! Mas ele me imobiliza, pega meu queixo e sibila, olhando meus olhos:

— Yanira, fique quieta para que eu possa pôr o cinto de segurança em você.

— E Tony? — pergunto, preocupada.

Olho para a direita e o vejo ao nosso lado.

— Tony, deixe seu carro aqui e sente-se aí atrás — diz Dylan. — Você não está em condições de dirigir.

— Não quero voltar para Villa Mosteiro — protesto, com ênfase.

Tony começa a rir, e, divertida, grito ao ver meu moreno com cara de bravo.

— Vamos, hooomem. Que desmancha-prazeres você é, Dylan!

Depois que coloca o cinto em mim e seu irmão se senta, ele também entra no carro. Eu ligo o rádio e ponho o volume no máximo. Dylan o desliga. Eu ligo de novo. Ele desliga de novo. Assim ficamos, até que, olhando para mim, ele me ameaça:

— Fique quietinha se não quiser que eu amarre suas mãos.

Rio de novo pelo que ele disse e pergunto:

— Dá um beijinho?

Dylan se aproxima, mas eu, me afastando, grito:

— Deixei você plantado! Vingança!

Tony gargalha, e, por fim, apesar do porre, vejo meu moreno sorrir. Ele liga o carro e o rugido do motor me acalma. Fecho os olhos e apoio a cabeça no banco.

— Estou enjoada.

— Avise se for vomitar — ele me adverte.

O ar fresco bate em meu rosto enquanto ele dirige. Não vejo o caminho. Estou tão cansada e bêbada que mal posso abrir os olhos. A escuridão da noite nos envolve, e, quando chegamos, vejo que a casa está iluminada. Não sei que horas são. Quando Dylan me desce do carro e me pega no colo, ouço:

— Deixe-os ir dormir. Falaremos com eles amanhã.

Reconheço a voz do pai de Dylan e abro os olhos. Olho para ele e, ao passar ao seu lado, mostro o dedo do meio e murmuro com toda a minha raiva:

— Vá à merda, cagão! Você é um velho amargurado e um sacana de merda.

O riso de Tony chega aos meus ouvidos, e eu também rio. Morro de rir.

Dylan não diz nada, só me leva no colo até o quarto. Uma vez ali, no escuro, ele me deita na cama, e, quando vai sair, seguro sua camisa e murmuro:

— Diga à vovó Ankie que pare de tocar guitarra.

Ouço Dylan rir, e já não me lembro de mais nada.

29

Esqueça-me

Na manhã seguinte, quando acordo, meu corpo não é meu.

Penso nos *chichaítos*, e um enjoo me faz sentar de imediato na cama.

Tudo gira. Olho para o chão, que se mexe.

Bebi tanto rum assim?

Toco minhas pálpebras. Santo Deus, não tirei as lentes de contato! Meus olhos devem parecer duas melancias.

Coloco o dedo no olho e quase o arranco. Tento outra vez, mas não encontro a lente de contato. Desesperada, procuro no outro olho e nada. De repente paro, olho para a frente e percebo que não estou enxergando direito. Em cima da mesinha noto o potinho onde guardo as lentes de contato. Pego-o, abro-o e suspiro ao ver que estão ali.

Dylan deve ter tirado minhas lentes. Que fofo!

Minha bexiga está explodindo, e tento me levantar para ir fazer xixi.

Tudo gira; murmuro:

— Estou péssima...

Olho para a porta do banheiro. Está perto. Levanto-me, mas perco o equilíbrio e, depois de tropeçar, bato com tudo na parede. Na queda, levo pela frente o criado-mudo e o abajur. Pronto, o desastre está feito.

Toco a cabeça. Que dor...

Tonta e no chão, olho ao redor, quando a porta se abre e Dylan entra.

— Meu amor! — grita ele, ao me ver no chão.

— Eu caí. Que porrada!

Ele me levanta com cuidado. Olho para seu rosto distorcido. Eu poderia jurar que ele está preocupado. Pergunta:

— Machucou?

Mas não há tempo para explicações; gemo:

— Estou fazendo xixi na caaalçaaa...

Ele me pega no colo, me leva ao banheiro, levanta a tampa do vaso, abaixa minha calcinha e me senta.

Ah, Deus, eu sou o antiglamour. A que ponto chegamos!

Sem querer olhá-lo nos olhos, urino sentada no vaso sanitário; não acaba nunca... Quando por fim termino, pego papel e me limpo sozinha.

Tento me levantar, mas não consigo. O que está acontecendo? Tudo fica girando. Sinto as mãos de Dylan, mas dou-lhe um tapa e grito:

— Deixe-me em paz e vá embora!

Ele não se mexe, e, depois de alguns segundos, grito:

— Assim que conseguir me levantar, vou para minha casa. Não quero me casar com você. Eu... eu não quero que a pessoa que fique ao meu lado seja infeliz, e se você já pensa nisso antes do casamento, é porque vai ser infeliz.

Começo a chorar. Toda despenteada, com o cabelo no rosto, choro sem me importar com a aparência que devo ter.

— Não chore, querida.

— Deixe-me em paz!

— Acalme-se, por favor — insiste ele com ternura.

Mas não me acalmo. Choro como uma condenada, e, por fim, Dylan me levanta, coloca minha calcinha e me leva de novo no colo para a cama, enquanto protesto entre soluços. Ele me deita e, afastando meus cabelos do rosto, afirma:

— Não quero vê-la chorar.

Mas eu sou como o palhaço do circo. Minhas lágrimas brotam sozinhas, sou incapaz de contê-las. Dylan diz:

— Eu amo você, você me ama e vamos nos casar.

— Não, não vamos.

Nossos olhos se encontram. Olho para ele através das lágrimas. Seu semblante está cinzento e parece angustiado. Então, segurando a chave em meu pescoço, murmura:

— Só você tem a chave de meu coração.

Meu pranto ao ouvir isso é desolador. Como ele consegue sempre dizer coisas tão bonitas e românticas?

Cinco minutos depois, quando me acalmo, meu moreno, com mais paciência que um santo, seca minhas lágrimas com um lenço de papel e pergunta:

— Onde você bateu quando caiu?

Aponto a cabeça, que dói uma barbaridade. Depois de inspecioná-la, ele diz:

— Está com um galo enorme.

Ele beija minha testa, e eu faço biquinho.

— Vou buscar gelo na cozinha — informa. — Vai diminuir o inchaço.

Dois segundos depois, estou sozinha no quarto. As lágrimas continuam correndo por meu rosto. Estou triste. Muito triste. Minha família está longe, o resmungão perto; e, antes que meu amor volte, eu me aconchego na cama, fecho os olhos e volto a cair nos braços de Morfeu.

Não sei quanto tempo se passou quando acordo.

A luz que entra pela janela já não tem a mesma potência. Agora é alaranjada. Mexo-me na cama e me espreguiço, até que noto que minha cabeça está doendo. Sento com dificuldade. Tudo gira, e tocando o galo murmuro:

— Saco... Que é que eu tenho aqui?

— Você deu uma bela batida na parede, querida, e está com um galo maravilhoso — Dylan responde, sentando-se ao meu lado.

Olho para ele e aperto os olhos para vê-lo melhor. Ele tira de novo o cabelo de meu rosto. Eu me sinto como se um exército de formigas vermelhas assassinas houvesse passado por cima de mim. Mas estou um pouco melhor que antes, e pergunto:

— Tony está bem?

Dylan sorri e afirma:

— Ele está acostumado a beber *chichaíto*, você não.

Escutar o nome da bebida me faz levar as mãos à boca.

Que náusea!

— Não quero vê-la chorar nunca mais, entendeu? — diz Dylan.

Vou responder, quando a porta se abre e Tata entra com um prato fundo. Ao me ver, pergunta:

— Você está bem, coração? — Confirmo, e ela resmunga: — Já disse poucas e boas a Tony. Mas que ideia de levá-la para beber *chichaíto*.

De novo cubro a boca com as mãos. Dylan sorri.

Quando o enjoo passa, Tata deixa a bandeja em cima da cama e me aconselha:

— Coma alguma coisa. Vai lhe fazer bem, e se recuperará mais rápido.

Quando ela sai, Dylan olha para mim com um doce sorriso. Sentando-se de novo ao meu lado, oferece:

— Ande, vou lhe dar a sopa.

Franzo o nariz. Se eu comer alguma coisa, vou vomitar.

— Não... não... não... Dylan. Não desce.

— Tem que tomar. — E quando vou protestar de novo, ele insiste. — Querida, vá por mim. Esta sopa mágica de Tata vai ajudá-la a se recompor. Nós vivemos aqui e sabemos do que estamos falando.

Pego o guardanapo na bandeja, e de má vontade coloco-o em volta do pescoço. Dylan me dá uma colherada de sopa na boca. Sinto um enjoo mortal, mas, quando vou protestar, ele diz com doçura:

— Mais uma colherada, meu amor.

Abro a boca, e ele enfia outra colherada. Quero morrer de tão mal que me sinto, mas ele insiste:

— Mais uma.

E assim continua. Quando não aguento mais, ameaço:

— Se me obrigar a tomar mais uma colherada, juro que mato você.

Dylan sorri. Deixando a colher e o prato na bandeja, afirma:

— Seu corpo logo vai lhe agradecer, você vai ver.

Deitando-me de novo, murmuro:

— Duvido.

A sopa fica girando em meu estômago como uma máquina de lavar, e não sei quanto tempo vai conseguir ficar ali. Fecho os olhos, e mesmo assim sinto que Dylan me observa. Não tenho forças nem para olhar para ele. Adormeço, e quando acordo é Tony que está diante de mim.

— Olá, dançarina.

— Uepaaa! — brinco, sem forças.

Tony sorri. Eu, levantando os braços, peço que ele me abrace, o que ele faz com carinho.

— Obrigada por me aguentar ontem. Obrigada... obrigada...

— Não me agradeça, cunhada. Sempre que quiser, estarei aqui.

— Que fofo você é.

Ele inclina a cabeça e pergunta:

— Você me odeia por tê-la convidado a beber *chi*...

— Nem se atreva a pronunciar o nome — interrompo.

Ambos rimos, e, de repente, percebo que estou muito melhor. Meu corpo me pertence novamente e consigo controlar meus movimentos. O enjoo desapareceu.

Olho para a janela e vejo que é totalmente noite. Alucinada, pergunto a Tony:

— Eu dormi o dia todo?

— Eu disse para beber devagar — responde ele.

De repente, mil imagens passam por minha mente. Os *chichaítos*, a salsa, a dança, Dylan, seu pai, os insultos! Tudo volta com clareza à minha mente, e, assustada, peço:

— Tony... diga que ontem à noite eu não disse a seu pai o que estou recordando.

Ele me olha, assente e murmura:

— Uepaaa!

Horrorizada, pego um travesseiro e cubro o rosto. Quero morrer!

— Saco... merda e merda. Não quero nem imaginar o que ele pensa de mim agora.

— Essa é a última coisa com que você tem que se preocupar neste momento, especialmente depois do jeito como ele a tratou.

Ao ouvir a voz de Dylan, tiro o travesseiro do rosto, volto a cabeça e o vejo apoiado na parede. Nossos olhares se encontram.

Ah, Deus, como eu amo esse homem!

Tony me dá um beijo na testa, levanta-se da cama e vai para a porta.

— Tenha uma boa noite — diz. — Amanhã venho vê-la.

Quando ele sai do quarto e Dylan e eu ficamos sozinhos, o silêncio me domina. Não sei o que dizer. Ele continua apoiado na parede, sem tirar o olho de mim. Está com essa sua cara de mau de que eu tanto gosto. De repente, ele me pergunta:

— Não vai me pedir um abraço, como pediu a Tony?

— Não.

— Por quê?

Ao pensar nas coisas que ele me disse no dia anterior, respondo:

— Estou brava com você. Se você realmente pensa o que disse ontem, não sei o que estou fazendo aqui. Não sei por que quer se casar comigo.

O silêncio volta, e nenhum dos dois diz nada. Dylan olha para mim, e eu o observo através dos cílios, até que, de repente, me desconsertando, ele pergunta:

— Você viu a camiseta que está usando?

Com curiosidade, baixo os olhos e, ao vê-la, inclino a cabeça:

— Por que estou com a camiseta da reconciliação? — resmungo.

Dylan sorri e, sem se mexer, murmura:

— Porque eu preciso de você, meu amor.

Ah, Deus, por que ele sempre faz ou diz justo o que me toca fundo?

— Por que você não me contou? — diz de repente.

Não respondo. Não quero pensar que ele está se referindo ao que acho que está. Ele acrescenta:

— Tony me contou a conversa de vocês. Nunca imaginei que meu pai pudesse lhe dizer coisas tão terríveis. Mas, fique tranquila, eu falei com ele, e ele não negou. Admitiu o erro.

De novo, chocada, pego o travesseiro e cubro o rosto.

Por que é tudo tão difícil? Por quê?

A cama afunda, e noto Dylan sentado ao meu lado. Ele tira o travesseiro, e nossos olhos se encontram. Não sei o que dizer. Com carinho, ele afasta o cabelo dos meus olhos.

— Adoro seu cabelo. É lindo.

Sem deixar de me olhar, ele passa a mão por meu rosto e murmura:

— Não quero vê-la chorar de novo, e muito menos fugir de mim. Fui um estúpido ao me deixar influenciar pelos medos de meu pai, mas, acredite quando lhe digo que...

— Não posso ficar com alguém que me observa, sempre atento para ver se vou decepcioná-lo ou não — interrompo. — Não sei se vou chegar a vencer no mundo musical, só sei que quero tentar realizar meu sonho, como talvez você tenha lutado pelo seu de ser cirurgião.

Ele me olha emocionado. Entende o que estou dizendo, eu sei. Vejo isso em seus olhos. Ele acaricia meu rosto e murmura:

— Troco um beijo por um sorriso.

Eu me derreto. Ele me vence!

— Preciso de você, Yanira. Você vai realizar seu sonho, mas, por favor, dê-me seu amor.

Como fiz com Tony minutos antes, abro os braços. Dylan sorri ao ver minha expressão, e feliz me abraça enquanto exclama:

— Como eu gosto de sua camiseta da reconciliação!

Eu sorrio. Gosto é dele.

Durante alguns minutos, ficamos calados um nos braços do outro, até que, abrindo meu coração, afirmo sem que ele me peça:

— Eu amo você, meu amor, nunca duvide.

Sei que minhas palavras chegam ao seu coração. Não sou muito de dizer coisas tão carinhosas, e ele se emociona. Sua boca busca a minha, mas, afastando-me, digo a meia-voz:

— Devo estar com gosto de cabo de guarda-chuva. Guarde esse beijo para depois que eu tomar banho.

Dylan por fim sorri, e isso me relaxa.

— Argen ligou. Ele estava preocupado com você. Parece que você tinha que ligar para dizer se ele devia vir buscá-la. — Vejo que isso o deixa triste. — Falei com ele e disse que não se preocupe, mas ele não acreditou em mim. É melhor você ligar para ele.

Dylan pega meu celular no bolso e o entrega a mim. Entendo que, se eu não ligar para ele, Argen vai aparecer feito uma fera em Porto Rico. Depois de dois toques, ouço sua voz:

— Yanira, pelo amor de Deus! Eu estava preocupado. Você está bem?

Sorrio e olho para Dylan, que está ao meu lado, e respondo:

— Sim. Mas deixe eu lhe dizer uma coisa: nunca beba *chichaíto*. É de matar!

Meu irmão ri e meu amor também.

— Resolveu tudo? Quer que eu vá buscá-la?

Olho para meu moreno, que olha para mim com amor, e respondo:

— Estou bem, Argen, fique tranquilo. Tudo se resolveu.

Depois de falar com ele um tempo, desligo o celular e o deixo em cima do criado-mudo.

— Falei com meu pai, e acho que tudo ficou claro, por fim — diz Dylan.

— Desculpe...

— Não se desculpe, querida — replica ele com carinho. — Se alguém tem que se desculpar aqui sou eu. Não soube protegê-la dele como deveria, mas, a partir de agora, vou protegê-la, e, se quiser, vamos embora agora mesmo desta casa. Vamos cancelar a festa que ele organizou e...

— Não. Vamos a essa festa.

Dylan sorri, beija minha testa e murmura:

— Onde você não for bem-vinda eu não vou. Nunca duvide.

Ouvir isso faz meus olhos se encherem de lágrimas. Nós nos abraçamos de novo. Eu adoraria ir embora dali, não ver mais a raposa velha, mas não seria justo com Dylan. É o pai dele, e sei que ele o ama. Com carinho, afundo os dedos em seu cabelo. Olhando para mim, ele murmura:

— Mas, na segunda-feira, como combinamos, vamos para Los Angeles!

— Quero conhecer sua casa.

— Nossa casa — corrige ele.

Dito isso, ele se deita ao meu lado, e durante horas fazemos planos sobre o que faremos quando chegarmos a Los Angeles.

30

E se fosse ela

Na manhã seguinte, quando acordo, estou sozinha na cama. Sento-me com cuidado e vejo que estou infinitamente melhor. Ponho a mão na cabeça e vejo que o galo baixou, mas continua ali.

Ponho os pés no chão, e nesse momento me vem à cabeça o gesto obsceno que fiz ao pai de Dylan e as duras palavras que lhe dediquei.

Meu Deus... Meu Deus, como pude lhe dizer aquilo?

Depois de pensar com horror em meu mau comportamento, decido pedir desculpas ao Ogro. Meus pais gastaram um dinheirão para que eu e meus irmãos fôssemos à escola, não posso ser tão mal-educada.

Tenho vergonha de mim.

Quando saio do quarto, a "Villa Mosteiro", como sempre, está em silêncio.

Desço a escada angustiada pelo que vou encontrar e ouço Dylan conversando na porta da casa. Fico olhando entre os pilares da balaustrada, e, surpresa, vejo que ele está falando com Tony e Omar.

Quando Omar chegou?

Sem deixar que me vejam, escuto. Estão rindo. Parece verdade que a guerra acabou entre eles, e isso me enche de felicidade.

Quando eles se afastam a caminho da garagem, desço os degraus e olho a sala. Não há ninguém. Respiro aliviada. Não quero ver o Ogro. Não saberia o que lhe dizer. Ao ir para a cozinha, encontro o Pulgas, agacho-me, faço-lhe um carinho, e o animal parece feliz por me ver. Murmuro:

— Olá, lindo. Eu também estou feliz por ver você.

Depois de alguns minutos de carinho nesse cãozinho que cada dia me parece mais bonito, sigo para a cozinha, quando ouço passos. Reconheço-os e gelo.

Conto até cinco e por fim me volto. O Ogro está a poucos metros de mim, com sua habitual expressão "Eu sou um divo". Que cara de amargurado...

Plano A: cumprimento-o mesmo que ele não me responda.

Plano B: não o cumprimento.

Plano C: mostro o dedo do meio de novo.

Sem hesitar, escolho o plano A. É o melhor.

Seu olhar, como sempre, é gelado. Fico toda arrepiada, e suspiro. Estou para desistir do plano A e seguir meu caminho, mas não, eu não sou assim, e finalmente digo:

— Bom-dia.

Sem mover um músculo, ele continua olhando para mim.

Preparo-me para sua habitual grosseria matutina, mas, apesar do dedo do meio e das doces palavrinhas que eu lhe dediquei, ele me surpreende respondendo:

— Bom-dia.

Olho para ele, alucinada.

Meu Deus do céu, ele me desejou bom-dia!

Isso é a coisa mais gentil que ele me disse desde que cheguei aqui.

De repente, meu estômago dá um rugido tão forte que me sobressalto. Meu Deus, que fome!

O pai de Dylan, ao ouvir, surpreende-se tanto como eu e, erguendo uma sobrancelha, sugere:

— Vá até a cozinha e coma algo mais além de achocolatado.

Concordo. Já vou me virar, mas antes digo:

— Queria lhe pedir desculpas por ter lhe mostrado...

— Mostrado o quê?

Ao ver que ele se faz de desentendido, sorrio e explico:

— Por ter lhe mostrado o dedo do meio na outra noite, senhor — digo envergonhada, e ele balança a cabeça. — De verdade, senhor, desculpe por eu ter feito esse gesto tão feio e dito as palavras terríveis que disse. Eu bebi demais, e...

— Sim. Já me disseram que você bebeu vários *chichaítos*, não foi?

Confirmo com a cabeça. Para que negar? Acrescento:

— Peço desculpas de verdade. Não sou tão mal-educada. E se minha avó ouvisse o que eu disse, com certeza ia lavar minha boca com sabão. Ela não gosta que seus netos digam palavrões, e acho que me excedi com o senhor.

Seu olhar imperturbável me perfura. E então, ele diz:

— Está desculpada, desde que me desculpe também.

Ai, minha mãe do céu! Estou de porre ainda?

Mas, ciente de que não, sem hesitar, respondo:

— Claro, senhor, está desculpado.

Ficamos nos olhando parados no meio do corredor, e eu não sei o que dizer. Essa conversa é difícil. Nesse momento, ele limpa a garganta e diz:

— Meu nome é Anselmo. Esse negócio de "senhor" me incomoda.

Estou bege!

O Ogro me dedicou várias frases gentis em apenas poucos minutos.

Será que está com febre, ou tomou chá de cogumelo?

Olhamo-nos. Desafiamo-nos sem falar, e sem tirar o olho dele dou minha cartada e respondo:

— Eu o chamarei de Anselmo se me chamar de Yanira.

Tome!

Nesse instante, meu estômago volta a rugir. Pelo amor de Deus, que inoportuno.

O Ogro me olha, franze o cenho, e eu me preparo para seu ataque iminente. Mas, antes de dar meia-volta com sua bengala, ele diz:

— Vá tomar o café da manhã, Yanira. Depois conversamos. E, por favor, tome leite, como sua mãe quer.

Vejo-o se afastar. Estou alucinada. Bege!

O que aconteceu aqui?

Mantivemos uma conversa?

Ele disse para eu tomar leite? Como sabe que minha mãe quer que eu tome leite?

De verdade, isso está parecendo *Arquivo X*.

Na cozinha, ainda desconcertada, preparo um café com leite. Estou precisando, e sorrio ao ver que estou tomando leite. Pego umas madalenas e começo a tomar o café da manhã, enquanto minha mente não para de pensar. Sinto uma fome atroz. Quando estou terminando, Tony entra na cozinha e, olhando para mim com uma expressão sarcástica, sorri. Sem dizer nada, batemos um *high five* e dizemos:

— Uepaaaa!

— Você é boa de farra, cunhada.

— Veja só quem fala, cunhado!

Rimos. Ele pergunta, sentando-se ao meu lado:

— Como está o galo?

Levando a mão à cabeça, toco-o e respondo:

— Bem. Vou sobreviver.

Ele me olha, divertido. Eu bebo um gole de café com leite, e então ele pergunta:

— Pelo menos se divertiu comigo?

— Sim, muito. Foi bem divertido, e espero repetir. Mas sem *chichaítos*.

— Está mais tranquila?

— Sim.

Tony sorri. Nesse instante, a porta se abre, e entram Omar e Dylan. Meu moreno também sorri, e meu coração se acelera.

Omar se aproxima risonho e, depois de me dar dois beijinhos no rosto, diz:

— Olá, farrista. Ouvi dizer que você adora *chichaítos*.

Sorrio. Dylan me beija na boca e responde por mim:

— Acho que Yanira vai passar um bom tempo sem beber um de novo.

Isso me faz rir. Omar se senta ao meu lado, pega uma madalena e diz:

— Disseram-me que você está travando uma batalha contra o Ogro, é isso?

Sorrio ao ouvi-lo e, sem saber por quê, respondo:

— Não chame seu pai assim, coitadinho!

Dylan me olha, surpreso com minhas palavras, e pergunta:

— O que foi que eu perdi?

Dando de ombros, sorrio, mas não conto nada. Não quero criar ilusões. Com certeza, quando eu cruzar com ele de novo, vai me chamar de tudo, menos de Yanira.

Nesse instante, entra uma jovem da minha idade, e loira! Está com uns saltos alucinantes e uma minissaia. Ela diz:

— *Bichito*... cheguei.

Omar sorri, pega a mão dela e a apresenta:

— Yanira, esta é minha mulher, Tifany. Tifany, esta é Yanira, noiva de Dylan.

Eu a cumprimento feliz, mas meu sexto sentido me alerta de que a coitada é mais burra que uma pedra. Tata entra na cozinha e se junta à conversa. Está contente.

Quando termino meu café da manhã, ela nos anima a ir à praia. Trocamos de roupa e vamos com prazer.

Quando chegamos à praia, ouço:

— *Bichito*... que horror de areia!

Tifany se queixa quando a areia entra no meio das unhas de seus pés. Omar, alucinado, olha para ela e responde:

— Na praia há areia, querida. O que você queria?

— Vai estragar as florzinhas que eu fiz nas unhas.

Tento não olhar para Dylan e Tony. Ouço os dois rindo, e se olhar para eles vou soltar uma gargalhada. De repente, Dylan me pega no colo, joga-me sobre o ombro e, correndo, entra na água comigo, molhando minha canga. Tony nos segue. Divertidos, brincamos os três, e quando paramos, Tony olha para Dylan e diz:

— *Bichito*... nunca deixe que eu me apaixone por uma mulher como Tifany.

Dylan solta uma gargalhada e, dando-lhe um soco no bíceps, responde:

— Duvido que você se apaixone por uma mulher assim, irmão.

Depois de um tempo, Tony sai da água e vai se sentar com Omar e sua mulher. Quando ficamos sozinhos, Dylan me olha, me abraça e diz:

— Se meus irmãos não estivessem aqui, eu faria amor com você agora mesmo.

Sorrio. Seu olhar me mostra que ele está falando sério, e murmuro para provocá-lo:

— Vamos fazer.

Ele me olha alucinado, e aproximando minha boca da sua murmuro:

— Embaixo da água suas mãos podem fazer o que quiserem.

Sorrimos; ele responde:

— Não me provoque.

Com descaramento, enfio a mão dentro de sua sunga e o toco. Quando noto que sua ereção começa a crescer, provoco:

— Vamos, faça. A coelhinha está mandando.

Meu amor sorri. Ele gosta que eu seja tão descarada no sexo com ele.

Dylan me pega no colo, colocando-me de tal forma que nem seus irmãos nem ninguém na praia possa ver meu rosto. Ele enfia a mão dentro da parte de baixo de meu biquíni e, depois de introduzir um dedo em mim, aproxima sua boca da minha e sussurra:

— Ponha as pernas em volta de mim.

Quando o faço, ele diz:

— Isso... muito bem. Agora, não se mexa, meu amor. Senão, o pessoal na praia vai perceber o que estamos fazendo.

— Não vou me mexer.

— Tem certeza?

Dou um pulo quando Dylan coloca dois dedos. Dengosa, eu me abro para ele e murmuro:

— Sou sua, lembra?

Um suspiro de prazer escapa de sua boca, e com os olhos brilhantes ele diz:

— Mimada... você quer me deixar louco?

Concordo. Dylan sorri, e enquanto me masturba pede que eu o olhe nos olhos. O sol, a água, o olhar de meu moreno e o que está fazendo me levam ao sétimo céu.

— Chhh... não se mexa, coelhinha. Só curta.

Solto um gemido e meu amor balança a cabeça, enquanto seus dois dedos entram e saem de meu corpo, enchendo-o também de luxúria.

— Ah, Santo Deus! — suspiro. — Não foi uma boa ideia.

— Por que, querida?

Solto outro gemido e respondo:

— Porque agora quero mais e não podemos.

Dylan sorri e, olhando para mim com sua cara de mau, murmura sem parar de me acariciar:

— Mimada.

Balanço a cabeça. Abraço-o mais e aproveito. Dylan me beija. Enfia a língua em minha boca e faz amor com ela e com os dedos embaixo d'água ao mesmo tempo. A experiência de fazer isso ali é delirante, mas não posso me mexer. Não posso gritar, senão, todo mundo iria saber.

Quando o calor sobe por meu corpo e sei que meu orgasmo está prestes a chegar, mordo seu lábio inferior; logo o solto e o beijo para sufocar meu gemido de prazer.

Quando meus tremores passam, ele beija meu pescoço e me adverte:

— Agora, temos que esperar um pouquinho para sair.

— Por quê?

Com uma expressão engraçada, ele olha para baixo e pergunta:

— O que você acha?

Gargalhamos, e cinco minutos depois, quando ele diz que já está em condições de sair da água, vamos até onde estão os outros. Tony nos joga duas toalhas que tira de uma bolsa, e Dylan e eu nos secamos.

Estendemos as toalhas na praia e nos deitamos sobre elas. Durante um tempo, conversamos os cinco, até que, de repente, sinto que um corpo muito pequeno se joga em minhas costas. A expressão de Dylan e de seus irmãos muda, e eu entendo ao ver que se trata da pequena Preciosa.

A menina, indiferente ao que os adultos pensam dela, ao me ver veio correndo para mim. A expressão de Omar muda, e, irritado, ele pergunta:

— O que ela está fazendo aqui?

Tifany, que não sabe de nada, comenta com sua voz estridente:

— Que menina mais linda. Que moreninha!

Não sei o que dizer.

Não sei o que fazer.

Mas é evidente que não vou expulsar a menina dali a pontapés.

Os três irmãos Ferrasa me olham em busca de explicações, e, por fim, pergunto:

— Dylan, você está vendo Elsa na praia?

Procuramos a mulher, mas não a vemos. A expressão de Omar é de choque. Olhando para ele, digo:

— Tudo bem, já sei o que aconteceu. Não me olhe assim.

— Onde está sua tia, Preciosa? — pergunta Dylan.

A menina se senta conosco nas toalhas e responde:

— Não sei.

— Você veio sozinha à praia? — pergunta Tony, surpreso.

A criança confirma, e eu digo, escandalizada:

— Como uma menina tão pequena pode vir sozinha à praia?

— Algumas crianças se criam na rua — aponta Tifany. — A empregada de minha mãe tem netos, e precisa ver como são verdadeiros selvagens!

Omar, incomodado com a situação, levanta-se, pega a menina pelo braço, levanta-a da toalha e sibila, empurrando-a:

— Vamos, corra para sua casa agora mesmo.

Isso me deixa indignada. Por que ele fala assim com a menina?

Vou me levantar, mas não consigo. Dylan segura meu braço. Que clima pesado se criou em décimos de segundo! A menina olha para mim com os olhos cheios de lágrimas e, enfiando o dedo na boca, sai correndo.

Vendo isso, meu coração se aperta. Omar se senta de novo na toalha e afirma:

— Quero essa menina longe de mim.

Olho para ele boquiaberta e, incapaz de ficar de fora, murmuro:

— Que coisa triste isso que você disse.

— Mais tristes são as sem-vergonhas que tentam se aproveitar do dinheiro dos outros — replica ele, mal-humorado.

— Exato. Isso é muito triste — afirmo. — Mas levar a culpa por algo que você não fez é ainda mais.

O clima fica mais pesado. Esse é o Omar que eu conheci ao telefone. Duro. Desapiedado. Sem sentimentos. Dylan pede que eu me cale, mas não consigo. É injusto o modo como tratam a pequena Preciosa, e é o que digo a todos.

— Vamos esquecer essa menina e continuar nos divertindo. A propósito, *bichito*, outro dia eu vi em minha joalheria preferida um anel que adorei. Quando voltarmos a Los Angeles, você compra para mim? — diz Tifany.

Mas nem os três irmãos nem eu podemos esquecer o que aconteceu. E a mulher insiste.

— Você ouviu, *bichito*?

— Sim, eu compro — afirma Omar, incomodado.

Ele, como eu, olha para a menina, tão pequenininha, tão pouquinha coisa, correndo sozinha pela areia. Volto à carga:

— Como podem ser tão duros com ela? Que culpa ela tem do que a mãe fez?

Ninguém responde, inclusive noto que Tifany não pergunta porque imagina do que estou falando. Olhando para Dylan, prossigo:

— Ela só tem quatro anos.

— Você tem razão, querida — responde Dylan. — Mas é melhor deixarmos as coisas como estão.

Furiosa com a situação, olho para a menina, que continua correndo ao longe, e incapaz de deixá-la ir assim, com um puxão me solto da mão de Dylan, me levanto e grito:

— Preciosa, espere!

Mas ela não me ouve. Corro atrás dela. Vejo que está indo direto para a estrada. Fico angustiada e grito de novo, enquanto acelero o máximo que posso.

— Preciosa, pare! Pare! Não atravesse a estrada.

Ela não ouve, e eu vejo que a cada passo ela está mais e mais perto da estrada, e que não vou conseguir chegar para detê-la.

De repente, os três irmãos Ferrasa me ultrapassam a grandes passos. Eles também viram o que vai acontecer. A menina vai atravessar sem olhar, e vêm vários carros. A angústia me domina, e quando grito, ouço Dylan, Tony e Omar gritarem que pare.

O som de uma freada seca me deixa sem respiração.

Não... não... não... Não pode ter acontecido!

Não vejo o que aconteceu, e quando chego e me enfio entre as pessoas, a menina está chorando no colo de Dylan. Omar a pega e a abraça, mas ela, ao me ver, estende as mãozinhas. Eu a pego enquanto Dylan, sem fôlego, murmura para me acalmar:

— Nós a pegamos a tempo. Está só assustada.

Eu lhe agradeço com o olhar e depois beijo com carinho a cabeça da menina, enquanto ela, assustada, chora. O motorista do veículo dá graças a Deus por não ter passado por cima dela.

Eu me sento no acostamento da estrada ninando-a, enquanto minha respiração se normaliza e Tony fala com o motorista. Omar olha para nós ainda arfante. Não digo nada. Só quero que Preciosa pare de tremer e de chorar. Aproximando minha boca de seu ouvido, canto.

No me llores más, preciosa mía.
Tú no me llores más, que enciendes mis penas.
No me llores más, preciosa mía,
tú no me llores más, que el tiempo se agota entre lágrimas rotas por la soledad.

A menina se cala. Pestaneja e fica me escutando. Ela não está acostumada a ser embalada; nem que alguém cante para ela ou lhe dê carinho. Dylan olha para mim, e logo vejo que Omar e Tony também. Os três ficam quietos me escutando.

Sem parar de niná-la, continuo cantando, e, quando ela sorri e seus tremores se acalmam, dou-lhe um beijo no rosto e pergunto:

— Gostou da canção?

— Gostei.

— Onde fez dodói?

A menina aponta o joelho. Está um pouco esfolado, um raspão sem importância, e faço o que eu costumava fazer quando trabalhava na creche e uma criança caía. Passo as mãos por cima do machucado, sem tocar, e cantarolo:

Sana sanita, si no se cura hoy se curará mañanita.

Depois, dou um beijo em seu joelho e sorrio. Preciosa faz o mesmo.

Nesse instante, Tata e Elsa surgem pela porta da casa. Alguém as avisou do que aconteceu, e Tata grita, nervosa:

— A menina... ai, Santo Deus, a menina está bem?

Omar, ao vê-la, tranquiliza-a.

— Ela está bem, Tata. Não se preocupe, Preciosa está bem.

— Graças a Deus... graças a Deus... — diz a mulher, olhando para mim.

Elsa, com uma expressão azeda, aproxima-se e grita:

— Vou ter que trancar a janela também.

Quando vou responder, ela sibila:

— Essa *mojona* só me dá problema e desgosto.

Mas, quando vê os irmãos Ferrasa olhando para ela, suaviza o semblante e diz:

— Venha com a titia, Preciosa.

A criança se agarra ao meu pescoço. Não quer ir com ela. Começa a tremer de novo, e eu, sem deixar que ela a toque, digo bem claro:

— Ouça, Elsa, não sei como são as leis neste país relativas às crianças, mas garanto que se você puser a mão na menina ou a tratar mal, eu vou aplicar minha própria lei e juro por meu pai que você vai se arrepender.

Ela dá um passo para trás; eu me levanto do acostamento.

Tata se aproxima, estende os braços para a menina e diz, ao ver como olho para Elsa:

— Fique tranquila, Yanira, ela vai ficar comigo. Eu vou cuidar dela.

Quando estão indo embora, pego Elsa pelo braço e sibilo:

— Estou avisando, se puser a mão na menina, eu mato você.

— Uepaaa... que gênio, cunhada — comenta Tony, quando elas já se vão.

Levanto a sobrancelha, ponho as mãos na cintura e, olhando para os três irmãos, digo muito séria:

— Entendo que vocês tenham raiva da mãe dessa menina pelo que ela quis fazer, mas façam o favor de ser adultos e pensar que Preciosa não tem que pagar pelo que a desmiolada de sua mãe fez, especialmente porque a mulher a abandonou com a bruxa malvada da tia.

— Você não sabe de nada, Yanira — protesta Omar.

Aproximando-me dele, respondo:

— De fato, eu não sei de nada. Mas o que sei é o que vejo, e o que vejo é uma menina abandonada pela mãe e assustada e oprimida pela tia. Também vejo que três gigantes como vocês não fazem nada por ela. Só quem tem sobrenome Ferrasa merece a ajuda de vocês?

— A mãe dela...

— Tony — interrompo-o —, a mãe não é ela, assim como você não é seu pai. Quando vão perceber isso? Quando vão parar de fazer inocentes pagarem pela culpa dos outros?

Reina o silêncio, e, de repente, Omar murmura:

— Eu fiz o teste de paternidade.

Ao ouvir isso, Tony e Dylan olham para o irmão. Eu também olho. Queremos que ele continue, e por fim ele diz:

— Todos os meses dou a Elsa uma quantia de dinheiro para que cuide dela. Isso é tudo que posso fazer por ela.

Dylan pestaneja, incrédulo, e pergunta:

— Ela é sua filha?!

Omar confirma com a cabeça.

— O resultado do teste confirmou.

Todos nos calamos, até que Tony, mal-humorado, diz:

— Sem saber se era sua filha ou não, eu já dava dinheiro à tia para que cuidasse dela. Eu disse a Elsa que não comentasse com ninguém, não queria problemas com vocês.

— Mas que sem-vergonha — sibilo ao ouvir isso. — Ela soube lucrar bem com esse negócio de não cuidar da sobrinha. Omar lhe dava dinheiro, e Tony também.

— Eu também — diz Dylan, deixando-nos sem fala. — Assim como vocês, eu dou um dinheiro todo mês para a menina e pedi discrição a Elsa.

Os três irmãos se olham, incrédulos, e, de repente, conversam sobre o assunto da menina pela primeira vez, e não acreditam no que descobrem. A tia da criança montou um bom negócio com ela.

— Ou seja — interrompo-os —, os três dão dinheiro a Elsa, e a muito cara de pau não dá à criança nem um pouco de carinho, deixa-a trancada em casa e sei lá o que mais faz.

— Ela a deixa trancada? — gritam Omar e Dylan.

Confirmo. Eles não acreditam, e continuo:

— Bastaram poucos dias aqui para eu ver o que essa mulher faz com a menina. Em todo esse tempo, a única pessoa que eu vi lhe dar carinho foi Tata. Mas, claro, a pobre mulher vive com o Ogro e está com as mãos e os pés amarrados, não pode fazer nada mais por ela.

Omar se desespera. Tony pragueja e Dylan, aproximando-se de mim, diz:

— Meu amor, acho que...

— Dylan, deixe-me terminar — digo, olhando para ele. — Fique bravo comigo se quiser, mas essa menina só busca carinho em uma casa onde é repudiada por algo de que ela não tem culpa. E enquanto eu estiver aqui, não pretendo lhe negar esse carinho, mesmo que isso desagrade ao maldito Anselmo Ferrasa ou a quem for. Não sei o que posso fazer por essa menina, se falo com a Assistência Social ou com quem, mas, sem dúvida, alguma coisa precisa ser feita. Preciosa não pode continuar vivendo assim.

Os três irmãos se olham, desconcertados. Eu grito:

— Vocês não viram como ela é carinhosa comigo? Ela só me viu duas ou três vezes, e me abraça com desespero.

Nenhum deles diz nada.

— E, por último — concluo —, vou dizer uma coisa, mesmo que fiquem bravos comigo: eu não conheci pessoalmente a mãe de vocês, mas, pelo que me contaram dela, tenho certeza de que ela não gostaria em absoluto do que está acontecendo aqui. — E apontando para Omar, acrescento: — E ainda mais você sendo o pai.

Ele abaixa a cabeça. Tony concorda e Dylan admite:

— Você tem razão, Yanira. Sabendo o que sabemos agora, minha mãe deve estar muito brava. Precisamos dar um jeito nisso.

— Digam-me uma coisa — intervém Omar —, o que eu podia fazer com a menina? Eu moro em Los Angeles, sou produtor musical. O que eu podia fazer? — repete.

Tony olha para ele e responde:

— Evidentemente, cuidar dela melhor do que tem cuidado, sem dúvida.

Omar pragueja, e Dylan intervém:

— Ela é uma Ferrasa, Omar, e, agora que sei, isso não vai ficar assim.

Concordo, orgulhosa, e, olhando para o desesperado pai da criança, digo:

— Omar, se você não quer viver com ela, não viva. Mas garanta-lhe uma boa qualidade de vida, e não a vida de merda que ela tem com a imbecil da tia.

Depois de alguns segundos de silêncio, Omar olha para mim, depois para a praia, onde Tifany toma sol tranquilamente, e afirma, categórico:

— Farei isso. Garanto que farei.

— Sua família tem dinheiro e meios para ajudar essa menina a ser feliz. — Os três me olham, e eu concluo: — Façam isso por ela, pela mãe de vocês e por si mesmos.

Quando termino, estou agitada. Acabei de tirar do corpo a raiva que me restava.

— Está feliz agora... — observa Dylan pegando minha mão.

— Você não sabe como.

De súbito, começo a rir. Já estava sentindo falta!

Dylan sorri e Tony exclama de novo:

— Cunhada, como você é geniosa!

— Sou uma Van Der Vall. Vocês acham que só os Ferrasa são geniosos?

Dando um passo para mim, Omar põe a mão em meu ombro e diz:

— Obrigado por sua sinceridade. Você é como mamãe, e, gostemos ou não, precisamos de uma mulher como você ao nosso lado para perceber o verdadeiro significado das coisas.

Fico emocionada. Ah, vou chorar. Meu queixo começa a tremer e eu me abano. Ao me ver assim, os três me abraçam. Sinto-me protegida por esses três homenzarrões; eles tiram sarro até me fazer sorrir.

Quando por fim me acalmo, voltamos para a praia, onde Tifany nos espera. Dylan, sem soltar minha cintura, beija minha cabeça e afirma, orgulhoso:

— Van Der Vall e Ferrasa, boa combinação!

31

Sozinho outra vez

Quando chega a hora do almoço, voltamos todos para Villa Melodía.

Ao entrar na casa, a primeira coisa que faço, junto com os três irmãos e Tifany, é procurar Tata. Ela nos leva até seu quarto, onde a pequena Preciosa dorme. Olhamos para ela. Como é linda!

Quando saímos do quarto, comentamos durante alguns minutos o que vai acontecer, e vejo que Omar se envolve, mas Tifany fica à parte. Ela não gosta do que está ouvindo. Não diz nada, e isso demonstra que não concorda com o que o marido pretende fazer. Dylan me olha, percebe que eu a observo e aperta minha mão.

Tata está abismada com o que ouve, mas concorda. Diz que podemos contar com ela para o que for preciso. Até comenta que, se seus três garotos a ajudarem, irá embora com a menina e deixará o Ogro. Rapidamente os três recusam. A menina e ela vão continuar ali.

Sem dúvida, eles acordaram para a realidade. Essa menina é uma deles, e vão defendê-la com unhas e dentes. Finalmente, Dylan toma as rédeas do assunto e, como sempre, assume a situação. Ele vai falar com o pai. O Ogro é um bom advogado e pode ajudá-los.

Ao entrar na sala, Anselmo já está sentado à mesa e nos olha com atitude intimidadora.

A propósito, se ele fosse ator, como vilão malvado não teria preço!

Olho para Tifany e vejo que ela não olha para o velho. Está intimidada e, quando vamos nos sentar, ela me segura e cochicha:

— Não se sente aí!

— Por quê? — pergunto no mesmo tom.

A jovem olha para ver se alguém nos ouve e sussurra:

— Esse era o lugar de Luisa, a mãe deles.

Fico boba.

Todos esses dias eu me sentei onde não devia?

Fiquei desafiando o Ogro todos os dias sem saber?

Isso me desagrada sobremaneira. Por que Dylan nem ninguém me disse nada?

Agora, que sei, arranjo outro lugar, mas, quando vou me sentar do outro lado da mesa, Anselmo olha para mim e pergunta:

— Yanira, por que vai se sentar aí?

Uau, ele me chamou pelo nome!

Todos me olham; eu coço a cabeça, e, dando de ombros, invento:

— Achei que Omar ia se sentar aí...

— Este é seu lugar — diz ele. — Venha, sente-se.

De novo todos me olham, e Dylan, com estranheza, franze o cenho. Ele percebeu que o pai me chamou pelo nome.

Sem dizer nada, sento-me no mesmo lugar de todos esses dias e sorrio como uma boba.

Minutos depois, para variar, comemos em silêncio, e, para espanto de todos, Anselmo não faz comentário algum. Eu olho para Dylan à espera que ele fale sobre Preciosa, mas com o olhar ele me pede para ser prudente. Ele vai encontrar o momento. Concordo, ele tem razão.

De repente, Anselmo diz:

— A mãe de vocês deve ter se revirado no túmulo todo esse tempo ao ver como fomos tolos. — Todos olhamos para ele, que prossegue. — Yanira tem razão: temos que resolver a situação dessa menina e afastá-la da bruxa da tia.

Meu Deeeus! Não posso acreditar que o Ogro disse isso!

Olho para Dylan, que não olha para mim, só para seu pai.

— Papai, eu havia pensado...

— Omar — interrompe o Ogro, levantando a voz —, se você sabia que ela era uma Ferrasa, devia ter dito. Tenho vergonha de ter dado esse tratamento a um neto meu, e mais me envergonha saber que você sabia que era sua filha e a tratou assim.

Ouço Tifany tossir. Ela não está gostando da conversa. Anselmo olha para ela e pergunta:

— Quer dizer alguma coisa, minha jovem?

Ela nega com a cabeça, e o velho prossegue, olhando para nós:

— Sei o que aconteceu na estrada. Eu fui até ali, assustado ao ouvir a freada, e não pude deixar de ouvi-los conversar. Especialmente Yanira.

Fecho os olhos. Vou ter um troço.

Os três irmãos se olham, e Dylan tenta se desculpar:

— Papai, se quiser, podemos conversar depois...

— Não há nada para falar, filho — replica seu pai com voz cansada. — Preciso do teste de paternidade do desmiolado do seu irmão e vou tentar resolver essa confusão o quanto antes. Tata, você cuide dela enquanto isso. Não quero vê-la nas mãos da tia de novo. E, quanto a essa sem-vergonha, assim que acertarmos tudo, quero-a fora de Villa Melodía.

— Sim, Anselmo. Eu mesma a mandarei embora — responde a mulher, sorrindo.

Omar olha para seu pai e murmura:

— Peço desculpas, papai. Sei que agi errado...

— Mais que a mim, peça desculpas a sua mãe e a essa menina. Elas com certeza sofreram mais que você e eu.

O silêncio volta à sala. Olho para todos. Estão sérios. Isso foi pesado.

Por fim, Omar diz, surpreendendo-nos:

— Eu cuidarei de tudo. Ela é minha filha.

Olhamos para ele, e Tifany fala:

— *Bichito*, não há lugar em nossa vida para uma criança. A casa não está adaptada, e...

— Pelo amor de Deus — reclama Anselmo. — Quer parar de chamar meu filho por esse apelido ridículo?

— Eu vou cuidar dela — continua Omar. — Ela é minha filha e vai morar comigo, quer você goste ou não. — Ele olha para mulher e, abalado, acrescenta: — Quando vi que ela podia ter acabado debaixo das rodas daquele carro, eu me assustei. Percebi tantas coisas que...

— É bom perceber os erros — interrompe seu pai, olhando para mim. E suavizando a voz, prossegue, olhando para o filho. — Fique tranquilo, Omar, vamos resolver tudo. Mas, por enquanto, acho que, até a menina se apegar a você, ela deve viver nesta casa. Vai ser criada como merece. Ela é uma Ferrasa, e não se fala mais nisso. Vamos continuar a comer.

Estou passada!

Não acredito no que acabei de ouvir, e noto que os outros estão tão espantados quanto eu. Estou quase aplaudindo, dando uns beijos no Ogro, mas receio que ele mude de ideia se eu fizer isso. Então, olho para Dylan. Ele pisca para mim, e, contente, eu como e me calo.

Até que o patriarca olha para mim e pergunta:

— Gosta da comida, Yanira?

Eu sorrio para ele e respondo, afável:

— Sim. A carne está uma delícia, o que é?

Tata responde rapidamente:

— Filé de terneiro. Aqui se chama *bisté encebollado*.

— Para minha família, sempre o melhor — afirma Anselmo. E acrescenta: — Yanira, depois do almoço, gostaria de falar com você.

Sinto uma tremedeira...

O que ele tem para falar comigo?

Mas, sem querer me acovardar, troco um olhar com Tony, que pisca para mim, e concordo.

— Tudo bem, Anselmo.

Busco a proteção de Dylan. Preciso dele ao meu lado para falar com o pai; e ele, ao ler o desespero em meu olhar, oferece:

— Eu a acompanho.

Anselmo concorda sem dizer nada e continua comendo.

Tata sorri e me pergunta pelas comidas de minha terra. Eu respondo feliz, e os outros também intervêm.

Pela primeira vez conversamos em volta da mesa enquanto comemos, e alguns risos se ouvem no aposento. Vejo Anselmo sorrir. Ele não diz nada, mas pelo menos sorri.

— O que acham se eu fizer comida espanhola um dia desses? — digo.

Dylan sorri, divertido. Ele sabe que não faço ideia de como cozinhar. Responde:

— Eu acho uma ideia excelente.

Eu rio. No mínimo, vou envenená-los. Ao notar o olhar de seu pai, pergunto:

— Anselmo, acha uma boa ideia?

— Com que gostaria de nos deleitar? — pergunta ele.

Penso rapidamente. Minhas especialidades são ovo frito com batata e bacon, *tortilla* de batata com cebola, empanadas, croquetes congelados e pouco mais. Em minha casa, com minha mãe e minhas duas avós tão boas cozinheiras, não me preocupei em aprender. Mas, disposta a não me deixar intimidar, digo:

— O que gostaria de provar da comida espanhola?

Ele me olha e, me esquadrinhando com seu olhar de aço, responde:

— Quando Luisa e eu fomos à Espanha, há alguns anos, provamos muitas coisas. — E, deixando-se levar pelas recordações, sorri e esclarece. — *Paellas* deliciosas. Cozidos com grão-de-bico, feijão ou carne maravilhosos. E me lembro de um peixe chamado *bienmesabe*, que comemos em Cádiz, era delicioso.

Bienmesabe? Que peixe é esse? Acho que nunca provei, mas concordo e murmuro:

— Ah, sim... é uma delícia, um dos melhores peixes que existem. — E ao ver que todos me olham, acrescento: — Sem menosprezar os daqui, claro.

Anselmo olha para mim e pergunta:

— O que acha de fazer para o almoço de sábado? Tito, Héctor e Joaquín estarão aqui, e poderíamos fazer um almoço em família antes da festa da noite.

Minha segurança vacila. Acho que fui com muita sede ao pote e agora vou me afogar. Mas, ao ver como todos me olham, aceito:

— Ótimo! Acho maravilhoso.

— Você vai fazer *bienmesabe*? — pergunta Anselmo.

Mãe... mãe... mãe do céu, mas em que confusão fui me meter?

Suspiro, penso e respondo:

— Se encontrar, claro que sim! Vai ver como fica bom.

Dylan sorri. Não acredita em minhas palavras, mas eu, disposta a atingir meu propósito, concluo:

— Então sábado, já sabem, comidinha espanhola!

Quando terminamos de comer, falamos com Tata sobre o almoço de sábado. Estou em pânico. Depois de um tempo, Dylan pega minha mão e me leva para o jardim. Preciso tomar um ar.

De repente, começo a rir. Isso é surreal. Eu me meti numa fria sozinha e agora não sei como sair dessa. Dylan, beijando-me, murmura:

— Mimada... em que confusão você foi se meter, hein?

Meia hora depois, Tata nos chama. Anselmo quer que Dylan e eu vamos a seu escritório. Nervosa, sem soltar a mão de meu moreno, entro nesse mausoléu onde nunca estive antes. O escritório do Ferrasa pai é, no mínimo, impressionante.

Quando nós três nos sentamos, o pai de Dylan diz:

— Eu gostaria que não me interrompessem, entendido?

Nós dois assentimos.

— Como você bem previu no primeiro dia em que se sentou à minha mesa, um dia eu teria que lhe pedir desculpas por tudo, e é isso que vou fazer, Yanira.

Olho para ele surpresa, e Anselmo prossegue:

— Minha vida com Luisa não foi fácil por causa da profissão dela, e eu nunca quis essa vida para nenhum dos meus filhos. E menos ainda para Dylan, que é o mais parecido comigo, e o que mais foge das câmeras, holofotes e imprensa.

Ele respira fundo:

— Sem você saber, Yanira, cada vez que me enfrentava, eu via minha Luisa, e isso, embora às vezes me desesperasse, também me agradava. Se há algo de que sempre gostei foi a humanidade dela, sua paciência comigo para me fazer ver os diversos matizes das coisas, sua sensibilidade. E saber que, se um dia me acontecesse alguma coisa, ela lutaria por nossos filhos como a leoa que era. E você não vai ficar atrás. Durante dias, você enfrentou minha intolerância e meus maus modos de uma maneira que não posso recriminar. Eu fui o ogro que todo o mundo vê em mim, e, mesmo assim, aqui está você, com uma maturidade que deixa a minha no chinelo.

Ele sorri, e eu também. E prossegue:

— Neste tempo, você não cativou só meu filho, mas também o Pulgas, Tata e todos que entram nesta casa. Eu lhe fiz uma proposta muito feia e muito tentadora, que você recusou, e nesse dia percebi que você não era como eu pensava. Nesse e nos dias posteriores, eu percebi que, por amor, você não havia dito nada a meu filho. Porque não queria fazê-lo sofrer nem pô-lo contra mim. Outra noite, eu a ouvi falar ao telefone com seu irmão e sua mãe. Eu estava na cozinha, no escuro, e você não me viu. E você tornou a me surpreender quando, ao falar com sua mãe, disse que eu era gentil, bom e muito carinhoso com todo o mundo. Aí, garota... nesse momento, eu percebi que minha atitude para com você tinha que mudar. Mas então, você chegou com alguns *chichaítos* além da conta e foi impossível eu falar com você. Se bem que Dylan se encarregou de me pôr em meu lugar.

Ele respira fundo e continua:

— Estou envergonhado, Yanira. Se Luisa pudesse, voltaria do céu e me dava uma das suas belas broncas por ser um velho intolerante e sacana.

Ele sorri e, inconscientemente, eu também.

— Tive três filhos. Três homens, e acho que estou percebendo que um dos meus problemas é que não sei como tratar uma mulher. Minha Luisa era minha esposa, uma leoa! Mas você é outro tipo de mulher, minha filha a partir de agora, e não sei como a tenho que tratar para que se sinta bem. Estou morrendo de vergonha por ter me comportado com você de um modo que você não merece, e espero que me dê a oportunidade de começar do zero e obrigá-la a tomar leite, que já sei que não gosta, apesar de mentir para sua mãe.

Olho para ele, emocionada.

— E para encerrar, graças a você, todos os Ferrasa abriram os olhos a respeito de Preciosa e a verdade foi descoberta, apesar de o desmiolado do meu filho Omar tentar escondê-la.

Minha respiração está tão acelerada que não consigo nem falar. Olho para Dylan. Ele sorri e pisca para mim, e ao olhar de novo para o pai, este reitera:

— Eu lhe peço perdão por tudo, Yanira, como você disse. E lhe agradeço por tudo. Porque você merece. Sem dúvida alguma, sua chegada a esta casa definiu um antes e um depois na família, e agora, só espero que meu filho e você me perdoem e sejam muito felizes juntos.

Ele se cala e olha para mim, à espera de que eu diga algo. Mas estou tão nervosa que não sei o que dizer, e, como sempre, começo a rir. O Ogro e meu moreno sorriem. Isso me tranquiliza, e quando consigo recuperar o controle, sem soltar a mão de Dylan, digo:

— Nunca pensei que um dia fosse ouvi-lo dizer coisas tão bonitas, Anselmo. Claro que está perdoado, e sei que a situação também não foi fácil para você. De repente, seu filho, que lhe prometeu nunca se casar com uma cantora, aparece e diz que vai a fazer justo isso. Eu o entendo, de verdade.

Ambos rimos; eu acrescento:

— Eu também lhe peço desculpas por tudo o que disse que o tenha incomodado.

— Está perdoada, filha. Totalmente perdoada. E agora, que tudo ficou claro entre nós, quero lhe pedir uma coisa.

Eu afirmo, e ele acrescenta:

— Tenho certeza de que, com essa voz que você tem e a família da qual fará parte, vai fazer sucesso no mundo musical. Só lhe peço que não esqueça quem você é agora e quem a ama como é agora, não quando for famosa. Mantenha os pés no chão, e tudo vai dar certo.

— Eu prometo, Anselmo. Prometo que assim será.

A seguir, o homem se levanta, abre os braços, e, sem necessidade de que diga nada, sei o que ele quer e lhe dou. Fundimo-nos em um abraço maravilhoso. Dylan, que ficou calado o tempo todo, observa-nos. Olho para ele, e sei que nesse momento é totalmente feliz.

À noite, quando meu amor e eu fechamos a porta de meu quarto, ele me recorda o que aconteceu de manhã, quando estávamos no mar. Sem demora ponho música, a que eu sei que ele gosta: Maxwell. Dylan sorri. Eu me aproximo, dou-lhe um beijo na boca, e instantes depois ele murmura, mordendo meus lábios:

— Você pediu o que queria antes, coelhinha, e agora peço eu.

— E o que vai pedir? — sussurro, beijando seu pescoço, enquanto minhas mãos vão direito para sua virilha.

Sorrimos.

Ele me olha do alto, com essa cara de mau que me deixa louca. Excitada, dou-lhe um tapinha, desabotoo sua calça e, enfiando a mão dentro, murmuro:

— Ah, sim... assim é que eu o quero, sempre para mim — e me afastando uns milímetros, ordeno, enquanto me sento na beira da cama. — Tire a roupa.

Lembro nesse momento uma coisa que li uma vez, e decido pô-la em prática. Sob seu olhar atento, pego minha bolsa, abro-a e sorrio ao encontrar o que busco. Rapidamente volto à cama, e ao ver minha cara Dylan pergunta:

— O que você pegou?

Divertida, mostro-lhe uma bala de menta. Ele ergue as sobrancelhas, e eu explico:

— Li em algum lugar que isto aumenta o prazer.

Sorrimos enquanto eu desembrulho a bala e a coloco na boca. O forte sabor de menta me faz estremecer.

Com sua atitude tão masculina, que como sempre me deixa enfeitiçada, meu amor se livra dos sapatos, tira a camisa, a calça e a cueca.

Enquanto chupo a bala, com o dedo faço um sinal para que ele se aproxime. Ele vem para mim. Dylan é poderoso, grandioso, devastador. Para a minha frente. Sua ereção fica em frente ao meu rosto, e sem tocá-la ponho as mãos em seus quadris. Desço com elas até seus joelhos e logo torno a subir. Depois, levo-as até sua bunda. Deus, que bundinha mais dura ele tem! Toco-a. Sorrio e, ciente daquilo que com o olhar ele me pede aos gritos, digo:

— Você me deixa louca, meu amor, e quero que hoje você experimente as seis fases do orgasmo. Por isso vou beijá-lo aqui — beijo seu umbigo —, aqui — beijo mais abaixo do umbigo —, aqui — beijo a ponta de seu pênis —, aqui — beijo sua coxa direita —, aqui — beijo sua coxa esquerda.

E quando pego seu membro com as mãos, sorrio e sussurro:

— E aqui.

Ao beijá-lo, ele arfa, e abrindo a boca mordo-o com doçura, com carinho e paixão.

Dylan treme. Pego seu membro ereto e o passo por meu rosto. Passo-o pelos olhos, as bochechas, o nariz, e quando chego à boca roço-o nos lábios, até que, abrindo-os, ponho a bala no canto da boca e o abocanho.

— Ah, Deus, meu amor — ele diz.

Sem dúvida ele deve estar sentindo o mesmo frescor que eu sinto. Que excitante!

Mexo a bala na boca e a aperto contra sua glande. Dylan suspira. Treme. Sinto como é intensa a sensação que lhe causa, e curto tanto quanto ele.

Suas mãos voam para meu cabelo. Ele o toca, revira. Gosta do que estou fazendo. E depois de alguns minutos os pelos de seu corpo estão arrepiados; olho para cima e ele diz com voz rouca:

— Não pare, ou mato você, coelhinha.

"Ótimo! Ele chegou à fase homicida do orgasmo", penso, divertida.

Com os lábios, aprisiono seu pênis ereto e o aperto. Um gemido escapa de sua boca, e eu sorrio. Durante vários minutos fico chupando, lambendo e fazendo-o soltar gemidos doces e varonis.

Estou no controle da situação. Eu marco o ritmo, faço com que peça mais. Chupo e lambo sua imensa ereção, e ele está em minhas mãos.

Deus, como gosto de vê-lo subjugado por mim!

Nossa respiração se acelera. Decido tirar a bala da boca, senão, com tanto movimento e a emoção do momento, vai acabar indo por outro lado, sufocando-me, e vamos acabar no pronto-socorro.

Quando tiro a bala, Dylan me empurra para trás na cama e olha para mim perigosamente. Eu me excito ainda mais. Sei que acabou esse negócio de submetê-lo aos meus caprichos. E agora, sem dizer nada, ele coloca minhas pernas em seus ombros, cobre minha boca com a mão e, com uma forte investida, penetra em mim.

Eu me arqueio na cama ao recebê-lo, e meu grito é silenciado por sua mão. Quando, segundos depois, ele a retira de minha boca, murmura:

— Não grite, coelhinha. Não quero que ninguém a ouça.

Imobilizada pela posição em que ele me segura, concordo, e ele começa a entrar e sair de mim.

Ah, Deus, que prazer!

Estou molhada demais, e isso facilita a penetração. Uma... duas... três... vinte vezes ele afunda dentro de mim, deixando-me louca, enquanto eu mordo os lábios para não gritar de prazer.

Dylan, que me conhece, sorri e faz de novo. Acelera o ritmo. Empala-me, e logo para. Quero que continue!

Ele abaixa minhas pernas de seus ombros e me arrasta para o chão. Fico montada nele, ainda com seu pênis dentro de mim.

Estamos frente a frente. Olho sua boca, seus lindos lábios. Ele sorri. Sabe o que estou pensando. Ele os pousa sobre os meus e murmura, como se houvesse me ouvido:

— Você é que é linda.

Mexo o corpo. Tenho o controle de novo, e exijo:

— Diga que gosta disso.

Ele concorda, e se aperta contra mim. Ambos gememos, e ele murmura:

— Claro que gosto, meu amor.

— Mais?

— Sim.

Mexo de novo, e ele me aperta contra seu corpo, enquanto eu me arqueio de prazer.

Olho seus lábios. Esses lábios carnudos, que sempre me deixaram louca, e me lanço neles. Durante vários minutos, nosso jogo sensual prossegue, e ambos arfamos um sobre o outro.

Sua boca na minha sufoca nossos gemidos. Ninguém pode nos ouvir. Nossas pupilas se dilatam e, como sempre, deixamo-nos levar pelo prazer.

Duas horas depois, após três assaltos, um mais demolidor que o outro, Dylan me abraça na escuridão de nosso quarto e decidimos dormir. Mas minha mente recorda a frase que tanto ele quanto seu pai me disseram em momentos diferentes: "Mantenha os pés no chão".

32

Vivo por ela

Como bem previu Dylan, na sexta-feira à tarde estou enlouquecida.

Vou ao mercado com Tata e Preciosa, e não encontro nada do que minha mãe mandou comprar quando lhe liguei para pedir ajuda com a comida. Mas, disposta a não me render, compro grão-de-bico. Não é leitoso como ela disse, mas é grão-de-bico. Compro um peixe que me disseram que é parecido com o *bienmesabe*, e carne para fazer o cozido de minha avó Nira.

Depois, vamos comprar roupa para Preciosa. A menina se diverte conosco, e nós ainda mais com ela. Ela está feliz, e não solta em nenhum momento nossa mão. Quando provamos nela um vestido de cetim azul-claro, ela nos dá um sorriso maravilhoso. Sem dúvida alguma, gosta de sua nova vida.

Quando chegamos à cozinha da casa, não sei por onde começar. Pego o grão-de-bico e ponho de molho para cozinhar no dia seguinte; ponho o peixe para marinar em uma mistura de água, vinagre e especiarias que têm um cheiro ótimo. E guardo a carne na geladeira.

Elsa já não está na casa. Sei que falaram com ela, e acabou o jogo sujo. Segundo Dylan me disse, ela não fez objeções a nada e renunciou à guarda da menina por uma módica quantia. Que nojo dessa mulher. Não lhe desejo nada de mau, mas também nada de bom.

Tata olha para mim com curiosidade, com certeza pensando se serei capaz de fazer o que me propus. De minha parte, finjo tanta segurança que até eu acredito.

No sábado de manhã, quando me levanto, estou uma pilha de nervos. Digo à nova cozinheira que saia da cozinha até que eu termine. Quem manda aqui hoje sou eu.

Quando consigo que Tata e ela vão embora, quase arranco os cabelos. O que é que estou fazendo?

Na panela de pressão, coloco o grão-de-bico, o bacon, frango, pedaços de presunto cru e linguiça. Segundo minha mãe, quando o pino começar a girar rápido, conto quarenta e cinco minutos e está pronto.

Levo ao fogo, e nesse momento a porta se abre: é Dylan, com Tito e dois homens que rapidamente suponho que sejam seus tios.

Tito me abraça e me apresenta a seus irmãos Héctor e Joaquín, que são dois encantos. Os três demonstram interesse por minha vida. Perguntam como estou passando ali, e, divertidos, debocham do Ogro. Evito gargalhar diante de seus comentários, mas, ao ver que Dylan ri, não me contenho e rio também.

Tito, que me conhece há mais tempo, diz em meu ouvido:

— Disseram-me que você virou a vida do Ogro de pernas para o ar e que está se saindo muito bem. Parabéns, Van Der Vall.

Isso me faz rir. Então, Héctor, olhando as coisas que estão em cima do balcão, comenta:

— Anselmo disse que você vai nos deleitar com comida espanhola.

Concordo, olho para Dylan e, ao ver que ele ri, tenho vontade de matá-lo, mas respondo:

— Estou cuidando disso!

Quando eles saem da cozinha, começo a tremer, justo na hora em que o pino da panela de pressão começa a girar. Olho o relógio. A partir de agora, quarenta e cinco minutos.

Corto a carne, refogo-a, acrescento água e dois tabletes de caldo, como minha mãe disse. Deixo tudo cozinhando. Então, começo a descascar as batatas. Vou fazer três *tortillas* de batata, que ficam espetaculares. Corto-as, frito-as em fogo baixo com cebola, bato os ovos, e quando as batatas ficam prontas, retiro-as. E depois de misturá-las aos ovos, frito as *tortillas*.

Adoro esse cheiro. A seguir, decoro-as com pimentão vermelho por cima.

Que lindas ficaram!

De repente, olho o relógio e grito. Rapidamente, tiro a panela de pressão do fogo e xingo ao ver que ficou uma hora e meia, em vez de quarenta e cinco minutos.

Quando perde a pressão, abro-a e quase começo a chorar. Não há grão-de-bico nem nada. A única coisa que se vê é uma pasta marrom que dá até nojo de olhar. Bato a cabeça na parede.

Dez minutos depois, já recuperada de meu fracasso com o grão-de-bico, experimento a carne ao molho. Está dura como pedra e insossa a não mais poder. Xingo, ponho sal e aumento o fogo.

Olho o relógio e sinto um nó no estômago ao ver que em menos de uma hora terei o pior dos júris na sala de jantar à espera de minha comida.

Penso no que posso fazer para resolver essa confusão. Olho a geladeira, e de repente vejo o peixe. Meu Deeeus, esqueci o peixe!

Pego-o. Sinto nojo de tocá-lo e xingo. De repente, a porta da cozinha se abre e vejo Dylan.

— Tudo bem por aqui, querida?

Quero dizer que sim, apesar de estar prestes a cortar os pulsos com um garfo, mas, franzindo o cenho, murmuro desesperada:

— Sou um desastre.

Dylan sorri, entra na cozinha, aproxima-se e sussurra:

— Você é um desastre maravilhoso, por isso estou louco por você.

Nós nos beijamos, e, quando seus lábios carnudos se afastam dos meus, ele olha ao redor e pergunta:

— Precisa de ajuda?

Com desespero e um fio de voz, murmuro:

— O que preciso é de um milagre, Dylan.

Meu moreno sorri. Eu não.

Ele pisca para mim. Eu não.

E então, ele me pede para não me mexer e sai da cozinha.

Ele vai embora? Vai me deixar assim?

Antes de reagir eu o vejo entrar na cozinha com uns sacos marrons enormes, que ele deixa em cima do balcão.

— Não se ofenda, querida, mas imaginei que isso pudesse acontecer — diz ele.

— Pois imaginou bem — respondo. — Estou pensando em fazer uns ovos fritos com batata para todo o mundo. Isso eu sei fazer muito bem, mas acho que estão esperando mais.

Dylan sorri, me beija de novo e murmura:

— E se eu lhe disser que o que eu trouxe nestas sacolas vai salvar sua reputação de excelente cozinheira?

Meu coração dá um pulo no peito.

— Nesse caso... vou devorá-lo de tanto beijá-lo.

Quando tento olhar o que há nas sacolas, Dylan não deixa; sussurra:

— Mas este favor eu vou cobrar muito caro.

Começo a rir, e, entendendo o preço disso, afirmo, dengosa:

— Serei sua coelhinha obediente quando, como e onde você quiser.

Ele me morde os lábios e pergunta:

— Certeza?

Huuummm... adoro quando ele faz isso.

Aproximando-me mais, concordo, e com voz travessa murmuro:

— Eu prometo, meu amor.

Olhamo-nos em silêncio. Sei que pela cabeça de nós dois passam mil imagens sensuais. Por fim, Dylan se afasta e me apressa:

— Vamos jogar fora a comida que você fez, e eu levo o saco de lixo à lixeira lá fora. Depois, pegamos a comida que eu comprei e a distribuímos nas travessas.

Aplaudo. Muito bem!

Enquanto eu fuço nas sacolas, ele me explica, divertido:

— Ontem arranquei de Tata o que vocês haviam comprado no mercado: grão-de-bico, carne e peixe. Pois bem, aqui temos tudo isso, e cozido à espanhola.

Plano A: ofendo-me.

Plano B: devoro-o de beijos.

Sem dúvida plano B. Beijo-o sem parar, e Dylan ri.

Quando consigo me afastar dele, começo a organizar o que meu amor trouxe. A carne ao molho tem um cheiro maravilhoso. O grão-de-bico no ponto, e o *bienmesabe* um luxo!

— Ouça, querida — diz Dylan, lendo um bilhetinho. — Rita disse que...

— Quem é Rita? — pergunto com curiosidade.

— Mulher de um amigo. Ela é espanhola e cozinha em um dos melhores hotéis de El Dorado.

Esclarecido isso, ele prossegue lendo o bilhete:

— Aqui diz para pôr o grão-de-bico em fogo baixo durante pelo menos quarenta minutos. Quanto à carne ao molho, diz para acrescentar dois copos de água para aquecer, e retirar do fogo dez minutos depois que começar a ferver. O peixe está frito, não precisa fazer nada, só pôr em uma linda travessa.

Rapidamente faço o que ele diz, enquanto Dylan joga os restos do desastre de comida que eu fiz. Só o que se salva são minhas *tortillas*. Estão magníficas, e me sinto orgulhosa delas. Quando tudo já está no fogo, Dylan me entrega outra sacola, que não abri, e dou um grito. O clímax de minha felicidade se dá quando vejo um grande pote cheio de *papas arrugás** e, em potinhos menores, o molho próprio delas, vermelho e verde. Olho para meu moreno, que diz:

— Encomendei as batatas em sua terra há alguns dias e Rita as cozinhou. Ela mandou dizer que os molhos verde e vermelho foi ela que fez, mas que não se preocupe, porque ficaram deliciosos.

Eu me emociono. Esse homem só dá bola dentro. Soltando os potes de molho, abraço-o e confesso:

— Sabia que você é o melhor?

Dylan sorri. Adoro quando ele sorri. Beijando-me, ele responde:

— Eu jogaria fora toda essa maldita comida e a levaria para cima para despi-la e fazer amor com você. Mas acho que tanto esforço merece que minha família o deguste, não acha?

Eu rio, e faço sim com a cabeça.

— Estou exausta. Acredite ou não, tive uma manhã terrível na cozinha.

— Agora, vamos pôr tudo em pratos bonitos e levar à mesa — diz Dylan. — A família espera.

Toda orgulhosa, por fim deixo a cozinheira e Tata entrarem na cozinha. Elas me olham boquiabertas. Coloco todos os manjares em cima da mesa, e o cheiro da comida deliciosa se espalha por toda a casa. Tata, surpresa, aproxima-se de mim e sussurra, vendo as *papas arrugás*:

— Você me deixou sem palavras. Fez tudo isso?

Eu rio. Não quero mentir, e piscando para ela respondo:

— Dylan é que me deixa sem palavras. Graças a ele, eu consegui.

Divertida, ela balança a cabeça e sorri. Sei que guardará meu segredo.

* Prato feito com batatas típicas das ilhas Canárias, semelhantes às nossas batatas bolinhas, cozidas com casca e sal grosso em abundância, ou com água do mar. (N. da T.)

33

Just a dream

Já com tudo na mesa da sala de jantar, vou ao jardim dizer a todos que podem entrar. Somos sete homens, a mulher de Omar, Tata e eu. Quando o pai de Dylan aparece apoiado em sua bengala e segurando Preciosa pela mão, meus olhos se iluminam. Ao me ver, a pequena corre para os meus braços e eu a pego no colo.

Ver a menina me deixa feliz; olhando para Anselmo, pisco para ele. Ele pisca para mim também, e depois vejo que olha com curiosidade a comida em cima da mesa. A seguir, olha para mim a me pergunta com sua habitual atitude desafiadora:

— Tem certeza de que não vai nos envenenar?

Eu aperto os olhos e respondo:

— Fique tranquilo. Vai ser tão lento e sutil que você não vai sofrer.

Ele sorri, e Dylan, pegando minha cintura, diz com orgulho:

— Família, vamos comer o que minha futura mulher preparou para nós!

Minutos depois, seus tios me dão os parabéns. Adoram tudo que provam. Meus cunhados devoram a comida, Tifany dá umas bicadinhas aqui e ali para não engordar, e Tata come contente ao lado de Preciosa. Comemos, rimos e conversamos. Adoro isso.

Observo Anselmo de rabo de olho. Ele está dando atenção à menina, e sorrio quando ela enfia um grão-de-bico na boca dele. O velho sorri e come, e então a menina come um também. Incrédula, contemplo o Anselmo resmungão em sua recém-descoberta faceta de avô e me derreto toda. Sem dúvida, essa pequena Ferrasa vai ser a menina mais invejada de todo Porto Rico.

Quando terminamos, estamos todos cheios, estufados. Omar, Tifany e Tony se levantam para ir, mas, antes, Omar abraça Preciosa e ela retribui sem hesitar. É evidente que ela está disposta a dar amor a todos em troca de carinho. Durante alguns instantes observo Omar e o vejo sorrir com a filha no colo. Tifany, porém, está mais séria. Sei que ela não viu graça na aparição da menina, mas isso é o que menos me importa nesse momento. Pouco depois, Tata leva a menina para fazer a sesta, e ficamos Dylan, seus tios, seu pai e eu.

— Do que você mais gostou, Anselmo?

O homem toma um gole de café e responde:

— O grão-de-bico estava muito bom e o peixe também. — Eu concordo. — Mas o melhor foi a *tortilla* de batata. Reconheço que ficou muito boa.

Isso me faz feliz, porque foi a única coisa que eu mesma fiz. Aplaudo por esse homem ser capaz de me elogiar sem saber.

— A carne ao molho estava espetacular! — afirma Tito, sorrindo.

Os tios de Dylan são maravilhosos. São músicos de vocação, o que se nota em seu jeito de falar, de se expressar, até de interpretar um pedacinho de canção para mim. Estou emocionada, mas gelo quando ouço Tito dizer:

— Esta mocinha tem uma voz incrível. Vocês têm que escutar.

A mão de Dylan, que segura a minha, fica rígida. Olho para ele disfarçadamente, mas ele não mexe um músculo quando Héctor diz:

— É verdade, Tito comentou que você cantava na orquestra de um navio.

Sinto um calorão. Estou diante de grandes nomes da música que já ganharam todo tipo de prêmios, Respondo:

— Sim, cantei com algumas orquestras.

Cantar com orquestras é uma grande aprendizagem, Yanira. A melhor! — assevera Joaquín e, olhando para mim, acrescenta: — Hoje à noite, na festa, espero ouvi-la cantar.

Fico nervosa. Quem me pede isso são dois músicos mundialmente famosos, e isso me intimida. Não sou tímida, mas em um momento desses tremo toda. Durante um tempo falamos de música, ritmos e melodias, até que noto que Dylan está incomodado. Digo:

— Talvez seja melhor eu não cantar hoje à noite.

Dylan e seus tios me olham, e Tito pergunta:

— Por quê?

Tocando a garganta à guisa de desculpa, murmuro:

— Estou meio rouca e não quero que levem uma má recordação de mim. Além do mais, haverá muita gente. Demais.

O pai de Dylan, que até o momento esteve calado, sorri. E seu sorrisinho não me causa uma boa sensação.

— *Chichaítos* demais com Tony um dia desses — pontua.

Filho da mãe!

Dylan solta uma gargalhada. O bom humor de seu pai o influencia, e, dando um beijo em meus dedos, intervém:

— Hoje à noite tenho certeza de que ela deixará todos de boca aberta. Sua voz é tão bonita quanto ela.

Definitivamente, vou devorá-lo de beijos, de apertões e de tudo que me ocorrer.

Seus tios aplaudem, seu pai sorri e eu, confusa, olho para ele. E ele pisca para mim.

Minutos depois, Anselmo se levanta e diz:

— Vamos, Héctor, Tito, Joaquín. Vamos deixar os jovens sozinhos para que aproveitem um pouco antes da festa.

Joaquín e Tito se levantam e piscam para mim. Héctor se levanta também, sorri para Dylan e, olhando para mim, murmura divertido para que só nós ouçamos:

— Não vejo a hora de vê-la deixar o Ogro sem palavras.

Sua confiança em mim sem sequer ter me ouvido cantar me faz sorrir, e quando Dylan e eu ficamos sozinhos murmuro:

— Por que me animou a cantar hoje à noite se eu sei que você não gosta que eu cante?

— Porque eu sei que isso é o que a faz feliz, e eu preciso que você seja feliz.

Sua resposta, como sempre, é perfeita, romântica e maravilhosa. Sem demora, ele me pega no colo e me senta em seus joelhos.

Beija-me com carinho e eu a ele, e quando se afasta comenta:

— Alguns convidados vão surpreendê-la.

— Por quê?

— Porque eu conheço você e sei — diz ele.

— Quem são?

— Amigos da família. — E beijando-me de novo, murmura: — Você vai deixar todos malucos, vai ver.

Seu apoio e confiança em mim me deixam maravilhada. Com vontade de outro tipo de coisa, digo:

— Por ora, quero deixar você maluco, sr. Ferrasa. Escolha um jogo, e sua coelhinha aceitará sem hesitar.

Ele gosta de minha proposta e pergunta:

— Eu escolho?

Com uma expressão bem provocante e luxuriosa, confirmo.

— Um jogo ardente?

Concordo de novo. Dylan sorri e, levantando-se, me dá um tapinha, e com voz sensual propõe:

— Vamos, então. Só temos poucas horas antes de a festa começar.

Corremos escadas acima, e dessa vez ele me arrasta até seu quarto.

— Tem certeza de que quer um jogo ardente?

— Bem ardente — afirmo.

Ele me beija. Deixo que explore minha boca com paixão. Ele murmura sem se afastar.

— O que acha de hoje fazermos algo diferente?

Digo que sim. Não sei o que ele vai propor, mas, seja o que for, concordo. Ele sorri e enfia a mão debaixo de minha saia curta.

— Tenho um amigo que gosta de...

Surpresa, eu me afasto uns centímetros de sua boca e pergunto:

— Você quer fazer um *ménage*?

Dylan não responde de momento.

— Você quer? — pergunta.

Estou excitada, ardente, desejosa e disposta a fazer o que ele propuser.

— Neste instante, eu faria qualquer coisa com você. É seu jogo, você decide. Quando for meu jogo, eu decidirei.

— Mimada, você é um perigo.

Ele me dá umas mordidinhas no lábio inferior, enquanto eu tiro os sapatos. Então, ele para e, olhando para mim, diz:

— Sente-se na cama. Tire a calcinha e abra as pernas.

Sua ordem me excita. Ao ver que fico olhando para ele, insiste com voz rouca de comando:

— Vamos... estou esperando.

Não o faço esperar. Sento na cama e tiro a calcinha com sensualidade, e abro as pernas para ele. Suas pupilas se dilatam ao ver o que lhe ofereço sem reservas. Ele murmura:

— Excitante...

Aproxima-se, inclina-se e passa o dedo por meu sexo úmido. Diz:

— Vamos para a casa de alguém que eu conheço. Ele vai ficar nos olhando enquanto eu a faço minha. O que acha?

O que eu acho?

Sua proposta me surpreende. Minha respiração se acelera. Nunca fiz nada assim com ele, mas a proposta me excita, perturba, e respondo:

— Excitante e luxurioso, meu amor.

Então, ele introduz o dedo em minha vagina e, aproximando sua boca da minha, sussurra:

— Você vai ser só minha. Eu vou curtir e comer você, e a outra pessoa vai só olhar, sem tocá-la.

Suspiro e mexo os quadris para que Dylan enfie o dedo mais fundo, mas ele o tira e se levanta. Sigo-o com o olhar enquanto ele anda pelo quarto. Ele abre uma gaveta e pega um *nécessaire*. Abre outra gaveta. Vejo que é um frigobar, de onde pega uma garrafa de água. Depois, senta-se na cama, abre o *nécessaire* e pega quatro bolas unidas por um fio fino. A seguir, abre a garrafa, molha as bolas com água e murmura:

— Vou introduzir uma a uma em você, e você não vai dizer não.

Não, não vou dizer não. Claro que não!

Ele enfia a primeira... sorrio.

Ele enfia a segunda... sorrio.

Ele enfia a terceira... suspiro.

Ele enfia a quarta... arfo.

Enlouquecidos, olhamo-nos, e fico alucinada quando ele introduz também o dedo e mexe as bolas dentro de mim. O atrito me faz morrer de prazer.

A vibração das bolas é excitante. Dylan sorri, travesso.

Esse sorriso me deixa a mil!

Ele pede que eu me levante. Quando o faço, ele me põe a calcinha. Depois, abaixa minha saia e, de sua estatura imponente, sussurra:

— Aguente com elas aí dentro até chegarmos ao nosso destino.

E, sem mais, pega o *nécessaire*, minha mão, e abre a porta do quarto. As bolas ficam batendo dentro de minha vagina, e mal posso caminhar. Dylan me apressa:

— Vamos, estou impaciente.

Ele para na porta de meu quarto e diz:

— Coloque os sapatos mais altos que tiver.

Abro o armário e vejo os que vou usar à noite na festa. Ponho esses. De mão dada com ele, desço a escada e vamos para a rua, e eu vou ficando quente por causa da vibração das bolas. Nunca senti algo assim antes.

Quando me sento no carro, deixo escapar um gemido. Ao ouvir, Dylan sorri. Passa as mãos por minhas pernas. Eu as abro, e quando sua palma chega à minha calcinha, ele a aperta e murmura:

— Curta e deixe-me ver.

A luxúria o domina.

A luxúria me domina.

Quando o carro arranca, ouve-se uma canção de Maxwell. Pegamos a estrada. Cada buraco me faz arfar. Cada acelerada me faz gemer. Cada freada me deixa louca.

Agarrada ao cinto de segurança, fecho os olhos e curto a sensação que essas bolas me causam. Aperto as pernas, e a sensação aumenta. Abro os olhos e olho para Dylan, que sorri por trás dos óculos de sol.

Estou muito excitada. Chegamos a um edifício muito moderno, ele entra com o carro na garagem e, quando desliga o motor, olha para mim e diz:

— Abra as pernas.

Faço o que ele me pede. Sua mão volta a subir por minhas coxas, e, quando chega de novo à calcinha, ele aperta e murmura:

— Você está molhada...

Molhada? Estou é pegando fogo de tesão.

Com dificuldade, saio do carro. Andar com essas bolas dentro de mim fica cada vez mais difícil, e, quando chegamos ao elevador, volto a arfar. Dylan aperta o botão do sétimo andar, e quando o elevador começa a subir ele se aproxima e, me aprisionando contra a parede, murmura:

— Você é minha coelhinha tesuda e vai me dar prazer.

Concordo. Ele olha para mim com uma expressão séria, me beija e, quando se afasta da minha boca, diz com voz rouca:

— Repita quem você é e o que vai me dar.

Seu jogo me provoca e, excitada, digo:

— Sou sua coelhinha tesuda e vou lhe dar prazer.

O elevador para e as portas se abrem. Segurando sua mão, seguimos um longo corredor luxuoso branco. Quando chegamos a uma porta, Dylan pega um cartão, que introduz na porta, e ela se abre.

Acalorada, suspiro; noto que minha calcinha está encharcada.

Mãe do céu, como essas bolas e a situação estão me excitando...

Entramos. Dylan fecha a porta e deixa o *nécessaire* em cima de uma mesa preta. Ele se segura na mesa e, olhando para mim, murmura:

— Yanira, estou tão excitado que tenho medo de machucar você.

Eu me aproximo dele e, querendo continuar o jogo, contradigo:

— Não vai me machucar. Você nunca se permitiria isso.

Nós nos beijamos. Sua respiração é forte. Ele me solta de repente e diz:

— Vamos tomar um banho.

Eu me deixo guiar por ele. Não conheço o lugar. Não sei onde está nada, e quando entramos no banheiro, fico parada. Ali, sentado em um banquinho, um homem da idade de Dylan nos espera com um caderno e um lápis na mão. Ao nos ver, ele não se levanta nem fala. Só nos olha. Dylan ordena:

— Tire a roupa e deixe-a em cima do banquinho vermelho.

Sem demora, eu desabotoo a camisa e vejo que Dylan e o desconhecido se cumprimentam.

Ele não vai me apresentar?

Passados alguns segundos, intuo que não, e deixo a camisa em cima do banquinho vermelho.

O indivíduo não se despe. Só me olha. Está com as pupilas dilatadas, e noto que gosta do que vê. Tiro o sutiã, os sapatos, a saia, a calcinha. Quando estou totalmente nua, Dylan me chama, coloca-me na frente do homem e murmura:

— Ela é suave, ardente e deliciosa, mas é minha. Você só vai olhar porque é disso que gosta, é o que lhe dá prazer.

O outro homem concorda.

Minha respiração se acelera e eu suspiro. Dylan começa a me tocar na frente do homem. Provoca-o. Ele me mostra para o outro, enquanto sussurra em meu ouvido:

— Entre no chuveiro.

Faço o que ele me pede; Dylan entra atrás de mim. Abre a torneira, molha meu cabelo, afasta-o de meu rosto com carinho e, beijando-me, diz contra minha boca:

— Você é linda.

Sorrio e o beijo. A água corre por nosso corpo; ele enfia uma mão entre as minhas pernas. Eu as afasto e suspiro ao sentir um de seus dedos com as bolas. Não me importo com o homem que nos olha. Só quero curtir meu amor e deixar que ele me curta.

Sua boca busca várias vezes a minha. Encontra-a. Devora-a. Sua mão pega minha perna e ele me pede que a ponha em volta de sua cintura. Obedeço. Mas, ao fazer isso, as bolas se mexem dentro de mim e grito. Dylan sorri. Leva de novo a mão até minha vagina e, introduzindo uma bola que quer sair, murmura:

— Ainda não.

Fecho os olhos enquanto ele mexe em mim. Passa o joelho em meu sexo, e quando me aperta, solto um gemido. Faz isso várias vezes, até que fecha a torneira e saímos do chuveiro.

Então, noto que o homem não está mais ali, nem meus sapatos. Mas, ao entrar no quarto moderno, totalmente preto, vejo-o ao lado da cama.

Como se ele não estivesse ali, Dylan me deita nela. Estamos molhados, encharcados, mas ele não parece se importar. Ele me beija. Chupa meus lábios. Lambe meus mamilos e seca as gotas de água enquanto o homem nos olha e se move em volta da cama para ter um melhor ângulo de visão a fim de poder desenhar.

Dylan para, pega minhas mãos e, depois de pôr nelas algemas de couro, prende-me a uma argola na cabeceira da cama.

Ele se levanta, sorri e fecha as cortinas. Tudo escurece, e de repente uma íntima luz violeta se acende em cima da cama. Observo que o homem dá meus sapatos de salto a Dylan, que os coloca em meus pés. A seguir, venda meus olhos com um pano escuro, e não enxergo mais nada.

A cama se mexe. Noto que alguém fica sobre mim e murmura diante de meu rosto:

— Adivinhe quem é.

Sorrio; meu amor me beija.

Quando afasta os lábios dos meus, estou acelerada, úmida, excitada. Meu coração se altera, e ainda mais quando o ouço dizer:

— Lembra aquele dia no barco, quando o jogo era da coelhinha assustada?

Afirmo, e ouço seu riso enquanto ele murmura:

— Hoje quero ver uma coelhinha ardente. Muito ardente e entregue, entendeu?

Faço que sim com a cabeça.

Suas mãos voam por meu corpo enquanto, algemada à cama, fecho as pernas e fico louca. As bolas estão queimando minha vagina. Quando sinto que sua mão para entre minhas coxas, abro-as para ele e sussurro:

— Sou sua.

Como um lobo faminto, ele se lança na minha boca. Eu me entrego a ele e, quando ele enfia a língua em minha boca com violência, respondo arfando. Não vejo nada, o que me dá outra ideia deste tórrido momento. Cega e amarrada, as sensações se intensificam. Sua mão implacável toca a parte interna de minhas coxas, me fazendo tremer. Ele me provoca. Eu me mexo querendo que ele me possua e, quando introduz um dedo em minha umidade ardente, eu me arqueio, enlouquecida.

— Isso, querida... ardente... assim...

Sua voz é pura dinamite, pura luxúria, pura loucura e me enlouquece. De repente, sinto que ele se levanta da cama, e dois segundos depois ouço música. Não é Maxwell. A cama afunda outra vez. Ele me toca. Reconheço suas mãos. Passa a língua por meu queixo e, quando chega a meu ouvido, murmura:

— *Just a dream*, de Eric Roberson.

Essa canção sensual inunda o quarto.

— Abra as pernas para mim, querida.

Seu pedido é excitante, e minhas pernas se abrem sozinhas enquanto escuto a bela melodia. Centenas de beijos cobrem a parte interna de minhas coxas, e eu gemo sem medida, sem esconder o quanto gosto disso. De repente, solto um grito ao notar como meu amor tira uma das bolas de minha vagina. Respiro acelerada ao notar a mão de Dylan sobre meu ventre. Ele murmura:

— Respire com calma.

Tento fazer isso, enquanto seus doces beijos voltam à parte interna de minhas coxas e ele puxa e tira outra bola. O prazer é imenso, e ainda mais quando ele beija meu monte de Vênus.

Quero tocá-lo, mas não posso. Estou amarrada. Ele tira outra bola. Antes que eu possa me recuperar, ele puxa de novo e tira a última.

Nesse instante, ouço um zumbido. Suspiro. A linda canção acaba e começa outra que não conheço. É outra voz. Dylan não me diz quem canta, porém, ordena:

— Vire-se e fique de quatro.

Ainda amarrada, sem poder ver o que estou fazendo, preciso de sua ajuda para me virar. Fico excitada ao imaginar o que devo estar oferecendo nesse instante ao meu amor e ao outro homem.

De repente, sinto algo cremoso em meu ânus. É frio. Pergunto:

— O que é isso?

— Lubrificante.

Eu me assusto. Sei o que ele vai fazer, e murmuro:

— Dylan...

— Calma, meu amor... calma.

Tento ficar calma, quando de repente ele abre minhas nádegas e passa mais desse gel. Eu me mexo, nervosa. Dylan coloca uma das mãos em minhas costas e me abaixa, fazendo-me levantar a bunda. A seguir, diz:

— Relaxe e curta.

Sinto seu dedo brincar em meu ânus. Suspiro. Eu me mexo, e ele ordena com doçura:

— Não se mexa. Facilite a tarefa para mim.

Faço o que ele me pede, e pouco a pouco sinto que meu ânus se acopla a essa intromissão. Dylan põe e tira o dedo e, quando deixo escapar um gemido, ele sussurra:

— Muito bom, coelhinha... estamos indo bem.

A esse dedo ele acrescenta outro. Sinto a pele esticar, e digo:

— Dylan...

— Lembre que eu nunca a machucaria. — E parando, pergunta. — Continuo?

Tento confiar nele. Tento acreditar nele e concordo.

— Sim.

Pouco a pouco, seus dedos entram em mim com delicadeza. Deus, que prazer!

Começo a me mexer, ele, ao ver, morde meu flanco.

— Gosta?

— Sim — respondo com sinceridade.

Ouço seu riso e suspiro quando seus dedos afundam em meu ânus.

— Imagine o dia em que eu puder estar totalmente dentro de você, coelhinha. Vou pegar seus quadris por trás e comê-la várias vezes, e você vai ficar louca e me enlouquecer.

Faço que sim com a cabeça. Já desejo isso.

Depois de alguns minutos, Dylan abandona minhas nádegas. Dá dois beijos nelas e diz:

— Deite-se de novo de barriga para cima, meu amor.

— Já? — pergunto, incomodada por ele agora abandonar meu ânus.

— O sexo anal é gostoso quando se vai aos poucos, querida — murmura ele em meu ouvido. — Se não tivéssemos uma festa à noite, eu garanto que continuaria até que você mesma me pedisse que a comesse por trás. Mas não quero que depois você fique dolorida.

Ele tem razão. Nossa festa é hoje à noite, e não quero estar mal. Com a ajuda dele, viro o corpo. Ele diz:

— Não feche as pernas, coelhinha. Não quero que feche.

Excitada com sua voz e sua ordem, faço o que ele me pede, mas minhas pernas tremem. Ele exige, levantando a voz:

— Eu proíbo que você feche as pernas.

A luxúria me deixa louca. Abro-as o máximo que posso.

Nunca pensei que Dylan pudesse brincar assim, mas eu gosto. Isso me deixa a mil.

— Este não é o Wolverine — diz, sem que eu possa ver nada. — Comprei para você, e vamos estreá-lo agora mesmo.

Suas mãos quentes abrem as dobras de meu sexo. Eu suspiro, sinto a vibração perto de meu clitóris. Ele diz:

— No um, do jeito que você está excitada, é pouco, não é, querida?

— Sim — concordo.

— No dois, as cosquinhas ficam mais intensas e regulares.

— Sim — suspiro.

— No três... huuummm, você gosta, não é?

O zumbido do vibrador, acompanhado pela sensação delirante que me provoca, faz com que eu morda os lábios. Fecho as pernas em um impulso, mas Dylan exige:

— Abra.

Abro. Ele me excita, sussurra:

— Mostre como está gostando. Grite. O quarto é à prova de som.

O tom dos meus suspiros aumenta e incessantes gritos de prazer saem de minha boca, enquanto meu moreno, meu amor, me masturba e me impede de fechar as pernas. Ondas de prazer tomam meu corpo. Curto a situação de dominação à qual o homem que eu amo me submete.

Ele tira a venda de meus olhos e por fim posso ver. Seu amigo está atrás dele desenhando, sem perder um detalhe. Um novo suspiro sai de minha boca ao sentir o prazer do vibrador em meu clitóris, e jogo a cabeça para trás. O zumbido para. Olho para Dylan, que, se colocando sobre mim, diz, cravando-me seu olhar:

— Crave os saltos em mim quando eu a penetrar.

Ah, Deus!

Ele se enfia com urgência entre minhas pernas.

Sua investida é tão forte que, com o movimento involuntário de meu corpo, cravo os saltos na parte de trás de suas pernas.

Um suspiro sonoro e delirante escapa de minha boca ao sentir essa tremenda posse. Enlouquecido, Dylan entra várias vezes em mim, até que ordena:

— Grite, quero ouvi-la.

Grito. Meus gritos, acompanhados dos suspiros roucos dele, excitam nós dois. Ele continua mergulhando em mim com todas as suas forças, e eu cravando os saltos nele.

Uma série de rápidas investidas é seguida por outras, mais lentas e firmes. Não sei de quais gosto mais, só sei que não quero que ele pare.

— Eu vou gozar. Estou tão excitado que vou gozar — diz ele.

Quero abraçá-lo. Quero cravar minhas unhas em suas costas, mas, com as algemas, não posso. Meu corpo se contorce de prazer, escravo dele.

Olho para seu amigo. Não está mais atrás de Dylan, e sim apoiado na parede, masturbando-se, enquanto nos observa fazendo amor como loucos. Um calor imenso sobe das solas dos meus pés enquanto Dylan mergulha várias vezes em mim. E quando não aguento mais, explodo e grito, gozando.

Ele não para. Continua duro dentro de mim, enquanto eu sinto que meus sucos encharcam nós dois. Aberta para ele, eu o recebo com prazer enquanto minha vagina treme, até que, com um grunhido varonil, ele desaba sobre mim e o sinto tremer também.

Depois de um tempo, quando penso que tudo acabou, Dylan me beija, desamarra minhas mãos, e eu o abraço. Ficamos assim por alguns minutos, até que, levantando-se, ele me dá lenços de papel e nos secamos.

Seu amigo desapareceu. Há só um desenho em cima de uma cadeira. Dylan o pega, entrega-o a mim, e vejo que somos ele e eu fazendo amor.

— O que acha?

— Incrível — digo, olhando o desenho.

Sem dúvida alguma, o desenho é tórrido. Dylan, olhando para mim, murmura:

— Eu lhe pedi que o fizesse para nós.

Quando deixo o desenho de novo na cadeira, olho para meu amor e digo:

— Adorei a primeira canção, que tocou antes.

— A de Eric Roberson?

Confirmo. Dylan levanta o dedo, vai até o equipamento de som, e instantes depois ouvimos de novo a melodia linda e sensual. Abro os braços para recebê-lo, e começamos a dançar com os corpos nus colados.

Dizem que eu canto bem, mas do que não tenho a menor dúvida é de que Dylan dança que é uma maravilha. Seu corpo se mexe lenta e pausadamente ao compasso da canção, e ele sabe me levar. Sinto sua respiração em meu pescoço. Ele me dá centenas de beijos doces no pescoço, na orelha, no rosto e, quando chega à boca, murmura:

— Sou louco por você, meu amor.

Sorrio. Ofereço-lhe meus lábios e ele os aceita. Então nos beijamos lentamente, ao compasso da música, até que Dylan me pega no colo e me leva ao chuveiro, onde faz amor comigo de novo. Ele me penetra, e eu o recebo com prazer. Sem chegar até o fim, voltamos para o quarto. A luz continua violeta. Dylan me deixa em cima da cama, e começa a lamber meu sexo com fervor.

Extasiada, mergulho os dedos em seu cabelo enquanto ele passa a língua por todos os lados. Meus fluidos me encharcam. Sua rudeza e afã de posse me dão prazer. Eu me abro para ele. Me exponho para ele. E me contorço, suspiro, gemo.

Com uma mão ele segura minha bunda. Massageia-a, e eu grito ao notar que um dos seus dedos entra em meu ânus. Entra e sai de mim, e ao mesmo tempo ele não para de chupar meu clitóris. Meus gemidos se transformam em gritos de prazer, e me sinto perder a sensatez.

A loucura desse momento se apodera de mim, e lhe peço que me penetre por trás. Dylan resiste, recusa, mas eu insisto. No fim, ele me vira com rapidez. Fico de quatro, e ele, pressionando-me para baixo com a mão, aproxima seu pênis duro da entrada de meu ânus, mas não entra.

— Venha — exijo, ouvindo sua respiração agitada.

Dylan entra um pouco, mas não o suficiente. Eu grito, ordeno que continue, e quando acho que vai fazer, ele me pega pelo cabelo, puxa-o para trás e, penetrando minha vagina até o fundo, murmura:

— Hoje não.

Ele solta meu cabelo e me segura pela cintura. Com uma forte investida, mergulha de novo em mim por completo.

Eu grito, extasiada.

Ele sai todo de mim e entra de novo de uma vez. Isso me dá um prazer incrível, e peço:

— Mais... mais.

— Mimada... — diz ele.

Enlouquecido com minhas exigências, ele me invade, me empala, me penetra com todas as suas forças, e eu grito e exijo mais. Quero tê-lo dentro de mim eternamente. Quero que não pare.

Sem descanso, meu amor me possui.

Sem descanso, eu me entrego, e sei que ele se entrega a mim.

Sem descanso, as penetrações se tornam violentas, até que, depois de alguns segundos, juntos temos um orgasmo animal. Incrível!

Esgotado, Dylan desaba de um lado da cama e eu caio de bruços. Minha respiração é rápida, mas a dele é violenta. Olho para ele e o vejo suado e molhado do chuveiro. Pergunto:

— Você está bem?

Ele confirma, fecha os olhos e, quando recupera o fôlego, murmura:

— Melhor que em toda a minha vida.

Solto uma gargalhada; Dylan acrescenta:

— Você quase me convenceu. Ainda bem que eu me controlei.

Volto a rir. Eu sou maluca. Quero sexo anal e não quero. Ele me abraça, beija e, olhando-me nos olhos, diz:

— Mimada, cada dia sou mais louco por você.

34

Com os anos que me restam

Horas depois, estou diante do espelho do meu quarto me arrumando para a festa que vão dar em nossa homenagem. Ainda sinto na boca e no corpo o sabor de Dylan, e a lembrança do que fizemos há pouco. Sorrio enquanto me olho no espelho.

Prendi o cabelo com um coque alto, mas meio despenteado; minha mãe sempre diz que fica bem em mim. Observo-me, usando um vestido preto curto de saia de plumas. Dylan nunca me viu com ele, mas tenho certeza de que vai gostar. E ainda mais quando vir que estou com os sapatos de hoje à tarde.

Ouço umas batidinhas na porta e, ao me voltar, vejo que ela se abre e o homem em quem estou pensando entra. Fico sem palavras.

Ele está impressionante com esse terno!

Seu olhar me diz que ele também gosta do que vê. Fazendo um sinal com o dedo, pede que eu dê uma voltinha. Giro, e quando termino a voltinha ele já está ao meu lado, beijando-me.

— Você está linda e elegante, meu amor.

Eu suspiro e respondo:

— E você está delicioso e tentador.

Ele sorri e, sem me soltar, murmura:

— Não sei se quero que eles a conheçam.

— Por quê? — pergunto, divertida.

Tocando meu pescoço, ele responde:

— Eu os conheço. Vão querer dançar com você e a afastarão de mim.

Dengosa, eu me aperto mais a ele e digo:

— Mas você tem, com exclusividade, o que eles nunca terão. Meu mix de beijos, meu corpo, meus suspiros. Calma, lobo, sua coelhinha só morre por você.

Ele solta uma sonora gargalhada e, dando-me um tapinha delicado na bunda, afirma:

— Vamos sair daqui antes que eu resolva comer você.

Descemos a escada rindo e fazendo dengo, e me surpreendo ao ver a casa já cheia de gente. De repente, vejo-me mergulhada em um turbilhão de pessoas que não conheço e que estão felizes por me conhecer. Meus cunhados sorriem ao me ver. Quando vejo Anselmo, digo:

— Você está um gato.

Ele gosta do elogio e, beijando minha mão, responde:

— E você é a mais bonita da festa.

Sem me soltar nem um segundo, Dylan me beija na frente de todos e pergunta:

— Papai, por que acha que vou me casar com ela?

De repente, Preciosa pula em meus braços. Está uma boneca com seu vestidinho azul-claro de seda. Durante vários minutos ela nos conta, emocionada, do seu jeito, o que comeu, até que Tata a leva, tirando-a dos meus braços.

Ouço música, e quando olho para Anselmo, que não tirou o olho de mim, diz:

— Uma festa sem música não é festa!

A "Villa Mosteiro" se transformou, de repente, de novo em Villa Melodía.

De mãos-dadas com meu moreno, vou para o jardim, onde vejo mais gente, e, sobre um tablado, vários músicos tocando salsa. Que legal!

— Como vê, papai continua implorando seu perdão — cochicha Dylan em meu ouvido.

Isso me comove, e olhando para Anselmo, que fala com uns desconhecidos, exclamo:

— Coitadinho, eu já o perdoei!

A partir desse momento, tudo é uma loucura. Todos querem me conhecer, e Dylan não me solta. Eu lhe agradeço. De repente, um homem para em frente a nós, e eu fico sem fala. Pelo amor de Deus, é Marc Anthony!

Os dois se cumprimentam com afabilidade, e Dylan me apresenta. Marc é um sujeito bem normal, e fico encantada com sua profundidade ao falar e com seu senso de humor. Quando me volto, meu coração para: acabo de ver Ricky Martin, que cumprimenta Omar e Tony. Dylan, ao vê-lo, pega minha mão e me leva até ele.

Ah, Deus, não posso acreditar!

Estou nas nuvens. Os Ferrasa me apresentam Juan Luis Guerra, Chayanne, Gloria Estefan, Luis Fonsi, Thalia e vários jogadores de basquete, um mais bonito que o outro. E acho que vou ter um infarto quando vejo Bisbal.

Oh, Senhor, meu David Bisbal está aqui.

Nossa, já cantei tanto suas canções!

Ao me apresentar e lhe dizer que sou espanhola, David fica muito feliz; conversamos um bom tempo. Ele é muito engraçado! E quando fica sabendo que eu já cantei em orquestras, como ele, conversamos mais ainda. Enquanto isso, divertido, Dylan nos escuta contar algumas histórias.

Quando o jantar começa, estou alucinada. Deslumbrada. Profundamente impressionada. Meus olhos estão arregalados por me ver cercada de toda essa gente. Dylan diz em meu ouvido:

— Maxwell não pôde vir. Ele tem show hoje à noite, mas mandou lembranças. Vou apresentá-lo a você quando estivermos em Los Angeles.

— Sério?

Ele sorri. Deve notar que estou embasbacada pela emoção do que estou vivendo. Diz, aproximando-se de mim:

— Calma, querida, eles são gente como você e eu.

— Mas, Dylan, são meus ídolos! Fui aos shows deles, e ainda tenho guardada como um tesouro uma camiseta que Ricky Martin autografou e o ingresso de quando Bisbal foi tocar em Tenerife.

Dylan sorri e comenta:

— Pois se acostume a tratá-los como iguais. Lembre-se, eles não são mais que você. Só fazem seu trabalho, como qualquer pessoa.

Concordo. Tento aceitar o que ele diz, mas é incrível ver meus ídolos sentados nesse belo jardim, comemorando nosso casamento. Quando eu contar a meus pais ou a Coral, eles não vão acreditar!

Fotos. Preciso de fotos com todos eles. Olhando para Dylan, murmuro:

— Pegaria mal se depois eu lhes pedisse que tirassem uma foto comigo?

Meu amor limpa a boca com um guardanapo, solta uma gargalhada e responde:

— Não. Depois eles vão tirar fotos com você. Agora, coma.

Mas não consigo. Só consigo olhar e sorrir quando eles sorriem para mim.

O jantar acaba, levantamos das mesas e vamos à área onde está o palco com os músicos. Uma vez ali, Anselmo sobe no estrado e diz umas belas e breves palavras dedicadas a Dylan e a mim. Não se estende, a emoção o domina.

Quando termina, todos aplaudem, e chega a hora dos tios de Dylan. Divertidos, falam dele e de mim, e todos riem, até que se emocionam ao recordar a irmã deles. Todos erguemos as taças e, olhando para o céu, brindamos a Luisa. Ao que parece, era um gesto que ela fazia para brindar aos seus que já haviam falecido.

Olho para Dylan e vejo que está emocionado. Dou-lhe um beijo, e ele sorri para mim. Depois, olho para Tony e Omar, que estão ao meu lado, e ao ver neles a mesma reação de Dylan dou-lhes um beliscãozinho no braço para chamar sua atenção. Esse gesto os faz sorrir, e eu pisco para eles.

— Esta canção — prossegue Héctor no palco — era muito especial para minha irmã e o resmungão do meu cunhado.

Todos riem. Olhando para o céu, ele conclui:

— Essa é para você, Leona!

A música começa. Rapidamente a identifico. É uma canção porto-riquenha linda chamada *Lamento boricano*. Eu sei a letra! É muuuito bonita!

Cercada pelos quatro Ferrasa emocionados, vejo que tenho que fazer alguma coisa para espantar essa tristeza. Então, para distrair a atenção de todos e fazê-los pensar em outra coisa, olho para Anselmo e, puxando-o, digo:

— Você me concede o prazer desta dança?

Ele olha para mim espantado, e, antes que diga qualquer coisa, insisto:

— Vamos, meu sogro. Você não pode me dizer não.

O homem sorri. Pisco para Dylan, que concorda, e vejo Omar e Tony sorrirem.

Quando chegamos à pista de dança, abraço o homem que me infernizou durante um breve período e digo:

— Muito bem, o plano A é que ninguém o veja choramingar como uma menininha, senão vai perder o título de resmungão oficial do reino.

Anselmo solta uma gargalhada e reconhece:

— Gostei de seu plano A.

— Ótimo.

Sorrio enquanto danço com ele e os músicos cantam:

Y alegre, el jibarito va pensando así,
diciendo así, cantando así por el camino.
Si yo vendo la carga, mi Dios querido,
un traje a mi viejita voy a comprar.

— A propósito, Anselmo, quando chegar a parte da salsa mais quente, o que acha de dançarmos?

Ele olha para mim, espantado.

— Estou meio enferrujado, Yanira.

Eu rio, pisco para ele e replico:

— Não se faça de modesto! Sendo um Ferrasa, você deve dançar maravilhosamente bem.

O homem morre de rir. Esqueceu as dores, e enquanto dançamos não paro de falar e de dizer bobagens para que ele não possa pensar em coisas tristes. Quando chega a parte da salsa que nós dois esperamos, ele sorri e me deixa boquiaberta de tão bem que o bendito Ferrasa dança.

Os convidados aplaudem. Meu futuro sogro e eu dançamos uma salsa que deixa todos sem palavras. Quando a canção acaba e todos aplaudimos, contentes, Anselmo diz:

— Nunca vou esquecer este momento.

Vamos até onde estão Dylan e seus irmãos, que aplaudem o pai. Anselmo ri, divertido, e eu rio com ele. Depois de me dar um beijo no rosto, ele diz, olhando para Dylan:

— Esta joia vale seu peso em ouro. Mantenha a rédea curta.

— Eu sei, papai, eu sei — diz Dylan.

E eu rio.

De repente, uma nova salsa! Tony me pergunta:

— Vamos dançar, cunhada?

Aceito sem hesitar, e me divirto nos braços de meu belo cunhado. Enquanto me deixo levar, noto o orgulho no olhar de meu futuro marido. Dylan prefere dançar em particular, por isso não espero que ele dance comigo esta noite.

A partir desse instante, todos querem dançar comigo e eu aceito. E quando Marc Anthony me anima a subir ao palco e cantar com ele, acho que vou morrer.

Ah, Santo Deus, como diria Tata.

Dylan pisca para mim, e Marc me pergunta que canção quero cantar. Eu rapidamente digo *Valió la pena*. Ele sorri e a pede aos músicos. Antes de começar, olho para Dylan, pisco para ele e digo sem palavras: "Para você!". Essa é a canção que tocava quando fiz amor pela primeira vez com ele no depósito do navio.

Marc começa a cantar, e eu olho para ele, alucinada.

Pelo amor de Deus, vou cantar com Marc Anthony!

Quando ele aponta para mim, dando a deixa para cantar, acho que vou sofrer um infarto. Fecho os olhos e respiro fundo, e, quando os abro, sei que a partir desse instante tudo vai dar certo. Canto dando a réplica a Marc e curto muito. Quando ele vê que estou mais tranquila, pega minha mão e começa a dançar salsa comigo, enquanto cantamos. Não me inibo e o acompanho, e os outros aplaudem, encantados. Dylan mais que todos. Em segundo lugar, meu sogro.

Quando terminamos a canção, Marc e eu nos abraçamos, e a partir desse momento não volto a Dylan. Quando não é um é outro, e, no fim, canto com todos. O ritmo é frenético, e curto muito a calorosa acolhida que me oferecem. Cada vez que subo ao palco meus olhos e os de meu amor se encontram, e vejo nos dele desejo e felicidade. Um desejo incrível, e isso me provoca, aquece e fascina. E me dá uma felicidade que enche meu coração.

Uma das vezes que desço do palco, depois de cantar com Bisbal sua canção *Dígale*, umas mãos me agarram pela cintura com força. Ao me voltar, vejo que é Dylan. Com um sorriso encantador, ele me puxa para si, me beija e diz contra minha boca:

— Siga-me.

Não hesito. Eu o seguiria até o fim do mundo.

Ele me afasta da festa e me leva para a parte de trás da casa, onde não há ninguém. Quando chegamos a uma parede, ele me aprisiona contra ela e me beija. E me devora com loucura. Quando se afasta, sem dizer nada, faz com que eu entre na garagem. Ali, sem luz, iluminado somente pela lua que entra pela janela, vejo seu carro estacionado.

Ele me apoia no carro e me beija de novo. E me toca. E me provoca. Eu lhe ofereço minha língua e ele a saboreia delicadamente, até que diz:

— Tire o vestido e a roupa de baixo se não quiser que eu rasgue tudo.

— Aqui?

— Sim. Aqui.

Ao ver sua excitação, não hesito. Rapidamente tiro a tanga — estou sem sutiã — e me livro do vestido. Não quero que ele o rasgue; seria muito embaraçoso voltar à festa com o vestido esfarrapado.

Quando fico nua, meu amor beija meu rosto, meu pescoço, lambe meus seios e chupa meus mamilos, me fazendo curtir.

Ele me pega como uma boneca e me deita no capô do carro. Está frio, mas não reclamo; na verdade, agradeço, depois do calor que ele me provoca. Sem falar, beija meu ventre, meu umbigo e, depois de cravar as mãos em meus quadris, chega ao meu púbis.

Ah, Deeeus!

Ele me cheira, aspira meu aroma, e quando volta o olhar para mim murmura com voz rouca, desabotoando a calça:

— O lobo está faminto de você, querida.

Com a respiração a mil e a adrenalina a dois mil, querendo alimentar meu predador, afasto as pernas e sorrio. Dylan se aproxima, me pega pelos quadris e, deitando sobre mim, me penetra. Eu contorno sua cintura com as pernas para não o deixar sair. Com carinho, ele beija meus seios e se mexe dentro de minha vagina; e eu suspiro de prazer.

Ah, sim!

Um imenso prazer, cheio de sentimento, luxúria e descontrole se apodera dos dois. Não falamos. Só aproveitamos. Nossos gemidos se misturam, enquanto Dylan me possui várias vezes e o possuo até que nossos corpos se retesam ao mesmo tempo. Após um suspiro extasiado, nós nos deixamos vencer pelo prazer.

Então nos olhamos com a respiração agitada. Dylan tira meu cabelo do rosto e murmura:

— Você me faz perder a razão quando a desejo.

Sorrio.

Com carinho, ele beija meus ombros, meu pescoço, minhas bochechas, e eu entreabro a boca para receber um beijo cheio de ternura e amor. Curto, saboreio, até que ele sai de mim e eu escorrego pelo capô do carro.

Ele me segura e, depois de me deixar em pé, me solta. Dylan abre o carro, pega um pacote de lenço de papel e nos limpamos. Quando me visto e ficamos ambos apresentáveis, olho para ele divertida e pergunto:

— O que foi que deu em você?

Dylan sorri e, balançando a cabeça, afirma:

— Vê-la e não poder tocá-la é uma agonia para mim.

— E agora, o que quer fazer? — pergunto, outra vez sorridente.

— O que quero fazer tem que esperar até depois da festa, querida — sussurra ele.

— Vamos voltar, então?

Dylan me beija, concorda e responde:

— Não há outro jeito, mas não sei quantas vezes mais vou trazê-la aqui.

Voltamos rindo e nos juntamos à diversão. É nossa festa de noivado, e tem que ser inesquecível.

35

Coisa mais linda

Na segunda-feira, às oito da manhã, chegamos ao Aeroporto Luis Muñoz Marín, de Porto Rico, e Anselmo diz:

— Vocês têm que voltar logo. Esta visita foi curta.

Dylan sorri e eu, feliz porque tudo mudou, respondo:

— Eu prometo, Anselmo. Tenho que desafiar você para um *mano a mano* de *chichaítos*.

Ele ri e me abraça. Tifany, que está ao nosso lado, nos observa. Ela não fala com ele. Nem sequer se aproxima. Não quer nada com o velho, e eu a respeito. E do jeito que Anselmo a ignora, é para não querer nada com ele mesmo.

Preciosa sorri no colo de Omar. Ele lhe explica:

— Papai tem que ir trabalhar, mas sexta-feira volto para vê-la, está bem?

— Sim — diz a menina.

Sorrio feliz ao ver a cena. Sem dúvida alguma, Omar está levando muito a sério seu papel de pai, e Preciosa soube aceitar sua nova vida com facilidade. É claro que as crianças dão um baile nos adultos em termos de adaptação. Mas, quando olho para Tifany, sei que para Omar as coisas não vão ser fáceis.

Depois de nos despedirmos de Anselmo, Tony, Preciosa e Tata, Omar, Tifany, Dylan e eu embarcamos para Los Angeles.

O voo é direto. Como eu sou dessas que enjoam em avião, tomo um Dramin e, como sempre, fico com sono. Dylan, ao meu lado, sorri, e depois de pedir à comissária uma manta para mim, me beija e murmura:

— Durma, querida.

Ah, sim, não precisa nem dizer. Antes de decolar, já estou totalmente grogue.

Sinto alguém me beijar no rosto com doçura e dizer:

— Acorde, mimada. Estamos quase chegando.

Abro os olhos surpresa. Já?

Quando desembarcamos no aeroporto e pegamos nossa bagagem, nos despedimos de Omar e Tifany. Mas ela insiste que nos encontremos para jantar à noite em um restaurante da moda. Insiste tanto que, no fim, Dylan e eu aceitamos. Às oito em um lugar chamado Open.

Já no taxi, Dylan, depois de dar o endereço ao taxista, me abraça. Somos felizes, e isso ninguém vai tirar de nós. Encantada, olho tudo com curiosidade, e meu amor vai explicando por onde passamos. É tudo alucinante.

Estou em Los Angeles!

Olho entusiasmada pela janela como uma menina de sapatos novos, e dou um pulo e grito como uma adolescente quando vejo, nas colinas, o letreiro "Hollywood".

Dylan sorri.

Meia hora depois, chegamos a uma via chamada Devon Avenue. Dá para ver que é uma área cara, e quando o taxista para em frente a um portão branco, entendo que chegamos a nosso destino. Depois de descarregar as malas e Dylan lhe pagar, o homem vai embora, e meu amor me olha, me pega pela cintura e diz, sorrindo:

— Bem-vinda a seu lar.

Sorrio emocionada. Dylan aperta um controle remoto que tira do bolso, e o portão branco se abre. Observo com curiosidade a casa de aspecto minimalista que surge a nossa frente. Não tem nada a ver com a de Anselmo, em Porto Rico. Esta é um edifício branco, como dois cubos unidos. Tem grandes janelas, e, sinceramente, mais feia não podia ser! Muito moderna para aquilo que eu considero um lar. Mas não digo nada.

Quando entramos, Dylan digita alguns números no painel da entrada. Eu imagino que deva estar desativando o alarme, e, de repente, todas as persianas começam a subir ao mesmo tempo e as luzes se acendem. Olho para ele alucinada. Dylan esclarece:

— É uma casa inteligente, querida.

Balanço a cabeça e olho ao meu redor, na entrada. Tudo está brilhando, limpo e no lugar. É o lugar perfeito para, em quatro dias, se não tiver cuidado, eu transformar em uma zona.

— Faz mais de dois anos que não venho aqui.

— Sério?

Dylan concorda e comenta:

— Tony disse que ficou aqui quando veio a Los Angeles a trabalho, e meu pai, acho que umas duas vezes. Espero que Wilma tenha cuidado bem da casa.

— Quem é Wilma?

— A mulher que vem limpar. Está comigo há anos e é um encanto. Você vai conhecê-la.

Depois de trazer nossa bagagem, Dylan me pega pela mão e diz:

— Venha, vou lhe mostrar seu lar.

A casa tem dois andares.

Dá para ver que ali vive um homem solteiro. O lugar proclama isso aos gritos.

A cozinha é demais. Preta e vermelha. Armários até o teto. Eletrodomésticos integrados, e uma impressionante ilha central com um belo balcão de pelo menos três metros, de quartzo vermelho. Vejo uma coisa na geladeira que me deixa exasperada; mas não digo nada.

Ele me mostra a sala, com uma enorme televisão e um impressionante equipamento de som. Mesas de vidro. Cadeiras pretas. Duas poltronas redondas ultramodernas cáqui e um grande sofá preto. Minimalismo ao extremo. Linhas simples e puras. Mas, ao olhar para um aparador, vejo duas fotos que me deixam alucinada. Também não digo nada.

Minha visita prossegue pelos três quartos dessa casa curiosa. É um mais moderno que o outro. Vermelho. Verde. Azul. Camas grandes. Poucos móveis e decorados com bom gosto, isso não posso negar. Dylan comenta que comprou a casa de uma estrela de Hollywood há alguns anos. Balanço a cabeça. Sem dúvida, é uma típica de revistas. Ele me mostra também uma bela sauna, uma academia e, em um dos incríveis banheiros, vejo uma lingerie azulona com renda preta pendurada ali. Não digo nada.

Descemos de novo ao primeiro andar, e ele me mostra seu escritório. Diferente do resto da casa, a decoração é clássica. Esse detalhe me chama a atenção, mas chamam ainda mais dois desenhos eróticos, que me fazem lembrar o que o homem fez de nós há uns dias. Isso me tira do sério, mas também não digo nada.

A casa é bonita e perfeita. Tão perfeita e bonita que já peguei birra dela, e não vai ter jeito. Mas me calo. Continuo sem dizer nada.

Feliz, Dylan me leva até seu quarto. É espaçoso, tem uma cama enorme, que olho com um pé atrás, assim como seu banheiro. Imaginar todas as mulheres que passaram por ali está me matando. Não digo nada nesse momento também.

Mas que matadouro ele tem montado aqui!

Quando ele abre a porta de correr da varanda, vejo algo coberto com uma lona e, ao lado, uma linda *jacuzzi* cercada de teca escura. Dou um assobio de aprovação. Ele diz:

— Finalmente alguma coisa de que você gosta!

Seu comentário me chama a atenção.

— Por que diz isso? — pergunto.

Aproximando-se, ele me abraça e responde, carinhoso:

— Eu a conheço, mimada, e você não dizer nada não é um bom sinal. Vamos, querida, diga o que está acontecendo.

Com uma sobrancelha erguida ao estilo Cruella Cruel, pergunto:

— Você quer mesmo saber?

Dylan afirma, e eu respiro fundo. Aqui vão minhas censuras. Afastando-me dele, vou até um móvel, pego um porta-retratos e saio do quarto. Dylan me segue. Vou ao banheiro, pego o top feminino, e ele murmura:

— Meu amor...

Não o escuto, e continuo, irritada. No escritório pego os desenhos eróticos, na cozinha descolo a foto da geladeira, e ao chegar à sala jogo tudo em cima de uma mesa, pego outros dois porta-retratos e, quando está tudo junto, olho para Dylan e o recrimino:

— Se eu tivesse coisas assim em minha casa e o levasse lá, certamente teria tido a delicadeza de tirá-las para evitar problemas. Você bem sabe o que sofri na casa de seu pai ao ouvir falar da maravilhosa Caty, e agora tenho que suportar ver as fotinhos de vocês abraçados e sorridentes por todo lado.

Ele observa as coisas que indico e concorda. A seguir se aproxima, mas não lhe permito; eu me afasto. Ele levanta as sobrancelhas. Eu também. Minha expressão não lhe agrada. Dou um passo para trás. Ele dá outro até mim. Dou outro passo para trás. Ele dá outro até mim.

— Não, Dylan, não me toque nem me beije. Estou irritada.

— Tudo tem uma explicação.

Dou outro passo para trás.

— Ah, claro que sim... Não duvido!

Minhas nádegas batem no encosto do sofá de veludo preto. Já não posso mais dar passos para trás, e Dylan, que está literalmente sobre mim, murmura com cara séria:

— Ao entrar, eu lhe disse que não entro em minha própria casa há mais de dois anos, não me ouviu?

Ele tem razão. E acrescenta:

— Essas fotos estavam aqui quando fui embora. Caty as colocou.

— Ah... que emoção — debocho, incomodada.

— Querida, eu nem me lembrava delas, porque se lembrasse garanto que nunca teria permitido que continuassem onde estavam. E quanto à lingerie, não faço ideia de quem seja, mas aposto que Tony tem uma explicação para isso. Quer ligar para ele?

Continuo sem responder, e Dylan, aproximando sua boca da minha, murmura:

— Acha que sou tão idiota a ponto de trazê-la aqui e não tirar essas coisas que para mim não significam nada, mas que sei que poderiam incomodar você?

Pestanejo. Olho em seus olhos e sei que ele é totalmente sincero. E desinflando como um balão, digo, jogando os braços em volta de seu pescoço:

— Estou com ciúmes, Dylan. Com ciúmes terríveis.

Meu amor sorri e me beija e, me sentando no encosto do sofá, diz em voz baixa:

— O que eu posso fazer para que minha linda noiva relaxe?

— Por enquanto, tirar tudo isso de minha vista.

Sem hesitar, Dylan pega tudo e desaparece na cozinha. Imagino que jogou no lixo. Dois segundos depois ele aparece e me abraçando murmura:

— Algo mais?

Começo a rir e respondo:

— Não sei...

Ele levanta uma sobrancelha. Vejo-o sorrir, e, pousando a mão em meus joelhos, explica:

— Mandei comprar uma coisa, está ao lado da *jacuzzi*. É um presente para nós. Uma coisa para brincar e curtir. Quer experimentar?

— Eu vou gostar?

Meu morenaço sorri e responde:

— Acho que sim, mas, para experimentar, eu tenho que a despir.

Solto uma gargalhada, e com um puxão ele tira pela cabeça o vestido leve que estou usando e me deixa só de calcinha e sutiã. Então me pega no colo, me leva até uma das poltronas redondas de *design* moderno e com delicadeza me deixa ali. A seguir, tira minha calcinha, beija meu púbis, aspira meu aroma e se levanta. Sem dizer nada, contorna a poltrona e, quando está atrás de mim, diz:

— Encoste.

Encosto. Olho para ele com tesão. Deus, como ele me excita! E me pede de novo:

— Abra as pernas e as apoie nos braços do sofá.

Sem hesitar, faço isso, e então Dylan, atrás de mim, murmura:

— Que linda vista você me oferece, querida. Está pronta para desfrutar as seis fases do orgasmo?

Minha respiração se acelera, e estou quase gritando: Ah, siiim!

Estou nessa poltrona sem calcinha e aberta para o que ele quiser. Instantes depois, ainda atrás de mim, meu amor se inclina e leva sua boca diretamente à minha intimidade, enquanto com as mãos segura minhas coxas para que eu não as feche.

Ah, Deus... é maravilhoso!

Durante um bom tempo ele me chupa, lambe, brinca com meu clitóris, e eu me entrego a ele. Vou passando por cada fase do orgasmo. Grito. E quando chegamos à fase homicida e eu peço que não pare, ele continua. Quando solto um mais que prazeroso gemido de prazer, ele começa a brincar com meu ânus sem tirar a língua de meu clitóris. Suspiro, e ele ri.

Mas que malvado!

De repente, ele para e se endireita, contorna a poltrona, faz com que eu me levante e murmura, me olhando nos olhos:

— Nunca mais duvide de minha fidelidade a você.

— Tudo bem...

Sua boca beija de novo meus lábios. Quando se afasta, ele diz:

— Se há alguém que me deixa louco de desejo e me tira o sono, esse alguém é você. E se há alguém que vai encher esta casa de fotos e recordações, é você, entendeu?

Concordo. A seguir, ele me pega no colo e me leva a grandes passos até seu quarto. Ali me deixa no chão e, ao me ver olhando a cama, sussurra:

— Vamos redecorar a casa de cima a baixo, tudo bem?

Sorrio. Acho uma ideia ótima. Se essa vai ser minha casa, quero senti-la minha por completo.

Dylan se despe com rapidez. Já não consigo olhar para mais nada, e, quando ele acaba e vejo sua ereção, minha boca fica seca. Ele tira meu sutiã e ordena:

— Venha, siga-me.

Pega minha mão, e vamos para a varanda. Temos privacidade, ninguém nos pode ver. Indo em direção a uma lona enorme, Dylan a puxa, e aparece uma espécie de imensa poltrona preta, de couro. Olho aquilo. Nunca na vida vi algo igual. Não sei o que é. Ele me entrega uma caixa fechada e diz:

— Abra.

Sem demora, faço o que Dylan me diz, enquanto ele olha para mim com uma expressão divertida. Ali encontro uma espécie de cilindro e vários pênis de tamanhos e cores diferentes. Desconcertada, olho para ele e pergunto:

— Para que é isto?

Dylan, rindo ao ver minha cara, tira o cilindro de minhas mãos e o acopla a uma lateral da poltrona de couro. Vejo que dá para escolher a altura. Ele pega um pênis pequeno e fino de silicone, toca nele, faz com que eu o toque, e pergunta:

— Acha suave?

Faço que sim com a cabeça. Ele o molha na *jacuzzi*, encaixa-o no centro do cilindro e liga o fio na tomada. Aperta um pequeno controle remoto e aquilo começa a girar.

Começo a rir.

Eu me dá um folheto com as instruções. Fico surpresa ao ver as fotos.

— Como vê, também dá para você usar sozinha.

Vejo uma foto que mostra uma mulher sentada nessa poltrona com um pênis grosso entrando em sua vagina.

Ele aperta outro botão, e o pequeno pênis muda o ritmo e começa a entrar e sair devagarzinho do cilindro.

— Dylan... que coisa maluca.

Ele solta uma gargalhada. Eu lhe mostro outra foto e brinco:

— Veja, você também pode usar.

Dylan olha a foto. Vê um homem de bruços, segurando-se na poltrona, sendo penetrado por um pênis. Ele olha aquilo, olha para mim, nega com a cabeça e murmura:

— Nem louco.

Eu rio. Ele aperta de novo o controle remoto, e o pênis se acelera, entrando e saindo do cilindro com mais rapidez.

Olho isso, alucinada. Que loucura! Dylan sorri, desliga-o e, deitando nessa estranha poltrona de couro preto, diz:

— Venha, sente-se em cima de mim.

Faço o que ele me pede, e olhando para ele, divertida, pergunto:

— Você está pensando em fazer isso de verdade?

Ele afirma, risonho, e me beijando murmura:

— Só se você quiser.

Claro que eu quero!

Com meu amor, quero fazer tudo, absolutamente tudo que desejarmos.

— Uma das manhãs que eu sumi da casa de papai foi para ver o funcionamento disto aqui. Uma noite, vi esta poltrona em um canal de televendas e pensei que podíamos nos divertir muito com ela. Encomendei. Entregaram há três dias, e mandei Wilma colocá-la aqui.

Eu rio e respondo:

— Veja o que você inventa só para não fazer um *ménage à trois* de verdade.

— Vamos fazer, querida — diz ele se erguendo uns milímetros para me penetrar.

Já com seu pênis duro dentro de mim, Dylan prossegue:

— Tenho que estar preparado para dividir você; por enquanto, no máximo posso dividi-la com esta máquina.

— Huuummm... isso me excita — sussurro, sentindo-o dentro de mim.

Eu me mexo montada nele. Balanço os quadris para a frente e para trás, e ambos gememos de prazer. Apoio as mãos em seu peito moreno, e assim ficamos um tempo, nos beijando, nos provocando, aproveitando o momento, até que Dylan pega um pequeno pote de lubrificante no chão, abre, enquanto me mexo sobre ele, e murmura:

— Incline seu corpo sobre mim.

Assim faço, e suas mãos encharcadas desse gel incolor untam meu traseiro, brincando com ele. Por fim, com carinho, ele enfia um dedo em meu ânus.

— Huuummm... — suspiro.

— Gostoso?

Confirmo. Sem dúvida, meu ânus está cada dia mais desejoso de recebê-lo. Enquanto lhe dou centenas de beijos no pescoço, ele solta o lubrificante e pega o pequeno controle remoto, aciona, e ouço um barulho atrás de mim. Ao olhar, vejo aquele pequeno pênis girar.

— Vamos experimentar?

Digo que sim com a respiração acelerada, e Dylan prossegue, parando-o:

— Apoie-se bem em meu peito.

Quando o faço, ele se mexe um pouco sem sair de mim, e, quando estou na posição que ele deseja, olha para mim e murmura:

— Se alguma coisa a incomodar, me avise que eu desligo.

— Tudo bem.

Ele sorri e, com o controle na mão, acrescenta:

— Isto é para brincar, não para sofrer, certo, querida?

Concordo. Dylan me pega pelos quadris e, sem sair de mim, me coloca sobre o pequeno pênis.

— Está sentindo, na entrada de seu ânus?

— Sim, estou.

Ele aperta o um do controle remoto e o pênis de silicone gira. Eu rio, divertida. Faz cócegas; digo:

— Parece que vou ser perfurada por uma broca.

Dylan sorri.

— Sua imaginação me deixa sem palavras.

Ele abre minhas nádegas e me pressiona com delicadeza contra o pênis de silicone. Ao sentir o objeto entrar em mim lentamente, eu me mexo, e Dylan, olhando para ver se estou bem, afirma:

— Brincar com esta máquina é como se fôssemos três.

Um suspiro sai de mim ao sentir esse pênis do tamanho de um dedo entrar em mim e girar. Meu corpo se abre de prazer, e eu curto. Arqueio os quadris para me encaixar nele, enquanto meu amor não tira os olhos de mim. Com um fio de voz, ele murmura:

— Como se sente, querida?

— Bem...

Dylan se aperta contra mim. Sinto seu pênis duro tremer dentro de minha vagina. Nós nos olhamos, nos beijamos e arfamos de prazer. Lentamente, meu ânus se acopla a esse aparelho, e meu corpo relaxa e se aquece, querendo mais.

— Se eu apertar o dois— murmura Dylan ao me sentir relaxada —, o pênis vai entrar e sair de você enquanto eu posso curtir sem me preocupar com ele.

— Pode apertar.

Quando Dylan aperta o dois, o movimento do pênis de silicone muda. Já não gira mais. Agora, entra e sai com lentidão. Olhando Dylan nos olhos, confesso:

— É gostoso.

Ele sorri e, sem soltar minhas nádegas, continua me abrindo. Sussurra:

— Eu é que gosto de ver você curtir, mimada. Sua boca é uma delícia, e do jeito que a está abrindo agora, me dá vontade de enfiar mil coisas nela.

Eu suspiro, e ele prossegue:

— Você está sendo penetrada por dois lugares, meu amor. Pelo ânus e pela vagina. Como se sente?

— Bem... eu me sinto bem.

Assim ficamos um bom tempo. O momento é excitante para os dois. Dylan me penetra e, ao mesmo tempo, me mantendo aberta, permite que esse aparelhinho entre em mim também. Logo minhas nádegas chegam ao cilindro, o que indica que o pênis entra e sai totalmente de mim.

— Ahhh... — exclamo ao senti-lo e, olhando para Dylan, digo, excitada: — Depois vamos experimentar com outro pênis, mais grosso, está bem?

— Ah, Deus, meu amor... — ele treme ao me ouvir.

Cada vez que sinto o cilindro bater em minhas nádegas, a sensação é de um tapinha. Sei que meu moreno, ao sentir isso e me apertar contra si, fica louco.

— Passe para o três — exijo.

— Tem certeza?

— Absoluta!

Dylan toca o controle remoto, e a máquina acelera a entrada e saída, e os tapinhas são mais rápidos. Mais secos. Mais aniquiladores.

Ah, Deus, que prazer!

Incapaz de ficar quieta, eu me mexo em busca de meu gozo, e meu amor, enlouquecido, com as mãos em meus quadris, me ajuda a encaixar bem no pênis de silicone. Recostada sobre ele, eu o beijo enquanto a máquina faz seu trabalho. Dylan treme a cada investida que eu recebo e que ele sente.

O momento é de luxúria, excitante e ardente, mas, depois de um tempo, preciso me mexer. Digo:

— Meu amor... vou ter que parar.

— Dói?

Nego com a cabeça e, tirando com cuidado esse pênis de silicone do meu ânus, sento no pênis maravilhoso do meu amor e murmuro, mexendo os quadris:

— Não dói, mas nada se compara a isto.

Dou uma investida, apertando as coxas contra seu corpo, e um gemido sai de nossa boca.

Dylan me pega pelos quadris e me ajuda a me mexer sobre ele. Arqueia o corpo. Sinto-o tremer e o vejo morder os lábios. Mordo os meus também, e curto sua entrega e a visão que estar em cima dele desse jeito me proporciona.

Ele é tão *sexy*!

Sem parar, continuamos com nosso jogo maravilhoso e glorioso. Meu amor me dá uns tapinhas na bunda e me incita a mexer os quadris com movimentos secos, investidas perturbadoras e choques enérgicos.

— Ahhh... — ele geme.

Ele gosta de meus movimentos, rápidos e contundentes. Grita. Arfa. Treme, e fico louca. Repito o movimento várias vezes, e seus gemidos e as veias do pescoço tensas me mostram que está curtindo muito. Adoro vê-lo assim. Adoro fazê-lo sentir prazer.

Aumento o atrito de nossos corpos enquanto minha vagina encharcada suga seu pênis, e gememos de gozo e luxúria. O calor é imenso, apaixonado e delicioso. Nossos movimentos são frenéticos, exigentes, possessivos, e, quando meu corpo treme sobre o de Dylan e sinto o seu tremer debaixo do meu, um clímax explosivo se apodera dos dois, e eu desabo sobre meu moreno, enquanto ele me aperta com força contra seu corpo e murmura:

— Você é minha vida, Yanira... minha vida.

Então nos abraçamos com a respiração entrecortada, enquanto escutamos o som acelerado de nosso coração e o rápido movimento da máquina que brincou conosco. Olhamos um para o outro e rimos. Sem dúvida, ainda temos milhões de coisas para descobrir juntos. Essa foi só uma delas.

36

Voltarei ao seu lado

À noite, quando chegamos ao restaurante em que marcamos com Omar e Tifany, estamos muito felizes. Passamos uma tarde maravilhosa sozinhos, sem que ninguém nos incomodasse, fazendo o que mais gostamos: amor, de mil maneiras diferentes.

Dylan é meu vício, meu amado, minha perversão, minha vida. E o melhor de tudo é que eu sou o mesmo para ele.

Nunca pensei que pudesse existir uma felicidade como a que estou vivendo com esse homem, mas, sim, a felicidade total existe, e isso é o que Dylan é para mim.

Quando vemos Omar e Tifany, vamos até eles e nos sentamos. Tifany, sem dúvida, está em seu ambiente. Ela gosta desse luxo, e pela primeira vez vejo-a curtir alguma coisa sem reclamar.

Bebemos champanhe e brindamos a um mais que bonito futuro juntos. Dylan me beija, e recebo seu beijo deliciada. Ele está feliz. Vejo isso em seu rosto, e tenho certeza de que ele vê minha felicidade no meu.

A comida é excelente. Rio quando Dylan pede ao garçom que nos traga uma garrafa de água chique. Ele a serve a todos e, erguendo a taça, pergunta olhando para mim:

— Vamos brindar?

Eu sorrio e digo:

— Dá azar.

Dylan sorri também. E por fim, esquecendo minhas superstições, brindamos com água. Nada pode dar errado. Tudo é mágico. Quando vamos nos beijar de novo, ouvimos atrás de nós:

— Dylan, é você?

Ao ouvir a voz nos voltamos, e meu sorriso de repente murcha. Eu a reconheço em décimos de segundo. É Caty, a ex dele. A pediatra.

— Ora, que coincidência! — exclama ela.

Sem dúvida alguma, penso, enquanto praguejo por ter brindado com água. Com a quantidade de restaurantes que deve haver em Los Angeles, tínhamos que a encontrar justo ali, na primeira noite.

Dylan, ao vê-la, tira o guardanapo do colo, levanta e a abraça, feliz. O abraço dura um pouco mais que o normal, e tento entender. Ela foi namorada dele e viveram muitas coisas. Omar a cumprimenta também e depois, Tifany. Após cumprimentar todos na mesa, Caty olha para mim, e Dylan, pegando minha mão, nos apresenta:

— Caty, esta é Yanira, minha noiva.

Sem perder o sorriso, a mulher de olhos pretos como a noite olha para mim. E me escaneia com o mesmo descaramento com que eu a escaneio, e quando se dá por satisfeita se aproxima, me dá dois beijos e diz:

— É um prazer conhecê-la.

— Igualmente — respondo com gentileza.

A seguir, ela nos apresenta seu acompanhante. É um homem mais novo que ela e bem bonito, que parece meio constrangido, mas sorri.

Será que ele sabe que Dylan e ela namoraram?

Acabados os cumprimentos, Dylan os convida a se sentar conosco. Caty aceita sem consultar seu acompanhante, e os garçons colocam mais dois pratos e trazem duas cadeiras para eles. Tifany olha para mim. Sem dúvida pensa o mesmo que eu, mas ambas nos calamos. Preciso ser gentil. Mas, quando voltarmos para casa, vou dizer umas coisinhas sobre isso ao meu Ferrasa.

Uma coisa é conhecer sua ex, a famosa Caty, cumprimentá-la ou sorrir para ela, e outra, ter que jantar com ela. Que merda!

Mas, durante o jantar, mudo de opinião. Caty é encantadora e divertida. Converso com ela, que me conta que tem 35 anos e adora seu trabalho em sua clínica pediátrica. Comento que trabalhei um tempo em uma creche, e isso lhe chama a atenção. Falamos de crianças, e fica evidente que nós duas as adoramos. Omar lhe diz que sou cantora, e isso a surpreende. Olha para Dylan, que sorri. Sem dúvida alguma, ela conhece sua regra número um, e a descoberta parece deixá-la estupefata.

Durante o jantar, falamos de mil coisas, e, quando ela vê o anel em meu dedo, reconhece-o. Com um sorriso agradável, diz:

— É lindo, não é? — e acrescenta quando concordo: — Fico feliz de saber que Dylan encontrou a quem dá-lo. Sem dúvida alguma, ele ama você.

Sorrio e agradeço suas palavras, e, quando o jantar termina, a ideia que eu tinha dela no início da noite já mudou totalmente. Essa mulher não olhou para mim como uma rival nem fez nada inapropriado para que eu me sentisse desconfortável. Ao contrário, seus olhos se tornaram doces e ela parece feliz com nosso futuro casamento.

Quando terminamos de jantar, decidimos ir juntos beber alguma coisa. Caty propõe o Cheers, e fico surpresa quando seu acompanhante diz que não vai. Sem dúvida alguma ele não gostou da companhia. Afastando-se uns passos, vejo que Caty fala com ele; tenta convencê-lo, e consegue.

Cada casal vai em seu próprio carro. Dylan está tão contente que não digo nada. Em outro momento falarei com ele sobre esse assunto. Afinal de contas, Caty demonstrou ser uma garota encantadora e civilizada.

Quando chegamos ao Cheers, meu moreno encontra alguns colegas do hospital. Vários médicos cubanos nos cumprimentam e se alegram ao saber que Dylan vai voltar a exercer a profissão em breve e que logo vai se casar. Todos brindam conosco por nosso enlace, e ele, erguendo-me com um braço como um troféu, me faz rir.

Sua alegria é tanta que ele até dança uma linda balada comigo na pista. Apaixonados, nós nos beijamos enquanto meu Ferrasa me diz as coisas mais românticas e bonitas que qualquer mulher gostaria de escutar.

Nós dois nos divertimos muito, e eu me sinto totalmente integrada falando com seus amigos e com sua ex. São todos encantadores. Em dado momento, as mulheres vão ao banheiro, e, enquanto retocamos o batom na frente do espelho, Caty diz, olhando para mim:

— Essa é a chave do coração dele, não é?

Concordo com um sorriso e toco a chave em meu pescoço. Ela, com um sorriso inocente, murmura baixinho, para que só eu a ouça:

— Se há algo de que sempre gostei nele é ser tão apaixonado em tudo. Romântico, cavalheiro e ardente. Esse é meu Dylan.

O comentário me irrita, e olho para ela.

Que negócio é esse de "seu" Dylan?

Minha expressão irada e desafiante deve ser muito evidente, porque ela acrescenta com um sorrisinho que não me agrada nem um pouco:

— Evidentemente, é seu agora.

Ora... ora... ora... então vamos arrumar confusão no final?

Plano A: arranco sua cabeça.

Plano B: apago esse seu sorrisinho com um tabefe.

Plano C: não digo nada e tento me acalmar.

Escolho o plano C. O A e o B iam dar problema, e não só com Dylan.

De repente, Caty dá meia-volta e sai do banheiro. Eu respiro fundo e me acalmo, enquanto por minha cabeça passam as palavras: "lagartixa", "leitoa", "desprezível", "parasita", "peçonhenta", "grossa", "cadela", "vadia", e não continuo porque senão vou explodir.

Sei que houve algo entre eles, mas seu comentário não me parece de bom gosto. Com um sorriso frio e irritado, balanço a cabeça sozinha na frente do espelho. Guardo meu brilho labial na bolsa e decido não dizer nada; senão, se eu abrir a boca e deixar sair tudo de dentro, não vai prestar.

Mas, meia hora depois, meu nível de raiva sobe, sobe e sobe quando a vadia — porque não há outro nome para ela — começa a comentar com as mulheres do grupo detalhes de quando Dylan e ela escolheram o balcão vermelho da cozinha da casa, por que decidiram cor de amêndoa nas paredes da sala ou como estrearam o colchão do quarto principal.

Minha expressão já não é cálida, e acho que todas percebem, menos ela.

Suas historinhas inapropriadas já me deixaram farta. E das duas, uma: ou vou embora dali, ou vou criar uma belíssima confusão!

Olho para Dylan, que está falando com seus colegas e com Omar e Tifany, sorrindo, alheio ao que Caty está contando. Mas, quando nossos olhares se cruzam, ele sabe que alguma coisa está acontecendo. De repente, toca *Sobreviviré,* de Mónica Naranjo, e as mulheres, cientes de que vai dar confusão, para sair dali vão até a pista dançar. Caty as acompanha. Eu me contenho. Se eu for junto, vou acabar com ela em público, no meio da pista de dança.

Dylan se aproxima de mim, pega minha cintura e pergunta em meu ouvido:

— Que foi, querida?

Inclinando-me até ele para que ninguém me ouça, respondo:

— Quero ir embora daqui já! E quando digo já, é já.

Sem perguntar nada, ele aceita. Então nos despedimos dos que nos cercam, e Omar e Tifany aproveitam e saem conosco. É tarde, e estão cansados.

Olho para a pista, e o olhar de Caty e o meu se cruzam. Peçonhenta!

Olho para ela como se dissesse "Cuidado comigo!", e segurando a mão de Dylan, vamos embora sem nos despedir dela.

Dispenso essas idiotices!

Ao sair dali, caminhamos alguns metros e nos despedimos de meus cunhados, que atravessam a rua para ir até o carro, enquanto nós dois nos dirigimos ao nosso.

— Que bruxa de merda!

Dylan, que não sabe o que aconteceu, olha para mim e diz:

— Tudo bem, querida, que foi?

Irritada, paro e sibilo:

— Sua ex, aquela lagartixa de carinha de anjo, teve a pouca-vergonha de me dizer, para me provocar, que o Dylan "dela" é romântico, cavalheiro e apaixonado. E como se não bastasse, não perdeu a oportunidade de contar, a mim e a todas as mulheres dos seus amigos, por que vocês escolheram o balcão vermelho da cozinha, por que a cor de amêndoa das paredes, e para concluir a nojenta ficou insinuando que no dia que entregaram o colchão da cama vocês fizeram uma bela estreia.

Dylan fica sério.

— Ela comentou isso?

— Sim — afirmo —, comentou. Não sei o que essa cadela está querendo, mas é melhor ter cuidado comigo.

Ele está desconcertado com minhas palavras; murmura:

— Tudo bem, querida, fique calma.

— Estou calma. Claro que estou calma! — grito. — Mas o que você ia achar se um ex meu, na frente de um grupo de homens e de você, ficasse se gabando do que fez comigo na cama? Você ia gostar?

Sem dúvida que ele não ia gostar. Basta ver como fica alterado quando diz:

— Venha comigo.

— Aonde vamos?

Com uma expressão mais que irritada, Dylan sibila:

— Falar com Caty.

Soltando sua mão, eu protesto:

— Dispenso. Não quero ver a cara dela, ou juro que vai dar confusão.

Ele insiste.

— É melhor me acompanhar. É tarde, e não quero deixá-la sozinha na rua. Venha.

Sorrio por seu instinto protetor.

— Do jeito que estou neste instante — replico —, pode ficar tranquilo que ninguém vai me fazer nada. Ou vai sair pior do que chegou.

Dylan sorri com minhas palavras, pisca para mim e murmura, dirigindo-se ao *pub*:

— Vou levar só dois minutos. Não saia daqui.

Observo-o entrar. Se um ex fizesse isso comigo, com certeza eu lhe diria poucas e boas. Maldita cadela!

Passam por minha mente os piores palavrões que uma pessoa pode dizer. Eu adoraria soltar todos para ela. Mas não, é melhor me calar. O que Dylan lhe disser com certeza será mais que suficiente.

— Yanira!

Ao ouvir a voz de Omar, olho para o outro lado da calçada e o vejo com Tifany no carro.

— Que está fazendo aí sozinha?

Sem querer lhe contar a verdade, sorrio e respondo:

— Dylan esqueceu uma coisa no *pub*. Ele já vem.

Omar desliga o motor, desce do carro e diz, ignorando Tifany:

— Vamos esperar com você. Não quero que fique sozinha na rua.

Sorrio. Esse é o cavalheirismo dos Ferrasa.

Feliz com a gentileza, começo a atravessar a rua até eles enquanto sorrio. Com certeza Dylan está pondo a nojenta em seu lugar. De repente, um carro acende as luzes a uns metros de mim. Olho para ele e prossigo, mas o som de uma acelerada estridente me faz voltar a olhar; paro.

Meus pés ficam pregados no chão e o carro se aproxima. O medo me paralisa, e nesse momento vejo Dylan sair do *pub*. Nossos olhares se encontram, e eu o ouço gritar, desesperado:

— Yanira!!!

Continua...

Este livro foi composto em Garamond Premier Pro
para a Editora Planeta do Brasil,
em outubro de 2014.